ハヤカワ・ミステリ

DAVID GORDON

続・用心棒

THE HARD STUFF

デイヴィッド・ゴードン

青木千鶴訳

TOKYO HAYAKAWA BOOKS

A HAYAKAWA
POCKET MYSTERY BOOK

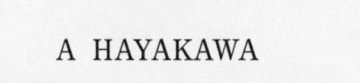

THE HARD STUFF
by
DAVID GORDON
Copyright © 2019 by
DAVID GORDON
Translated by
CHIZURU AOKI
First published 2021 in Japan by
HAYAKAWA PUBLISHING, INC.
This book is published in Japan by
arrangement with
STERLING LORD LITERISTIC, INC.
through TUTTLE-MORI AGENCY, INC., TOKYO.

装幀／水戸部 功

マティルドに

続・用心棒

おもな登場人物

ジョー（ジョーゼフ）・ブロディー……〈クラブ・ランデブー〉の用心棒
ジオ（ジョヴァンニ）・カプリッシ……イタリア系マフィアのドン。ジョーの幼馴染み
エレーナ・ノイラスカヤ………………金庫破りのプロ
ドナ・ザモーラ……………………………ＦＢＩ捜査官
グラディス………………………………ジョーの祖母
ジュノ……………………………………ハッキングのプロ
キャロル…………………………………ジオの妻。開業精神科医
ポール……………………………………ジオの会計士
マイク・パウエル………………………ＣＩＡ局員。ドナの元夫
アンクル・チェン………………………中国系犯罪組織のボス
アロンゾ…………………………………黒人ギャング団のボス
メナヘム・〝ラビ〟・ストーン………ユダヤ系裏社会の重鎮
リトル・マリア…………………………ドミニカ系麻薬組織のボス
パッティー・ホワイト…………………アイルランド系のボス
キャッシュ………………………………アンクル・チェンの部下
ジョシュア………………………………メナヘムの部下
リーアム・マディガン…………………パッティーの甥
フェリックス・ハビビ…………………密輸業者
エイドリアン・カーン…………………テロリスト。故人
ヘザー……………………………………エイドリアンの未亡人

第一部

1

とにかく最悪の気分だった。ジョーが最後に覚えているのは、派手に改造された白いBMWの後部座席にすわっていたこと。やけに車高が低く、特注のリムが取りつけられたBMWの車内には、大音量で音楽が鳴り響いており、フラッシングを根城とする中国系組織の若造が三人乗っていたこと。往来の絶えた真夜中のヴェラザノ＝ナローズ・ブリッジを渡っていたこと。遥か頭上では、大聖堂の丸天井さながらに、吊り橋のアーチが暗い天空を支えていた。張り渡されたケーブルには星々がちりばめられていた。だが、ジョーが目を覚ましたとき、車はどことも知れぬ場所にぽつんと建つダイナーの駐車場にとまっていた。窓外には青みがかった夏の空が広がっていて、星々の光はおぼろになり、桃色の暁光《ぎょうこう》が地平線の真上にのぞいている。

「お目覚めかい、ダーリン」キャッシュが運転席から振りかえり、にやりと笑いかけてきた。ほかのふたり——助手席のやつはブラッキー、後部座席の隣にすわっているやつはフェザーとかいうらしい——が揃って笑い声をあげた。若造どもは三人揃って、黒か赤のタンクトップにだぶだぶのジーンズ、ナイキのスニーカーといういでたちをしている。ゴールドのチェーンアクセサリーをじゃらじゃらつけて、タトゥーを入れている。髪は頭頂部を長めに残し、サイドは剃りあげられている。ただし、キャッシュだけは例外で、頭頂部の毛もすっかり短く刈りこんでいる。一方のジョーはというと、車内で唯一の白人で、髪はどの部分もぼさぼさに伸びており、無地の黒いTシャツに、古ぼけたジーンズ、コンバースの黒いハイカットスニーカーといういでたち。歳も十以上は上のはずだが、今日はその差が千歳にも感じられる。目のまわりには黒々とした痣《あざ》ができていて、なおもずきずきと疼《うず》いており、指の関節には乾きたての血がこびりついているが、そこにはジョー自身が流した血も含まれている。

「ここでいったん休憩だ、ボス。あんたも寝床から起きだして、やっこさんに会っとくかい。それとも、そのまま鼾《いびき》をかいとくかい」フェザーが言った。

「ばかでかい鼾のせいで、ろくに音楽も聞けやしねえ。あんたの助けを必要としてなきゃ、とっくに窒息死させてたぜ」ブラッキーが言った。

ジョーはそれを無視してあくびをしながら、慎重にぽきぽきと首を鳴らした。

「ここにいるあいだに朝食も済ませちまうつもりなんだけどよ」キャッシュが言いながら、エンジンを切った。「あんたも何か腹に入れとくかい」

ジョーはこくりとうなずいた。「ああ、アスピリンを四錠ほど」

フェザーが笑いながら口を挟んだ。「安心したぜ。少しなりとも食欲はあるってこった。何か飲むものも要るかい」

「そうだな。胃薬をひと瓶」

三人の笑い声を聞きながら、ジョーは車を降りた。ぞんざいに押しこめられた荷箱の中身を解くかのように、長い手足と背すじをゆっくりと伸ばしながら、あたりを見まわした。

「ちなみに、ここはどこなんだ」三人のあとに続きながら尋ねると、キャッシュがこちらに首をまわして答えた。

「ニュージャージーの南のほう。おれらのシマは遥か彼方だ」キャッシュの言う〝シマ〟とは、ニューヨークのクイーンズを指す。四人はいま、ニュージャージー州のカンバーランド郡をめざしている。ある男を始末するために。

ジョーよりも年若いこの三人——キャッシュとフェザーとブラッキー——は、中国系犯罪組織の長であるアンクル・チェンの手の者だ。一方のジョーはというと、幼馴染《おさななじ》みのジオ・カプリッシが所有するナイトクラブ——イタリア系マフィアのドンである父親から引き継いだ家業のひとつ——で用心棒をしている。用心棒になるまえは軍隊にいた。極秘の任務にあたる精鋭部隊の〝スペシャリスト〟だった。ジョーの専門は人を殺すことで、その技術にもすこぶる長けていた。アフガニスタンでアヘン絡みのちょっとした問題を抱えるようになった挙句、名誉除隊とは言いがたい理由で軍を去り、ジオのもとで働くようになるまでは。ジオの発案で〝保安官〟に任命されるまでは。

もちろん、本物の保安官などではない。ことのいきさつはこんなふうだ。以前、ニューヨークで、とある殺人ウィルスをばら撒《ま》かんとたくらむテロ計画が発覚した。ヤンキー・スタジアムの収容人数を、まるごと死に至らしめるほどの威力を持つウィルスだった。ジオやアンクル・チェンを含めた暗黒街のボス連中は——そのたくらみのおかげで行政当局からの圧力に苛《さいな》まれていた、裏社会のCEOたちは——ニューヨーク市民として、愛国者として一致団結し、われらが街に潜伏するテロリストどもを根絶やしにしようとの合意に至った。そして、その任務を遂行するべく抜擢されたのが、一連の特殊能力を買われたジョーだった。ジョーが自在に獲物を追えるようにと、ボス連中は縄張り内での全面的な協力と支援とを約束し、特別な権限を与えることにした。堅気の世界では、何かを目撃した人間は警察にそれを知らせるだろう。だが、無法な世界に生きる者はみな、ジョーにそれを報告するのだ。

ジョーは与えられた任務をやり遂げた。結果として、テロリスト四人と犯罪者二人が亡き者となった。ただし、後者のうちのひとり――アンクル・チェンの甥で、凄腕の車泥棒だったデレク――にかぎっては、違法な銃器の販売会場付近で、ガンマニアどもと出くわした際に銃撃戦となり、撃ち殺された。アンクル・チェンは当初、甥の死の責任がジョーにあるものと思いこんでいた。その後、デレクの命を奪った銃弾は、ジョンジー・グレイブルズという白人至上主義者の銃から放たれたことが判明した。しかしながら、その場面を目撃した者がいなかったことや、犯行現場が混乱をきわめていたこともあり、ジョンジーは弁護士の力添えでみごと減刑を勝ちとって、過失致死罪にしか問われることなく、保釈まで認められた。そのうえ、保釈後即座に行方をくらませた。ところが先刻、アンクル・チェンはお抱えのタレコミ屋から、ジョンジーの居所を突きとめたとの一報を得た。そこでさっそく、〝未処理事項〟に片をつけるべく配下の者たちが送りだされ、ジョーもまた、すこぶる気乗りがしないままに、同行を余儀なくされているというわけだった。

くだんのテロリストが姿を消したことにより、ニューヨークは日常をとりもどしていた。幼馴染みのジオも、ジオ以外のボスたちも、警察も、一連の騒動のことなど露知らぬ一般市民たちも。ただし、ジョーだけはその例ではなかった。

ジョーとて、もちろん努力はした。いずれも裏街道を歩いていた両親の死後、幼いジョーを引きとり育ててくれた祖母のアパートメントへ、ひさかたぶりに帰りもした。ナイトクラブでふたたび用心棒として働くようにもなった。ところがその後、ひとたび銃を手に取ると、悪夢と、過去の記憶と、パニック発作とが蘇ってしまい、それを鎮めるためのアルコールと薬物を渇望するようになった。しかも、その種の悪鬼というものは質《たち》が悪く、ひとたび封印の小瓶から解き放たれれば、すんなり小瓶に戻ってくれることなどありえないのだった。

2

ジョーがふたたび問題を抱えるようになったのは、ナイトクラブに復帰した直後からのことだった。用心棒という職業には、腕力やテクニックや反射神経が必要とされるが、何より重要なのは忍耐力だ。酔客をなだめすかしたり、しつこくお触りを続ける客を踊り子から引っぺがしたり、争いごとを鎮めたり。金になる客を縮みあがらせることなく、そうしたすべてをやりおおせるには、握りこぶしと同じくらい、あるいはそれ以上に、穏やかな口調や鷹揚《おうよう》な物腰も駆使しなければならない。ところが、近ごろのジョーはというと、やけに神経がささくれだっているうえに、勤務中も二日酔いの状態にある。まえの晩に遅くまで飲んでいたり、日中から飲みはじめたせいで、開店の時刻にはすでに酔いがまわっていたりするからなのだが、おかげで、ろくでもない酔客に対してすぐにかっとなるだけならまだしも、自分までもがろくでもないふるまいにおよんでしまうことすらある。たとえば、面前であらぬことを口走ったり、揉めごとをおさめるどころか悪化させたりしてしまうのだ。思えば、ギャングスタ・ラップ界の大物プロデューサーとのいざこざも、そんなふうにして始まった。職場に復帰して一週間かそこらが過ぎたある日、ドル箱スターのギャングスター――小柄な白人のラッパー――が店にやってきた。いや、じつを言うなら、トラブルの芽はその晩もっと早くから、自宅にいたときから芽生えはじめていた。思いもかけずエレーナが、ジョーの取り分である金を届けにやってきたのだ。

エレーナ・ノイラスカヤは腕利きの金庫破りであり、屋根や外壁を猫のように伝って建物に忍びこむ夜盗であり、男勝りの人泣かせでもある。それから、祖国ロシアで彫ったという、暗黒街の隠喩を込めた刺青《いれずみ》から察するに、まずまちがいなく、きわめて冷酷な殺し屋でもある。エレーナと出会ったのは、前回のヤマを踏んだときのことだ。ふたりは共に手を組み、共に戦い、やがてはベッドを共にするに至った。最後に会ったとき、エレーナは傷を負っていた。テロリストのひとりが放った銃弾に腕の肉を削りとられながらも、ジョーを援護するべく、そいつを仕留めてくれたのだ。そのときジョーは、こちらをめがけてくる車に向かって走りながら、フロントガラスを撃ちぬいていた。テロリストの親玉であるエイドリアン・カーンを追って、ショッピングモール内を駆けめぐり、屋上へと追いつめたすえ、ひとりその場をあとにした。一発の銃弾に眉間《みけん》を貫かれた、エイドリアンの死体だけを置き去りにして。エイドリアンの相棒であり、妻でもあるヘザーは逃げうせた。エレーナもまた、現ナマの詰まった鞄と共に、ブルックリンのロシア人街へと姿を消していた。

エレーナがどこに住んでいるのかは知らない。苗字の綴《つづ》りすら定かではない。とはいえ、エレーナという人間は、これまでに破ったことのない法律が存在するとはとうてい思えない一方で、ある一定の規範に従って生きていることだけはまちがいない。だからこそ、あの熾烈《しれつ》な戦いから十日後の晩、ジョーと祖母のグラディスが居間にすわって、祖母が平日の晩のお楽しみとしているクイズ番組《ジェパディ！》を鑑賞しようとしていたとき、玄関の呼び鈴が鳴ったのだ。

「いったいどこのどいつだい？」腕時計に目をやりながら、グラディスがぼやいた。司会のアレックスが登場するまで、あと十分と迫っていた。

「さあな、おれが知るもんか」細長い造りをしたキッチンで、皿を洗いながらジョーは応じた。「祖母《ばあ》ちゃんのお仲間の誰かじゃないのか？」

ため息をつきながら、グラディスはすわっていたリクライニングチェアを降りると、小さな玄関の間まで歩いていって、覗き窓をのぞきこんだ。「あれま、あたしじゃなくて、あんたのお仲間みたいだよ！」そう告げる声を受けて、ジョーがキッチンを出たとき、グラディスの隣に立っていたのはエレーナだった。エレーナは肌の色艶もよく、いかにも健康的に見えた。見るからに高価なダークブルーのジーンズを穿き、ゆったりとしたペザントブラウスの襟もとからは、刺青の一部がのぞいていた。前髪が少し短く切り揃えられていて、身だしなみにしっかり時間をかけているようでもあり、睡眠と水分をたっぷりとっているようでもあった。銃弾に射抜かれた上腕の包帯までもが、まっさらで真っ白だというだけでなく、どこかシックに洒落て見えて、まるで腕章か何かを巻いているかのようだった。


「やあ、エレーナ」ジョーは言って、微笑んだ。「祖母のグラディスとは、たしか初対面だったな」

「はじめまして。ジョーがいちばん大切に思っている女性にお会いできて、嬉しいわ」ロシア訛《なまり》がかすかに残る声でエレーナは言って、グラディスの頬にキスをすると、鞄のなかからウォッカのボトルとキャビアの缶詰を取りだした。「こちらはお祖母さまに」

「あらまあ！ありがたいねえ、お嬢さん。それなら、氷を取ってこようかね」

「それからこっちは、ジョー、あなたに」エレーナは言いながら、分厚い封筒を投げてよこした。

「ありがとう。だが、あいにく、こいつも祖母ちゃんのもんだ」ジョーは封筒を祖母に手渡し、ウォッカのボトルを受けとった。「氷を取ってくる」キッチンに向かって歩きだすと、エレーナもあとを追ってきた。

「キッチンへ行くなら、ついでにフレスカも持ってきてちょうだいな！」ジョーの背中に呼びかけながら、グラディスは椅子に腰をおろして封筒を開け、札束の枚数をかぞえはじめた。

ジョーがグラスと氷の用意を始めると同時に、エレーナが声をひそめて話しだした。「鞄に入っていたお金の大半は、ゴミ屑同然で使い物にならなかったわ。北朝鮮製の偽造紙幣よ。残りの額から経費を差し引いて、あなたとジュノとわたしの三人で割ると、ひとりあたりの取り分は一万五千ドルになった」

ジョーは氷を入れたグラスにウォッカをそそいだ。「乾杯《ザ・ズダローヴィエ》」と言いながら、エレーナとグラスを打ちあわせ、中身を呷《あお》った。

「ってことは、まだ断酒を再開していないみたいね？」エレーナが訊いてきた。

双方のグラスにウォッカのおかわりをつぎながら、ジョーは言った。「きみが酒を飲むなら、つきあわないわけにはいかないさ。お故郷《くに》の男どもみたいに」

エレーナはひょいと肩をすくめた。「ええ、まあね。けど、あのひとたちはもうほとんど、あの世に逝《い》ってしまったわ」それから、ジョーの前腕に手を伸ばし、太い静脈を指先でなぞりながら訊いてきた。「ちなみに、こっちのほうにもつきあう気は？」

「ちょっと！　もう始まるよ！　フレスカはまだなの？」居間からグラディスの声が響いた。

ジョーはにやりとしながらエレーナの手をぽんと叩き、「悪いな。おれにはもう、祖母ちゃんという女《ひと》がいるんだ」と告げてから、氷を入れた祖母用のグラスとシトラス炭酸水のフレスカをつかみあげ、居間へと引きかえした。エレーナもウォッカのボトルを手にして、あとを追ってきた。

「氷が隠れる程度に入れとくれ。フレスカで割るつもりだから」ウォッカをそそぎはじめたエレーナに向かって、グラディスが指示を与えた。封筒はすでにいずこかへ消え去っていた。視線はテレビに釘づけになっており、お馴染みのテーマソングが流れだしている。

「こっちだ。おれの部屋で話そう」ジョーはエレーナの手を取った。「あのクイズ番組のあいだは、お喋りをいっさい禁止されてる」

一時間後にはエレーナとふたり、素っ裸でベッドに横たわっていた。強に設定したエアコンの冷風が、汗ばんだ肌を冷やしていく。ジョーは腕時計に目をやると、ごろりと寝返りを打って上半身を起こし、床に足をおろした。

「仕事の時間だ」

「仕事があるの？　だったら、わたしも一緒に行くわ」

ジョーはにやりとして言った。「いや、いわゆるそっちの仕事じゃない。もちろん、お望みならついてきてくれてかまわないが」

ふたりで手早くシャワーを浴び、身支度を済ませると、ジョーはエレーナを伴って、〈クラブ・ランデブー〉へ向かった。

3

〈クラブ・ランデブー〉における大乱闘で、口火を切ったのはエレーナだった。ただし、その火種となったのは、日中は会計学を学んでいるという、黒人とコロンビア人のハーフでフィラデルフィア出身のストリッパー、クリスタルだった。そして、エレーナの怒りに火をつけたのは、白人の小柄なラッパーだった。ジョーもいちおう持ち場についてはいたのだが、その晩はいつものブラックコーヒーの合間に、エレーナからときおり差しいれられてくるストレートの酒も口にしていた。エレーナは舞台ぎわど真ん中のVIP席に陣取って、ステージに札ビラを投げいれたり、踊り子にチップを払って膝の上で踊ってもらうラップダンスを楽しんだり、ウェイトレスやバーテンダーのぶんまで酒をふるまったりしていた。

ストリップクラブが見目麗しい女性客の訪問を受けたとき、店の者の反応はさまざまだ。踊り子たちはまず、好奇心をまるだしにする。その美女がいいカモである場合には、大いに気負い立つ。うっとりするほど美しい誰かを相手にダンスをするのは、目先が変わっていい気晴らしになるし、悪臭を放つ男どもなんぞより、甘い香りのするなめらかな肌と肌をすりあわせるほうが、よっぽどいい。はじめのうち、踊り子たちはこぞってエレーナの周囲に群がり、アピール合戦を繰りひろげていた。そうした光景を店内にいる全員が楽しみ、面白がってもいた。ただし、踊り子たちは楽しむためだけに、ここにいるわけではなかった。ここにいる理由は、金を稼ぐためだ。踊り子たちにとって美しい女性客は、言うなれば、職場で食べるバースデーケーキのようなもの。お決まりの仕事から解放されるひとときを求めて、休憩時間に会議室に集まり、バースデーケーキを囲むようなものなのだ。だが、その場にいる誰ひとりとして、そのケーキで家賃を払える者はいない。追っつけしぶしぶデスクに戻って、退屈な仕事に精を出さなきゃならない。ホットな美女はバースデーケーキだ。しかしながら、踊り子が生きるために必要なパンとバターは、ひどく欲情しているくせにこのうえなく卑屈な男たち――うだつのあがらない凡庸な男や、オタクや、肉体労働者たちだ。曲が流れているニ分のあいだラップダンスをしてもらうためだけに、あとからあとから二十ドル札を吐きだした挙句、すっからかんになって、ひとり寂しくも顔をにやつかせながら、家路につくような連中だ。対して、そんなことをしてくれる美女など、この世にひとりとして存在しない。

一方で、一見刺激的に思えるが、実際にはひどく厄介な客というのも存在する。遊び人を自負していて、なおかつ自惚《うぬぼ》れが強すぎる男性客――芸能人やスポーツ選手――だ。その手の輩《やから》は、分厚い札ビラをこれ見よがしに振りまわしはするが、女という女が自分に媚《こ》びへつらうものだと思いこんでいるがゆえに、そして現に、〝時の人〟として大勢のファンだのお偉いさんだのからちやほやされてばかりいるがゆえに、得てして迷惑行為におよぶことが多い。女たちに乳房で顔をすりすりさせてやるのは、むしろ感謝されるべきことだと決めこんで、チップを出し惜しみしたり。この女はおれのような大スターとベッドにしけこむのを待ちきれないでいるのだと思いこんでいるせいで、礼を欠いた言動をしたり。加えて、そういう輩は肘鉄砲を食らわされると、ひどくむかっ腹を立てて、粗暴になるという恐れも多分にある。

リル・ホワイティとかいう男が、まさにその手の輩だった。ロングアイランド出身のチビな白人ラッパーで、このほど、《クッキーズ・アンド・クリーム》なる曲が巷《ちまた》でスマッシュヒットを飛ばしているというリル・ホワイティは、取り巻き連中を引き連れて、ぞろぞろと店に乗りこんできた。取り巻きのなかには、マリファナの売人や、無名のラッパーもいた。総合格闘技《MMA》で将来を嘱望されている、フレックスという名の新人選手も。それから、解体した牛の半身をトラックスーツでくるんだかのような、筋骨隆々たる大男のボディーガードもふたり。やがて、ステージ上でクリスタルの出番が終わると、ホワイティはテーブルに呼び寄せて、ラップダンスを所望した。このご時世、たとえストリップクラブでも、〝お触りのエチケット〟というものがきちんと確立されている。要するに、ラップダンスを買った客はじっとすわったまま、踊り子のなすがままにさせること。踊り子のほうからは客に触れるが、客のほうから踊り子に触れてはならない。ここを触ってと頼まれないかぎり。踊り子に手を握られて、特定の場所へ導かれないかぎり。ところが、ホワイティはそのエチケットを忘れた。あるいは、そうしたルールが自分にだけはあてはまらないはずだと決めこんだ。クリスタルがいちばん嫌がる場所に、勝手に手をやり、まさぐった。クリスタルは弾かれたように立ちあがった。腰をつかまれ、引きもどされそうになると、平手打ちを食らわせた。すぐそばの席にすわっていたエレーナは、ことのなりゆきをつぶさに見ていた。そして、ホワイティがクリスタルを殴りかえそうと手を振りあげた瞬間に、エレーナは動いた。次の瞬間には、ホワイティの腕が背後にねじ曲げられていた。手首はあらぬ方向を向き、肩は脱臼していた。

ホワイティのボディーガードがふたりがかりでつかみかかってくると、エレーナは巧みに身をよじって束縛を逃れ、ひとりをテーブルの上に弾き飛ばした。加勢を得たクリスタルは悲鳴と共に、もうひとりの後頭部に酒瓶を叩きつけた。マリファナの売人は、違法薬物所持の現行犯でしょっぴかれることを恐れ、逃げだした。無名のラッパーは仲裁を試みようと、乱闘の輪のなかに進みでた。ところが、クリスタルを押しのけようと振りかえったボディーガードBの肘が、図らずも鼻に命中した。みずからの務めを果たすべく、ジョーが動きだしたのはそのときだった。

用心棒としてのジョーの務めは、（一）従業員を守り、（二）ほかの客たちを煩わせることなく、すみやかに騒ぎを鎮めたうえで、必要とあらば、（三）手荒なまねは極力避けつつ、トラブルの種を店内から排除すること。しかしながら、エレーナとクリスタルに危害がおよぶのを目にしたせいもあり、少しばかり酒を飲みすぎていたせいもあって、ジョーは思わずかっとなった。最後の項目の一部——〝手荒なまねは極力避けつつ〟の部分——が、瞬時に頭から消え去ってしまった。騒ぎの渦中へ駆けつけるなり、ジョーはボディーガードAの顔面をアイスペールにうずめ、Bのほうの腎臓を殴り飛ばし、ホワイティのみぞおちにこぶしをめりこませて息の根をとめた。さらには、目下のところ演劇学校で芝居を学んでいるが、大学では野球部に所属していたという、長身でハンサムな黒人バーテンダーまでもが、がたいのいいメキシコ系の青年――バーの裏方で働く厨房係――を引き連れて応援に加わり、ふたりがかりでボディーガードAと取っ組みあいを始めていた。Bのほうは、エレーナからの猛攻を受けていた。ジョーはホワイティの胸倉をつかんで強引に立ちあがらせると、出口のほうへ引きずっていった。そばにいたウェイトレスがそれに気づき、すかさずさっと扉を開けた。ジョーに続くかのように、全員が揉みくちゃになりながら、店の外へと雪崩《なだ》れでた。傍観を決めこんでいたはずのプロ格闘家、フレックスが行動を起こしたのは、そのときだった。

初勝利の栄光と、はじめてのテレビ出演を近々《きんきん》に控えていたフレックスは、猛《たけ》る心を必死に抑えこんでいた。自分はプロのアスリートであって、街の喧嘩屋なんかじゃない。自分が負傷することも、賞金のかかっていない状況で誰かを負傷させることも、望むところではない。だが、リル・ホワイティは、あちこちのナイトクラブへ連れまわしてくれたり、企業主催のイベントに臨席させたりしてくれている、無二の親友だ。試合の際、有名なラッパーにリングサイドに控えてもらうことは、プロ格闘家としてのキャリアに必要なことでもある。つまり、ホワイティはフレックスにとって、幸運のお守りのような存在だった。そのホワイティが店から手荒に叩きだされ、ゴミ袋のように歩道へ放りだされるのを目にした瞬間、フレックスの我慢は限界を迎えた。ジョーに太刀打ちできる人間が自分のほかにはいないことも、プロの格闘家として、瞬時に察知していた。

フレックスはまず、たちまちのうちにバーテンダーを片づけた。バーテンダーとて、パワーとスピードとをそれなりに兼ね備えてはいたが、鍛錬を重ねた格闘家に敵うわけもなく、地面に倒れてうめき声をあげるしかなかった。それを目にした厨房係が気勢をあげつつ殴りかかってきたが、こちらもやはり敵ではなかった。繰りだされたこぶしをやすやすとかわし、鼻梁に前腕を叩きつけてやるだけで、戦闘不能に陥った。フレックスは間髪を容れず、攻撃の矛先をジョーに向けた。腰を落として突進し、相手の両脚を抱えこんで、そのまま肩に担ぎあげた。ジョーは完全に不意を衝かれはしたものの、頭から地面に激突する寸前で背を丸め、受け身をとると同時に、フレックスの足首をつかんだ。ふたりは同時に倒れこんだが、いずれも即座に立ちあがり、真っ向から睨みあった。フレックスはリング上でよく見せる、血走ったまなこでジョーを睨《ね》めつけたまま、胸に入れた刺青――大文字で、右にYOLO、左胸にFLEX――を指差した。「この意味はわかるな?」

ジョーは少し考えてから、こう答えた。「よっぽどヨーグルトが好きなんだな」

フレックスはさらに形相《ぎょうそう》を険しくした。「ふざけんな。こいつはフローズンヨーグルトの略じゃねえ。〝人生は一度きり〟って忠告してやってんだよ。だが、てめえはたったいま、人生で最悪のあやまちを犯した」

ジョーはにやりとして言った。「あいにくだが、いまは今日一日のなかですら、最悪の瞬間ではないようだ」

フレックスはかっといきり立ち、ジョーをめがけて跳びかかった。繰りだされるこぶしや蹴りを、ジョーはすれすれでかわしていった。一方のエレーナはいま、ボディーガードふたりを相手にしていた。一方の股間に強烈な蹴りを叩きこんでやると、そいつは背を丸めて悶え苦しみはじめたが、その隙を狙ったもう一方から、顎にこぶしを食らってしまった。眩暈《めまい》によろめく足でふらふらと後ずさりしながらも、エレーナは真正面から相手を見すえたまま、不敵ににやりと笑いつつ、唇の血を舐《な》めとってみせた。するとそのとき、事態が収束不可能に陥るすんでのところで、二台の車がやってきた。連絡を受けて駆けつけてきたのは、大型のレンジローバーに満載された黒人の大男たちと、ボックスタイプの大型デナリに満載された、これまた箱のような図体をした白人の大男たちだった。

いかなるトラブルが発生しようとも、警察を呼ぶ者などひとりもいない世界において、危機的状況に陥った人間はたいてい、命令系統の上位にいる人間に連絡をとる。ホワイティに連れられてきたマリファナの売人の場合は、ひとまず無事に店を出るやいなや、〝コールド・ダディ〟ことアーネスト・コリンズに電話をかけた。コールドというのは、リル・ホワイティが所属するレコード会社のみならず、フレックスがトレーニングのために通っている総合格闘技専門のジムや、芸能事務所をも所有している人物だった。その一方、〈クラブ・ランデブー〉の支配人はジオに連絡を入れていた。一報を受けたジオは、ネロをはじめとする数人の部下をナイトクラブへ急行させたのちに、みずからも車に飛び乗った。

現場に到着したコールドが目にしたのは、フレックスとこぶしを交えるジョーの姿だった。フレックスの鼻からはだらだらと血が流れだしており、稼ぎ頭のラッパー、リル・ホワイティもまた、地べたに転がってうめき声を漏らしている。その光景にかっとなったコールドはボディーガードの制止を振りきり、ジョーの背後から首をつかんだ。ジョーのとった行動は反射的なものだった。とっさに身をひるがえし、コールドの腹にこぶしをめりこませた。コールドが痛みに腹を抱えこむと、お抱えのボディーガードがふたり揃って銃を引きぬき、ジョーに向かってそれをかまえた。ボックスタイプのデナリから飛びだしてきたネロとその部下たちもまた、その光景を目にするなり銃を引きぬき、コールドのボディーガードどもに狙いを定めた。すると、ホワイティのボディーガードに連打を浴びせていたはずのエレーナまでもが、足首に隠し持っていた小型のリボルバーをさっと取りだし、ホワイティのこめかみに銃口を押しあてた。ホワイティは、これまでに発表した曲のなかでは一度も発したことがないような声で、べそべそと命乞いを始めた。

「何がどうなってやがるんだ？　てめえら、いったい何者《なにもん》だ？」ネロが怒声をあげた。

「おれが何者かだと？　生意気な口をききやがって！　そっちが先に名乗りやがれ！」コールドがそれに怒鳴りかえした。

「ひとまず銃をおろせ。話をしようじゃねえか」とネロは返した。

「まずはそっちが銃をおろしやがれ。話はそれからだ」

状況は行き詰まった。誰もが誰かと睨みあったまま、誰ひとり動こうとしなかった。するとそこへ、ジオがやってきた。ジオは丸腰でアウディの運転席を降りると、一団の中央へと進みでた。

「ネロ、ジョー」とふたりに呼びかけてから、ほかの部下たちにもうなずきかけつつ、こう告げた。「おまえたち、なんのつもりだ？　おれの店の真ん前で誰かを撃ち殺すほど、トンマな野郎はひとりもいないはずだが」

ホワイティとフレックスも含めた全員を連れて、〝コールド・ダディ〟・コリンズがその場から立ち去ると、代理の用心棒として入口の脇に部下のひとりを配置してから、ネロもいずこかへと帰っていった。バーテンダーと裏方のメキシコ人は、痛めた箇所を氷で冷やし、慰労金としていくばくかの現金を握らせてもらうやいなや、たちどころにぴんぴんとして、持ち場へ戻っていった。ジオは店の奥へと歩いていって、つ

ね に〝予約席〟のプレートが置かれているボックス席の前で立ちどまると、ジョーとエレーナの向かい側に腰をおろした。ジョーは氷を入れたグラスを腫れあがった目に押しあてていた。エレーナはキンキンに冷えたビールを頬の擦過傷と唇の切り傷に押しつけながら、ときおりビールをすすっていた。

「すまない、ジオ」とジョーは詫びた。「今夜のおれはどうかしていた。酒をやりすぎたようだ」

ジオは小さく肩をすくめた。「おれがちょうどこっちへ向かおうとしていたときだったってのは、不幸中の幸いだな。だが、あのコリンズって野郎はまずまちがいなく、仕返しにやってくるぞ。そうしないわけにはいかないだろうからな。おまえはあの野郎を部下どもの目の前でぶちのめしたうえに、タフガイで鳴らしてるはずのラッパーに泣きべそまでかかせちまったんだから」

「あいつを泣かせたのは、おれじゃなくエレーナだ。それに、泣かされて当然のことをした」

「ごめんなさいね、ジオ。次にあいつを泣かせるときは、店の敷地を出てからにするわ」

「いいんだ、気にしないでくれ。だが、今夜はもう充分に楽しんでもらえたんじゃないか？ おれはいまからきみのボーイフレンドと、だいじな話をしなきゃならない」

ジョーはエレーナに顔を向けた。「タクシーを呼びたかったら、出口のところにいるエディに頼むといい」

「いいえ、大丈夫」エレーナはジョーの頬にキスをした。「家まで車で送るって、クリスタルが言ってくれてるの」

ジョーはにやりとして言った。「それなら、きみのことをくれぐれもよろしく頼むと伝えておいてくれ」

エレーナはさよならとジオに手を振ると、すでに私服に着替え終えたクリスタルが待つ、店の出口へと向かっていった。ふたりが腕を絡めつつ店から出ていくさまを、ジョーとジオは無言で見守った。

「さっきのうつけどもの件だが、コリンズ以外の連中のことは気にしなくていい」しばらくしてから、ジオが口を開いた。「だが、あの娘との関係を続けていたら、いずれ、どでかいトラブルに巻きこまれるぞ」

「ああ、だが、どでかいトラブルから助けだしてくれたのもエレーナなんだ」

ジオは大きくため息をついた。「なら、好きにしろ。いまはひとまず洗面所に行って、気を引き締めなおしてこい。アンクル・チェンがお呼びだ。銃の仕入先のひとりからタレコミがあって、甥のデレクを殺したくそ野郎の居所が判明したそうだ。ニュージャージー州の僻地のどこだかにある、白人至上主義者御用達のサバイバルキャンプだかなんだかに身をひそめているらしい。アンクル・チェンの配下の者が、おまえを拾いに、もうこっちへ向かっているはずだ」

「それはどうだろうな、ジオ。たしかに、デレクはいいやつだった。だが、復讐はおれの本分じゃない」

「ああ、わかってる。だから、おまえを同行させるのは、あくまで本人確認のためだと伝えてある。言うなれば、顧問役としてな。アンクル・チェンが差し向けた追っ手は、デレクの友人だった連中だ。引鉄《ひきがね》はそいつらが引く。しかも、チェンとの貸し借りはこれでチャラになる。それが済んだら、おまえが今夜新たにつくりだした敵をどうすべきか、知恵を絞るとしよう」

4

そんなこんなで数時間後、気づけばジョーは、痣の浮きあがった顔と二日酔いの状態で、フラッシングから送りこまれてきた三人組の若造と行動を共にしていた。ニュージャージー州南部に位置するダイナーの駐車場に立ち、のぼりくる朝陽に目を細める。ブラッキーとフェザーは煙草に火をつけている。キャッシュは新たに取りだしたガムの包み紙をむいている。あんたもどうだいと訊かれると、ジョーは首を横に振った。

「じつを言うとな」ミラーサングラス越しにジョーの目をじっとのぞきこみながら、キャッシュは続けた。「デレクはいちばん長いつきあいのダチ公だった。赤ん坊のころから一緒に育った。はじめて車を盗んだときも一緒だった。キーを使わずにエンジンをかけるやり方も、デレクに教わった。あいつはじきに結婚を控えてもいたんだ」

「ああ、知ってる」と、ジョーは応じた。「だいじな友人を亡くして、さぞやつらいことだろう。デレクのことは、おれも気にいっていた」

「あいつもあんたを気にいってたぜ。本物のプロだと言ってた。昔気質《かたぎ》のおっさんではあるけども、ってよ」

ジョーは小さくうなずいた。「あいつは本当にいいやつだった」

「だったらどうして、おれらと一緒に行って、あいつを殺った野郎に鉄槌《てっつい》をくだしてやろうと思わないんだ?」キャッシュは不意に声を荒らげると、サングラスをはずしてから、こう続けた。「ダチのためなら当然だろ?」

ブラッキーとフェザーも動きをとめて、こちらの返答を待っている。

　ジョーは声のトーンを変えることなく、こう答えた。「デレクのことを、ダチだったとは言ってない。いいやつだったと言ったんだ。デレクとは一度だけ、同じヤマを踏んだ。あいつはそのとき命を落とした。だが、ヤマを踏むってのはそういうものだ。本人も、それをよくわかってた」穏やかな表情をたたえたまま、ジョーはまっすぐにキャッシュの目を見すえた。「だからおれも、どこかでいいやつが撃ち殺されるたびに、殺しに手を染めるようなまねはしない」

　ブラッキーがふんと鼻を鳴らした。フェザーは首を横に振っていた。

「そんなら、どういう場合であれば殺しに手を染めるっていうんだ、昔気質のおっさん？」キャッシュが訊いてきた。

　ジョーは小さく肩をすくめた。「そうしないと、おれの立場がまずいことになる場合だろうな」

　嘲《あざけ》るように唇をゆがめてから、キャッシュはサングラスをかけなおした。噛んでいたガムをぷうとふくらませると、ジョーにくるりと背を向けて、駐車場に入ってこようとしている一台のＳＵＶに視線を向けた。異様にばかでかいフォード・エクスペディションは、あきらかに改造されたＶ型八気筒エンジンの爆音を轟かせながら、すぐそばまでやってきて停車した。ベースボールキャップをかぶり、見るからに日に焼けた白人の男が運転席から顔を出すと、四人の顔を順繰りに眺めまわしてから、口を開いた。

「おめえら、チェンのところのもんだな？」そう尋ねる男の声には、シロップのようにねっとりとした、南部特有の響きがあった。

　その問いに、キャッシュはうなずいて答えた。「そうでないとしたら、あまりにも偶然が過ぎるってもんだろ？」

「だろうな」男はにこりともせずに応じてから、車を降りてきた。「おれはクレヴォン。ダーモットのところのもんだ」

ダーモットというのは、アンクル・チェンに銃器を供給している密売人のひとりで、フロリダに拠点を置いている。法の縛りが比較的ゆるく、入手も容易な南部全域で、ひとを使ってありったけの銃器を掻き集めさせては、そっくりそのまま、アンクル・チェンのもとへと送り届ける。アンクル・チェンは受けとったブツを配下の者に支給したあと、余ったぶんをブラックマーケットで売りさばくという寸法だ。つまりダーモットは、最高の上得意の頼みとあらばと、ひと肌脱いだ。ジョンジー・グレイブルズの居所を突きとめもしたし、サバイバルキャンプに集うガンマニアどものなかで、あいつがジョンジーだと指差して教える役割として、運び屋のひとりであるクレヴォンをここへよこしもしたのだろう。ちなみに、ジョンジーがひそむサバイバルキャンプは、違法な銃器のみならず、メタンフェタミンだのオキシコドンだのといった薬物を輸送する際の、中継地点としても利用されているという。

アンクル・チェンが遣わした三人組はいま、クレヴォンのもとに集まって、仔細な情報に耳を傾けていた。ジョーはひとり輪をはずれ、フォードの横っ腹に背中をあずけて待っていた。胸ポケットからサングラスを取りだすと、ゆがんだ蔓《つる》を強引に折り曲げなおしてから、それをかけた。クレヴォンはインターネットからプリントしてきたという地図を広げて、さらに説明を続けている。

「GPSの座標はここに書きこんでおいたが、いくつか注意しときてえことがある。見てのとおり、このサバイバルキャンプはいちばん近い町からも二マイルほど離れていて、山の上の松林のなかにある。たどりつくには、この小川を渡るしかねえ。川に架かっている橋は厚板でできていて、車が一台通るのがやっとの幅だが、その橋を渡ったあとは、この尾根沿いの小道がまっすぐサバイバルキャンプまで続いてる」

「それなら、橋を渡ったところで、おまえらふたりを車から降ろす」ブラッキーとフェザーに向かって、キャッシュが指示を与えだした。「そこから林のなかを徒歩で進んでくれ。おれはその小道を車で進んで、やつらの注意を逸らす」

「おれの考えてたプランもまったく同じだ」クレヴォンがうんうんとうなずきながら言った。「ほかに訊いときてえことは？」

「いや、大丈夫だ」ブラッキーが言った。

「問題ねえ」と、フェザーも応じた。

キャッシュも横に首を振りながら、風船ガムをふくらませた。

ジョーは深々とため息をついた。「おれからひとついいか？」

全員が顔を振り向けた。

「おまえらが全員殺されちまったら、おれはどうやって家に帰ればいいんだ？」

チェンの手下の三人組が、じっとこちらを見すえている。キャッシュがふくらませていたガムをぽんと弾けさせた。クレヴォンが大袈裟に顔をしかめながら、口を開いた。「すまねえが、おたくはいったい何者《なにもん》なんだ？　傭兵か何かなのかい？」

「いいや、ただの用心棒だ」

「用心棒？」

「ああ、ストリップクラブのな」

「そういうことなら言わせてもらうが、その顔の痣を見るかぎり、踊り子のおっぱいを守るだけでも手一杯だったようだ。この件はおれらに任せておきな」そう言うと、クレヴォンはさきほどの地図を広げなおした。クレヴォンが尾根沿いの道を指先でなぞりはじめたとき、ジョーはふたたび口を挟んだ。

「なあ、そのキャンプはサバイバル訓練用のものなんだろ。つまり、そこで戦争ごっこに興じてる連中は、生粋《きっすい》のガンマニアだ。しかもそこには、違法な銃だのドラッグだのがどっさり蓄えられている。ちがうか？」

「ちがわんだろうな」クレヴォンはやれやれと肩をすくめた。

「だったら、その松林には、そこらじゅうに地雷が仕掛けられているはずだ。そんなところを徒歩で通りぬけたら、足を吹っ飛ばされるのがオチだろう。橋にワイヤートラップが張られていなかったとしても、見張り役を置くなり、なんらかの警報器を設置するなりはしているにちがいない。みずから罠に飛びこんでいくようなものだ」

今度ばかりは四人全員が眉根を寄せつつ、ジョーの顔を見つめていた。しばらくすると、キャッシュがふたたびガムをふくらませてから、「一理あるな」とつぶやいた。

「それで？　おたくはそこに突っ立って、作戦のあら探しをするだけのつもりかい？　文句を言うなら、建設的なアイデアのひとつも出したらどうだ？」クレヴォンが不満げに訴えた。

「アイデアならあるにはあるが、それにはあんたの車を貸してもらわなきゃならない」

「ばか言うな。こいつは特別仕立ての改造車だぞ」

「ああ、見りゃわかる。それから、そうだな、そのサバイバルキャンプに保管されてるっていう、ありったけのブツも使わせてもらう」

「つまりは、おれの愛車とそっちの車を交換しろってことか？」

「いや、こっちの車も必要になる」

「そんなら、おれはどうやって家に帰りゃいいんだ」

ジョーはひょいと肩をすくめた。「バスに乗って？」

「おたくがどんな問題を抱えてるのかは知らねえよ、旦那。だが、用心棒は辞めたほうがいい。目のまわりの痣を、左右両方に増やしたくないんであればな」

ジョーはかすかに微笑んで言った。「とりあえず、ボスにお伺いを立ててみたらどうだ」

「ボスに電話して、おたくのことをどう説明しろってんだ？」

「ジョーと伝えればわかる」

クレヴォンは声をあげて笑った。「ジョーとだけ？　用心棒の？　それだけで何が伝わるってんだ。笑わせやがるぜ」

ジョーはやれやれとため息をついた。いささかの気恥ずかしさをおぼえつつも、シャツの裾を持ちあげて、左胸の肋骨の上、心臓の真下に刻まれた星形の焼き印を見せた。キャッシュら三人も、その傷痕をまじまじと眺めだした。「この焼き印のことをボスに伝えろ。あとはジョーとだけ言えばわかる」

クレヴォンは首を振り振り、こう応じた。「そこまで言うなら、そうするけどよ。おたくら、ほんとに、妙な連中だよ。だが、電話はかけるだけかけてみるさ」

「ありがたい。そうしてくれ。おれたちはなかで待つ」それだけ言うと、ジョーは三人組に顔を向け、ダイナーの入口へと向かいながら、こう続けた。「どうやらおれも、卵とコーヒーを腹に入れておいたほうがよさそうだ。腹ごしらえが済んだら、地元警察と話をしにいくとしよう」

「警察だと？　このおっさんは何を言ってやがるんだ？」ブラッキーが驚きの声をあげた。フェザーも呆れたように首を振った。

「どうして急に、おれらの心配なんてしはじめたんだ？」と、キャッシュが訊いてきた。「てっきりあんたは、役立たずの良心的兵役拒否者だとばかり思ってたんだが」

「ああ、おれも訊きたいね」フェザーが横から調子を合わせた。「〝いいやつ〟がもう何人か撃ち殺されたところで、あんたが何を気にすることがある？」

「事情が変わった。おまえら三人を生きて帰さないと、おれの立場がまずいことになる」ジョーはそう答えてから、フェザーに顔を振り向けた。「それと、おまえが〝いいやつ〟だとは、おれはひとことも言ってない」

5

ドナ・ザモーラ捜査官は、ニュージャージー州へと至る橋を歩いて渡っていた。ジョンジー・グレイブルズという男の行方に関する情報を入手したため、トレントン市の連邦保安官事務所に接触をはかり、こうして面会に向かっているところだった。銃の密売人であり、社会の鼻つまみ者でもあるジョンジー・グレイブルズは、デレク・チェン殺害の容疑で逮捕されたものの、保釈中に行方をくらませた。この事件に関して、ドナは個人的な興味を抱《いだ》いていた。デレク・チェンが命を落とす結果となった銃撃戦は、FBIとア《A》ルコール《T》・タバコ・火器及び爆発物取締局《F》による合同捜査の作戦中に発生しており、その作戦にはドナも参加していたものの、グレイブルズの逮捕の瞬間に居合わせることは叶わなかった。ビーンバッグ弾で撃たれて倒れ、身動きすらできなくなっていたからだ。ビーンバッグ弾を撃ったのは覆面の男だったのだが、その後、男の正体は用心棒のジョーことジョーゼフ・ブロディーであるにちがいないと、確信するに至っていた。それがふたりの出会いだった。いいえ、ストリップクラブへのガサ入れで逮捕したときのことも数に入れるなら、二回目の邂逅《かいこう》ということになるのかもしれない。ドナの息の根をとめるよう仲間から指示されたにもかかわらず、ジョーは殺傷能力のない弾を選んで撃った。そうした行為は、概して、善意のあらわれだと言える。しかもそのとき、ジョーは引鉄を引きながら、ひとこと詫びることまでした。気づけば、我ながら当惑するほどに、ジョーに心惹かれている自分がいた。

連邦保安官局を通じて、所轄の責任者であるブレイズ・ローガン保安官補とはすでに連絡がとれており、ジョージ・ワシントン・ブリッジのニュージャージー側のたもとで落ちあう手筈になっていた。ドナの家はワシントン・ハイツにあって、橋の影が届くほど近くで育ってきており、この界隈のことは熟知していたから、二ドルの運賃を払って、シャトルバスを利用するつもりでいた。スペイン語を話す運転手ばかりがハンドルを握るそのバスは、日がな一日、通勤客を乗せて州間を行き来しているのだ。ところが、今朝起きてみると、あまりにも晴れ晴れとした気持ちのいい空だったため、急遽、バスに乗るのはやめて歩こうという気になった。まだ早い時刻の外気は、ひんやりとして涼しかった。背後からのぼりくる太陽が、摩天楼のてっぺんからいまにも顔をのぞかせようとしているなか、緑に覆われたパリセイズ峡谷の絶壁をめざして、ドナは歩きはじめた。眼下では、ハドソン川の川面《かわも》がきらきらと照り映えている。ブルックリン橋ほど有名でもなければ、美しくもない。ゴシック様式の凝った装飾がほどこされているわけでもない。それでも、ジョージ・ワシントン・ブリッジにもまた、驚嘆に値するほどの趣《おもむき》がある。むきだしの鉄骨から成る骨組み。天高くへと伸びゆくケーブル。およそ一キロメートルにも及ぶ川幅を、ひと跨《また》ぎに跳び越えるさま。そこからおよそ百八十メートル下方——足がすくむほどの下方——では、川面がときおり渦を巻きながら、きらきらと照り輝いている。そのあまりの美しさに、ドナは毎回、圧倒されてしまう。

　ローガン保安官補はすでに車をとめて待っていた。ずらりと並んだタクシーのなかに一台だけ、政府支給のインパラがとまっているうえに、色黒の男たちのなかにひとりだけ、肩幅の広いブロンドの女がまぎれこんでいたから、すぐにわかった。ローガン保安官補もこちらに気づくと、ボンネットにもたれたままうなずきかけてきた。パンツスーツのジャケットが腰のあたりで少しふくらんで見えるのは、そこに銃を携帯しているためだろう。ドナはジーンズにトレーナーといういでたちで、髪をポニーテールにまとめ、キャップをかぶっていた。服装が少しくだけすぎただろうかと悔やんでから、まるでデートのように考えている自分がおかしくなった。もしかして、そんなふうに考えたのは、ローガンが同性愛者だからだろうか。

　少なくとも、同僚のFBI捜査官であるアンドリューはそう言っていた。ならば、信憑性はかなり高い。アンドリューは自身がゲイであることも、同性と結婚していることも公にしていて、本人が言うには、セクシュアル・マイノリティ《LGBTQIAPK》の捜査官や警察官に関することならなんでも知りつくしているらしい（みるみる長くなっていく略語に新たなアルファベットが加わるたび、それが何をあらわしているのかについても、その都度、ドナに教えてくれる）。そのアンドリューに、本件への協力を仰ぐため誰に連絡するつもりか打ちあけたところ、アンドリューは笑いながらこう言った。

「ローガンが相手なら、〝連絡〟じゃなく〝レズするつもりか〟と言うべきだろうな。西部開拓時代以来、ワイアット・アープ保安官の髭に白いものがまじりだしたときからこのかた、最もタチらしい保安官なんだから」

「アンドリュー！」同僚の誰かに聞かれてはいまいかと、ドナは周囲を見まわした。「この支局のなかでただひとり、ユダヤ人と結婚した黒人であり、ゲイの捜査官でもあるあなたが、どうしてそんなに悪趣味な冗談を言えるの？」

アンドリューはひょいと肩をすくめた。「おれたちのほうがよっぽど滑稽だからさ」

「おれたちって、誰のこと？　黒人？　ユダヤ人？　それとも同性愛者？」

「その三つとも全部。だからこそ、おれたちはショービズ界を牛耳ることができた」

「だけど、ＦＢＩではそうはいかない。それなら、もっと言葉に気をつけなきゃ。ここにいる白人には冗談が通じないわ。リベラルを自称するひとたちにさえも」

「ああ、わかったよ」アンドリューはそれだけ言うと、ドナの耳もとにぐっと顔を寄せて、こうささやいた。「初デートの報告、楽しみにしてる」

ドナが近づいていくと、ローガンはもたれていたボンネットから身体を起こし、「ザモーラ捜査官？」と呼びかけながら片手を差しだしてきた。

「おはようございます」握手を交わしながら、ドナは言った。「応援の要請に応じてくださり、ありがとうございます」

「とんでもない。当然の務めですから。さて、出発まえに済ませておきたいことは？　コーヒーとか、トイレとか」

「いいえ、大丈夫」

「それじゃ、行きましょう」運転席側のドアに向かいながら、ローガンは続けた。「今日は最高の人狩り日和だわ」

6

ジョーはクレヴォンに借りたフォードを駆って、町の中心部までやってきた。眼前の小さな建物には町役場のほかに警察署も入っていて、隣には別棟の消防署が建っている。ジョーはその前に車をとめると、後ろを振りかえり、二列に並んだからっぽの後部座席をちらりと見やった。運転席を降りて、ドアをロックしてから、〝警察〟と記された扉へ向かった。扉の向こうには、蛍光灯が灯された小さな待合室が設けられていて、床にはんだ付けされたプラスチック製の椅子が一列に並び、腰までの高さの間仕切りで隔てられた奥のスペースでは、大柄な白人の男がひとり、机に向かってすわっている。巨体にまとった青い制服は、シャツもスラックスもぱんぱんに張っており、汗に濡れてへたった金髪が頭皮にへばりついている。制帽は隣の椅子に放置されている。手にした鉛筆でやっているのは、ジャンブルという文字パズルゲームのようだ。

「おはようございます。何か相談がおありで？」

「ああ、そうなんだ。できれば力になってもらいたい。署長はおいでかな？」

「署長はただいま取り込み中だ。おれは署長補佐のクック。相談の内容は、ひとまずおれに話してみては？」

「ああ、喜んで。ここから大声でわめきたてればいいのかい」

　クックは間仕切りに取りつけられたスイングドアを指差してから、椅子に置いてあった制帽をしぶしぶと拾いあげた。ジョーはあいた椅子に腰をおろし、ジャンブルの問題が記された紙をちらっと一瞥して言った。

「悲しませる」

「は？」クックが訝《いぶか》しげに訊きかえした。

　ジョーは紙を指差した。「その問題の答えは、〝悲《Sa》しませる《ddens》〟だ。〝悲しい《Sad》〟じゃない。それだと、四ポイントも損しちまう」

　クックは眉をひそめつつしばらく問題を凝視してから、書きこんであった文字を丁寧に消して、正しい答えを書きなおすと、苛立たしげな表情のまま顔をあげた。「それで、相談したいことというのは？」

　ジョーは片手を差しだし、相手が握りかえすのを待って、こう切りだした。「おれの名前はジョン・メイオフ。ただし、仲間内ではジャックと呼ばれてる」

「オーケイ、ジャック」

「ここへ来たのは、逃亡犯をとっ捕まえるためだ。保釈中に行方をくらませた、ジョンジー・グレイブルズという名の男なんだが、そいつがすぐそこの丘陵地に潜伏しているという情報が、たしかなすじから入ってきた」

「ほほう？　つまり、おたくは賞金稼ぎか何かで？」

「まあ、そんなところだ」

「資格か何かは持っているのか？」

「いや、署長補佐殿、じつはそれが問題でね」ジョーはぐっと身を乗りだしつつ、にやりと微笑んでみせた。「じつを言うと、おれはこういうことを仕事にできるような、正式な資格を持っていない。だから、もしもそちらが非公式に力を貸してもいいと言うのであれば、たとえば分け前として、懸賞金の二十五パーセント……千ドルを融通するようなことも可能なわけだ」

「懸賞金は四千ドル？」

「ああ、そいつを生きたまま、裁判の期日までに引き渡せばの話だがね」

「なるほど。しかし、もしもおれたちが手を組んで、非公式にことにあたるとするなら、分け前は折半にすべきでは？」

「まったく、食えない男だな」ジョーはふたたびにやりとしてみせた。「とはいえ、正当な申しいれでもある。よし、それで手を打とう」ジョーはふたたび握手を求めた。クックはさきほどと打って変わり、強く手を握りかえしてから、制帽をかぶった。

「こっちだ。裏に車がとめてある」

「いや、車は……」椅子から立ちあがりながら、ジョーは続けた。「おれのを使ったほうがいい。ああいう地形に適した仕様になっているし、やっこさんを現場で車内に閉じこめたあと、そのまま身柄の引き渡しに向かえて、手間も省ける。保安のうえでも安心だ」

「それならそれで結構」とクックは応じた。「正面出口のところで待っててくれ。小便だけ済ませてくる」

ジョーはクックをばかでかいフォードに乗せて、一路、サバイバルキャンプをめざした。町から数キロ離れた地点で街道を逸れて、曲がりくねった一本道に入り、車の屋根よりも高く草木が生い茂る山の斜面をのぼりはじめた。クラシックロックの専門チャンネルに合わせたラジオから、かすかに音楽が流れるなか、ジョーは無言で車を走らせつづけた。やがて前方に、小川が近づいてきた。川幅は狭いくせに、やけに水深のあるその小川は、まるで山道を鋭く切り裂いた亀裂のようだった。そこに架けられている橋はというと、厚板を組みあわせただけの、てんで粗雑な代物だ。ジョーは手前でブレーキを踏んだ。

「慎重に行ったほうがいい。幅は充分にあるとはいえ、欄干がないからな」クックが不意に口を開いた。

「ああ、了解」ジョーは窓から顔を突きだし、タイヤをじかに目視しながら、ゆっくりと橋を渡りだした。クックも助手席の窓から顔を出し、「オーライ、オーライ、その調子だ」と指示を飛ばしはじめた。ジョーは水面《みなも》を見おろした。鋭く尖った岩の上で、流れが渦を巻いている。対岸には、いっそうこんもりと木々が生い茂り、路面も土に変わっている。土煙を巻きあげながら、急勾配の未舗装路を先へ進んだ。めざすサバイバルキャンプは森のなかの空き地にあって、周囲には迷彩柄のネットが張りめぐらされていた。かまぼこ形の兵舎と、コンクリートブロックを土台にしたトレイラーハウスが一棟ずつ、合板製の掘っ建て小屋が二棟、そのなかに建っていて、いずれの外壁も緑と茶の迷彩柄に塗りあげられており、横手には、プロパンガスのボンベやガソリン式の発電機が設置されている。敷地の片側にはピックアップトラックや車がずらりと並び、反対側には、手製の射撃練習場が設けられている。少し離れたところには、投げナイフの突き刺さった人形《ひとがた》の木製の的が立っている。

「ひとまず、おれについてきてくれ。あの手の連中は、あんまり脅かしすぎると、突発的な行動に出たりする」敷地へ入ると同時に、クックが言った。軍用の作業ズボンと迷彩柄のベストを着た髭面《ひげづら》の男たちが、アサルトライフルを抱えたまま、それぞれの隠れ処《が》から次々に姿をあらわし、そのうちのふたりが前に進みでた。

「ああ、了解」ジョーは言って、エンジンとラジオを切った。キーは差したまま、ドアを開けて車を降りると、クックを追って歩きだした。

「おはよう、諸君！」クックは声を張りあげながら、男たちのいるほうに近づいていった。ジョーも一歩後ろに続いた。

「おはようさん……」男たちもうなずきながら、挨拶を返してきた。

「紹介しよう。こちらはミスター・メイオフ。ニューヨークからやってきた、賞金稼ぎの旦那だ」クックはさらにそう続けると、ミリタリーウェアの上にベースボールキャップをかぶり、山羊鬚《やぎひげ》を生やした赤毛の男を指差した。「でもって、あそこにいるのがジョンジーだ」言うが早いか、クックは銃を引きぬいて、その銃口をジョーに向けた。「そんでもって、あそこにいるのが……」今度は、ぼうぼうに髭を生やしたブロンドの男を顎で指し示した。「おれのいとこのランディだ」

ジョーは両手を上にあげた。「おれがここへ来たのは、おたくらの邪魔をするためじゃない。それはそうと、おたくらは、ミスター・グレイブルズが裁判をすっぽかしたお尋ね者だということを、重々承知していたわけだな」

グレイブルズがにやりとすると、髭の隙間から、切り株のような茶色い前歯がのぞいた。「ありがてえことに、おれらはいま、ユダ公《ジュー》の牛耳るジューヨークにいるわけじゃねえ。だろ？」

クックのいとこだというランディが、じっとジョーを見すえたまま、手にした銃をいじくりつつ相槌を打った。「そうともよ。ここはアメリカ合衆国の自治領だ」

「すまねえな、ジャック。力になれなくてよ。あんたは選ぶ相手をまちがえたようだ」クックが言った。

「詫びる必要はない。おれが選んだのは、まさに打ってつけの人間だったんだから」そう言ってかえすやいなや、ジョーはさっと地面にしゃがみこみ、目を閉じて耳をふさいだ。すると次の瞬間、一発のロケット弾が空《くう》を切り裂き、かまぼこ形の兵舎が吹き飛んだ。誰もが地面にうずくまり、悲鳴や怒声をあげるなか、弾丸の雨がプロパンガスのタンクを叩き、横に建つトレーラーハウスもろとも吹き飛ばして、オレンジ色の炎と黒煙が噴きあがった。

クックは驚愕の面持ちで、呆然とこちらを見つめていた。ジョーはすばやく立ちあがり、一気に相手との距離を詰めた。銃を持っているほうの手首を右手で締めあげ、左手で銃身をつかんでひねりあげた。クックはとっさに引鉄を引いたが、弾が地面にめりこむが早いか、ジョーが銃をねじりとると、引鉄にかけていたクックの指がぽきんと鋭い音を立てた。クックは痛みに声をあげた。ジョーは奪いとった銃を振りあげて、クックのこめかみに叩きつけた。グレイブルズが加勢に入ろうと、こちらへ突進してくることに気づくと、ジョーはくるりとそちらへ向きなおり、額のど真ん中に照準を合わせた。

「動くな」ジョーが命じると、グレイブルズはぴたりと足をとめた。「おまえもだ」ジョーはいとこのランディにも命じた。ランディはなおも地面にうずくまったまま、両腕で頭を庇《かば》っていた。ジョーはグレイブルズの背後にまわりこみ、その首に片腕をまわした。グレイブルズの身体を弾除けに使いつつ、銃口をこめかみに押しつけた。ランディが武器を手にしようと、肩からさげていたアサルトライフルを慌ててつかみ、銃口をこちらへ振り向けた瞬間、ジョーは心臓を撃ちぬいた。

ジョーの考案した襲撃プランは、事前にあのダイナーで、クレヴォンが持参した地図を使いつつ、三人に説明してあった。ダイナーの駐車場で、簡単なリハーサルも済ませていた。後部二列シートの下に据えつけられていた錠付きのロッカーから、クレヴォンが隠し持っていたロケット推進式のグレネードランチャーやM16自動小銃を取りだすと、その使い方も手早く指導しておいた。それが済むと、からにしたロッカー二台のなかに、フェザーとブラッキーがひとりずつもぐりこんだ。ジョーはロッカーの蓋を閉め、シートをもとに戻したあと、鍵だけは開けたままにしておいた。こうすれば、フェザーとブラッキーのふたりともが武器をたずさえたまま、警官を乗せたフォードに同乗し、ひそかにサバイバルキャンプへ乗りこむことができる。目的地へ向かう道中、ジョーがきわめて慎重な運転を心がけていたのは、ふたりのため、過度な振動を避けるためでもあったのだ。その一方、三人組のなかでいちばん車の運転がうまいキャッシュは、自分の車にアサルトライフル一挺を積みこんで、ひそかにジョーらのあとを尾《つ》けていた。ジョーはあらかじめ三人に、こう指示を与えていた。車のエンジンが切れて、音楽が鳴りやんだら、十秒かぞえてから外に出て、派手にぶちかませ。その指示に従って、グレネードランチャーをかまえたブラッキーは、かまぼこ兵舎を爆破した。フェザーはガスボンベを吹き飛ばした。そしていまはふたりがかりで、退却していくガンマニアどもに弾丸の雨を浴びせていた。その間にジョーはグレイブルズを急きたてて、車のほうへ向かっていった。

「ここに入れ」身につけた武器をすべて没収してから、ジョーはグレイブルズをロッカーのなかに押しこんだ。

「おい、よせ！」とグレイブルズはわめいた。「こんなやり方が法的に許されるもんか！　権利の告知はどうした！」

「それならあとで読み聞かせてやる」ジョーはそう言うと、手にした銃を横ざまに振り、グレイブルズの顎を殴りつけてから蓋を閉めた。今回はしっかりと錠をおろしたうえで、クッションシートももとに戻すと、「行くぞ!」とふたりに号令をかけた。

ブラッキーは運転席に乗りこみ、ハンドルを握った。フェザーは助手席に乗りこんだあとも、ガンマニアどもへの発砲を続けた。ジョーはその間に、地面に放りだしてあったグレネードランチャーを拾いあげ、新たに弾を込めてから、グレイブルズが押しこめられているロッカーの真上のシートに着座した。「シートベルトを忘れるな!」車が動きだすと同時に、ジョーは指示を飛ばした。ガンマニアどもが地面をすばやく這いながら態勢を立てなおし、反撃を開始していた。ジョーは重心を低く落として、開け放ったリアウィンドウからグレネード弾をぶっ放した。出入口付近にとまっていたピックアップトラックが吹き飛ぶと、恐れおののくガンマニアどもが足どめを食らっている隙に、車はスピードをあげて、サバイバルキャンプをあとにした。

車は急勾配の未舗装路を、跳んだり跳ねたりしながら疾走した。こんな状況ではもはや、ロッカーのなかの同乗者に配慮している余裕はない。案の定、何かがごつごつと金属にぶつかる物音やうめき声が、足の下から漏れ聞こえてくる。タイヤが盛大に土煙を巻きあげていたが、ガンマニアどもを乗せたトラックが何台か、あとを追ってきているのは見てとれた。まだかなり遅れをとってはいるものの、徐々に距離を詰めてきている。残るグレネード弾はあと二発。ジョーはそのうちの一発を装填し、発射準備の体勢をとって待った。

厚板製の橋の手前にさしかかると、ブラッキーは車のスピードをゆるめた。対岸の舗装道路で、キャッシュが待機しているのが見える。仲間がつつがなく撤収できるよう、援護射撃をするのがキャッシュの役目だった。そのため、少しさがった位置に車をとめて、その陰で配置につき、すでに銃をかまえている。

「いいぞ、ブラッキー、ゆっくり行け。時間はたっぷり稼いである」ジョーは後部座席から声をかけた。

ブラッキーは車体が橋の中央から逸れないよう、慎重に、ゆっくりと橋を渡りはじめた。ガンマニアどもの車がのぼり坂のてっぺんから姿をあらわすと、キャッシュが援護射撃を開始して、追っ手の進行を妨げた。車が対岸にたどりついた時点で橋を爆破するべく、ジョーはリアウィンドウからランチャーをかまえ、慎重に狙いを定めていた。するとそのとき、一台のピックアップトラックの荷台から、ガンマニアのひとりがぱっと顔を突きだし、屋根越しにショットガンをぶっ放した。左のリアタイヤを撃ちぬかれた車は、大きくぐらりと傾いた。ジョーは一瞬、このまま小川に落下するものと覚悟した。ところが次の瞬間、ブラッキーが必死にハンドルにしがみつきつつ、めいっぱいにアクセルを踏みこむと、すぐれた馬力を誇るエンジンが咆哮をあげた。フロントタイヤが間一髪、対岸のアスファルトを踏みしめた直後、後輪が横すべりした。追っ手の車がついに橋までたどりつき、それを渡りはじめると同時に、ジョーはランチャーの引鉄を引いた。

わずか数メートルの至近距離で浴びる爆風は、途轍もなく凄まじかった。橋は木っ端《こぱ》に砕け散り、追っ手の車はフロント部分が大破した。ジョーたちの乗る車も、がたがたと土手を転がり落ちはしたものの、途中で後部が岩場にぶつかり、その場に持ちこたえている状態だった。すぐ真下では、崩れ落ちた橋が炎に包まれはじめている。グレネード弾を放った直後に、ジョーはすぐさま身を伏せたのだが、落下の衝撃で床をごろごろと転がってしまったため、ランチャーも、残り一発のグレネード弾も、どこへ行ったものやら見当がつかなかった。車は地面に叩きつけられた後部がつぶれ、車軸が折れてしまっていた。ジョーの厳命に従ってシートベルトを締めていたフェザーとブラッキーは、おかげで車外へ投げだされることもなく、いくぶんうろたえてはいるものの、ひとまず大きな外傷はなかった。ふたりはフロントシートの窓から車外へと這いだしながら、ジョーの無事を確認しようと名前を呼びはじめた。

だが、ジョーにはそのとき、シートの下から響いてくるかすかな物音が聞こえていた。半狂乱でロッカーの蓋を叩く音だ。ジョーはシートを持ちあげて、ロッカーの錠を解こうと試みたが、何かがつっかえて動かない。何度力を込めてみても、衝撃で差し錠が曲がってしまったらしく、びくともしてくれなかった。グレイブルズはこちらの物音を聞きつけて、さらに激しく蓋を叩きはじめていた。「おい！　おい！」枕を顔に押しつけられているかのような、くぐもった声も聞こえてきた。

「ジョー！」呼びかけていたのはフェザーだった。

「急げ！　こいつにもじきに火が移るぞ！」

フェザーの言うとおりだった。ジョーの目にも、立ちのぼる炎が見えた。崩れた橋とピックアップトラックの両方が燃えている。車の後部を突きぬけて、銃弾も飛びこんできている。体勢を低くしていれば、鋼鉄製の瓦礫《がれき》が楯となって、ここまで到達することはないが、鉛玉なり炎なりが燃料タンクに、あるいは、残り一発のグレネード弾に到達するのは時間の問題だ。ジョーは瓦礫に背中を押しつけ、ロッカーの蓋を力いっぱいに蹴りつけた。変化はなし。もう一度。それでもびくとも動かない。

「ジョー！　何をしてやがる！　早く出てこい！」ブラッキーとフェザーのわめく声が聞こえた。

車体がふたたび大きく傾いた。下にあった厚板が燃えて、抜け落ちたらしい。リアウィンドウの向こうに、燃えさかる炎が見える。自動小銃の銃声が鳴り響いた直後、足もとのロッカーから悲鳴があがった。弾がロッカーを貫通し、グレイブルズに命中したのだ。

「すまない」届かないと知りながら、ジョーは詫びの言葉を口にした。それから、その場をあとにした。

ブラッキーの助けを借りて、ジョーは運転席の窓から どうにか外へ這いだした。その間、フェザーとキャッシュは土手のてっぺんに身を伏せて、対岸の追っ手を相手に援護射撃を続けていた。ジョーとブラッキーが斜面を這いあがり、てっぺんまでたどりつくのを待って、四人は一斉にBMWに乗りこんだ。キャッシュがアクセルを床まで踏みこむと、車は大きく尻を振りながら、猛スピードで走りだした。すると直後に、爆発音が轟いた。

行方知れずのグレネード弾に火がまわり、暴発したのにちがいない。そして、その炎がほぼ即座に、燃料タンクに残っていたガソリンにまで引火した。最初は、オレンジ色の巨大な火の玉があがった。次いで、ガソリンによって勢いを得た、もうもうたる黒煙が噴きあがった。木っ端微塵に破壊された二台の車と、おそらくはグレイブルズの亡骸《なきがら》が、あたり一帯に撒き散らされていく。橋はあらかた崩れ落ちていた。かろうじて原形をとどめていた骨組みも爆風に吹き飛ばされ、小川に落ちては、ジュッと音を立てながら水底へ消えていった。

車は道幅の狭い舗装路を一目散に走りぬけていた。周囲に生い茂る木々が窓外を流れ去っていく。ジョーは署長補佐のクックから奪ったグロックを手に取ると、手早く挿弾子《クリップ》を抜きとって、窓の外へ投げ捨てた。遊底をぐいと引いて、薬室内の弾丸も窓の外へ弾き飛ばした。そのあとも、部品という部品をすべてばらばらに分解していった。小さな隙間にアパートメントの鍵を差しこんで、安全装置を取りはずし、撃針を抜きとり、拳銃がただの鉄屑に変わるまで、徹底的に破壊した。それが済むと、走る車の窓から、それらすべてをひとつずつ投げ捨てていった。

「銃を出せ。指紋を拭きとってから、おれに渡すんだ」

「マジで言ってやがるのか？」後部座席の隣から、フェザーが言った。「やつらが追ってきたらどうすんだよ？」

「やつらが川を渡れたとしても、その先は歩いてくるしかない。それよりもいま、検問にでも出くわそうものなら、おれたちは一巻の終わりだ」

フェザーはこくりとうなずいた。ポケットからバンダナを取りだして、自動小銃の表面をぬぐいつつ、分解に取りかかった。助手席のブラッキーも、運転中のキャッシュの銃をジョーに手渡してから、同様の作業を始めた。そうしてばらばらに分解された銃の部品は、すべて林のなかへと捨て去られた。

7

ローガン保安官補の車でようやく所轄署にたどりつこうというころ、ドナは無言で窓外を見つめていた。はじめのうちは、会話を試みた。追跡中の人物に関する最新情報を、ローガンに伝えようとした。ところが、ローガンは「ああ、それなら調書を読んだわ」のひとことで、すげなく話の腰を折った。ドナはそのまま黙りこんだ。携帯電話が鳴って、職場からメールが入ると、これ幸いと、まずは仕事関連のメールをチェックした。それが済んだあとは、こっそりインスタグラムを眺めはじめた。

やがて車は、小さな建物の前で停止した。見たところ、建物の正面に裁判所と町役場、横手に警察署が入っているらしい。

「行きましょう。ここが所轄署よ」とローガンが言った。この一時間で、はじめて発した言葉だった。

「ええ」と短く応じてから、ドナも車を降りて、先を行くローガンのあとに続いた。ふたりは案内板の指示に従って、無人の待合室に入り、腰までの高さの間仕切りの手前で待った。耳を澄ますと、奥の扉の向こう側から、くぐもった声が聞こえてくる。

「ごめんください！　どなたかいらっしゃいませんか！」ドナは声を張りあげた。ローガンに向かって肩をすくめてから、間仕切りに設けられたスイングドアを開け、受付の奥まで歩いていった。扉の先は通路になっていて、さらに無数の扉が並んでいた。声の主は、〝署長室〟と記された開けっぱなしの扉の奥にいるようだ。ドナは顔だけを突きだして、戸口から室内をのぞきこんだ。イボだらけのデカ鼻をした、白髪頭の白人の大男が、無線機に向かって何ごとか喋っている。

「失礼します。署長でいらっしゃいますね？」その声に、署長が顔をあげた。ドナはバッジを掲げながら、こう続けた。「FBI特別捜査官のドナ・ザモーラです。勝手に入りこんで、申しわけありません。受付にひとがいなかったもので」

「部下がいるはずだったんだがね。無線でも応答がない。しかも、妙なことに、やつの車は外にとまったままでしてな」署長は言って、ため息をついた。「それはさておき、これはそちらさんには関係のない問題ですな。さて、今日はどのようなご用件で？」

「じつを言うと、儀礼上のご挨拶に立ち寄らせていただいただけなんです。連邦政府が捜す逃亡者の追跡のため、現在、連邦保安官事務所にご協力いただいているものでして」ドナはそう前置きしてから、ジョンジー・グレイブルズに関するかいつまんだ情報と、現在、サバイバルキャンプに潜伏しているらしいことを、手短に説明した。

「そういうことなら、わたしもいまからそこへ向かうつもりでしてな。よろしければご一緒して、現場に立ちあわせてもらうとしましょう」署長はそう言うと、鍵付きの保管棚に近づきながら、鍵束を取りだした。「どうせなら、ウズラを見かけたときに備えて、ショットガンを持参させていただくとしよう」

ドナたちふたりのあとについて建物を出ると、署長は扉に鍵をかけ、〝すぐに戻ります〟と書いた札をさげてから、パトカーに乗りこんだ。ふたりもふたたびインパラに乗りこみ、パトカーの背後に車を近づけた。署長はその間にエンジンをかけながら、行方知れずの部下を呼びだそうと、なおも無線をつないでいた。するとそのとき、やにわに爆発音が鳴り響いた。

ドナの姿が目に入ったとき、ジョーは一瞬、夢を見ているのかと思った。からくも爆発を逃れたあと、四人を乗せたBMWは、曲がりくねった舗装路を疾走していた。キャッシュはハンドルを巧みに操って、いくつものカーブを切りぬけると、法定速度までゆるやかにスピードを落としてから、街道に車を乗りいれた。このまま町なかを突っ切って、ハイウェイへ戻るつもりだった。そのときジョーは、いくぶん緊張をゆるめはじめていた。これでおおかた危険は去ったと感じていた。ポケットから傷だらけになったサングラスを取りだし、蔓を広げると、片方の蔓がぽろりととれた。このサングラスも殺られてしまった。戦闘の犠牲となった。いまもまだあの音が、鼓膜に残って離れない。閉じこめられたロッカーの蓋をグレイブルズのこぶしが叩く、くぐもった音。あきらかに無価値で、卑しく、愚かな命に、身も世もなくすがりつこうとする音。だが、それでも、命は命だ。そして、生きとし生けるものはみな、つねに死と戦っている。ネズミも、虫も、細菌でさえも。いや、つねにというのは言いすぎか。なかには、みずからそれを手放す者もいる。心臓が鼓動をとめるまえに、白旗をあげる者もいる。だが、グレイブルズはちがった。あの男のチンケな心臓は、打ちつけられるこぶしのように、最期の最期まで救いを求めつづけていた。

物思いを断ち切ったのは、サイレンの音だった。だが、その音は後方ではなく、町の中心部からこちらへ近づいてきている。一分後、一台のパトカーが見えた。前方の対向車線で、回転灯がまたたいている。

「くそっ」助手席でブラッキーが毒づいた。

「落ちつけ。大丈夫だ」とジョーは声をかけた。

信号が赤に変わると同時に、パトカーは交差点を走りぬけた。

「心配はいらねえ。おれに任せとけ」ゆっくりとガムを嚙みながら、バックミラーに目をやりつつ、いつもの口調でキャッシュは言うと、パトカーをすみやかに通過させるべく、周囲の流れに合わせて車をとめた。

パトカーを運転しているのは、でこぼこの大きな鼻をした、初老の白人の男だった。クックのものによく似た制帽と制服をまとい、金属フレームのサングラスをかけている。パトカーのすぐ後ろには、公用車専用のナンバープレートをつけた黒のインパラが続いていた。そしてなんと、その助手席にすわっているのは――なんの気なく窓外に視線を向けた瞬間、ジョーの目と目が合ったのは――FBI捜査官のドナだった。ドナは驚きに目を見開いた。まるで、幽霊でも目撃したかのように。一瞬、逸らしかけた視線がすぐさまこちらへ戻された。ふたりの視線がぶつかりあった。ジョーはぴくりとも動かずにいたが、はからずも顔に笑みが浮かんでいくのが自分でもわかった。だが、その二秒後に、ドナの姿は後方へ流れ去っていた。一拍遅れて、まるで呪縛を解くかのように、新たなサイレンの音が鳴り響き、消防車がやってきた。その横っ腹には、防火服に身を包んだ男たちがしがみついていて、赤い車体の救急車がすぐあとに続いていた。ジョーら四人が固唾《かたず》を呑んで見守るなか、連なって進む二台の緊急車両もまた、猛スピードで脇をすりぬけていった。

「ちくしょう、はらはらさせやがって」去りゆく車列を振りかえりながらフェザーが言って、ジョーの腕をぽんと叩いた。「銃を始末しといて正解だったな、旦那。まったくもってツイてるぜ」

「ああ、本当にラッキーだった」とジョーは応じた。

ジョーの姿が目に入ったとき、ドナは一瞬、夢を見ているのかと思った。さきほど耳にした爆発音は、町はずれの丘陵地のほうから、落雷のような地響きを伴って轟いた。ドナたち三人は即座に動きだした。署長はサイレンを鳴り響かせながら、パトカーを急発進させた。ローガン保安官補もそのすぐあとを追った。数分後には、消防車も合流した。あの爆発音はサバイバルキャンプのほうから聞こえてきた。けれども、指名手配中の逃亡犯に関するタレコミをもとに、ＦＢＩ捜査官がお決まりの追跡捜査を行ないにきたことと、その潜伏先とおぼしき場所の付近で何かが爆発したこととのあいだに、どんな接点がありうるというのか。いいえ、偶然とは思えない。単なるお定まりのやっつけ仕事に思えていたものが、いつのまにやら、混沌への扉を開けようとしている。そんな予感がする。そうした物思いに耽《ふけ》っていた、そのときだった。ふと窓外に目を向けたとき、緊急車両を通すため脇に寄った車列のなかに、それが見えた。白いＢＭＷの後部座席にすわって、なんの気なしにこちらを見つめかえしている男の姿。ジョー・ブロディー。ほんの一秒か二秒のあいだだけだったが、まちがいなく、目と目が合った。まちがいなく、ジョーもこちらに気づいていた。まるで幽霊を目にしたかのような表情を浮かべていた。後方へと流れ去るその顔が、ふと微笑んだようにもドナには見えた。

「本当に、さっきの爆発がグレイブルズに関係している可能性があると？」ローガン保安官補の声が聞こえた。半分はドナに、半分はみずからに問いかけているようだった。

「なんとなく、そんな気がするだけよ」とドナは答えた。

前方のパトカーに続いて街道をはずれ、険しい坂道をのぼりはじめると、エンジンがうなりをあげだした。そのとき不意に、前方で署長が急ブレーキを踏んだ。同時に左へハンドルを切られたパトカーは、大きく尻を振って、道をふさいだ。ローガンはとっさに右へハンドルを切りつつ、ブレーキを踏みこんだ。もうもうと砂埃を巻きあげながら、車は動きをとめた。

「いったい全体、どういう――」言いかけて、ローガンは言葉を切った。砂埃の向こうにうっすらと、署長が車をとめた理由が見えた。すぐ鼻先に、小川が流れている。深くて狭い大地の裂け目が、丘の中腹に口を開けている。黒焦げになった橋の燃え殻に加えて、大破した二台の車とおぼしきものが、川底に打ち捨てられている。そして、川岸に並び立っているのは、重装備をまとい、剣呑《けんのん》にも困惑しているようにも見える顔つきをした男たちの一団だった。男たちはみな、軍からの放出品である迷彩服に身を包み、大半がぼうぼうに髭を生やしていた。

ドナはホルスターから銃を抜きつつ、シートベルトをはずし、流れるようになめらかな動きで車を降りた。ローガンも同様の動きで、運転席を降りていた。

「動くな！」ほぼ同時に声を揃えて、ふたりは叫んだ。どちらも両手で銃をかまえていた。署長もショットガンをかまえつつ、パトカーから飛びだしてきた。

一瞬のためらいが見えた。迷彩服の男たちは、怯えた小動物のようにきょろきょろとあたりを見まわした。応戦すべきか、逃げだすべきかを、決めあぐねているのだ。やがて、いちばん右端に立つ男が――ドナにいちばん近いところにいる男が――動いた。アサルトライフルの銃口を、こちらに振り向けようとした。ドナは撃った。胸に風穴を開けられて、男は即死した。すると次の瞬間、爆竹を詰めこんだ箱のなかに、誰かがマッチをぽとりと投げいれでもしたかのように、一斉射撃の火蓋が切られた。ドナは隣の男の腹に、二発の鉛玉を食らわせた。ローガンは自分の前方にいるふたりを仕留めた。そのうちのひとりは、発砲してきたため、急所を狙って息の根をとめた。もうひとりは、背を向けて逃げだそうとしたため、横っ腹を貫いて重傷を負わせた。署長は、背丈も幅もいちばん大きな、ハンティングウェア姿の巨漢を仕留めた。ショットガンの一撃に、男は地面から吹っ飛ばされた。

「やめろ！　撃つな！」岩場の陰から声があがった。

「署長、おれです！」

「撃ち方、やめい！」署長が叫んだ。ドナは車の陰に身を隠しつつ、あたりの状況を確認した。道路に五人、倒れている。ひとりはまだ手足をびくつかせながら、うめき声をあげている。岩場の陰から突きだされた腕が、帽子を振っている。

「クック、おまえなのか！」署長が叫んだ。

「ええ、おれです！」

「生存者は、あと何人だ！」

「三人！　そこに倒れてるロニーも数に入れるなら、四人です！」

「よし、わかった！　銃を捨て、両手を上にあげて、そこから出てこい！　そっちにいる全員だ！」その声に従って、男たちはゆっくりと岩陰から姿をあらわした。ドナとローガンはそちらに銃を向けたまま、動きを追った。「その場所で、地面にうつぶせになれ！」署長は続けてそう命じると、部下のクックに銃口を向けた。「クック、おまえさんもだ！　さっさと撃っておけばよかったと、後悔させるようなまねはするな！」

クックはおとなしく地面に伏せた。ドナたちは三人がかりで全員に手錠をかけると、周囲の安全を確認してから、消防車と救急車を迎えいれた。しばらくすると、州警察も応援に駆けつけて、サバイバルキャンプを一掃していった。残党を数人とっ捕まえ、空井戸《から》のなかに隠されていた大量の違法薬物まで見つけだした。ドナからの報告を受けて、FBIも鑑識を引き連れてやってきた。ATFも駆けつけて、キャンプ内に貯蔵されていた膨大な量の銃火器を調べだした。ローガンはあちこちを歩きまわりながら、逮捕された者たちに質問したり、みずからの追う逃亡犯が死者か生存者のなかにまぎれていないか確認するため、鑑識作業が終わるのを待ったりしていたが、しばらくするとインパラの運転席に戻り、冷房の効いたなかで調書の作成に取りかかりはじめた。そのときを見計らって、ドナも助手席に乗りこんだ。

「いまさっき、残骸のなかに残されていた遺体の一部から、鑑識がグレイブルズを特定したみたい。炭化を免れた指の指紋が一致したそうよ。ただ、興味深いのは、その死因なの。グレイブルズは、どうやら撃ち殺されたらしい。弾道から推定するに、おそらくは仲間のひとりによって。だけど、そのおかげで、グレイブルズは生きたまま焼け死ぬことを免れた。溺れ死ぬことも」

「だからって、ツイていたとは思えないけど」と、そっけなくローガンは言った。

「それはひとそれぞれの見方によるわ。グレイブルズは命を落としたけれど、もっとひどい死に方をする可能性もあったわけだから」

手にした紙の束をぺらぺらとめくりながら、ローガンは続けた。「この調書の内容には、矛盾する点がいくつもある。逮捕された者の大半は、武装集団の襲撃を受けたと言っている。人数にして、十人から二十人。それから、〝アジア系〟だったとも言っている。それが事実であるなら、あんたは事件の全容をどう推察するのか。それから、気になる証言もある。あそこでしょんぼりうなだれてるおマヌケ署長補佐だけど、あいつは賞金稼ぎに一杯食わされたんだと言っている。しかも、その賞金稼ぎの名前というのが傑作で、ジャック・メイオフ……おれのイチモツをシコれ《ジャック・ミー・オフ》だっていうんだから」そう言って、ローガンはにやりと笑った。「こんなことを調書に載せたって、これを読む連中は、くすくす笑ったり、眉をひそめたりするだけだろうね。だけど、あたしの武器である卓越した論理的思考は、これは偽名だと告げている」

「ええ、わたしもそう思うわ」とドナは応じた。流れ去る景色のなか、停車中の車の窓に見たジョーの顔が脳裡に浮かんだ。笑いだしたいような、叫びだしたいような気分だった。

「あんたと組んで仕事ができること、光栄だよ、ザモーラ捜査官」ローガンが言って、片手を差しだしてきた。ドナはその手を握りかえした。

「ありがとう、ローガン保安官補。こちらこそ光栄だわ」

「白状すると、さっきまではあんたの能力を値踏みしてた。そのことを謝らないといけないね。それから、あんたが情報処理係《ティップガール》だって聞いたとき、口先ばかりの根性なしだろうと、勝手に決めつけていたことも」

　ドナは軽く肩をすくめてみせた。「気にしないで」と返しながら思いだしていたのは、同僚のアンドリューから聞かされた話の内容だった。

　ローガンははじめて笑みを見せながら、続けざまにこう言った。「そっちはたぶん、こう聞かされてきたんだろうね。あたしは気難し屋のいけ好かないタチ役だって」

　ドナは思わず赤面した。「そんなこと、わたしはこれっぽっちも思ってないわ！」

「いいんだよ。だって、そっちは本当のことなんだから！　だけど、あたしはまちがってた。あんたは銃の腕もたしかだし、口を堅く結んでいることもできる。あたしが求める女の資質を、ふたつとも兼ね備えてた。こうなったら、どこかで祝杯をあげないとね」

ドナは声をあげて笑った。「ええ、是非ともそうしたいところだけど、じつは、ニューヨークに戻って片づけなきゃいけない案件がもうひとつあるの。祝杯はまた別の機会にね」

8

ジョーが次に目を覚ましたのは、またしてもBMWの車内だった。さらに輪をかけた最悪の気分だった。そのうえ、キャッシュに肩まで揺さぶられていた。

「おい、ジョー、起きろ。家に着いたぞ」

「家だと?」ジョーはぼそぼそと訊きかえした。家というのは、いったいどこを指しているのか。身体をまっすぐに起こしてはじめて、フェザーとブラッキーがいなくなっていることに気づいた。

「クイーンズに戻ってきたんだよ、旦那。つつがなく、無事にな。あのふたりは先に降ろした。あんたはどこへ送り届ければいいんだ?」

ジョーは窓外の景色に目をこらした。どうやらフラッシングにいるらしい。目抜き通りにひとがあふれかえっている。ほぼアジア系が占めるなか、アフリカのど派手な民族衣装をまとった背高のっぽの黒人がひとり、道端でチラシを配っている。メキシコ系の果物売りが、中国系の老婆と何ごとかを言い争っている。いや、厳密に言うなら、メキシコ人は肩をすくめたり、曖昧な笑みを浮かべたりしているだけで、老婆のほうが一方的に相手を叱り飛ばしている。眼前に広がっているのは、眠りに落ちるまえにいた場所とはかけ離れた世界だった。あのサバイバルキャンプにいた白人至上主義者どもが、この場所で——やつらにとっての地獄であろう、この人種の坩堝《るつぼ》で——目を覚ましたなら、いったい何を思うのだろう。

「なあ、ジョー」バックミラー越しにこちらを見ながら、キャッシュが問いかけてきた。「ひとつ訊いてもいいか?」

「もちろんだ」

「あんた、何かの依存症なのかい。それとも、何かを断《た》ってるのかい」

「おそらく、その両方に少しずつあてはまる」

「なんか妙だなと思ってさ。眠ってるあいだ、急にもがきだしたり、うなされたりしてたからよ」

「そうか……すまなかったな。みっともないところを見せて」とジョーは詫びた。幸いにも、夢の内容は覚えていなかったが、どういうたぐいのものだったのかはわかりきっていた。それこそが、泥沼にはまりこんだ原因なのだから。

「いや、こんなことを訊いたのはさ……余計なお世話かもしれないけどよ、この近くにいい医者がいるからなんだ。ダチのひとりがヤク漬けになったとき、その女医がヤク抜きをしてくれたんだ。鍼《はり》だの、漢方薬だのを使ってな。だからその……」キャッシュはバックミラーから視線を逸らし、前を行く車に目を向けて言った。「まあ、あんたが望むならの話だけどな」

　ジョーはどうすべきかと考えた。その医者のところに寄ってみるべきか。それとも、このまま祖母の待つ家に帰って……それでどうする？　ナイトクラブで、またもや乱闘でも繰りひろげるのか？　あのラッパーどもを相手に、またもやひと悶着起こすのか？　疲労感がどっと押し寄せてきた。何をするにも、疲れすぎている。骨という骨が空洞になったような気がした。アヘンの禁断症状と共に襲ってくる、お馴染みの痛み。あちこちの関節が、痛みに悲鳴をあげている。じっとすわっていようとすると、全身の神経がぴくぴくと引き攣《つ》りだしたり、何かがぞわぞわと這いずりまわっているような不快感に襲われたりする。手足が勝手に引き攣ったり、激しく痙攣《けいれん》したりしはじめる。こうした症状が俗に〝足蹴り〟と呼ばれる由縁だ。

「それで、効果はあったのか？」とジョーは訊いた。

「そのダチはいま、どうしてるんだ？」

「死んだよ」バックミラー越しにこちらを見つめて、キャッシュは肩をすくめた。「けど、ヤクは完全に抜けてた。あいつは数カ月後に死んだけど、死因は薬物の過剰摂取だった。耐性が低くなりすぎてたんだ」

　ジョーはひとつうなずいて言った。「まあ、いいだろう。やってもみないうちから、あれこれ考えても仕方がない。その医者のところへ連れていってくれ」


　ルーズベルト・アヴェニューに入り、七号線の高架下に空きスペースを見つけて、ドナは車をとめた。頭上を行き来する列車の振動がここまで伝わってくる。あの地下鉄は日夜、ありとあらゆるニューヨーク市民を西へ東へ運びつづけている。このうえなくリッチで、このうえなくホワイトカラーな職種の人間が集うマンハッタンのビジネス街から、人種の坩堝のクイーンズに至るまで。ちなみにクイーンズは、この地球上で最も多様性に満ちた場所だ。この区域では、あまたの住民がおよそ八百種類もの言語や方言に囲まれながら、生きて、愛して、食べて、寝て、遊んで、喧嘩して、死んでいくという。ドナがいま歩いているジャクソン・ハイツも、数十年の歳月をかけて、しだいに様相を変えてきた。かつてはアイルランド系、イタリア系、ユダヤ系、ドミニカ系、プエルトリコ系が大半を占めていたのだが、しだいにコロンビア系、次いでインド系が数を増すようになった。そしていまでは、パキスタン人街やバングラデシュ人街、チベット料理やネパール料理のレストランまでもが次々と誕生しているうえに、メキシコ系の住民が大量に押し寄せてきてもいるという。そんなことを考えているだけで、ひどくおなかが減ってきた。娘のラリッサと母へのお土産に、何を買って帰ろうか。そうだわ、エクアドル料理がいいかもしれない。とつぜん、無性に、エンセボジャードが食べたくなった。タマネギ、トマト、コリアンダーと共に魚を煮込んだ、具だくさんのスープ。それから、ラリッサのために、惣菜パンのエンパナーダも買っていってあげよう。でも、まずは、ここへ来た目的を果たさなくては。

ニューヨークに戻って最初にしたのは、ジョーが用心棒として働く職場、〈クラブ・ランデブー〉に電話をかけることだった。けれども、ジョーは〝一身上の都合〟で〝休暇〟をとっており、いまは連絡がつかない、と店の者に告げられた。次に選んだのは、ジョーの祖母のグラディスが暮らすアパートメントを訪ねてみることだった。〈クラブ・ランデブー〉以外で、照会可能な記録に登場する住所は、そこしかなかったからだ。

アパートメントの外階段では、例によって、子供たちの群れがはしゃぎまわっていた。前庭のほうにもやはり、折りたたみ椅子をずらりと並べた老婆たちが噂話に花を咲かせていたが、いずれもどうにか通りぬけることができた。ドナの姿をみとめた老婆たちが、あれこれ臆測をめぐらせているにちがいないことはわかっていたけれど、グラディスは今回、その輪に加わっていなかった。ドナはまっすぐ表玄関に向かった。電球が切れているらしく、やけに薄暗い玄関ホールに入ってブザーを鳴らすと、聞きおぼえのあるしゃがれた声が、スピーカーからけたたましく響いた。

「はいよ？　どちらさんだい？」

「お久しぶりです、ミセス・ブロディー。ドナ・ザモーラです」

「誰だって？」

「特別捜査官のドナ・ザモーラです。以前、お伺いしたのを覚えておいでですか？」

「なんのことだい？」

ドナはため息をつきつつ、こう付け足した。「FBIの〝お嬢さん〟ですよ」

一瞬の間を置いて、扉のロックがはずされた。故障しているのか知らないが、いくら待っても、エレベーターがおりてくる気配はなかった。仕方なく、四階ぶんの階段をのぼっていくと、少し開いた扉の隙間から、グラディスがこちらをのぞき見ていた。チェーンはかけたままにしてあるようだ。グラディスはドナの姿を確認すると、にっこり笑ってから、チェーンをはずし、扉を開いた。

「ああ、あんただったの。すまなかったね、お嬢さん」グラディスはドナの頬に軽くキスをしてから、アパートメントのなかへ通した。「物騒な世の中だからねえ。誰がやってくるか、わかったもんじゃない。用心しすぎるってことはないだろう？」

「ええ、おっしゃるとおりです、ミセス・ブロディー」そう応じはしたものの、疑問に思わずにはいられなかった。グラディスが警戒する訪問者は、強盗と警察のどちらなのだろう。

「グラディスと呼んどくれ。もうすっかり顔馴染みなんだから」言いながら、グラディスは椅子に腰をおろし、ソファを手で指し示した。椅子のすぐ横には電話機が、正面にはテレビが据えられていて、画面にはメロドラマが映しだされているが、音は完全に消されている。

「ありがとうございます、グラディス」ドナは言いながら、ソファに腰をおろした。「そんなふうに言っていただけて光栄だわ。わたしも、お友だちのように思えてきていたので」それから、おもむろに室内を見まわし、こう尋ねた。「ジョーもこちらにいらっしゃるかと思って伺ったんですが。すぐに戻ってくるでしょうか」

「ジョーが？　いいや、最近はとんと顔を見せないねえ」

「まったく帰っていないんですか？」とドナは訊いた。テーブルの上に、中身が半分ほど減ったロシア産ウォッカのボトルが見えた。その横に、からのグラスが三つと、キャビアの缶詰とおぼしきものの空き缶も置きっぱなしになっている。グラディスの足もとには、男物のスリッパが一足、絨毯《じゅうたん》の上に脱ぎ捨てられている。

「そう、まったく帰ってこない」グラディスは笑みをたたえたまま、ドナの目をまっすぐ見つめかえしていた。「その代わり、あんたみたく、顔を見せにきてくれるお友だちが何人もいるわ」グラディスは桁はずれに嘘がうまい。なんのためらいもなく、顔色ひとつ変えることなく、変に身構えることもなく、嘘をつく。ペテン師として生計を立ててきた人間というのは、これほどのものなのか。だからこそ、ペテン師は俗に〝ペテンの芸術家《コン・アーティスト》〟と呼ばれるのだろう。優れたペテン師はみな、揺るぎない自信《コンフィデンス》をみなぎらせている。他人の信頼《コンフィデンス》をもやすやすと勝ちとる。自分が自分を信じているからこそ、他人からも信じられるのだ。そして、プロ中のプロともなると、自分のついた嘘に絶大な説得力があるがゆえに、自分でもいくぶん、その嘘を信じこんでいたりする。真実として、それを受けいれている。したがって、他人がそれを疑うことは

――たとえば、〝あそこの洗濯かごに入っているのは、ジョーのＴシャツなのでは？〟などと尋ねることは――さらなる抵抗を招くことにしかならない。それどころか、逆鱗《げきりん》に触れてしまう可能性すらある。こちらがどれほどの度胸を持ちあわせていたとしても。相手がどれほどの大嘘つきであったとしても。

仕方なく、ドナは戦法を変えることにした。「じつは、勤め先にも電話をかけたんですが、一身上の都合で休暇をとっていると聞かされまして……それで、何かあったのかと心配になって、こちらへ伺ったわけなんです」

「大丈夫。なんにもありゃしないよ」

「行き先も聞かされていませんか？」

「ねえ、お嬢さん。ジョーってのはね、軍隊に入るときすら、行き先を言わなかったような子なんだよ」

「電話の一本もかけてこないとなると、なんらかのトラブルに巻きこまれているのでは？」

「逮捕されたときですら、電話の一本もよこさなかったような子だからねえ。あんときは、あとからふらりと顔を見せて、釈放されたことだけ知らせていったっけ。だからねえ、お嬢さん」グラディスはドナの膝をぽんと叩いた。「もうちょっと肩の力を抜いてみたらどうだい？　ジョーってのはね、猫みたいなもんなんだ。好きなときにやってきて、好きなときに出ていく。首輪をつけようとでもしようもんなら、鋭い爪で引っ掻かれる。だけど、あの子の好きなようにさせといてやれば、そのうちひょっこり帰ってくる。ゴロゴロと喉を鳴らしながら」

「あるいは、死んだ小鳥をくわえて」

「ははっ！　うまいことを言うね！」グラディスは愉快そうに笑いながらウォッカのボトルに手を伸ばした。「どうやら、理解できたみたいだね。それならひとつ、頼みを聞いちゃもらえない？　冷蔵庫から氷とフレスカを取ってきてちょうだいな。それから、あんたのぶんのグラスもね。もうじき、大好きな番組が始まっちまう」グラディスは言って、テレビのリモコンを拾いあげた。

あの愛らしいFBI捜査官は、案の定、酒の誘いを断った。もしもあの娘が自分のぶんまでウォッカのフレスカ割りをつくり、ソファにすわりこんでテレビを鑑賞しはじめたなら、グラディスは驚くと同時に、感服させられたことだろう。けれども、結局、あの娘は去った。グラディスのてのひらに新たに一枚、名刺を押しつけてから。ジョーと話をする必要がどれほどあるかを、再三訴えてから。だけど、そうすることが、誰にとって必要なのさ。まちがいなく、ジョーにとってじゃあない。それだけは火を見るよりあきらかだ。ジョーが十歳のころからというもの、ありとあらゆる捜査機関の人間がここへやってきては、ジョーについての質問をあれこれしていった。それよりまえには、ジョーの父親のことをあれこれ訊かれた。それから、別れた夫のことも。グラディス自身のことも。亡き両親も同様であったはず。グラディスが知る人間の大半は、警察の訪問や電話を受けた経験がある。けれども、自分のほうから電話をかけるような人間など、ひとりもいやしない。

プロの犯罪者であるということは、当然ながら、自分の行動の多くが法に反するということを意味する。けれどもその一方で、グラディスは、法の埒《らち》外《がい》で生きる人々の世界――いわゆる下層階級――にも属している。その世界に属する人々は、その大多数が、ただの一度も犯罪を犯していない。それでも、なんらかの犯罪の被害者となったときですら、警察を呼ぼうとはしない。何かあったなら、仲間を呼ぶ。可能であるならば、地元の有力者に助けを求める。法や警察が助けになってくれることなど、けっしてないとわかっているからだ。たとえば多くの黒人は、警察を呼んだら、どういう状況であれ、自分が手錠をかけられる羽目になる――もっとひどい場合には、全身に銃弾を撃ちこまれる羽目になる――かもしれないと考えている。だから、パトカーが近づいてくると、彼らは警戒心を募らせる。名うての悪党や、獰猛《どうもう》な犬が近づいてきたときのような反応を見せる。避けて通るべき危険な何か、何をしでかすかわからない危険な何かであるとして、警戒する。移民たちもまた、不法滞在中であるか否かにかかわらず、警察に関わったら、なんら罪を犯していなくとも移民帰化局《INS》送りになるのではないか、ビザやグリーンカードを剥奪されるのではないかと怯えている。街や職場で性的暴行を受けたことのある女性や、家庭内暴力に苦しんでいる女性は、警察に対して何も期待できなくなる。いいや、それだけで済んだら、まだましなほうかもしれない。そうした事例は枚挙にいとまがない。もし、損害保険にも健康保険にも加入していないなら、株も不動産も財産も持っていないなら、選挙権すら持っていないなら、自分の置かれた現実が新聞やテレビでとりあげられもしないことに気づいてしまったなら、行政による社会福祉制度も、保険会社が提供する補償も、民間の慈善活動も、どんな救いの手も自分のもとには届かないことに、もしくは、穴が多すぎて使い物にならないことに、あるとき突如として気づいてしまったなら、あるいは下賤な生まれによって最初から気づいてしまっていたなら、誰だって、何がなんでも社会の一員としての責務を果たそうという気にはならないだろう。もし、どんな法も警察も自分を守ってはくれないと感じているなら、それに従おうという気にはなれないだろう。目の前で繰りひろげられているのが八百長《やおちょう》試合だと気づいたとき、試合のルールは無意味になる。

そういう境遇にある人間は、ある意味において、生まれながらのアナーキストだ。政治的思想やライフスタイルがいかなるものであろうが、関係ない。彼らは自力で身を立てる。みずからの手でチャンスをつかみ、いい結果も悪い結果も、すべてをみずから受けいれる。何ものにも縛られず、自由に生きる。ただし、どこかで倒れても、誰も助け起こしてはくれない。怪我をしても、病気になっても、歳をとっても、逮捕されても、餓え死にしかけても、凍死しかけても、獄中死しかけても、自分でどうにかするしかない。頼れる仲間や家族がいないかぎりは。だから、ジョーが外出するたびに、グラディスはかならず覚悟を決める。あの子が次に帰ってくるときは、現金の詰まった鞄を手にしていて、そっくりそのまま、あたしに手渡してくれるかもしれない。おびただしい量の血を流しながら、地面を這ってくるかもしれない。とつぜん電話をかけてきて、こんなことを言いだすかもしれない――あの鞄のなかから、いくらいくらの金を取りだして、どこどこへ送ってくれ。あるいは、もう二度と帰ってこないのかもしれない。

だからこそ、あのドナなんとかという捜査官に、心を許すことだけはできない。グラディスの属する世界においては、何があろうと、部外者以上の存在にはけっしてなれないのだから。こちらの世界に属する者がみな無法者《アウトロー》であるのに対して、あの娘はよりにもよって、法の執行官なのだから。犬と猫のように、けっして相容れない関係なのだから。ただ、ひとつ問題があるとするなら、それはグラディスがドナを気にいっているということだ。そして、ドナもジョーを好いている。おそらくは、自覚しているよりもずっと強く。グラディスにはそれがわかる。そして、本能的に勘づいていることもある。あの娘こそ、ジョーが生きていくうえで必要とする、最良の伴侶なのかもしれない。心から愛することのできる誰か。一緒にいるだけで幸せになれる誰か。そうさね、何はともあれ、あのエレーナとかいう、おかしなロシア女よりはずっとましだよ。部屋の端と端に離れていたって、あの女からは香水みたいに、トラブルのにおいがぷんぷん漂ってくる。ウォッカとキャビアをお土産にくれたことは、ありがたかったけれど。飲みくらべであたしに引けをとらない女なんて、そうそういやしないけれど。まるで芸術家のように、金庫を破ることができるけれど。猫のようにしなやかに動くことも、持ち前の才能と鍛錬の賜物を活かして、犬を出しぬき、まんまと逃げ去ることもできるけれど。

それにしたって、皮肉なものだよ。ドナはジョーにとって、申しぶんのない結婚相手だという気がする。けれども、そんなふうに考えること自体がばかげてる。まるで、魚と鳥をつがいにするようなものだ。一方のエレーナは、孫のジョーには最も必要のない相手だという気がする。なのに、エレーナのほうこそが同じ穴の貉《むじな》——生まれながらのご同類と来ている。ジョーとエレーナは同じ世界に属し、ほぼつねに、法に逆らって生きている。

9

くそ忌々しい、ジョーのやつめ。ジオは小さく毒づいた。いま、部下が運転する車に乗っているのは、黒人ギャング団のボスであるアロンゾ立会いのもと、ラップ界の大物プロデューサー〝コールド・ダディ〟・コリンズに会うためだった。ジオは別に本心から、ジョーを忌々しく思っているわけではない。いや、正しくは、最もつきあいが長く、最も親密だと認めざるをえない友人に対して、たいていの人間がこういう場合に抱《いだ》くような感情——妙な腹立たしさ——をおぼえてはいる。ジョーとは、中学生のころ、二人組の悪たれに絡まれているところを助けてもらって以来の仲だ。家族ジョーのことはきょうだいも同然に考えていた。

に頼んで、自分が通う名門カトリック校の奨学金をジョーが得られるよう、手筈を整えてもらいもした。特殊部隊を辞めたあとの変わり果てた姿をまのあたりにしたときには、心底、愕然とした。当時のジョーは、アヘン中毒とPTSDの影響で、まるで廃人のようになっていたのだ。ジオはジョーに、用心棒の職を与えた。一種の退職手当として。ナイトクラブの用心棒なら、ジョーにとっては得意分野を活かした気楽な商売となるはずだし、祖母のグラディス（すでに、ペテン師を半ば引退している）を養っていけるだけの、安定した収入も得られる。なのにあいつは、そうしたこちらの厚情も配慮も、すべておしゃかにしやがった。ジオ・カプリッシの日常は多忙をきわめる。ファミリーが築きあげた巨大帝国を率いるのは、けっしてたやすいことではない。ファミリーが営む事業には、不動産業や、株取引、レストラン経営、長距離トラックによる運送業、小型トラックによる配送業、道路舗装業、建築業といった、法に触れることのない〝表〟の事業もあれば、表立っては語れない〝裏〟の商売──高度に統制のとれた組織犯罪──もある。そうしたすべての指揮をとるのが、ジオなのだ。計算ずくにしろそうでないにしろ、何百という人間から恐れられると同時に、全幅の信頼を置かれる男。将軍とCEOという、ふたつの顔を持つ男。そのジオが、部下のネロや二名の〝兵隊〟を引き連れて一台の車に乗りこんでいることは、ブルックリン中心部の黒人ギャング団のボスであるアロンゾに会いにいかなければならないことは、取るに足らない出来事を発端とした、取るに足らない連中との、取るに足らない些細な諍《いさか》いを取りおさめなければならないことは、貴重な時間の浪費であるのみならず、屈辱でもあった。だからこそ、ジオは小さく毒づいた。心の声が漏れてしまった。だが、隣にいるネロは口を閉ざしたまま、まっすぐ前方を見すえている。

その一方で、ジオにとって、ジョーのような存在はほかにひとりとしていない。ジオはジョーを信頼している。ジョーにならば、秘密を打ちあけることも、金を預けることも、身の安全を委ねることもできる。もしも危地に立たされるようなことになったなら、一瞬の迷いもなく、ジョーに助けを求める。それに、用心棒の仕事を与えたのが憐れみからであったとしても、ジョーが有する数々の能力を、ジオが高く買っていることも、また事実だ。戦場ですごした十年の歳月は、ジョーの精神面にいささかの後遺症を残したかもしれないが、それと同時に、ジョーの肉体を鍛えあげ、最終兵器――鋭く研ぎ澄まされた槍――へと生まれ変わらせもした。ニューヨークに潜伏するテロリストの一味が、ジオのシマを――生まれ育った街を――恐怖のどん底に陥れようとしたとき、ジオはその槍を敵に放った。そのテロリストどもは、もうこの世にいない。やつらがばら撒こうとした殺人ウィルスも破壊された。

だからこそジオは、どれほど煩わしくとも、どれほど悪態をぼやこうとも、ジョーの抱える問題を解決するためなら街の反対側まで車を走らせもするし、いまもこの先もずっと、ジョーを気にかけていくつもりでいるのだ。

苛立ちもあらわな隣席のボスを刺激せぬよう、ネロは無言を貫きながらも、口もとをゆるめずにはいられなかった。車はいま、アロンゾらとの会合のため、チキン・アンド・ワッフルを呼び物とする高級レストランの前に到着したところだった。土地の高級化が急速に進むクラウン・ハイツでの商機を見込んで、新規オープンされたその店は、実際にはアロンゾが所有しているのだが、各種書類の名義欄には、すべて別人の名前が記されている。倉庫として使われていたものを改装した建物も、アロンゾが所有するものなのだが、こちらの登記にも当然ながら、とある老齢の知己――ユダヤ系の裏社会を取り仕切るメナヘム・〝ラビ〟・ストーン――の名が記されている。ジオにとってアロンゾは、組織のトップにのぼりつめる過程でたびたび進路が交差しては、ときにぶつかりあいながら、ついには同盟を結ぶに至った、同世代のライバル的存在だと言えた。一方のメナヘムは、ジオの父にとってのライバルだった。ジオが運転免許をとったときには、すでにトップにのぼりつめていて、それ以降もずっと玉座にとどまりつづけている。メナヘムが率いる正統派ユダヤ教徒の軍団は、全員が長い顎鬚を生やし、黒のロングコートをまとっているため、実在するどんな無法者の集団よりも、群を抜いてそれらしく見える。西部開拓時代に暗躍した〝鍔広黒帽子団《ブラック・ハッツ》〟と言われて思い浮かべるのが、まさにその姿だろう。

ただし、いま、視界に見える唯一の帽子は、厨房係がかぶるブルックリン・ネッツのチームキャップのみだった。ジオたちの乗る車が仕入れ品の荷卸し場に入っていくと、厨房係はさも迷惑そうに、クリップボードを振りながら近づいてこようとした。ところがその直後、車内の顔ぶれに気づくやいなや、恭《うやうや》しく後ろに引きさがり、ジオたちがその場に車を乗り捨てても、気づかないふりを続けていた。厨房に通じる勝手口の向こうに目をやると、トラックスーツに巨体を包み、カンゴールのハンチング帽をかぶった大男がうなずきかけてきた。アロンゾのボディーガードのバリーのようだ。ジオが連れてきた〝兵隊〟のひとり、ピートはその場に残り、車のボンネットにもたれて、煙草に火をつけた。残る三人で勝手口を通りぬけると、途端に、真夏の真っ昼間のような熱気が襲ってきた。

厨房では、ステンレス製の調理台と包丁が光を反射して、きらきらとした輝きを放つなか、全身白ずくめの調理師たちが、仕入れた食材を運んだり、ランチ用の野菜を片っ端から切り刻んだりと、せわしなく立ち働いていた。業務用コンロの上にはいくつもの大鍋が並び、ぐつぐつと煮え立つ音が聞こえてくる。厨房の片隅に目を向けると、冷凍室とパントリーのあいだに、染みひとつない純白のテーブルクロスをかけたテーブルがひとつ、ぽつんと据えられていて、そこでアロンゾが《ウォール・ストリート・ジャーナル》を読みながら、チキン・アンド・ワッフルを口に運んだり、コーヒーをすすったりしていた。

「ジオ！」厨房に入ってきた三人に気づくと、アロンゾは笑みを浮かべつつ椅子から立ちあがった。襟もとに挟んであった純白のナプキンをはずすと、ピンストライプ柄の紺の三つ揃いに、ライトブルーのシャツ、ネオンブルーのネクタイを身につけているのが見てとれた。腕時計の文字盤と、左右の耳たぶと、いくつもつけた指輪の上では、大粒のダイヤモンドがきらめいている。ジオもジオで同様に、今日はびしっとめかしこんできた。アロンゾとは、スーツ生地についてあれこれ語りあったり、腕のいい仕立屋を紹介しあったりする仲でもある。ただし、ジオの場合は、もっとシックな装いを好む。たとえば今日は、麻のサマースーツに、白いシャツと淡青色のネクタイを合わせた。妻と子供たちから誕生日にもらったロレックスの腕時計と、結婚指輪を除いて、装飾品のたぐいはいっさいつけていない。

「腹は減ってるか？」挨拶代わりのハグを交わしたあと、アロンゾが訊いてきた。ジオとネロは椅子に腰をおろした。〝兵隊〟の片割れ、ビッグ・エディは、バリーと共に戸口のあたりに控えている。ひとたび睨みあいを済ませると、ふたりは途端に打ち解けあって、プロテインシェイクのレシピだの、筋トレのメニューだのについて、楽しげに論じあいはじめていた。「自慢するわけじゃねえけどよ」アロンゾの続ける声がした。「ここの料理はまるで、祖母ちゃんの手料理を食ってるみたいな気分にさせやがる。もしも祖母ちゃんがオーガニック飼料で鶏を育てたり、不純物ゼロのメープルシロップを販売するバーモント州の業者にツテを持ってたりするならの話だけどな」

「たしかに、美味《うま》そうなにおいがするな」本心から、ジオは言った。「だが、いまはコーヒーだけもらうとしよう。料理のほうは、ディナータイムにあらためて伺うとするさ」なんといっても、いまはまだ昼前の午前十時だ。しかも、今日はこのあとミッドタウンで、銀行家どもとランチをとる約束をしている。

「それなら、七面倒臭い問題のほうを、さっさと片づけちまうとするか」アロンゾはテーブルにナプキンを放りだすと、バリーに顔を向けて言った。「コールドを連れてこい」

指令を受けたバリーは、ダイニングルームに通じる扉まで歩いていき、戸口の向こうをのぞきこんだ。その間に、細かく編んだ髪にスカーフを巻き、白い調理服を着た若い女が、テーブルにコーヒーを運んできた。そして、女がすぐ近くの調理台に戻って、光り輝く巨大な包丁をつかみとり、慣れた手つきで青野菜を切り刻みはじめたとき、〝コールド・ダディ〟・コリンズが厨房に姿を見せた。コールドもスーツでキメてはいたものの、下襟の幅を広くとったライトグリーンのスーツに同色の帽子というでたちは、アロンゾやジオに比べて遥かにけばけばしく、どこか安っぽい印象を与えた。それから、コールドは後ろにひとり、ぴちぴちのTシャツを着て、ラップアラウンド・サングラスをかけ、不釣りあいなブリーフケースを手にさげた強面《こわもて》を随《したが》えていた。この一週間、そいつを含めた下々の連中があぁだこうだと不平を鳴らして退《ひ》かないものだから、ついにコールドが重たい腰をあげ、アロンゾに仲裁を依頼してきたらしい。

「ジオ、こちらは仕事仲間の〝コールド・ダディ〟・コリンズだ。でもってこっちが、古いダチのジオ・カプリッシだ」

「よろしく頼む」ジオは椅子から軽く腰を浮かせながら、コールドと握手を交わした。

「お会いできて光栄だ、ミスター・カプリッシ」とコールドは応じて、ジオからアロンゾに視線を移した。アロンゾがうなずくのを合図にして、全員が着席した。コールドはひとつ咳払いをしてから、こう切りだした。

「最初にこれだけは言わせてほしい。あそこがおたくの店だと知ってたら、けっして、あんなふうに乗りこんでいったりはしなかったろう。それと、おれんところのリル・ホワイティだが、あいつにしても、おたくの経営する店で、あんなふうに礼儀を欠いたまねをするべきじゃあなかった」

ジオは顔に笑みをたたえたまま言った。「いいや、あのガキは、どこにいようと女性に対して、あんなふるまいをするべきじゃあなかった。あのガキが礼儀を欠いたのは、おれの店じゃなく、あの踊り子に対してだ」

「ああ、そのとおり。ホワイティのやつは、そのアマっ子のアソコを撫でまわしたりするべきじゃあなかった。口からでまかせなんかじゃなく、じつを言うと、社内でのあいつの渾名《あだな》は〝チビの問題児《リル・タイティー》〟ってんだ。理由は、あいつが救いようのないくそったれだからさ。だが、そのくそったれの出した曲は、先月だけでも百万ダウンロードを記録した。だからその……」

ジオがちらりと目をやると、アロンゾはひょいと肩をすくめた。コールドが経営するレコード会社にとって、リル・ホワイティは稼ぎ頭のドル箱スターであり、アロンゾもまた、物言わぬ株主《サイレント・パートナー》として、それなりの利益を得ている。

「そっちの事情は理解した」とジオは言った。「ならば、これはビジネスの問題だ。些細な諍いが商売の邪魔をしているというのに、それを放置しておく理由などない。わだかまりを残さず、すべてを水に流してはどうだろう」

「ありがてえ。物分かりがよくて助かるぜ、ジオ」満足げに微笑みながらアロンゾは言うと、今度はコールドに顔を向けた。「な、おれの言ったとおりだろ。おれらはみんなビジネスマンだ。ギャングスタの戯言《たわごと》にかかずらってる暇なんぞねえ。何ごともなかったかのように、うまくやっていこうじゃねえか」

「ああ、もちろんだ」とコールドは応じて、「それじゃあ、最後にひとつ」と前置きしてから、ボディーガードに向かって片手を突きだした。ボディーガードは手にしたブリーフケースからフォルダーを引っぱりだして、コールドに渡した。テーブルの上で開かれたフォルダーのなかには、ひと束の法的文書がおさめられていた。「弁護士に頼んで、簡単な秘密保持契約書を作成してもらった。できれば、ここに署名を願いたい。あの店の者たちにも同様にさせてくれ」

ジオが長々と一拍ぶん、その紙面を見つめるあいだ、アロンゾとネロは固唾を呑みつつ、ジオの反応を待ちかまえていた。だが、ジオは声をあげて笑いだした。ほっと胸を撫でおろしたアロンゾとネロも、同様に笑いだした。かっとなったコールドは、弾かれたように椅子から立ちあがり、テーブルに手を叩きつけた。その衝撃で書類にコーヒーがこぼれると、連れのボディーガードが慌ててそれを拭きとろうとしはじめた。

「何がおかしい！　おれのことを笑ってるのか？　こういうネタがどれほど商売に響くかを、あんたらはわかっちゃいねえ。リル・ホワイティが商売女にビンタを食らったなんて噂が、世間に出まわろうものなら……しかも、商売女にだぞ？　あんたらがいま笑い物にしてるのは、おれの金だ。しかも、あんたんとこの用心棒に至っては、フレックスのやつの腕を折りやがった！　あいつは次の試合を辞退しなきゃならなくなったんだぞ！」コールドはそうわめきたてながら、宝石をちりばめたぶっとい指をジオに向かって突きつけた。「おれの身にもなってみろ。あんたんとこの連中のせいで、ひと財産が吹っ飛んじまった。だが、そこにいるアロンゾのためにも、おれは紳士的に片をつけるつもりだ。そうとわかったら、とっとと笑うのをやめねえか、くそったれが」

ジオは笑いを引っこめた。突きつけられた太い指をじっと見すえた瞬間、濃褐色の瞳が漆黒に沈みだしたかに見えた。「そこのお嬢さん、ちょっといいかい」すぐそばで野菜を切り刻んでいたさきほどの調理師に向かって、ジオは呼びかけた。「一分間だけ、こっちへ来てもらえないか？」

包丁を動かす手がとまると、スタッカートの小気味よいリズムがぴたりとやんだ。調理師は不思議そうに小首をかしげながら、テーブルに近づいてきた。

「なあ、アロンゾ。おまえはおれに負けず劣らず、日本のヤクザ映画が好きだったよな？」

ことのなりゆきに息をこらしていたアロンゾは、不意を食らってきょとんとなった。「映画……？　あ、ああ、もちろんんだ、ジオ。ありゃあ最高にクールだからな」

「ああ、そうだろう……だったらおまえも、ヤクザが目上の者に無礼を働いたとき、かならず登場するシーンがあるのを知ってるな？　そいつが何をやらされるのかを」

アロンゾは表情を険しくしつつ、うなずいた。「ああ、知ってるとも。指を詰めさせるんだ」

「正解だ」ジオはそれだけ言うと、呼び寄せた調理師に顔を向けた。「お嬢さん、そこのミスター・コールドに、ちょっとだけ包丁を貸してやってくれ」

調理師は大きく目を見開きながらも、包丁を差しだした。コールドは包丁と、テーブルを囲む面々の無表情な顔とを、きょろきょろと見まわしはじめた。いまは誰ひとりとして、微笑んでいる者も、笑っている者もいない。ジオはコールドを見すえたまま、これまでと変わらぬ抑揚のない声で告げた。「テーブルに手をつけ」

「なんなんだ、いったい！　これは単なるビジネスの問題だって……金の問題だって、あんたも言ってたじゃねえか！」

「心配するな。指輪は取りあげやしない。おれがほしいのは、その指だけだ」

そのとき不意に、アロンゾが口を挟んだ。「なあ、ジオ。おまえの言いぶんにケチをつけるつもりはねえけどよ、映画のなかじゃ、たしか、小指をぶった切ってなかったか？」

ジオの眼《まなこ》はひどく虚ろで、まるでトカゲのように生気を失っていた。「……だったら、こいつはおれに小指を突きつけるべきだった。ちがうか？」

アロンゾはぐっと身を乗りだすと、ささやくような声で、こう続けた。「なあ、ジオ。どうかここはおれに免じて、その矛《ほこ》をおさめちゃくれねえか。その代わり、一個人として、おれが約束する。もう二度と、こいつにも、こいつんとこの連中にも、おまえを煩わせるようなまねはさせねえ。約束を破るようなことになったなら、おれ自身の身体の一部を以《もっ》て、詫びを入れる。指一本なんてケチなことは言わねえ。どこでも好きなだけ切り落としゃいい。なあ、ジオ。この野郎はなんにもわかっちゃいねえんだ。そうでなけりゃ、署名なんぞ、ここにいる誰ひとりとして必要としちゃいねえってことくらい、わかりきってたはずだ。おまえと約束ごとをするときは、握手ひとつで充分だってことくらいはな」最後にそう言うと、アロンゾは手を差しだした。

一拍置いて、ジオはその手を握りかえし、席を立った。「コーヒーをありがとう」アロンゾに礼を言うと、続いて調理師に顔を向けた。「それから、お嬢さん、きみが何をつくっているのかは知らないが、すばらしくいい香りだった」

「ありがとうございます」調理師がかぼそい声で答えるのを待って、ジオは厨房を出ていった。そのあとにネロとビッグ・エディが続いた。勝手口の扉が閉まると同時に、三人の背中が見えなくなった。

コールドは椅子にどさっとくずおれて、大きく息を吐きだした。調理師は静かに持ち場へ戻っていった。

アロンゾは首を振り振り、こう告げた。「このうすらトンカチめ。即刻、首を刎《は》ねられて、コーンミールの鍋に放りこまれなかっただけでも幸運だと思え。あいつがキレるのも無理はねえ。契約書だと？　おれたちゃ、契約書なんぞに署名はしねえ。そんなもんを必要とするのは、よっぽど腑抜けた、ケツの穴の小さいふにゃチン野郎だけだ」

コールドは小さく肩をすくめた。テーブルの上から書類を掻き集め、それをブリーフケースに押しこみながら、憤懣《ふんまん》やるかたなげに、こう答えた。「弁護士にそうしろと言われたんだよ。だいいち、あんたも言ってただろ。おれたちはビジネスマンだって」

「いいか、コールド」アロンゾはぐっと顔を寄せて言った。「これだけははっきりさせておくぜ。おれはついさっき、たしかに、おれたちはビジネスマンだと言った。そうだな？」

コールドは黙ってうなずいた。

「だが、ありゃあ真っ赤な嘘っぱちだ。てめえは、ギャングのスーツを着たビジネスマン。そんなら、あっちは？　あの野郎はな、ビジネススーツを着た、筋金入りのギャングなんだよ」

ジオとネロとビッグ・エディは、勝手口から外に出ると、背後で扉が閉まるのを待ってから、堰《せき》を切ったように笑いだした。

「まったく、ひとが悪いぜ、ジオ」煙草に火をつけながら、ネロが言った。「あのときは一瞬、おれに『やれ』と命じるものと、覚悟しちまった。あのマヌケ野郎にマジで指を詰めさせるつもりだと、真に受けちまいましたよ」

「おれらが日本のヤクザじゃなくて、ほんとによかったぜ」小指にはめたダイヤの指輪をしげしげと眺めながら、ビッグ・エディが言った。これまでを振りかえってみると、自分のやらかしたヘマの数は、思いだせるだけでも片手ぶんにはなった。てことは、日本のヤクザのなかには、五本も六本も指のないやつらがごろごろいるってことか？　だとしたら、そいつらは片手の指をみんな、いっぺんに失っちまうんだろうか。それとも、まずは両手の小指とかだけを詰めさせるんだろうか。

するとそのとき、ジオがにやりとして言った。「あの野郎、びびりすぎて、クソを漏らしたにちがいない。シルクのスーツが台無しになっちまったな……おい、車内で煙草は吸うな」

「ああ、もちろんです」ネロは最後にすばやく、かつ長々と煙を吸いこんでから、吸い殻を地面に投げ捨て、靴底で揉み消した。だが、じつを言うなら、いま乗りこもうとしているのはネロの車だった。ビッグ・エディが開けて待つドアから、ジオは助手席に乗りこんだ。ビッグ・エディとピートも、後部座席に乗りこんだ。車が通りへ出ると同時に、呼出し音が鳴り響き、ピートが携帯電話を取りだした。

「もしもし？　どなたさんで？」しばしの沈黙。「ちょいとお待ちを」ピートは送話口をてのひらで覆いつつ、助手席に首を伸ばした。「ボス、リトル・マリアから電話です」

ジオは首だけをまわして、後部座席を振りかえった。「電話の受け答えがなってないぞ、ピート。名前を訊くときは、こうやって言うんだ。〝どちらさまでいらっしゃいますか？〟。でもって、そのあとは〝少々お待ちください〟だ」

「すいませんでした、ボス」とピートは詫びると、携帯電話をすかさず口もとに運んで言った。「あの、少々ジオをお待ちください」

ジオは大きくため息をついた。「もういい、ピート。

よこしてくれ」ジオは言って、電話を受けとった。

「おはようございます、マリア。何かお力になれることでも？」

「おはよう、わたしの色男《ミ・パピ・チュロ》。じつは、相談したいことがあるの。聞いてもらえるかしら」ドミニカ訛の色濃く残る、弾むような抑揚をつけて、マリアは言った。マリアの話し方を聞いていると、どういうわけだか、祖母の顔が思い浮かぶ。そして、祖母《ノンナ》と同様に、リトル・マリアもひどく小柄で、ひどく手ごわい。マリアの亡き夫はかつて、ワシントン・ハイツとブロンクスにおけるヘロイン売買のおおかたを、一手に取り仕切っていた。その亭主がこの世を去ると、マリアは夫の事業をすべて引き継ぐのみならず、いっそう拡張してみせた。

「おれに相談が？　もちろんです、マリア。どういったご相談で？」送話口に向かって、ジオは言った。

「あなたの友人のジョー、あの狂犬《ロカ》に関する相談よ」

「くそっ！　あの野郎、また何かやらかしたんですか？」ジオはダッシュボードを殴りつけた。ネロはちらっとバックミラーを見やった。後部座席のエディとピートは銅像のように固まって、身じろぎもせずにいる。

「〝また〟？　それはいったい、どういうこと？　ジョーはなんにもやらかしちゃいないよ。いまのところは、まだね。いますぐやらなくちゃならないことならあるけども。とはいえ、電話口で伝えるようなことではなさそうだわ」

10

たしかに症状は改善しているようだった。ジョーがドクター・チャンのもとで治療を受けはじめてから、すでに一週間が過ぎようとしていた。

映画で見て憧れていた場所と現実がかけ離れているのと同様に、ドクター・チャンの診療所にも、完全に期待を裏切られた。仏像が飾られてもいないし、つるつる頭の僧侶が念仏を唱えたり、箒《ほうき》がけをしたりもしていない。お香が焚《た》かれてもいない。人いきれのする待合室には、携帯電話に向かって何やらわめきたてている中国系の老人たちだの、そこらじゅうを走りまわったり、床にすわりこんで遊んだりしているガキんちょどもだのがあふれかえっていた。受付には、タイトジーンズとパンプスに、かわいらしい柄のチビTシャツといういでたちをした、仏頂面の若い女がふたりいるだけだった。そして、室内を見渡しても、白人の顔は自分以外にひとつも見あたらなかった。ジョーとキャッシュが椅子に腰をおろすと、問診表を挟んだクリップボードを手にした受付係が近づいてきて、保険に加入しているかと訊いてきた。だが、語気の荒い中国語でキャッシュが何ごとかを伝えると、受付係はすぐさまその場を離れ、それ以上何かを言ってくることはなかった。どうやら、〝ジョー〟という名だけが伝えられたようだった。そのあとは祖母のグラディスに電話を入れてから、キャッシュに車でアパートメントへ向かってもらった。キャッシュは百ドル札の詰まった分厚い封筒——もしものときのためにどこかに隠しておくよう、祖母に渡してあったもの——と買い物袋を、玄関先で受けとった。買い物袋のなかには、歯ブラシや、清潔なTシャツと下着、ベッド脇の小卓に置いてあったペーパーバックがおさめられていた（ジョーはちょうどいま、サミュエル・ベケットによる小説三部作のなかの一作、『モロイ』を読みかえしているところなのだ）。そして、キャッシュが受けとった品々はすべてじきじきに、ドクター・チャンへと手渡された。

入院一日め。ドクター・チャンはまず、ジョーの診察を行なった。ただし、ドクター・チャンのやり方は、これまでにかかったどんな医者ともちがっていた。たとえば、種々の検査に加えて、ジョーの舌をとりわけ丹念に調べ、二カ所の脈をとったあと、ドクター・チャンはちっと舌打ちをして、ジョーの身体機能がどれほどバランスを崩しているかを説明した。それから、こちらが戸惑うほど微に入り細にわたって、便通だの、睡眠だの、食生活だのに関する質問をあれこれ投げかけてきた。そして、ジョーがまだ幼い子供だったころ以来、誰にも向けられたことがないほどの強い関心を、すべての返答に対して抱《いだ》いているようだった。ドクター・チャンを前にしていると、どういうわけか妙な安心感をおぼえて、どんな質問にも率直に答えることができた。薬物の摂取量や頻度、禁断症状、悪夢についても、事細かに打ちあけた。ドクター・チャンは、小柄だががっしりとした身体つきをしていて、いつも白衣を着ている。丸顔で、髪は黒く、顎の下あたりで一直線に切り揃えられている。丸眼鏡の向こうからすべてを見通すかのようなまなざしからは、鋭利な知性が感じとれる。訛はかすかに残るものの、弱音節を正確にはしょった完璧な英語を話し、わたしは中国人じゃなくて上海《シャンハイ》人だから、と冗談めかして言う。ニューヨーク生まれのニューヨーク育ちであるジョーには、そのニュアンスがなんとなく理解できる。それから、ドクター・チャンは薬指に結婚指輪をはめていて、机には子供たちとスキーをしている写真が飾られているが、そうしたものを目にしなくとも、誰かの母親であろうことは容易に推測がついた。ジョーの話を聞くときには、ほんの少し眉根を寄せて、じっと耳を傾ける。もう少し素行を改めないと、とぴしゃりと叱りつける。気遣いに満ちた優しい手つきで、治療にあたる。心の問題はさておき、あなたの抱える問題はわたしが治療できる範疇《はんちゅう》を超えていないから安心して任せろ、ときっぱり断言する。そうしたすべてが、母親であることを感じとらせた。

診察室を出たあとは、ドクター・チャンのあとについて待合室を横切り、両側にずらりと扉が並ぶ長い廊下を進んで、小さな検査室に入った。命じられるままに服を脱ぎ、下着一枚になってから、マッサージ台に横たわった。鍼治療用の鍼が取りだされたとき、ジョーが一瞬たじろいだことに気づくと、ドクター・チャンはあの母親のまなざしを向けて、こう言った。「あらあら、こんな鍼くらいへっちゃらでしょう？」ジョーは声をあげて笑った。あちこちに鍼を刺されていくあいだ、身じろぎもせずに横たわっていた。ドクター・チャンはジョーの両耳と、両手と、足の指のあいだに鍼を刺すと、電気治療用の装置から伸びるコードのクリップで鍼をつまんでから、スイッチを入れた。電気が全身を駆けめぐっていく。その不思議な感覚は、これまでに経験したどんな感覚とも似ていなかった。強いて言うなら、通称〝くすぐったい骨〟と呼ばれる上腕骨の内側を叩かれているような感覚に近いが、それが全身で起きているのだ。「リラックスして。全身から力を抜くの」ドクター・チャンはそう声をかけながら、ジョーの胸から下にバスタオルをかけ、照明を仄暗《ほのぐら》くしてから、赤外線ランプのスイッチを入れた。

〝ばかを言え。全身に電気鍼を刺された状態で、どうリラックスしろっていうんだ？〟——そう言ってやりたかった。だが、ジョーはそのときすでに、この人間には頭があがらないという気分にさせられてしまっていた。ほどなく、知らず知らずのうちに、ジョーは眠りに落ちていた。

まるで大人になってからは一睡もしていなかったかのように、ジョーは眠った。深く、夢も見ずに。目が覚めたときには、頭も身体も、やけにすっきりとしていた。ドラッグをやったあとに訪れる知覚麻痺の状態とは、まったく異なる感覚だった。しばらくすると、見知らぬ老女がやってきて、患者用のガウンを渡された。老女はチャイナ服ふうのパジャマのズボンにスリッパを履き、下半身とはひどく不釣りあいな、ホリスターというカジュアルブランドのロゴ入りTシャツを着ていた。英語が話せないらしく、身ぶり手ぶりで伝えようとしているのは、自分についてこいということのようだった。ジョーは老女のあとを追って、建物のさらに奥へと進んだ。たどりついたのは飾りけのないシンプルな寝室で、病院というよりホテルの客室を思わせた。老女はいったん部屋を出たあと、白米の入った丼と、甘みのある薄い茶の入った茶碗を手にして戻ってきた。ジョーはその両方をぺろりと平らげたあと、ふたたび眠りに落ちていった。

入院二日めには、鍼のほかに、漢方薬や、ビタミン剤によく似たカプセル錠や、自家製のティーバッグで淹《い》れた中国茶による治療が加わった。ドクター・チャンによると、その中国茶には解毒作用を促進し、苦痛をやわらげる効果があるらしい。たしかにドクター・チャンの言うとおり、そうした効果はあるようだったが、それでもなお、禁断症状が完全に消え去るわけではなかった。下痢。発熱と悪寒。とまらない鼻水と涙。だが、なかでも最悪なのは、全身の骨が空洞になったかのような、ひどく不快な感覚と、筋肉が激しく痙攣するたびに、数秒でも長く苦痛を感じずにいられる体勢を探そうとして、関節が操り人形のようにがくがくと引き攣ってしまう症状だった。言うなれば、〝魂の病〟とでも呼ぶべきか。もしも魂というものが、この世に物質として存在するのであれば。そう、本当に存在するのだとしたら、魂はどんな形をとっているのだろう。限界まで成長しては、しだいに薄らぎ、滅びゆく、霊的エネルギーの集合体みたいなものだろうか。骨の髄のどこか奥深くで、ひんやりとしたスライム状の物質だの、じっとりとした冷気だのへと、形を変えたりしているのだろうか。それとも、その内に生命を宿す、ぬくもりを帯びた物体なのだろうか。

ところが数日もすると、手厚い治療の甲斐あって、ジョーは快方へ向かっていた。夜間はしっかり睡眠をとり、悪夢にうなされることもなく朝には目覚め、出される食事はすべて平らげた。水と、フルーツジュースと、漢方茶以外の飲み物は、いっさいとらずにすごした。一週間が経過すると、すこぶる体調がよくなった。これほどの爽快感は、長らく味わったことがなかった。けれども、そのことがかえって恐ろしかった。麻薬常習者なら誰もが知っているとおり、気分が爽快なときというのが、最も危険なときなのだ。一回くらいなら大丈夫だと、悪魔が耳もとでささやきかける声に、最もそそのかされやすいときだから。

そうした不安を抱えたまま、ジョーはその日、退役軍人病院へ向かった。キャッシュが運転する車に乗りこんで、マンハッタンの東二十三丁目に面する大病院にたどりついたのは、まだ朝のうちのことだった。六時間後にそこを出たときには、モルモン教徒のオリンピック選手ですら、モルヒネをチェイサーにして、ダブルのジャックダニエルを引っかけたくなるだろうほどの気分に陥っていた。院内ではまず、受付でしばらく待たされた。案内板の漠然とした指示に従って、さまざまな診療科を訪ねては、別の診療科へ追いやられ、それを何度も繰りかえしたあとで、最初に訪れた診療科へ戻れと告げられた。おまけに、大半のエレベーターが故障中であったため、ほかの階へ向かおうとするたびに、これまた長い待ち時間が発生した。しかも、そんなこんなの苦労を経て、最終的に告げられたのは、一階へ戻るようにとの言葉だった。だだっ広い待合室は、老人ホームと、救急処置室と、精神科病棟と、ホームレス収容施設をごちゃまぜにしたかのような様相を呈していた。一列に並べられた車椅子には、よぼよぼのご老体たちが乗せられていて、いまにも朽ち果てそうになっていた。点滴につながれている者もいれば、よだれを垂らしている者も、ぼんやりと遠くの一点を見つめている者もいる。席を三つあけた先では、ホームレスがひとり居眠りをしていた。むっとする悪臭がここまで漂いくる点からして、長いこと街路を寝床としていたのだろうことは、容易に推測がついた。ほかには、ぶつぶつと何ごとかをつぶやきながら、通路を歩きまわったり、小刻みに身体を痙攣させたりしている者もいた。

しかしながら、大半の者はおとなしく椅子にすわって、読書をするなり、携帯電話をいじくるなりしている。緊張とあきらめが入りまじったような面持ちで、ぼんやりとしている者もいる。その面持ちは、乗り継ぎ便がとつぜん飛ばなくなり、空港内で足どめを食らっている人々や、州自動車局《DMV》へ免許取得にやってきた人々を彷彿《ほうふつ》とさせた。それ以外の人間はおおかた、しきりに咳をしたり、くしゃみをしたり、身体を掻きむしったり、大量の汗をかいたり、うめき声をあげたりしていたため、ただでさえ滅入っている気分が上向いてくれるはずもなかった。この空間で、もっと質《たち》の悪い何かを患って帰るくらいなら、悪化の一途をたどる常用癖とPTSDの克服はあきらめて、このまま家に帰ったほうが賢明なのかもしれない。そうは思いつつも、ジョーはその場にとどまった。向かいの椅子には、片脚をなくしたラテン系の女がすわっていた。女は、まるで晴れた日の傘のように、義足を小脇に抱えている。数時間が経過した。持参したペーパーバックを開いてはみたものの、足の不自由なモロイが荒涼とした侘しい風景のなかをとぼとぼと進む姿は、張りつめた神経をやわらげるどころか、悪化させてしまうような気がした。やがて、名前を呼ばれた義足の女が席を立つと、酸素ボンベをたずさえ、社会の窓を開けっぱなしにした肥満体の白人の男があいた席にすわり、てのひらで口もとを覆いもせずに、盛大に咳きこみはじめた。この状況こそが新たなPTSDの引鉄になりそうだと結論づけ、席を立とうとしたちょうどそのとき、名前が呼ばれた。社会福祉士の面接を受けるための順番がまわってきたのだ。

十分後にはすべてが終わった。軍隊時代のジョーの記録はいずれも、封印されるなり、削除されるなり、修正されるなりしていた。ジョーにトラウマを植えつける原因となった出来事も、任務の内容も、すべて最高機密扱いとなっており、それに関わった者の名や地名等々を口にすることも、みずからの経験について語ることすらも禁じられていた。要するに、ジョーの存在は、公的記録上の〝忘却の淵〟に捨て置かれてしまっていた。現実にいかなる症状を呈していようとも、心身に不具合が生じた要因を証明できなければ、治療を受けることはできない。面接を担当した社会福祉士は、ジョーに同情を寄せてくれた。ジョーの置かれた状況に対して、見るからに胸を痛め、苛立ちすらにじませていた。デスクで慌ただしくランチをとったらしく、ブラウスにはパン屑が散っていた。デスクの上では、天井に届かんばかりに、書類が山をなしていた。鼻の上にちょこんと載せたもののほかに、眼鏡がもうひとつ、ぼさぼさのごま塩頭に埋もれていた。国に尽くした者たちの力になろうと、みずからも身を尽くしてくれているのにちがいない。ジョーはありがとうと礼を言って、部屋を出た。ところが、建物から足を一歩踏みだした途端に、軽いパニック発作のような症状に襲われた。おそらく主な原因は、閉所恐怖症と過度なストレス、そして何より、退屈という名の有毒物質の過剰摂取。ジョーは正面玄関の前に設けられた小さな緑地を突っ切って、最初に目に入ったベンチにすわりこんだ。目を閉じて、深呼吸をしようとした。

「おれは進めない。おれは進むだろう」声を発したのは自分ではなかった。頭のなかの声でもないと、そこそこ断言することもできた。目を開けると、老齢の黒人が隣にすわっていた。老人は青い綿のワークシャツと黄褐色のカーペンターパンツに、格子柄のキャップをかぶり、ペンキの飛び散った建設作業用の安全靴を履いていた。首から眼鏡チェーンをさげていて、手には杖を持っていた。

「おれに何か?」とジョーは訊いた。

「ここに書かれた一節だ」老人は言いながら、ジョーが手にした本をぽんと叩いた。「だが、あの入口を通りぬけるたびにわしが思いだすのは、『ゴドーを待ちながら』のほうだがな」そう言うと、老人は片手を差しだした。「わしはフランク・ジョーンズ。海兵隊の出身だ」

ジョーは老人の手を握りかえした。「ジョー・ブロディー。陸軍出身。お会いできて光栄です」老人は体格も大きく、身につけた作業服もかなり着古された代物だったが、その手は感触もなめらかで、見た目にも妙な気品があった。

「ジョー、おまえさんはどこに駐留しなさった?」

ジョーは質問に肩をすくめた。「それはまあ、いろいろですよ」

老人は帽子の鍔《つば》の下から、じっとジョーの目をのぞきこんで言った。「特殊部隊の出身か」

「どうやらそれも、機密扱いであるようです」

老人はこくりとうなずいた。「そうだろうとも。わしがベトナムへ出征したのは、十六歳のときのことだった。ハーレムよりひどい場所が存在するなんぞ、思いもしないことでな。故郷《くに》へ帰ってきたあとは十年ものあいだ、髪も切らんと伸ばしっぱなしにして、財布が許すかぎりは飲んだくれているようになった。最初の女房は、わしが出征したことすら知らん。あれはいわゆるヒッピー娘でな。ロングアイランド生まれのユダヤ人だった。まあ、周囲の反対がなかったと言えば嘘になるな。ほれ、わしもなかなかの色男だったもんでな。とにかくわしは、その娘と出会い、自分が戦争に加担した事実すら忘れて、愛と平和と反戦を世に訴える若者の輪に加わった」

「すばらしい。じつにうまいやり方だ」

「そうだろう？　わしが本当のところは、何ひとつ忘れちゃいなかったっちゅうことを除いてはな。忘れたはずの忌まわしい記憶は、心の奥底に追いやられているだけだった。そうやって、長い時が過ぎていった。するとときおり、たとえば酒場にいるときや、ロックバンドのライブを観ているとき、一杯多めに、あるいは十杯多めに飲みすぎちまうようになった。そんなときに周囲を見まわすと、ごく普通の、なんの苦労もしたことがなさそうな連中が、無邪気に笑ったり、お喋りしたり、踊ったりなんかしとる。すると、頭のなかの声が、わしにささやきかけてくる——おまえはここにいる誰よりも多くの人間を殺した。おまえはこの場所で誰よりも呪われた人殺しだ」

「それで、どうしたんです？」

「もっと酒を飲んだ。仕事も手につかなくなるまで。そのあとは、その声を仕事に活かすようになった」

「仕事は何を？」

「まあ、おおかたはこっちのほうをな」老人は靴に飛び散ったペンキを指差した。「おまえさんは？」

「いろいろあって、いまは休職中です。ストリップクラブで用心棒をしているんですが」

フランクはくっくと含み笑いした。「そりゃあ、最高の仕事じゃないか。酒癖の悪い阿呆どもをぶん殴ること以上に、胸がすかっとすることはない。この膝がぴんぴんしとったら、おまえさんの代わりに雇ってもらいたいくらいだ。政府が新しい膝をくれたら、頼んでみるとするか」老人は最後にそう言うと、杖を握った手に力を込めて、吐息と共にゆっくりと立ちあがった。ジョーもそれに合わせて、ベンチから立ちあがった。

「余計なお節介かもしれませんが、その膝でペンキ塗りの仕事をするのはたいへんなのでは？　一日じゅう梯子《はしご》にのぼったり、地面に膝をついたりするだろうに」

老人はかっかと笑いだした。「いやいや、こいつは塗装用のペンキじゃなくてだな」そして、胸ポケットに手を差しいれ、一枚のカードを取りだした。「こいつを渡しておこう。そのうちアトリエに来て、わしの作品を見てやっとくれ」そう言うと、老人は杖をあげ、その先端で、少し離れた場所にとまる車を指し示した。ジョーが老人と会話をしているあいだにやってきて、道端に停車していた黒のレクサスだった。「ほれ、お迎えが到着したようだぞ」

「おれを迎えに？」ジョーは訝るように眉をひそめた。てっきり、キャッシュが白のBMWで迎えにくるものと思っていたからだ。するとそのとき、道端のレクサスからネロが降り立ち、こちらにうなずきかけてきた。後部座席のドアを開けて、ジョーが来るのを待っている。ジョーは老人に顔を向けた。「あなたの言うとおりのようだ。是非またお会いしましょう、フランク」

老人はこくりとうなずいた。「気楽にいきなされよ、ジョー」ジョーが病院の敷地を出て、黒のレクサスに近づいていくさまを、老人はしばらく見守っていた。アイドリング中のエンジンの轟く音が、ここまで届いてくる。薄暗い車内に、もうひとつ別の人影がぼんやり見える。老人は杖に体重を預けながら、西に向かって歩きだした。

「よう、ジョー」こちらに近づきながら、ネロが呼びかけてきた。「ここに行けば会えると、キャッシュに教えてもらってな」ネロはそれだけ言うと、紙にくるまれた小さな包みをポケットから取りだした。「これを渡すよう頼まれた。それと、言伝《ことづ》てもひとつ。食事の際と夜寝るまえに、そいつを一杯ずつ飲むようにと、ドクター・チャンが言っているそうだ」

「そうか、わかった。ありがとう」ジョーは包みを受けとって、後部座席に乗りこんだ。シートの奥には、もちろん、ジオが待ちうけていた。

「元気そうだな」ネロがドアを閉じるのを待って、ジオが言った。「休養と栄養をたんまりとったか」

「ああ、まあな。すこぶる体調がよくなった。それより、いろいろとすまなかったな」

ジオはよせよと手をひと振りし、「もう忘れろ。すべて片がついた」と言って、にやりと笑った。「指の一本で、すべて解決だ……なあ、ネロ？」運転席に乗りこもうとしていたネロが、その言葉にげらげらと笑いながら、うなずいた。ネロがそのあとドアを閉じ、シートベルトを締めるのを待つあいだ、ジオはさらにこう続けた。「それよりもな、ジョー、目下の問題は、おまえの体調がどの程度よくなったのかってことだ。仕事に復帰することは、もうできるか？」ジョーの顔を探るように見つめて、ジオは訊いた。

「今夜からか？」ジョーは肩をすくめて言った。「ああ、たぶん大丈夫だ。この漢方茶を飲みつづけなきゃならないが、店でも熱湯は手に入るしな」

「いや、おれが言ってるのは、そっちの仕事のことじゃない」ジオがそう告げると同時に、ネロがアクセルを踏みこんだ。流れる車の隙間を狙って、レクサスが走りだした。

第二部

11

車はロングアイランドに向かっていた。かつてはさしたる産業もなく、荒れ果てていた島。そこにまずは、芸術家たちが住みついた。次いで、高層ビルが林立するようになった。その高層ビル群はしだいに領土を広げて、いまや、クイーンズ西端に位置する川沿いの土地にまで達しようとしている。車はいま、窪みだらけの道路を駆けぬけていた。行く手には、建設中の高層ビルのシルエットが見える。あれが完成した暁には、この道も舗装しなおされるのだろうことは、疑いようもない。いまだ骨組みもあらわな高層ビルは、胴の真ん中あたりから下はガラスに覆われており、そこから上は鉄骨がむきだしになっている。てっぺんのほうも、太い鉄骨が上向きにでこぼこと突きだしていて、そこからクレーンのアームが一本だけ、外側に向けて伸びている。その光景はなんだか、巨大な鳥のくちばしか、機械仕掛けの鉤爪を連想させた。その鳥はまるで、宇宙からぽとりと落とされてきた要塞のように、殺風景な建設現場からあたり一帯を睥睨《へいげい》している。そこから下へ視線をおろすと、ビルの下半分を覆うガラスが西日を受けて、赤や金や橙色に照り輝いている。まばゆくきらめくその姿は、さながら、卵の殻を破って外へ這いだそうとしているドラゴンのようだ。

車が現場に到着すると、黄色いヘルメットをかぶり、オレンジ色のベストを着た男がゲートを開けた。車がゲートを通りぬけると、男はふたたびゲートを閉じてから、チェーンをかけた。ジオの一族は、この現場に出入りする運送会社やセメント製造会社を所有している。労働組合に属する電気工や鉄骨組立職人を、すべて掌握してもいる。それから、とあるペーパーカンパニーを介して、このビルが建つ土地自体から、相当な利益を得てもいる。この土地を手に入れる際に、土壌が汚染されているとして、ずいぶん買い叩くことができたからだ。見たところ、今日のぶんの建設作業はすでに終了しているようだった。ひっそりと静まりかえった敷地のなかを、車はさらにずんずんと進んでいく。山と積まれた建築資材や、中身があふれかえりそうになっている大型ゴミ容器《ダンプスター》。電源を落とされたコンクリートミキサー。ぽつんと建つトレーラーハウスのなかでは、警備員がひとり、椅子にすわって新聞を読んでいたが、車がすぐ脇を通りすぎていっても、一顧だにしなかった。

建設中のビルがすぐそこに迫っていた。いずれ扉が設置される予定とおぼしき場所に、大きな穴が口を開けている。車はそこをくぐりぬけ、ビルの一階部分に入った。巨大な洞穴を思わせるその空間は、内装がまだ手つかずの状態にあった。床にはコンクリートが敷かれているが、壁はいまだむきだしのままで、床から天井の梁《はり》をめがけて、補強用の鉄筋が無数に伸びている。天井からはブドウの蔓のようにケーブルが垂れ、すのこ板の上には乾式壁用の板材が積みあげられており、目にも鮮やかな黄色のフォークリフトが数台、ぽいと捨てられた玩具のように、誰かに拾われるときを待っている。染みひとつない青のスーツに茶色の革靴という、この場にそぐわぬいでたちをしたビッグ・エディが、店舗スペースの明け渡し期日を早とちりしたテナントのように、貨物用エレベーターの脇にぽつんと立っている。エレベーターは建物の中心部分を支える巨大な支柱のなかに埋めこまれており、鉄骨の塔のようにそびえるその支柱のなかには、何台ものエレベーターのほかに、トイレや、ゴミ捨て用のダストシュートや、各種コントロールルームがまとめて設置されることになるらしい。ネロは車をエレベーターの庫内に入れて、ブレーキを踏んだ。エディはエレベーターのドアを閉めて、操作盤のボタンを押した。低いモーター音と共に、がたがたと振動しながら、エレベーターが上昇を始めた。

ネロはなおも運転中であるかのように、ハンドルに手をかけたまま、まっすぐ前方を見すえつづけている。ジオとジョーはそれぞれに窓外へ目を向けて、次々と下方へ流れゆく無人の各階フロアを眺めていた。間隔を区切る壁のない空間は、広漠たる風景のようにも、ジオラマのようにも、無機質な鉄柱の森のようにも、コンクリートの鍾乳洞《しようにゆうどう》のようにも見えた。さらに上のフロアでは、ガラス張りの壁の向こうに、眼下を流れる川や摩天楼が一望できた。誰ひとり、言葉を発する者はなかった。ガラス張りのフロアをすべて通りすぎると、今度は、宇宙空間——光と空気がなぜか存在する宇宙空間——を浮遊しているような感覚にとらわれた。発射の時を待つ多段式ロケットを、上へ上へとのぼっていくかのような、虚空に向けて梯子をのぼっていくかのような感覚でもあった。するとそのとき、ジオの携帯電話が鳴った。

「キャロルからだ」どうぞとジオにうなずきかけてから、ジョーは窓外に視線を戻した。隣からジオの声が聞こえてくる。「やあ、キャロル。さっき送ったメールは読んでくれたかい?」そう話しはじめた次の瞬間、隣にまで漏れ聞こえるほどの怒鳴り声が——音量が大きすぎてひずんだ声が——轟きだした。ジオはとっさに耳から携帯を離しつつ、釈明を始めた。「ああ、わかってる。本当にすまない。仕事の関係で問題が生じて……いや、そこまでおおごとじゃない……そう、仕事の……ああ、至急対処しなきゃならない。仕事のほうで突発的な問題が生じたとだけ、伝えておいてくれ……ああ、わかった。終わったら電話する……ああ、注文だけ済ませておいてくれ。おれが受けとって帰るから」

ジオは通話の終了ボタンを押すと、ジョーに顔を向けて説明を始めた。「今夜は保護者面談の予定が入ってたんだ。ノラのやつ、三角法の成績が振るわなくてな。担任教師とそれについて話しあうことになっていた。おれなんて、三角法がなんなのかもわかりゃしないってのによ」

「右に同じだ」とジョーは応じた。

「ハーバードじゃ、三角法は習わなかったのか」

「おれの専攻は文学と哲学だ。しかも、途中で大学から追いだされた。忘れたのか？」

そのとき不意に、ネロが口を挟んだ。「三角法ってのは、数学の分野のひとつですよ、ボス」

「ご丁寧にありがとう、ネロ。だが、それくらいはおれだって知ってる。おれが知りたいのは、その中身だろうが？」

「おおまかに言うと、三角形の性質についての法則なんですよ、ボス。さまざまに枝分かれした研究分野のひとつで、三角形の辺の長さだの、角の大きさだのを使って、いろんな問題を解き明かすんだ。ちなみに、おれの成績はBプラスでした」

「三角形だと？　使うのはそれだけか？　何ヵ月も費やして、それだけを勉強するのか？　だったら、なんだって四角法だの、円法だのは存在しないんだ？」

「三角形が、特定の規則性を持つ図形だからじゃないですかね」

「もういい。いまはジョーに話をしてるんだ」

「すみません、ボス」

「要するに、問題はだな」ジョーに顔を戻して、ジオは続けた。「面談のあとに、劇の発表があるんだと。おれがそっちまですっぽかすことになったもんで、キャロルはかんかんに怒っちまった。だから、これが済んだら、テイクアウトの中華料理を土産に持ち帰らなきゃならない。家族の機嫌をなおすには、いつだっててきめんに効果がある」

「そりゃあよかった」ジョーがそう応じると同時に、エレベーターががくんと停止した。ビッグ・エディがドアを押し開けると、ネロはゆっくりと車を前進させた。そのフロアには、ずらりと一列に車がとめられていた。ベンツに、キャデラックに、レクサス。いずれも高級車で、いずれもぴかぴかに真新しい。それぞれの運転役を務める男たちが一カ所に寄り集まって、煙草を吸ったり、言葉を交わしたりしているのが見える。車のほかには目につくものも、ぐるりを囲む外壁すらも、いっさいない。吹きっさらしのだだっ広い空間を、川のほうから吹きあげてくる風がひっきりなしに通りぬけていくのみだった。

「この上です」エディが言って、金属製の階段を指し示した。ジオとジョーがそちらに向かって歩きだすと、ネロは煙草に火をつけながら、男たちの輪に加わった。あの連中とは、名前を呼びあう程度に見知った仲であるらしい。最上階には屋根も、四方の壁もなく、太い鉄骨が何本も、空をめがけて突き立っているだけだった。片隅には巨大なクレーンが一台、見あげんばかりにそびえ立っていて、アームが外へと伸びている。足場は堅く頑丈で、四方の端まではいずれもかなりの距離がある。にもかかわらず、まばゆい西日と吹きつける風のなかへ、全包囲が広く開けた空間へ、果てしない空のもとへ、ほぼ果てしなく広がる街の景観を一望に見渡すことのできる場所へ、そうしたすべてが一緒くたになった空間へ、にわかに放りだされると、軽い眩暈をおぼえずにはいられなかった。いますぐこの場にしゃがみこんで、床に手を触れたいという衝動にも見舞われた。だが、そうする隙も与えず、ジオはずんずん先へ進んでいく。あとを追ってたどりついたのは、仮設のプレハブ小屋だった。現場を監督する者たちのために事務所として建てられたものらしく、窓はひとつも見あたらない。コンクリートブロックを土台にして、プラスチック製の板で四方を囲まれており、入口には、粗削りの木材を使った外階段が取りつけられている。横手には仮設便所がふたつ、往時の一軒家にあった屋外便所のように並んでいる。ジオはその小屋の扉を開けた。ジョーも続いて、なかに入った。

小屋のなかには、折りたたみ式のテーブルが一ヵ所にまとめて据えられており、それを六名の人間が取り囲んでいた。テーブルの上には、未使用の灰皿がふたつと、未開封の飲料水がケースごと置かれているほかは、何も載っていない。奥の壁ぎわに並ぶデスクや棚の上には、書類や、ファイルや、青焼きの設計図が山をなしている。どうやらこの会合の直前に、慌ただしく片づけられたらしい。テーブルの上座にはリトル・マリアがすわっていた。今日のマリアは、ストレッチジーンズに、赤いパンプスと赤いブラウス、赤い口紅と赤いマニキュア、ゴールドのフープイヤリングというでたちで、緑の黒髪が艶やかにきらめいている。フラッシングを根城とする中国系組織のボス、アンクル・チェンの隣には、ユダヤ系組織のボス、メナヘム・〝ラビ〟・ストーンの顔も見える。チェンとメナヘムはいずれもかなりの高齢で、いずれも黒ずくめの服装をしており、唯一異なる点といえば、メナヘムが鍔なしの小さな帽子をかぶっているということだけだった。それから、アロンゾの姿もあった。今朝のスーツをそのまま着ているはずなのだが、まるでおろしたてのように、ぱりっとして見える。そして、パッティー・ホワイト。悪名高きヘルズ・キッチンをほしいままに牛耳っていた、由緒あるアイルランド系組織の生き残りのひとりであり、いまもなお政界に強いコネを持つ。高利貸しから賭博から暗殺に至るまで、なんでも請け負う老獪《ろうかい》な人物でもあるのだが、今日はニューヨーク・ニックスのチームキャップに、格子縞の半袖シャツに、山吹色のズボンという、隠居老人のような形《なり》をしている。ブライトン・ビーチを縄張りとするロシア系マフィアのドン、アレクセイは黒いシャツの前をはだけさせていて、そこからゴールドのチェーン・ネックレスと刺青がのぞいている。室内でただひとり煙草を吸っており、紙の筒がフィルターになったロシア製の口付き煙草が発する、つんと刺すような香りの煙がその一角を煙《けぶ》らせている。

「ご機嫌よう、みなさん。遠路はるばるご足労いただき、ありがとうございます。こんなところまでご登攀《クライム》させてしまい、さすがに申しわけありません」犯罪《クライム》に引っかけつつ、冗談めかしてジオが言うと、あちこちで忍び笑いが起きた。「安全な場所を短時間で確保しなければならなかったもので。しかしながら、ここなら誰かがヘリコプターでも飛ばさないかぎり、人目に触れたり、会話を聞かれたりする恐れはないでしょう」ジオはそう続けながら、ジョーと共にテーブルの下座に着席した。「さて、今回の会合はマリアの発案によるものですから、あとはマリアのほうからご説明いただこう」

「ありがとう、ジオ。みなさんも、お集まりいただき感謝します。それから、ジョー。あんたもよく来てくれたわね。休暇から戻ったばかりだと聞いてるわ。充分に休息をとれていたらいいんだけど」ジョーが笑みを浮かべつつ、うなずいてみせるのを見届けてから、リトル・マリアはさらに続けた。「それなら、すぐに本題に入らせてもらおうか。いまから二週間まえ、あたしのもとに、ある商談が舞いこんできた。純度百パーセントのヘロイン、ペルシアン・ホワイトが重量にして五十キロ、アフガニスタンから密輸されてくる。それを買いとってほしいって話だったわ。だけど、売り手の名前がこれまで一度も聞いたことのないものだったから、あたしは何本か電話を入れてみることにした。それでわかったのは、古いつきあいの取引先のひとつが、少しまえに何者かの襲撃を受け、同様のブツを強奪されていたってこと。そしていままさに、そのブツが何者かによって売りさばかれようとしてる。だからあたしは、取引を断った。そのブツには手を出さないと、きっぱり撥ねつけてやったわ。だけど、魔が差すってのはこういうことをいうんだろうね。あたしの部下のひとり、カルロって名前の野郎が、ひそかに商談をまとめてやがったのさ。これを足がかりにして、自分だけの王国を築こうって魂胆だったんだろうよ、あの人殺し《マタタン》は」

そのとき、アンクル・チェンが肩をすくめて言った。

「のう、マリア。裏切り者を始末せにゃならんような事態くらいは、わしらにだってざらにある。しかしだな、この件は私的な問題に思えてならんのだがのう」

マリアはにっこりと微笑んでみせた。「早とちりはやめとくれ。あたしはもちろん嬉々として、あのくそ《ママ・》野郎《ウェボ》を愛用のマチェーテで細切れにしたあと、その肉を飼い犬に食わせてやるさ。だけど、カルロのやつは……あんたが言ったように、ゆうべあの野郎と私的な会話をしたんだけどさ、そんときあの野郎がこう白状したんだ。取引相手のアフガニスタン人は、もうこの街に来てるって。つまりは、カルロがだめでも、この街の誰かしらがそのブツを買うことになる。だけど、あたしひとりで全員を細切れにしてまわることなんて、できやしないよ」

テーブルのあちこちから、忍び笑いが漏れだした。

今度はジオが口を挟んだ。「しかし、この件にどうしてジョーが関わらなきゃならないんです？ 我々の縄張りの垣根を越えて、自由に動きまわることのできる権限をジョーに与えたとき、これだけははっきりさせておいたはずです。殺しはやらせない、縄張り争いには巻きこまない、麻薬抗争にも巻きこまないと。この件は、ジョーの手を借りるべき問題じゃない」

「いいや、じつのところ、こいつはまったく別物《べつもん》の話でな、ジオ」口を開いたのはパッティー・ホワイトだった。「マリアから聞かされた情報を、軍にいる友人たちにちょいと流してみたんだがな。ああ、まちがいない。こりゃあ、アルカイダの分派組織に所属する連中だ。やつらのやり口は決まっとる。アヘンの輸送ルートを襲撃しては、奪いとったブツを売りさばき、手に入った金をテロ活動の資金にしとるのさ。去年、アフリカに駐屯中の米軍基地を吹っ飛ばしたのも、そいつらだ。半年まえに、国連の救援物資輸送隊を襲撃しおったのも。三カ月まえに、シリア国内の市場を爆破したのも。そんときは、一般市民が十人も犠牲になった。そいつらがいま、ニューヨークに潜伏しとるらしいということよ」

「まずはそれぞれのシマで情報を流して、大量のブツをさばいてるやつがいねえかどうか、突きとめるってのはどうだ?」そう言いだしたのはアロンゾだった。

「そんでもって、そいつらのブツを奪いとってやりゃあいい。アフガニスタン産の上物によだれを垂らすヤク中なら、わんさかいる。アルカイダなんぞに、びた一文くれてやるもんか」

アレクセイがやけに大きな咳払いをしてから、盛大に煙を吐きだした。その瞬間、ジオはぴくっと鼻を引き攣らせた。窓ひとつない部屋のなかで煙草を吸うばかが、いったいどこにいやがるのか。「いや、これで決まりだ」アレクセイが言った。「そのカルロって野郎に連絡をつけさせて、そのテロリストどもをおびきだそう。でもって、アロンゾが言ったように、ブツを奪ったあとは、そいつらをスタテンアイランドのどこかに埋めちまえばいい」

「それならそれでいいだろう」そう認めたうえで、ジオは続けた。「ただし、ここに隣席するなかでジョー以外に、ヤクの売人を狩れる人間がいないなんて戯言は口にしないでいただきたい。やはりこの件は、ジョーの手を借りるべき問題ではない」

不意にメナヘムが軽く宙に手をあげた。ざわめきと忍び笑いがぴたりとやみ、室内が一瞬で静まりかえった。「話はまだ終わっちゃおらん。そのブツの取引には、一風変わった条件がついておっての。そやつらは、ダイヤモンドでの支払いを要求しとるらしい」

「ダイヤモンドだと？」アロンゾが目を剝《む》いた。「ずいぶんと洒落こいた連中じゃねえか。テロリストってのは、質素な身なりを好むもんだと思ってたぜ」

リトル・マリアが首を振りつつ、こう言い足した。「ああいう連中にゃ、あたしらがやるような金のやりとりはできないのさ。テロリストなんぞを、いったい誰が信用する？　テロリストなんぞが、いったい誰を信用できる？　誰ひとりいやしないでしょうよ」商取引によって成り立つ事業の大半がそうであるように、マリアの組織が営むシノギもまた、信頼関係の構築がすべての基盤となる。マリアが商品の輸送を任せるのは、何十年とつきあいのある相手ばかりだ。仕入先から荷が送りだされ、無事にこちらへ到着したとの報告を受けとってはじめて、マリアはその荷の代金全額を海外の匿名口座から送金する。マリア自身が商品や現金に手を触れることはいっさいない。すべては信頼と、友情と、特異な絆――信頼と友情を裏切る者がいれば、かならずや命をもって償わせるであろうことが、周囲に知れ渡っている者同士のあいだにのみ存在しうる絆――とに拠《よ》って立つ。まっとうな事業を営む数多《あまた》の人々とちがって、大口の麻薬取引を行なう（少なくとも、いまも生き長らえている）密売組織の人間は、仲間内での約束を破ることなどめったにない。ただし、そうした人間はみな、法の埒外に生きる〝よそ者〟でもある。そんな人間の口約束を信じる者など、裏社会にすらひとりもいないし、相手の善意を当てにすることもできない。薬物を商う人間は、裏社会においてさえ一線を引かれる〝よそ者〟なのだ。

「おそらくは足がつかない方法で、代価を受けとりたいんじゃろう」メナヘムの続ける声が聞こえた。「加えて、現金化しやすいものでなけりゃあならん。五十キロ相当のヘロインの代金を現金で受けとるっちゅうのは、現実的ではないからな。そんな嵩張《かさば》るもんをたずさえて、どうやったら人目を引くことなく国外に出られる？　手荷物として貨物室に預けるなんぞ、もってのほかじゃろうて。だが、ダイヤモンドなら、四百万ドル相当のものだろうが、ポケットにたやすく忍ばせられる。換金しようと思えば、どこででも売れる。アントワープだろうが、東京だろうが、テルアビブだろうが、ニューヨークだろうが。安全で、頑丈で、持ち運びしやすい資産を求める者がおったら？　ダイヤモンドこそが、この世で最も手堅い財産《ハード・スタッフ》じゃろうて」

「ガラスか何かでできた、模造品をくれてやるのはいかがです？」とジオは提案した。

「そいつらだってばかじゃない」とマリアが首を振った。「その道の人間に鑑定させるつもりのようだと、カルロは言ってる」

アロンゾがヒューと口笛を鳴らした。「四百万ドル相当のダイヤだと？　こう言っちゃ悪いが、そんなもん、どんなに羽振りのいいギャングだろうと手もとにありゃしねえだろうよ」

「では、誰のところにならあるか？」メナヘムが言って、肩をすくめた。「むろん、宝石商しかおらんじゃろうが、連中がわれらの大義に貢献してくれるとは、とうてい思えんのぅ」

そのときだった。テーブルから少し遠ざけた椅子に腰かけて背もたれに寄りかかり、みなのやりとりに耳を傾けるのみだったジョーが、ついに口を開いた。

「要するに、あなたがたが必要としているのは、四百万ドル相当のダイヤをどっかしらから盗みだしてきて、テロリストどものヘロインと物々交換したあと、そのダイヤが国外へ持ちだされるまえに奪いかえしてくることのできる人間……そういうことですね」

「そのとおりよ、相棒《アミーゴ》」ジョーにうなずきかけながら、マリアが答えた。

「それぞれに異なる作戦を、三段階も踏まなきゃならねえな」アロンゾが言った。

灰皿が用意されているにもかかわらず、床に落とした煙草を踏み消しながら、アレクセイが言った。「そのうえ、どれかひとつでもしくじろうものなら、すべてが水の泡となる」

メナヘムがそれに相槌を打った。「そうとも、こいつはかなりのきわどいヤマだ。とはいえ、それしか手立てはない」

「しかしながら、わしらの身内には、それをやってのけられるほどの才知に長けた御仁が、ひとりだけおる」アンクル・チェンはそう言うと、ジョーに向かって片目をつむってみせた。

ジオは肩をすくめて、ジョーを見やった。「すまないが、おれもいよいよ認めざるをえない。この件は、おまえの手を借りるしかない問題に思えてきちまった」

12

会合がお開きとなったころ、ジョーは早くも、必要となるメンバーの選定とプランの作成に取りかかっていた。カルロのふりをしてテロリストと取引を進めるための情報は、リトル・マリアが訊きだしてくれることになっていた。これまでにカルロから得た情報によると、ヘロインの売り手との連絡手段は、Eメールのみであったらしい。「つまりは、それがおれたちにとって、唯一の手がかりとなるわけで……カルロがまだ、生きて話ができるような状態であればいいんだが」

ジョーに念押しされたマリアは、にっこりと笑った。「心配しなさんな。舌は最後にちょん切ることにしてるから」赤い唇のあいだから白い歯が――おばあさんの皮をかぶったオオカミの姿が――ちらりとのぞいた。

メナヘムとパッティーも、情報をよこしてくれることになっていた。それから、作戦に必要となる腕っぷし要員も、それぞれがひとりずつよこしてくれるという。ジョーはアロンゾにも声をかけ、ジュノを助っ人に要請した。ジュノの住まいはアロンゾの縄張り内にあるため、一家全員と顔見知りであるらしい。「それと、ジオの店でやらかした乱闘の件でも、いろいろと手間をかけさせてしまったらしいな。すまなかった」と、詫びを入れることも忘れなかった。

アロンゾはジョーの背中をばんと叩いた。「気にすんな。あの件なら、ジオが相手を心底びびらせてやったから、コールドの野郎、おれに命を救ってもらったと恩義に感じているにちがいねえ。そのうえ、野郎の事業への出資も増額してやったしな。これで恨みっこなしってやつだ」

ジョーはにやりとして言った。「だったら詫びじゃなく、どういたしましてと言うべきだったな」

最後に握手を交わしながら、アロンゾはジョーにこう言った。「なんかのライブチケットが入り用なときは、いつでも声をかけてくれ」

運転役としてキャッシュの力も借りたい旨を伝えると、アンクル・チェンはふたつ返事で了承してくれた。ニュージャージー州への遠征の結果にも、ドクター・チャンからの経過報告にも、すこぶる満足していたらしい。じつはアンクル・チェン自身も、坐骨神経痛だの腰痛だのの治療でドクター・チャンには世話になっており、生活に困窮している高齢者や新顔の中国系移民を支援するための資金を、地域自治会――中国系の犯罪組織ネットワーク、三合会の表向きの顔――を通じて、あの診療所へ送っているのだという。

あとはエレーナにも仲間に加わってもらいたかったのだが、この要望は、さほどすんなりとは通らなかった。

「おれの店をめちゃくちゃにしてくれた、あのロシア女を？」ジョーから打診を受けたジオは、途端にむっつりと顔をしかめた。

「エレーナはおれが知るなかで、最も腕っこきの盗っ人だ。この任務には、絶対に欠かせない」

ジオはアレクセイに顔を向けた。「そのロシア女のこと、知ってるか？」

「猫のエレーナのことか？」アレクセイは肩をすくめた。「おれらの組織にゃ属しちゃいねえが、ロシアにいる同業の野郎どもとはつきあいがあるようだな。味方につければ怖いものなしだと聞いてるぜ。敵にまわせば地獄を見るともな」

「ジオが聞きたいのは、そういうことじゃあなかろう」不意にメナヘムが口を挟んだ。「作戦に加わる者はみな、ここにいる者のうちの誰かしらが、身元はたしかだと請けあっておる。して、そのロシア娘は？その娘は本当に信頼できるのかね」

「エレーナに命を預けなければならない状況なら、これまで幾度もあった」とジョーは答えた。「おかげで、おれはいまも生きている。あなたの金を預けても大丈夫かどうかは……まあ、いずれわかるだろう」

メナヘムがこくりとうなずき、「いまの言葉で充分ではないかのう？」と尋ねると、共感の度合いはさまざまながらも、全員がひとまずうなずいた。「そうそう、金の話が出たついでにだがのう、今回の件、ただ働きをさせるつもりは毛頭ない。わしらは政府とちがうんでな」そのひとことで、室内に笑い声があふれた。

「むろん、社会主義者でもない」アレクセイがすかさず言い加えた。

他人のジョークに便乗する悪い癖がまた出たなとは思いつつ、ジオも強いて笑ってみせてから、ジョーに顔を向けて言った。「連中から盗みだしたものが、そっくりそのまま報酬になる。まずまずの額にはなるだろう。任務に参加した仲間と、自由に山分けすればいいい」

「ちなみに、そのヤクが連中の言うとおりの上物であるなら、あたしが市場価格で買いとるわ。四百万ドルで」とマリアも続けた。

「現金払い《COD》で？」とジョーは訊いた。

「ああ、もちろんさ」ジョーの笑顔に笑顔を返しつつ、感じいったようすでマリアは答えた。

ジョーは室内にいるその他の面々に向きなおった。そして、食いいるように見つめる視線を真っ向から受けとめて、こう告げた。

「どうやら休暇は終わりのようだ」

ネロがエレベーターの庫内へ車を乗りいれはじめると、ジオは後部座席でくっくと笑いながら、首を振りつつジョーに言った。「まったく、マリアには脱帽するぜ。あらゆる手を尽くして目的を達成するやり方を、マリアはすべて心得てる。この作戦が成功した暁には、上物のヘロインを手に入れて、商売敵《がたき》に水をあけることもできる。そのヘロインを盗まれたっていう海外の業者に対して、盗っ人どもを始末してやったぞと、恩を売ることもできるんだからな」

ジョーもうなずいて言った。「そのうえ、おれたちとの協力関係も強化できる」

ジオはため息まじりに肩をすくめた。「ヘロインの売買に関わるのは気乗りがしない。可能なかぎり、どぎついヤク《ハード・スタッフ》には手を出したくないんでな」そう言うと、ジョーに向かって眉根を寄せつつ、こう続けた。

「おまえこそ、気晴らしに試してみるつもりじゃないだろうな」

「ああ、そうするつもりだった。おまえの差し金で、純度百パーセントのヘロインを五十キロも盗みだす羽目になるまではな」

ジオは声をあげて笑いだした。「ああ、そうだな。こんなことになってすまなかった」

ジョーはにやりとして言った。「人生ってのはこういうもんだ。おまえがどぎついヤクには手を出さないと決めているからといって、あっちも避けつづけてくれるとはかぎらない」

エレベーターが停止した。ネロは車を出しながら、バックミラー越しにジオに尋ねた。

「ボス、どちらへ向かいます？」

「どこへ送っていけばいい？」ジョーに向かって、ジオは訊いた。

「すぐそこの角で降ろしてくれ。歩きながら、考えごとがしたい」

「まずは何をするつもりだ？」

ドクター・チャンからもらった包みをシートの上から拾いあげて、ジョーは言った。「今日のところは家に帰って、祖母ちゃんと《ジェパディ！》を観ながら、この漢方茶でも飲むとするさ。でもって、明日からは、ダイヤモンドを物色してまわる」

13

〝ヘビー〟・ハリー・ハリガンは生まれてこのかた、いまに至るまでを、ヘルズ・キッチンですごしてきた。ルーズベルト病院で産声《うぶごえ》をあげ、西五十丁目に建つエレベーターのない安アパートメントをねぐらとして育った。母親の仕事は、服飾街のガーメント地区で縫い物をしたり、アイロンがけをしたりすることだった。父親の仕事は、ブロードウェイの労働組合に所属する大道具係ということになっていたが、飲んだくれている姿や、ギャンブルに溺れる姿しか見たことがなかった。学校に通いたいと思うことは一度もなかった。ハリーは路上で育ち、路上で学んだ。ポート・オーソリティ・バスターミナルで物乞いをしているホームレスたちから。撮影スタジオでリハーサルをしているダンサーたちから。バーカウンターでギャングと酒を酌み交わしている俳優たちから。高級レストランの真ん前にとめられたリムジンのお抱え運転手たちから。四十二丁目に軒を連ねるのぞき小屋や、街角に立つ売春婦や、売人たちから。

パッティー・ホワイトに出会ったのは、まだ十代のころのことだ。裏社会でめきめきと頭角をあらわしはじめた〝ライジング・スター〟。ヘルズ・キッチンで最も危険とされる男のひとり。冷酷にして凄腕の殺し屋。それがパッティー・ホワイトだった。八〇年代の後半になると、ハリーはパッティーの一味に加わって、銀行強盗を繰りかえした。そうして名を成し、財を成した。パッティーはその後も順調に、勢力を拡大していった。強請《ゆすり》、賭博、高利貸し。地元のもぐり酒場や売春宿、ナイトクラブや賭博場からはみかじめ料を徴収し、腕っぷしの強さを活かした後ろ楯となることで、服飾、劇場、建築関連の労働組合をも掌握した。パッティーという星《スター》が、こうしてますます高みへのぼりつめていくのに対して、ハリーの星まわりはいっこうにぱっとしてくれなかった。いくつかドジを踏んだせいでムショ暮らしをする羽目になり、莫大な法的債務を抱えることにもなった。腰と膝を痛めたせいで、体重がとんでもなく増加してしまい、銀行の窓口カウンターから身を乗りだしたり、警察の追跡を振りきって逃げたりすることもできなくなってしまった。かといって、誰かの配下について腕っぷし要員に甘んじるほど、もはや若くも卑屈でもない。パッティー・ホワイトが組織のボスへとのぼりつめる過程で多大な時間を費やしてきた、高度な手口――政界への影響力を徐々に広げたり、契約更新の交渉をとりなしたりといった手口――をまねできるほどの才覚も、もとより持ちあわせてはいない。

ハリーは結局、チンケなスポーツ賭博の胴元にまで落ちぶれた。別れた女房に支払わなければならない扶養料や養育費。莫大な額の法的債務。毎月の支払いにも四苦八苦する日々のなか、ハリーは自分に残されたなけなしの財産のひとつ——かつて母親が暮らしていた、家賃統制を受ける安アパートメント——に居すわりつづけた。階段で五階までのぼるのはひどく膝にこたえるが、この住処《すみか》を失った先に待ちうけるのは、排水溝での野垂れ死にだ。あるいは、目下のボスたるFBIの不興を買って、ムショへ舞いもどることになるだろう。いまやハリーは、FBIに首根っこを押さえつけられていた。ニューロシェル市の銀行に単独で押しいろうとして、とんだヘマをやらかしてしまったのだ。往復の運転役にと雇ったタクシー運転手が、まさか覆面警官であろうとは。生粋のニューヨーカーがおおかたそうであるように、ハリーもまた、運転の仕方を知らなかった。それがこうした惨状を招いた。変わらぬ住まい、変わらぬ街並み、変わらぬ顔ぶれ。ただひとつこれまでとちがうのは、胸に垂らした金の十字架の下に、盗聴器を忍ばせているという点のみ。これじゃあ、ふりだしに逆戻りだ。ただし、そこから一歩でも先へ進んだためしがあったかどうかは、定かでない。

けれども、今夜のハリーはすこぶる上機嫌だった。今夜ようやく、懐に大金が転がりこんでくる。負けが込みすぎて首がまわらなくなりかけていた常客のひとりが、あるネタを流してくれたのだ。なんでも、運送トラックに満載された最高性能の電子機器——煙感知器だのエレベーターだの、（そして何より皮肉なことに、）監視カメラだの警報器だのを動かすための、なんとかいう名前の装置——が、近所に建設中の高級分譲アパートメントへ運びこまれる予定だというのだ。ハリーはそのネタをパッティーに伝えた。パッティーはその荷を強奪させるべく、数名の若造——アイルランドからじきじきに呼び寄せたという、青二才の〝甥っ子〟ども――マディガン兄弟――を送りだした。戦利品はすべて売っ払われた。運輸業および建設業関連の労働組合を牛耳っている、イタリア系マフィアの連中――ジオ・カプリッシの手の者たち――と地元警察には、相応の分け前がふるまわれた。そして、残った利益からの取り分が、今夜ようやくハリーにも分配される運びとなったのだ。自分の取り分は、五万ドルはくだらないものと見込まれた。いまは平日の午前二時。街はしんと静まりかえっている。次の集積所へ向かっていくゴミ収集車や、酔っぱらいを拾おうと通りを流すタクシーの低いエンジン音だけが耳に届くなか、ハリーは外出に備えて身支度を整えていた。洗いたてのシャツと一張羅のジャケットを着こんだあと、少し考えて、盗聴器は家に置いていくことにした。ＦＢＩのくそったれどもに、こんなことまで盗み聞きさせてやる義理はない。そんなことをしたら、自分たちにも分け前をよこせと言いだすにちがいない。

ところが、そうして浮き立つ気分も、そう長くは続かなかった。〈オールド・シェナニガンズ・ハウス〉にようやくたどりつこうかというとき、あの忌々しいマディガン兄弟のひとり――わけても癇《かん》に障る末っ子のリーアム――が、裏口に面した路地で待ちかまえていたのだ。リーアムは痩せっぽちで、肌は青白く、長髪に薄い色の目をしている。ハリーが地元でふんぞりかえって歩いていた時代であれば、学校でばかにされるか、いじめられるかしていたにちがいないタイプのガキだった。

「こんばんは、ハリー。それとも、おはようと言うべきだったかい？」ラッキー・チャームとかいうマシュマロ入りシリアルのＣＭを思わせる、やけに軽快な抑揚をつけて、リーアムが声をかけてきた。

「よう……リーアム」ハリーはしぶしぶとうなずきかえしながら、リーアムの脇をすりぬけようとした。地下へと伸びる階段は目の前に迫っている。その先に明かりが灯っているのが見える。金属製のドアは、開け放った状態でつっかい棒が押しこまれていて、地下の厨房へと通じる幅の狭い急な階段の片側には、荷物運搬用のローラー・コンベヤが傾斜に沿って横たえられている。それをひと目見た瞬間、ずきずきと膝が疼きだした。

「すまねえが、ハリー」リーアムが言いながら、検問中の警官みたいに片手を突きだし、行く手を遮った。「ボディーチェックをさせてもらうぜ」

ハリーの瞳のなかで、怒りが赤々と燃えあがった。「おめえが？　おれをボディーチェックするだと？　おれが誰だかわかって言ってやがるのか？」

リーアムが顔にたたえた薄ら笑いは、微動だにしなかった。「ああ、わかってるつもりだよ、ハリー。その話なら、耳にたこができそうなくらいに聞かされてるからな」

「おれはいまから三十年まえ、パッティーと一緒に銀行を襲っていた仲間だぞ。おめえがまだ、母ちゃんのおっぱいを吸ってた時分にな」

「おれはいま二十五だぜ、ハリー。それを言うなら、兄貴のほうじゃねえか？」

「冗談じゃねえ。こんなのはばかげてる」ハリーはそう毒づきながらも、心のなかではこっそりと、今夜、盗聴器をはずしてきたことに胸を撫でおろしていた。

「パッティーのことをそんなによく知ってるんならよ、あそこへおりていったあと、本人に面と向かって言ってやんなよ。こんなことを命じるのはばかげてる、ってさ。それがいやなら、このまま帰ってくれてもいいぜ。あんたの取り分は、あとから郵送するからよ」

やけに大仰にため息をついてみせてから、ハリーは両腕を水平にあげた。リーアムがてのひらでぽんぽんと全身を叩いていく。胸、背中、腋、太腿《もも》、脛《すね》、さらには股座《またぐら》にまで、さっとてのひらが走らされた。そうして全身のチェックが済むと、リーアムは後ろに一歩さがった。

「もう行っていいな?」そう訊きながら、ハリーは路地を横切り、階段に向かった。一段めに足をかけようと、ぎこちなく巨体を傾けたちょうどそのとき、またもリーアムが呼びかけてきた。

「おい、ハリー、待ってくれ。もうひとつ、だいじなことを忘れてた」

「いったいなんだってんだ?」そう言って後ろを振りかえった瞬間、目に飛びこんできたのは、こちらに向かって銃をかまえるリーアムの姿だった。サイレンサー付きのオートマチック拳銃。ハリーは驚きに目を見開いた。

「パッティーから、こいつもくれてやるよう言われてな」なおも笑みをたたえたまま、リーアムは言って、引鉄を引いた。

リーアムが使ったのはワルサーのP22で、銃声を抑えるため、フィンランド製の筒型のサイレンサーが先端に取りつけられていた。それを胸に押しつけたまま、弾倉がからになるまで撃ちこんでやると、ハリーはがっくりと両膝をついたあと、地下へとおりる階段の最上段に倒れこんだ。もう息がないことは、はっきりと見てとれた。リーアムは「お届けものでーす!」と口にしながら、足を使って、ばかでかい巨体をぐいと押しやった。ハリーの死体がローラー・コンベヤの上をゴトゴトとすべりおりていき、戸口の向こうにどさっと転がり落ちた。リーアムはそれが済むと、いかにも若者らしい軽やかな足どりで小走りに階段をおりていき、戸口を抜けて、扉を閉めた。

地下の厨房では、リーアムの次兄のショーン(ちなみに、長兄はティムという)が、足もとの死体を見おろしていた。ハリーの死体はいま、ジャガイモを詰めこんだずだ袋の山のように、だらしなく仰向けに横たわっていた。その下一面を覆う防水シートは、まえもって床に敷いてあった。ショーンは使い捨ての作業つなぎと、くるぶし丈の長靴と、ヘアカバーで、全身を覆っている。清掃業者がこの厨房の消毒をしたり、大量のジャガイモを揚げる際に飛び散った油の汚れを高圧洗浄器で落としたりするときと、そっくり同じような服装だ。

「よっしゃ、始めようぜ」リーアムは言いながら、ショーンと同じアイテムを身につけだした。「ここの連中が、六時には出勤してきちまう。あとはティムに連絡して、農場で落ちあうよう伝えないとな」

「こいつの肉を、マジで肥料に使うつもりなのか？」ショーンはそう訊きながら、死体の腕時計と指輪をはずし、あちこちのポケットを探っては、取りだしたものをジッパー付きのビニール袋に放りこんでいった。最後に残った金の十字架も、強引に首から引っこぬいた。

「なんか問題あるか？　こいつの肉だって、立派な有機肥料だ」作業つなぎのジッパーをあげながらリーアムは言うと、続いて長靴に足を入れ、ヘアカバーをかぶりはじめた。「そもそも肥料ってのは、袋詰めされたクソ以外の何物でもねえだろ？　だったらこいつだって、特大サイズの袋に詰めこまれた、混ぜ物なしのピュアうんこだ。まだクソになる途中ではあるけどな」

ショーンは両手に一本ずつ、肉切り包丁を拾いあげると、そのうち一本をリーアムに手渡した。「袋は特大サイズじゃなく、普通のサイズが四つくらいにはなるはずだ」言いながら、包丁を持つ手を動かしはじめた。

14

ジョーはいま、メナヘムとランチを囲んでいた。呼びだされた店は、三十八丁目に建つユダヤ教徒御用達のレストラン、〈ベンのコーシャ・デリ〉だった。ジョーはライ麦パンのビーフパストラミ・ホットサンドに加えて、〝ドクター・ブラウンのクリームソーダ〟なるソフトドリンクを注文した。メナヘムは、店の料理人が手ずから燻製にしたという牛タン料理と、〝ドクター・ブラウンのセロリソーダ〟を選んだ。それから、マッシュポテトや野菜を小麦粉の生地で包んで焼いた、クニッシュという料理もひと皿とって、ふたりで半分ずつ分けあった。食事を終えると、メナヘムはコーヒーを注文した。ジョーが白湯《さゆ》を用意してもらい、ドクター・チャンからもらった特製漢方茶のティーバッグをそこにひたしはじめると、メナヘムは訝るように顔をしかめた。

「そりゃあなんだ？　いま流行りの、健康茶か何かかね」

「似たようなものです」ジョーはいったん認めてから、メナヘムがコーヒーになみなみとそそぎいれている代用乳のコーヒークリームのほうへ、軽く顎をしゃくって言った。「そっちこそ、おれのこと言えた義理ですか。ユダヤの戒律にも引っかかりそうなものだが」

メナヘムはくっくと忍び笑った。「まったくもって、そのとおり。神は、その教えに従う者がたやすい道を歩むことのないように、戒律をおつくりになるものじゃて」そのセリフを耳にした瞬間、内心では賛同していても言葉にするのは憚《はばか》るであろう、一部のイスラム教徒の姿が思い浮かんだ。ジョーは自分の漢方茶をすすり、メナヘムはコーヒーをすすった。ふたりして不満げに顔をしかめたあと、メナヘムはダイヤモンドの商取引に関する情報を、ジョーに伝えはじめた。

メナヘムによると、ダイヤモンドの商取引においては、アメリカが世界最大の市場であるらしい。しかも、国内に輸入されるダイヤモンドの九割以上がニューヨークを経由して入ってくるうえに、そのうちの大半を占める膨大な量のダイヤモンドが、ダイヤモンド・ディストリクトにて売買されるのだという。ダイヤモンド・ディストリクトというのは、五番街と六番街に挟まれた四十七丁目沿いの区域を指す。わずか一ブロックから成るその問屋街には、二千六百以上もの店舗や商社が軒を連ねており、そのうちのほぼすべてが、ダイヤモンドを含めた宝石や宝玉、高級ジュエリー等を専門に扱っている。ショーウィンドウや、カウンタータイプの陳列台のなか。屋内の小売市場に雑然とひしめく、小さく仕切られたブースのなか。雑居ビルの上から下までを隙間なく埋めつくす、卸売業者や加工業者、輸入業者や貿易商のオフィスのなか。至るところで、無数の宝石や貴金属が、きらきらと照り輝いている。まるで、ミツバチがせっせと蜜を溜めこんだ巣のように、この一画には富という富がふんだんに蓄えられている。一本の細い通りを挟んで、石造りのばかでかい建物がびっしりと建ち並ぶその区域は、さながら峡谷を思わせる。しかもそこは、ただの峡谷ではなく、鉱山でもある。どんな試掘調査員でもこれ以上は望めないというほど、大量のダイヤモンドが眠る鉱山だ。そしてそこは、ドラゴンの住処《すみか》でもある。アリババの洞窟でもある。すべての盗っ人にとっての夢でもある。

だが、そこは同時に、盗っ人にとっての悪夢でもある。武装した警備員が、至るところをパトロールしている。警官までもが、つねにあたりを警邏《けいら》している。警報器や監視カメラ。頑丈な金庫と、厳重な施錠。砦《とりで》の内部は、なおいっそう警備が厳重になる。加えて、宝石商自身も、その多くが武装している。黒い長衣をまとう年老いたユダヤ教徒も、粋なスーツに身を包み、手首やら指やら首やらを光り物で飾りたてた、物腰柔らかな宝石商も、拡大鏡を眼窩《がんか》に押しこんで作業台に向かっている、猫背で身なりのだらしない職人でさえも、その大部分が、銃の所持許可証をひそかに隠し持っている。しかも、そのすべてが正規のルートから取得された、合法的な銃であるという。机の引出しや勘定台の向こうに、どれほどのウージー・サブマシンガンがひそんでいるかは、誰にもわかったものではない。

エレーナほどの腕利きの金庫破りを仲間にできたとしても、ここを攻略することは難しい。エレーナ自身の侵入と脱出はもちろんのこと、金庫破りに必要となる工具を持ちこんだり持ちだしたりすることも、監視カメラや警備員の目を盗んで、作業をするための時間を確保することも、誰にも怪しまれることなく、逃走用の車を道端にとめたり、ドリルなどの工具を使ったり、暗いホールで懐中電灯を灯したりすることも、難しい。加えて、こちらが求めるお宝を誰が隠し持っているのか、突きとめておく必要もある。

ジョーは朝のうちに、その界隈をぶらついてみた。いつものジーンズとコンバースのハイカットスニーカーの上にパーカーを着て、メッセンジャーバッグを背負えば、マンハッタンのそこらじゅうを自転車で走りまわるメッセンジャーを装うことができた。テイクアウトのコーヒーを片手に、携帯電話で誰かと会話しているふうを装いながら、買い物客でごったがえす人込みのなかを、ジョーはぶらぶらと歩きまわった。そしてその結果、以下の結論に達した――内部の事情や情報を知る者の協力なくして、この任務は成しえない。必要な情報が得られるとしても、いささかなりとも成功の見込みがありそうな方法は、ひとつしかない。幸い、メナヘムにもそうした情報を入手できるツテがあったため、すでに同様の結論に達していたらしく、余計な説明をする必要はなかった。「ダイヤの強奪は輪送中を狙うのがよかろうな、お若いの。それが唯一の利口なやり方じゃろうて」

「おっしゃるとおりです。腕ずくで押しいって、生きて帰る方法が見つかったとしても、金庫を破って中身を取りだす時間が確保できるとは思えない。数秒で片づく問題ではありませんからね」

「忍びこむのも難しそうかね？」

「それには、事前に情報が要る。決行の晩に、必要なぶんのダイヤモンドがどこの金庫にしまいこまれているのかを把握していなけりゃならない。そのうえで、見取り図を入手したり、警報器を処理したり、なんだかんだと策を講じたりする必要もある。絶対に不可能とは言わないが、こちらもかなりリスキーだ。何より、脱出が難しい。たとえば銀行を襲うなら、屋上や、隣接する建物から忍びこめばいい。ところが今回は、銀行の隣にあるのも、警備が厳重な銀行だ。あのひとブロックまるまるが、貸し金庫の壁のようなものなんだ」ジョーはいったん言葉を切り、顔をしかめつつ漢方茶を飲み干した。「となると、唯一の利口なやり方は、輸送中を狙うことだろう。いつだってそれが、〝鎖の環のなかの最も弱い部分〟なわけですから。とはいえ、当然のことながら、相手もその点は重々承知している」

「だからこそ、利口な宝石商は、一度に少量ずつしか商品を運ばん。ひと握りのダイヤをポケットに忍ばせて、タクシーを拾う。むろん、ブラックスーツを着こんだ木偶《でく》の坊《ぼう》どもを、百人ほど引き連れてはおるがのう」メナヘムは物思わしげにコーヒーをすすった。

「ただし、ごくまれに、一度に大量の荷が動くことがある。展示会に出展するときだの、別の支店へ在庫品を移動させるときだのにな。だが、むろん、その極秘情報が外部に漏れることはまずありえん。いつ誰が大量の荷を動かすのかは、誰にもわからん」メナヘムはそう言って、言葉を切った。

ジョーはにやりとして言った。「そうでしょうとも、あなた以外には」

ジョーが次に選んだのは、最新テクノロジーを魔法のように操る天才メカマニア、ジュノに会って話をすることだった。ジュノとジョーは地元も近く、似たような地域環境で生まれ育った。なのに、ジョーには海王星のように遠くかけ離れて感じられる世界を、ジュノは苦もなく、縦横無尽に駆けまわる。その専門的知識と技術は、共に踏んだ前回のヤマにおいて、計り知れないほどの助けとなった。この日、ジョーが訪ねたのは、ジュノが母親と暮らす家の地下室だった。見たところ、少しずつ録音スタジオに改装しようとしている最中のようだが、いまはまだおおむね、いかにもティーンエイジャーらしい寝室と、メカマニアのアジトをごたまぜにした雰囲気のままだった。前回のヤマでドジを踏んだあと、エレーナとふたりではじめてこの家を訪ねたとき、ジョーはジュノを捜していた。ところが、そんなジョーに向かって、ジュノの長兄のエリックは銃を突きつけたのだが、なんだかんだあって最終的に、ジョーはジュノの命を救うことになった。そのうえ、ジュノも報酬の取り分は受けとるべきだと言って譲らなかった。以来、ジュノはジョーに対して多大な忠誠心と敬意を抱《いだ》くようになっており、地下室の机の上にはいま、デジタルオーディオの録音機材が高々と積みあげられている。そんなわけで、ジョーがあらかじめ電話をかけてから家を訪ねてみると、ジュノはジョーのために用意したグレープ味のスナップルジュースをふるまいつつ、クッションのくたびれきったソファから衣類の山をいそいそと片づけ、ソファに腰を落ちつけるやいなや、開口一番にこう訊いてきた。

「で、何を盗むんだい？　決行はいつ？」

ジョーはふっと微笑んで、スナップルのボトルをコーヒーテーブルの上に置いた。テーブルは、木製の荷箱にシーツをかけただけの代物だ。ああいう目新しい機械に一万ドルは注ぎこめても、コーヒーテーブルを買う金はないらしい。「獲物は、四百万ドル相当のダイヤモンド。二日のうちに盗みだす。だが、それはほんの小手調べだ。そのあとは少々ややこしくなってくる」

ジュノはジョーの目を見つめかえした。いま聞かされた言葉のひとつひとつがそれぞれに、多くの疑問を孕《はら》んでいた。四百万ドル？　それをダイヤモンドで？　二日のうちに？　なのに、ほんの小手調べだって？　だが、ほどなく、ジュノはにやりと笑って、こう言った。「オッケー。何を用意すればいい？」

次になすべきは、エレーナの所在を突きとめることだった。何度もベッドを共にした仲でありながら、これまでに共にしたベッドはどれひとつとして、エレーナのものではない。エレーナがどこに住んでいるのかも、定まった住まいがあるのかどうかすらも、わからない。わかっているのは、ブルックリンのはずれに位置するロシア人街、ブライトン・ビーチを頻繁に訪れているらしいということだけだった。共にすごした時間があれほどの激動に満ちたものであったにもかかわらず、エレーナについてほとんど何も知らないと聞かされたなら、ごく普通の人間は目を丸くすることだろう。ふたりは共に罪を犯し、警察に追われる身となった。共に多くの人間を手にかけ、互いの命を救いあった。だが、ジョーは元軍人だ。かつて幾度となく、多くの戦友と肩を並べて戦った。共に訓練を重ね、生きのびるために互いを信頼しあっていた。だが、そうした戦友たちとも、その後は一度も顔を合わせていない。ジョーとエレーナが燃えあがるような情動に任せて、息もぴったりに身体を重ねあったという事実も、互いに心からの好意を抱《いだ》き、深く理解しあってもいるようだという事実も、ふたりの絆をいっそう強めはしたが、ふたりの関係を根本から変えるには至らなかった。ふたりは互いに協力しあうこともできる。似合いのふたりでもある。良きパートナーとなることはまちがいない。ただし、それはけっして、互いにバースデーカードを贈りあうような仲ではない。現に、ジョーはエレーナの誕生日も知らない。正確な年齢も。だが、電話番号なら知っている。だから、その番号に電話をかけて、メッセージを残した。〝もしもし、ジョーだが、会って話したい〟と。さて、一方のエレーナはというと、自分なりのやり方で、ジョーという人間のことをよく知っていた。自分から電話をかけることがどれほど珍しいかを。ジョーの電話番号を知る人間——ジオと、グラディスと、ナイトクラブの支配人——が、いかに数少ないかを。だから、すぐにメールを返した。たったひとこと、〝いつ？〟と。

〝いますぐ〟と、ジョーは返信した。すると、住所が送られてきた。

ところが、そこに記されていた住所はブライトン・ビーチではなかった。ロシア人街ではなくチャイナタウン、マンハッタンのダウンタウンに位置するほうのチャイナタウンだった。こちらは、フラッシングに茫洋と広がるチャイナタウンより規模が小さく、つねに観光客でごったがえしているが、その歴史は段ちがいに古く、ニューヨークの歴史の深奥にまで、幾重もの地層をなしている。ちなみに、地層という表現は、主に広東系の移民たちが最初に築いたコミュニティーとしての文化的な意味あいも、文字どおりの意味あいもある。というのも、古い街並みが目立つこの地区の地盤は、地下道や地下室、小路や路地、共同住宅（大昔のニューヨークで権勢をほしいままにしていたファイブ・ポインツ・ギャングの時代の遺物）等を開発する際に、すっかり穴だらけにされてしまったからだ。

何を予期すべきかもわからぬままに、ジョーはキャナル・ストリート駅で地下鉄を降りた。モット・ストリートをぶらぶら歩いていくうちに、日当てのものを見つけた。かすかに左に傾いているように見えはするものの、古色蒼然たる趣がある建物。一階には、土産物だの、扇だの、クラッスラの鉢植えだの、香港映画の海賊盤DVDだのを売る店が入っている。表玄関で呼び鈴を押してから、これまた左に傾斜した狭い階段を二階ぶんのぼり、扉をノックした。扉を開けたのは、ストリッパーのクリスタルだった。クリスタルは、階下の店で買ったものとおぼしき、中国ふうのローブを着ていた。髪はゆったりと肩におろされている。店で顔を合わせているときのようなプロ顔負けのメイキャップをしていないせいか、いつもより若々しく――もっと言うなら、ジョーの目には、いつもより美しく――見えた。

「いらっしゃい、ジョー。なかへどうぞ」クリスタルが言った。

ジョーは微笑みかけながら、挨拶を返した。「やあ、クリスタル。お邪魔するよ」ジョーを室内に通してから、クリスタルが扉を閉めると、毛色のまだらな子猫が一匹、ニャーと鳴きながら逃げていった。クリスタルの住まいは、寝室等の間仕切りがいっさいない、スタジオタイプの間取りになっていた。けっして広くはないが、よく整頓されている。フラットタイプの大型テレビの前には、亜麻色のイケアのソファと、キューブ形の白いコーヒーテーブルが配置されている。キッチンも小ぶりだが、手入れが行き届いている。部屋の奥へ目をやると、薄手のカーテンを吊るした窓の下に、丈の低いベッドが据えられていて、そこにわんさと載せた大ぶりの白い枕に、エレーナが背中をもたせかけていた。白いリブ編みのタンクトップとカットオフジーンズといういでたちで、コーヒーを飲んでいる。

「いらっしゃい、ジョー。コーヒーはいかが？」微笑みながら、エレーナは言った。

「ああ、いただこう」とジョーは答えた。

クリスタルはジョーにもコーヒーを運んだ。そのあとは着替えをしながら、三人でお喋りに花を咲かせた。いや、そう思っていたのは三人じゃなく、クリスタルだけだったのかもしれない。エレーナもジョーも、ひどく口数が少なかったから。クリスタルはローブを脱いで、外出着に着替えながらも、あれこれとお喋りを続けていた。自分がいかに体形を気にかけなくなってしまったか。ダンスを仕事にする者なら、バレリーナからストリッパーに至るまで、体形維持に気を遣うのが当たり前だというのに、云々。着替えが済むと、ちょっと煙草を買ってくるとふたりに告げてから、クリスタルは部屋を出た。そうしてあげれば、心置きなく、ふたりきりで話ができるはず。自分には聞かせられない話なのだろうことは察していたし、自分もその内容を知りたくはなかった。買い物を済ませて帰宅すると、部屋のなかはもぬけの殻になっていた。飼い猫が寂しげにニャーニャー鳴いているだけだった。書き置きの一枚も残されていないことに気づいたところで、驚きもしなければ、傷つきもしなかった。

15

ジョーはエレーナを連れて、ダイヤモンド強奪計画に必要となる品々の買いだしに出かけた。買い物を済ませて、ジュノと合流したあとは、エレーナとふたりで盛大にめかしこんだ。ジョーがかぶった異様にふさふさの茶色いかつらは、地毛に見えるようエレーナが形を整えてくれた。少なくとも、〝この高価なかぶり物の存在に、どうか誰も気づかないでくれ〟と願っている男のようには見えてくれそうだった。それから、かつらと同じくらいふさふさとした口髭もつけ、フレームがごつくて、見るからに高級そうな眼鏡もかけた。このフレームの隅には、極小サイズの広角レンズカメラをジュノが取りつけてくれてあって、ポケットに忍ばせたボタンを押せば、シャッターが切れるようになっていた。服装は、夏物のスラックスに、宝石商の多くが着ているものによく似た、イタリア製シルクのシャツを合わせた。さきほど買ったばかりのスニーカーは、流行の先端を行きすぎていて、ブランド名を耳にしたことすらなかった。ジュノとエレーナがその靴を選んでくれたのだが、ジョーがそれに足を入れた途端に、ふたりは腹を抱えて笑いだした。何がそんなにおかしいのか、ジョーにはさっぱりわからなかった。

一方のエレーナは〝お色気まるだしのロシア娘〟を装った。本来であれば、そうした姿に身をやつすことなどけっして良しとしないだろうが、仕事となれば話は別だ。エレーナはまず、上げ底ブラで胸の谷間を強調した。フリルがふんだんにあしらわれた、オスカー・デ・ラ・レンタとかいうブランドのブラウスを着て、息苦しそうなほどにタイトなレギンスを穿き、ショールームから失敬されてきた盗品でさえ、目の玉が飛びでるほどの高値がつくというルブタンのハイヒールを履いた。エレーナ用の盗撮カメラは、手首を飾るアップルウォッチと、後頭部に留めたヘアクリップに仕込んであった。普段のエレーナは髪をポニーテールにきっちり結いあげていて、そこから垂れる髪もおおよそストレートのままなのだが、いまは全体を豪勢にカールしたり、カラースプレーを吹きつけたりすることで、ブロンドの巻き毛が肩や背中にふんわりと垂れ落ちて広がるようなスタイルに仕上げていた。手の爪にはマニキュアをほどこしたあとに、儀式用の短剣か何かと見まがうような、きらきらの石が一面にちりばめられていた。

何より気を遣うべきは、身につける宝飾品だった。いまからペテンにかけようとしているのは、街いちばんの宝石商だ。そこで働く連中は、日がな一日、宝石を鑑定したり、値踏みしたりを繰りかえしているわけだから、当然ながら目が肥えている。そんなやつらのもとへ、指先を模造石だらけにした女や、キャナル・ストリートの露店で買ってきたようなコピー商品を手首に巻いた男がのこのこ出かけていったところで、鼻で笑われるのがオチというものだ。偽物の髭はかまわない。だが、偽物のロレックスなど、もってのほか。頼るべきはジオだった。相談を受けたジオはためらいもなく、ロレックスのサブマリーナと結婚指輪を貸し与えた。その際に言い添えられたのは、〝もしもどっちかを失くさなきゃならなくなったら、ロレックスのほうにしろ。おれのためにも、おまえのためにも〟との言葉のみだった。一方のエレーナのためには、方々へ協力を募るしかなかった。リトル・マリアからは指輪とブレスレットを、アロンゾの妻からはネックレスを、メナヘムがアッパー・イースト・サイドに囲っているうら若きジャマイカ人からも、指輪とアンクレットを借りうけた。貸し主はみな一様に、けっして気は進まないのだということをあからさまに示してきた。

誓いを立てさせる者もいれば、警告を発する者もいたが、それを手短に要約すると、〝万が一、借りたものを身につけたまま、エレーナが行方をくらませたり、木っ端微塵に吹き飛ばされたりするような事態になったならば、血で血を洗う抗争が勃発し、数世代にわたるこの街の住人が、誰ひとりとして目にしたことのないような惨状を呈する羽目になるから覚悟しておけ〟ということのようだった。

全身を宝石で飾った若手女優がアカデミー賞の授賞式へ向かう際に、保険会社の護衛隊を引き連れて歩く要領で、一種の箔《はく》をつけるために、ジョーとエレーナは黒のエスカレードで店先まで乗りつけた。ハンドルを握るのは、アロンゾのボディーガードのバリー。ジュノはスモークガラスを張った後部座席に身をひそめ、盗撮カメラから無線で送られてくる画像を受信するべく、待ちかまえていた。

エレーナはまったくの自然体だった。貴金属を身につけた姿などただの一度も見せたことがないというのに、ここは自分の店だと言わんばかりに屋内小売市場《いちば》へ足を踏みいれ、板についたようすで通路をそぞろ歩きはじめた。存在感を消そうとするのでも周囲に溶けこもうとするのでもなく、面接官にアピールする求職中の人間のように、故意に注目を浴びようとした。ただし、子供騙しの宝飾品をときおり手に取って弄《もてあそ》びながら、王女さながらに通路を練り歩くエレーナの姿が、この場所に見事に調和しているのも事実だった。

「ねえちょっと、ダーリン、これを見て！」大声で呼ぶ声がした。ジョーは恭しく小走りに、エレーナのもとへ駆けつけた。にこやかな笑みをたたえた販売員——エレーナに負けじと、アッシュブロンドの髪をきれいにカールし、耳や喉もとや手首や指をきらめかせている女——が、スクエアカットの宝石がついた指輪をエレーナの左薬指にはめてやっている。さらには、エメラルドのイヤリングをつけた長い黒髪の販売員までもが、助太刀《すけだち》に入ろうと近づいてきていた。

「どう、これ？　すてきでしょう？」指輪をはめた手でモデルのようにポーズをとりながら、エレーナが言った。

ジョーは差しだされた指にキスをして言った。「ああ、きみの指は惚れ惚れするほどきれいだ、ベイビー。だが、その指輪はいくらか小さすぎるんじゃないか？」

「かえって、少しゆるいくらいじゃないかと……ですが、サイズのほうはお直しできますので」ブロンドのほうの販売員が言った。

「いや、小さすぎると言ったのは、石のことだ。特別なご婦人には、特別なものをプレゼントしなくては！」

ジョーはそう言うと、大股にブースをあとにした。

「あのひとったら、ほんとわたしに甘すぎるんだから」指輪をはずしてもらおうと左手を差しだしながら、エレーナはブロンドの販売員にのろけてみせた。

同様のやりとりを繰りかえしつつ、ふたりはほとんどのブースをまわり終えた。最後に残された一店こそが、メナヘムから事前に情報をもらっていた宝石商、〈シャッツェンバーグ・アンド・サンズ〉の店舗だった。まばゆいお宝がおさめられた陳列カウンターの前を、エレーナは流れるような足どりで行きつ戻りつしたあと、ため息まじりにジョーを振りかえった。

「よくわからないわ、ダーリン。どれもこれも、似たり寄ったりに見えちゃうんだもの」すぐそばをうろうろしているシャッツェンバーグの息子の耳に届くよう、エレーナはやけに大声で告げた。「もしかしたら、香港に行くまで我慢したほうがいいのかも」

「きみがそう言うなら、それでいいさ、ベイビー。おれならいつものごとく、ショッピングに飽き飽きしかけているところだからね」ジョーは言いながら、シャッツェンバーグに向かって片目をつむってみせた。

「失礼ですが……」シャッツェンバーグが愛想笑いを浮かべつつ、ぐっと距離を詰めてくると、コロンの香りが鼻を突いた。「もしよろしければ、VIPルームのほうへおいでになりませんか。そちらでしたら、ゆったり落ちついた雰囲気のなかで、こちらの麗しい奥方さまに、卸売《おろしうり》のお品もごらんいただくことができますので」

「卸売？　いったい何を言ってるんだ？　わたしが彼女に贈る指輪は、世界にひとつの、特別な逸品でなくては困る」

「ええ、ええ、わかっておりますとも。わたくしが申しておりますのは、指輪に加工するまえの、石のほうをごらんいただくということでして。お気にいりの石が見つかりましたら、カラット数に応じて代金を決めさせていただいたあと、奥さまがお望みになるとおりに、指輪をおつくりいたします。それこそ、世界にひとつだけのお品が出来上がるはずです……ああ、遅れればせながら、わたくしはモーティー・シャッツェンバーグと申します」そう言いながら差しだされた手は、小指の付け根がまばゆいばかりに光り輝いていた。

「おや、きみもずいぶんと大きなモノを持ってるじゃないか、モーティー。おっと、こちらは妻のイヴァナ。わたしはディクソン・サイダーだ」ジョーは言いながら、エレーナの肩をぎゅっと抱いた。「さて、ベイビー、きみはどうしたい？　世界にたったひとつの、おれのためのアソコにぴったり合う、世界にたったひとつのモノを手に入れてみるかい？」

エレーナは肩にまわされた腕をぴしゃりと叩《はた》くと、シャッツェンバーグに向かって、大きく目を見開いてみせた。「ごめんなさいね、失礼なことを言って。このひとときたら、本当に品がないんだから。さっきおっしゃってた卸なんとかってやつ、是非見せていただきたいわ」

こちらへ何度も恭しくうなずきかけながら、シャッツェンバーグはふたりの先に立って、小売市場を奥へと進んでいった。向かった先には、銃を携帯した警備員がひとり立っており、三人の到着を待って扉を開けてくれた。そのあとは、コンクリートが打ちっぱなしになった通路を進み、ひとつだけあるエレベーターに乗って、十階にあがった。エレベーターが停止したあと、シャッツェンバーグが操作盤に鍵を差しこんでまわすと、ロックが解除され、ドアが開いた。エレベーターの前に設けられた小さなスペースを通りぬけ、さらにもうひとつ、施錠された扉を抜けた。通されたのは、窓のない小さな部屋だった。床も、壁も、天井も、すべてが褐色の分厚い絨毯に覆われており、壁ぎわに沿って設置された埋めこみ式の照明器具の光が、天井から点々と降りそそいでいる。光はすべて、部屋の中央に当たるよう角度が調節されていて、明るく照らしだされたその場所には、年代物の机がひとつ、その片側に椅子が二脚、向かいあう位置にもう一脚、据えられているのみだった。シャッツェンバーグはひとまずふたりに椅子を勧めると、小型のインターコムに向かって指示を与えた。精巧な象眼細工のほどこされた猫足の机に載せられていると、そのインターコムがひどく場ちがいなものに感じられた。しばしの間を置いて、絨毯に覆われた壁の一角が静かに開いた。こちら側にノブはないが、扉であることはまちがいない。そして、扉が半開きになった一瞬の隙に、エレーナはその隙間の向こう側――鋼板で覆われた部屋と金庫――を垣間見た。宝石ケースを胸の高さに掲げた若い女が、戸口を抜けて扉を閉めた。ハイヒールの靴音すら呑みこんでしまうほどの分厚い絨毯の上をしずしずと歩いて、部屋の中央まで進みでると、机の上に宝石ケースを置いた。シャッツェンバーグが蓋を開けた。内側を覆う漆黒のベルベットの上に、きらめく星々がちらばっていた。ラウンドカットのダイヤモンド。サイズはまちまちだが、大きいもので十カラットはあるだろう。

「すてき……」エレーナが思わず吐息を漏らした。このときにかぎっては、芝居をしているとは思えなかった。

二十分後、エレーナとジョーはVIPルームをあとにした。興奮に顔を輝かせつつ、カラット数だの、台座の種類だの、カットのちがいだのについてあれこれ相談しあいながら、もと来た道を戻りはじめた。長い試合を戦い終えたばかりのシャッツェンバーグは、内心、肩を落としていたが、決心がついたらまたこちらを訪ねてくださいと念押しすることも、いまお見せした在庫は近いうちにアントワープの支社へ送ることになっていますから、早めにご決断くださいと急かすことも忘れなかった。エレーナとジョーが通りに出たときには、ラッシュアワーの真っ最中だった。歩道はさながら人間の大洪水のようになっていて、うかうかしていると流れに呑まれ、地下鉄の改札へと通じる階段へ押しやられてしまいそうになる。ふたりが流れに抗《あらが》いつつ、車の待機している場所へ向かおうとしたちょうどそのとき、ユダヤの装束に身を包んだ二人組が、ジョーの行く手に立ちはだかった。

「ユダヤ人ですか？　あなた、ユダヤ人ですか？」二人組は唐突にそう訊いてきた。

ジョーはそっけなく肩をすくめた。頭のなかは、目下の問題で一杯一杯になっていた。「今日のところはちがうようだ」とだけ答えて、ジョーはエレーナの手を取った。ふたりは小走りに車道を渡り、バリーが開けてくれたドアから車内に乗りこんだ。後部座席では早くもジュノが、絶え間なく送られてきていた画像をパソコンに取りこんだり、取りこんだデータをマップ上に配置したり、小売市場の内部や、奥の通路や、エレベーターや、聖なる密室から成る精密な見取り図を作成したりといった作業に勤《いそ》しんでいた。

ドアがばたんと閉じるなり、ジョーはかつらを引っぺがして、頭皮をぼりぼりと掻きむしった。気も狂わんばかりの痒みを、ずっとまえから我慢していたのだ。

「必要なものは全部手に入ったか？」超小型カメラの仕込まれた眼鏡をジュノに手渡しながら、ジョーは尋ねた。

「うん、ばっちり。それと、待ってるあいだに、通り沿いの画像も端から端まで入手しといた。どんくらい役に立つかはわかんないけどさ。あの密室は、牧師さんの尻の穴よりも守りが堅いよ」

「ああ、わかってる。しかも、毛深さに至ってはその二倍だ。きみはどう思う？」ハイヒールを脱ぎ捨て、スニーカーに履きかえようとしているエレーナに顔を向けて、ジョーは訊いた。

「あそこを襲撃するには、軍隊が必要かもね」肩をすくめて、エレーナは言った。「それに、わたしが金庫を破り終えるころには、警察にすっかり包囲されてるはず。それで、そのあとは？　どうやって脱出するの？　屋上から？　そうね、きっとあなたは、ヘリコプターの手配も済ませてるのよね？」

「いや、襲撃は輸送中を狙う。だが、問題はどうやって襲うかだ。あれを見ろ」ジョーは言いながら、フロントガラスの向こうへ顎をしゃくってみせた。「さっきから一ブロックも進んでない」

「すまねえな」バリーが運転席から声を張りあげた。「渋滞のせいだ。ほんの一、二メートル進んだだけで、信号がまた赤に変わっちまう」

「ちがうんだ、バリー。きみを責めたわけじゃない。ちょっと愚痴りたくなっただけだ」

「いっそのことシンプルに、ぱっと襲いかかって、ぱっと逃げちゃえばいいんじゃない？」唐突にジュノがまくしたてはじめた。「うちの地元で、通行人をカモにしてる連中みたいにさ。なんなら、知りあいをふたりばかり連れてくるよ。そいつら、ドジな観光客とか大学生とかからｉＰｈｏｎｅをかっぱらうだけで、ひと財産築いちまったんだ。そんでもって、自分らの盗みの手口を〝リンゴ狩り〟って呼んでる。あいつらならさ、ダイヤをかっぱらったあと、さっさと地下鉄に逃げこんで、おたくらふたりに、いかにも人畜無害そうな白人のカップルに、ダイヤを手渡すことができるんじゃないかな。そのあとサツに捕まったとしても、何も持ってなきゃ、釈放するしかないだろうしさ」

　ジョーはにやりとして言った。「それはもちろん、そいつらがまちがいなく、おれたちの待機する場所へ向かってきてくれるならの話だがな。ブルックリンの自宅へ、うっかり帰ろうとしちまうかもしれん」

　ジュノはひょいと肩をすくめた。「たしかに、あいつらが地元を離れたら、方向感覚が狂っちゃう可能性はあるかもね」

「このヤマはどうあろうと、短距離走にはなりえない。メナヘムの入手した情報によると、ダイヤは鋼鉄製の金庫に入れられたまま、装甲車両で運ばれるらしい。そのうえ、ロックを解除するための組みあわせ番号は、さっき会ったモーティーと、アントワープにいるきょうだいのふたりしか知らない。連中は自分のところの警備員すら信用しちゃいないんだ」ジョーは思案顔で窓の外を見つめた。車はようやく、交差する大通りを渡りきろうとしている。前方では、クラクションの大合唱が鳴り響いている。二人組のユダヤ人は、なおも通行人を煩わせるのに忙しい。目の前で繰りひろげられているのは、あらゆるものが行く手を阻まれ、混沌を極めた光景だった。「いや、ちがうな……」考えていることがそのまま声となって出た。「このヤマに必要なのは、もっと突拍子もない計画なんだ」

16

メナヘムとアロンゾからの借り物を返却すべく、ジュノとバリーを乗せてブルックリンへ向かう車を、ジョーはエレーナと見送った。自分はリトル・マリアから借りたものを返すべく、地下鉄でマンハッタン北部をめざすつもりだった。

「ワシントン・ハイツくんだりまで、ずっと地下鉄で行くつもり？」からかうようにエレーナが言った。

「リッチな旦那さまのお芝居は、もう終わりってことね。でも、あなたにだって、わたしのために車を盗むことくらいはできるんじゃない？　そのほうがずっと早いわ」

「ラッシュアワーじゃなければな。どうしてもと言うなら、帰りは一台、どこかで失敬しよう」

　そうは言ったものの、現実には、どちらにも車など盗むつもりはなかった。運賃を払わずに済むよう、改札口を飛び越えるつもりすらなかった。裏社会でプロとして生きる者は、重罪を犯そうとしている最中に、軽罪を犯すようなまねはしない。だからエレーナもおとなしく、一号線の列車に乗りこんだ。


「こうしてやる！　この、憐れなふしだら娘め！　お仕置きだ！」そう叱りつけながら、ポールは巧みに手首のスナップをきかせて、ジャンナの臀部に革の鞭《むち》を振りおろした。透きとおるように白い肌には、すでに何本もの赤いミミズ腫れが走っている。鞭が叩きつけられるたびに、ジャンナの身体がびくっと引き攣り、口から喘《あえ》ぎ声が漏れる。

「ありがとうございます、ご主人さま……もう一度お願いします……」息も切れ切れにジャンナは言った。

ジャンナはいま、ホテルの床に膝をつき、ベッドに腹を伏せていた。身につけているのは、黒いレースのブラジャーとパンティー、ガーターストッキングに赤いハイヒール。声が響かぬよう顔を枕に押しつけているため、ポールにはブロンドの髪しか見えない。パンティーは脚の付け根までずりおろされている。ポールはふたたび鞭を振るった。じっとりとかいた汗が、肌を伝って落ちていく。ポールは手早くシャツを脱ぎ、椅子の上へと放り投げた。椅子の上にはすでに、きれいに折りたたんだスーツのジャケットとネクタイが積み重ねられている。クロゼットのなかにはもうひと組、皺にならぬようハンガーにかけて、スーツとシャツが吊るされている。こちらはのちのち、ジャンナがジオに戻るとき、その身を包むことになる。

ポール・ロジャーズはジオお抱えの会計士であり、マネーロンダリングのエキスパートでもある。ジオが何百万ドルという蓄えを世界じゅうに隠し持ち、家族のために万一に備えることができているのも、ポールの働きがあってこそだ。さらには、ポールが立ちあげてくれたフロント企業やペーパーカンパニーを通じて、洗いたてのワイシャツよりもきれいに洗浄された金を、ジオが所有したり管理したりしている数多くの合法的な事業へ注ぎこむことも、目の玉が飛びでるほど高額な所得申告書を堂々と税務署員に提示することも可能となっていた。

だが、それだけではない。ポールはさらにもうひとつの役割――マネーロンダリングにも輪をかけて人目を忍ぶ、ジオにとってはひときわ重要な役割――も果たしてくれている。物心ついたころから、ジオはひそかに、とある願望をふくらませつづけてきた。誰かに支配されたい。いじめられたい。それも、ハンサムな若い男に。できれば、ポールのような男がいい。ブロンドに青い目をしたアングロサクソン系の白人で、プリンストン大学出身のインテリ青年なら理想的だ。ジオが管理するゲイ専門のSMバーでばったり出くわしてからというもの、ふたりはひそやかな逢瀬《おうせ》を重ねていた。ポールはジオに、性的な充足感となぐさめを与えてくれた。ただそれだけのはずだった。ところが、時が経つにつれて、ふたりのあいだにそれ以上の感情が芽生えるようになった。いまのジオには、自分にとってポールがどういう存在なのかが、わからなくなっていた。愛人、友人、恋人。どれもいまいちしっくりこない。自分がゲイであるとも思えなかった。キャロルを伴侶とできたことを幸せに感じているし、夜の営みも充実している。もはや強迫観念とも言える、この特殊な役割設定のもとでなければ、男に欲情することもない。だが、ポールに対してだけは、心の奥底から湧きでる特別な感情をまごうことなく抱《いだ》いていた。

「ありがとうございます、ご主人さま……もう一度お願いします……」

ふたたび強《したた》かに鞭が振りおろされると、ジャンナは甘いうめき声を漏らした。叩かれた尻がずきずきと痛む。ポールが手をとめ、肩で息をしながら問いただしてくる。

「どうだ、ジャンナ。おまえがどんなにお利口なふしだら娘になれるか、わたしに示してみせる覚悟はできたか？」

「はい、ご主人さま。できております」ジャンナはそう答えると、ご主人さまの前にひざまずいた。震える手でベルトをはずし、スラックスのジッパーをおろしたちょうどそのとき、電話が鳴った。

ジオはぴたりと動きをとめた。「……どっちの電話だ？」

「どっちでもいい」焦《じ》れたようにポールは言った。「いいから、無視しましょう。こんなところでやめられない」

呼出し音はなおも鳴り響きつづけている。「仕事の電話だ。出ないわけにはいかない」

ジオは床から立ちあがり、ハイヒールを履いたまま の足でふらふらと歩きだした。これだけ回数を重ねて も、いまだにコツがつかめない。それでもどうにか携帯をつかみとると、普段の声音で電話に応じた。

「なんだ？」

ポールは大袈裟に息を吐きだすと、バスルームまで歩いていって、冷水を顔に浴びせかけた。

「おれです。いま話せますか」電話をかけてきたのはフスコだった。ニューヨーク市警の刑事にして、マフィアとも通じる汚職警官。ギャンブルに取り憑かれるあまり、永遠に返済しきれないほどの借金を、ジオに対して負う男。

「ああ、この番号は安全だ。心配ない」フスコにメールで知らせてあったこの番号は、使い捨て電話番号サービスで取得したもので、この通話を終えたらすぐに消去するつもりだった。

「あんたに言われたとおり、あちこち訊いてまわってみたんですがね、特務班の連中ですら誰ひとりとして、例の噂のたしかな出所《でどころ》は知らなかった。だが、ニューヨーク市警じゃないことだけはたしかだ。ひょっとしたらＦＢＩかもしれないが、それも絶対とは言えない」

〝例の噂〟のことは、フスコからのタレコミで知らされた。ちかぢかヤクの大口取引が予定されており、カプリッシ・ファミリーがそこに一枚嚙んでいるらしいという噂が、巷に出まわっているというのだ。正直、ジオは面食らった。あのヘロインの件に関わるようになったのは、わずか一日まえのことだ。しかも、情報が漏れるのは、今回がはじめてではない。盗品の電子機器や車を世界じゅうで売買していたドイツ系の密輸入業者が、インターポールに捕まったのだが、そのタイミングというのが、ジオがそいつとの取引をまとめた直後のことだったのだ。そこから導きだされる結論はひとつ。誰かが警察に情報を漏らしている。そして、ちょろちょろと情報を垂れ流すその穴は、ジオの船に開いている。

ジオは深く息を吸いこんでから、十までかぞえた。怒りが湧きあがるのを感じたが、それをフスコや、ポールや、ホテルの客室の家具にぶつけるのは、その瞬間はすかっとしたとしても、なんの助けにもならない。

「そうか、わかった」落ちつきはらった声で、ジオは言った。「引き続き、探りを入れてくれ。ご苦労だった」

ジオは通話の終了ボタンを押した。すると、ほとんど間を置かず、私生活用の番号宛てにメールが届いた。キャロルからだ。反射的に手首へ目をやって、気がついた。腕時計はジョーが持っている。

ポールが素っ裸でバスルームから出てきた。美しい姿態をあらわにして。

「さて、それじゃ、さっきの続きを始めましょうか」顔に笑みをたたえて、ポールは言った。

「すまない」ジオはそう詫びながら、慌ただしくウィッグをはずした。鏡に映る顔は、とても見られたものではなかった。枕に突っ伏していたせいで、アイシャドウと口紅が盛大に崩れてしまっている。「いますぐシャワーを浴びて、女房と落ちあわないと」足早にバスルームへ向かいがてら、すばやくポールにキスをして、ジオは言った。「遅れたら、女房に殺されちまう。今夜は恒例のデートナイトだ」

リトル・マリアの暮らすアパートメントは、外から眺めたかぎりでは、いくらか質素な印象を受ける。ことは別に、ブロンクス北西部のリヴァーデール付近にも大きな屋敷を持っているが、ビジネス用のオフィスとしても、そして別宅としても、慣れ親しんだ友人や家族が数多く住むこの地域の家を手放さずにいるらしい。広大な屋敷のなかにひとりぽつんとすわっていることに、飽き飽きしてしまったのだという。一方、こちらのアパートメントは、なんの変哲もない煉瓦《れんが》造りの建物で、表玄関のホールには美味しそうな料理のにおいが充満し、はしゃぐ子供たちやメロドラマ《テレノベラ》の声が扉越しにも響いてくる。外階段には、マリアに仕えるティーンエイジャーの一団がたむろしており、玄関ホールでは、女房がマリアと知りあいだったおかげで職を得たという管理人が掃き掃除をしている。そして、その若者たちや管理人は、ジョーとエレーナが脇を通りぬける際や、エレベーターに乗りこむ際に、軽く会釈を返してくれた。マリアの部屋は最上階の裏手の隅に位置していた。最上階の部屋は、そのほとんどに、マリアの親族や、何十年とつきあいのある人々——地元を一度も離れたことがないという盲目の老人や、かつてはマリアの家で家政婦として働いていて、いまも英語をいっさい話せないという老女——が暮らしているらしい。エレベーターが最上階に到着した。ジョーとエレーナが足を踏みだすやいなや、あちこちののぞき穴からこちらのようすを窺う気配が伝わってきた。そして、扉をノックすると同時に、扉が開いた。

そこに立っていたのは、リトル・マリア本人だった。小柄なマリアはハイヒールを履いていても、ジョーの肩に頭のてっぺんがかろうじて届く程度だった。黒いセーターと青いスラックスの上に、花柄のエプロンをつけていた。手には木製のおたまが握られていて、玄関の奥のいずこかで、芳《かんば》しいにおいのする何かが調理されているらしかった。

「いらっしゃい、坊や《オラ・ミー・イホ》」ジョーの頬にキスをして、マリアは言った。「おなかが空いてるといいんだけれど」

「たったいまそうなりましたよ。あなたのつくったペルニルのにおいを嗅いだ途端に。ですがそのまえに、こちらをお返ししないと」ジョーは言って、借りていた指輪とブレスレットを手渡した。

「それで、こちらのお嬢さんがあなたの恋人？　すご《グァ》く美人ね《ピシマ》！」

「紹介しましょう。こちらはエレーナ。ダイヤの強奪を助けてくれる、凄腕の金庫破りですよ」

「はじめまして。お会いできて光栄です」エレーナはマリアに片手を差しだした。

「結構なこった《ブエナ》。美人なうえに、頭もいいなんて」マリアはふたたびつま先立ちをして、エレーナの頬にもキスをした。

「それと、カルロのことなんですが。そろそろEメールを送っておかないと。まだ息をしてるといいんだが」

マリアはふんと鼻を鳴らした。「せっかくの料理が《メ・ティエネス・》煮つまっちまうよ《ラ・クレタ・イルビエンド》。けど、そうさね。あの生皮《クエロ》ならちゃんと生きてるよ」マリアはそう言うと、ふたりを室内に招きいれた。通された居間には、先客がいた。マリアよりももっと年嵩で、もっとふくよかで、輪をかけて小柄な老女が、テレビでスペイン語の番組を観ている。閉じられた扉の向こうから、犬の吠え声もかすかに聞こえてくる。居間は広々としているが、いささか派手すぎる装飾が所狭しとほどこされている。赤いベルベットのソファ。巨大なフラットタイプのテレビ。ダークウッドのテーブル。房飾りのついたランプ。植毛加工で模様を浮きあがらせた壁には、キリストを描いた宗教画や、南国を描いた風景画が飾られている。窓からは、ハドソン川に架かる橋や対岸にそびえるパリセイズ峡谷の絶壁が、夕陽を受けて赤く光り輝くさまが一望できる。

「叔母さん《ティア》、インゲン豆の鍋を見てきてちょうだい《ミラ・ロス・フリホーレス》」

マリアが声をかけると、老女は何度か前後に身体を揺らし、弾みをつけて立ちあがった。よたよたしながらもたしかな足どりで居間を横切り、通りしなにマリアからおたまを受けとりつつ、キッチンのなかへと消えていった。マリアはそれを見届けてから、犬の吠え声がする扉をノックした。「パコ！ドアを開けな《アブレ・ラ・プエルタ》！」

内側から扉を開けたのは、山羊鬚を生やした若い男だった。ジーンズと白いタンクトップを着た上に金の十字架をさげ、ヤンキースの野球帽をかぶっていた。男に招きいれられた部屋はオフィスとして用いられているようだが、居間と同様に、分厚い絨毯だの、ダークウッドの大ぶりな机だの、革張りの椅子だのと、豪華な装飾がなされている。ただし、ベルベットのカーテンは閉めきられていて、部屋の中央を大型犬用のケージが占領しており、ケージのなかには、全裸の男がうずくまっていた。男は全身を切り傷や打撲傷で覆われていた。紐を引くと首が絞まるようにつくられた、輪縄式の首輪の紐が首から垂れさがっていた。それに比べるとずいぶん上等な、飾り鋲付きの首輪をつけた大型のピットブルが一匹、ケージのそばに立って、しきりに吠えたてたり、よだれを垂らしたりしている。おそらくは、ケージのなかの男を殺したいか、ケージを返してほしいのか、どちらかなのだろう。

「こら、公爵《アイドゥケ》！　静かにおし！」マリアがひと声、怒声をあげると、山羊鬚の男がすかさず首輪をつかんで、犬をケージから引き剝がした。男がしばらく撫でまわしてやると、犬はおとなしく床にすわりこんで、尻尾を振りながら男の手の甲を舐めはじめた。それを待って、マリアはケージに近づいた。カルロはそのようすを食いいるように見つめたまま、べそべそと鼻を鳴らしはじめた。

「よく聞きな、犬っころ！　この男から訊かれることに、正直に答えるんだよ！」

カルロは絶望と恐怖の色をあらわにして、目をこらすようにこちらを見あげた。

「ここから出してやるわけにはいきませんか」とジョーは訊いた。「この男には、メールを送ってもらわなきゃならない」

マリアはエプロンのポケットから小さな鍵を取りだし、南京錠に差しこんだ。山羊鬚の男が引き綱を手にしてケージに近づき、ドアを開けた。

「さっさと出てくるんだよ、雌犬野郎！」マリアの命令を受けたカルロは、ぶるぶると身を震わせながら、ケージから這いだした。すると途端に、犬が猛然と荒れ狂いだした。

「公爵《ドウケ》！」マリアがぴしゃりと叱りつけると、犬はふたたび床にすわって、嬉しそうに尻尾を揺らしはじめた。山羊鬚の男が進みでて、手にしていた引き綱をカルロの首輪につなぎ、もう一方の端をジョーに差しだしてきた。

「いや、必要ない。そいつを机のところへ連れていってくれ」ジョーが言うと、男はカルロを引きずるようにして、机のほうへ向かいだした。マリアは鋭く尖ったハイヒールのつま先で、カルロの尻を蹴りつけた。エレーナは部屋の片隅に立って、興味深そうになりゆきを見守っている。カルロは傷の痛みに耐えて、そっと椅子に腰かけた。ジョーは開いたノートパソコンをカルロの前まで押しやってから、静かな声で、目と目を合わせて話しだした。

「やあ、カルロ。あんたがひどく怯えていることも、激痛に耐えていることもわかってる。だが、いましばらくのあいだだけ、気力を振りしぼってもらいたい。もしもしっかりやり遂げてくれたら、マリアがあんたの処遇をおれに一任してくれるかもしれない。そうなってくれたなら、あんたをこの状況から解放してやれるよう、おれもいろいろと手段を講じることができる。おそらく、街から追いだされることにはなるだろうが」

カルロはジョーを見あげてから、マリアのほうへと視線を移した。その目に浮かぶ表情は、ほぼ恐怖と戸惑いとに占められていた。ふたたび人間として扱われたことに対して、そのうえ礼儀まで示されたことに対して、困惑しているのだろう。その一方で、その瞳のなかには、一縷《いちる》の希望も見てとることができた。もちろん心の奥底では、死を免れることなどできはしないと、カルロもわかっているはずだ。しかしながら、人間というのは、たとえ無駄だとわかっていても、希望という名の誘惑にはけっして抗えないものなのだ。

「どうです、マリア。考えてみてくれますよね？」ジョーはマリアに問いかけた。

マリアは侮蔑の目でカルロを見すえたまま、肩をすくめた。「ああ、もちろんさ。別にかまいやしないよ。あたしのほうの用が済んだら、この屑野郎を回収していっとくれ。死んでいようが生きていようが、あたしにとってはおんなじさ」

「聞いただろう？」カルロに視線を戻して、ジョーは言った。「それじゃあまずは、例の売人にメールを送って、ヤクを買いとりたいと伝えるんだ。ダイヤモンドを手に入れる算段がついたから、明後日には手もとにあるはずだと。いいか、いまの部分を書き漏らすなよ。それから最後に、そっちのブツはもうこっちに到着しているのかと訊くんだ」

カルロはパソコンをネットにつなぎ、ウェブメールを開いた。そこに保存されていたメールのすべてに、ジョーはざっと目を通した。取引の期限を定めるための、手短なやりとりが何通かあるだけだった。ジョーになだめすかされながら、カルロはキーボードを叩きはじめた。

取引の用意が整った。こちらのブツは金曜に手に入る。そちらのブツはニューヨークに到着しているか？

「上出来だ、カルロ。送信しろ」

カルロは送信ボタンをクリックした。ジョーは一枚の紙をカルロに渡し、そこに双方のメールアドレスとカルロ自身のパスワードを書きこませてから、その紙を折りたたんで、ポケットに押しこんだ。

「よくやった、カルロ。ありがとう」カルロの肩をぽんと叩きながら、ジョーは言った。なおも落ちつきなく視線をさまよわせたまま、カルロは小さくうなずいた。ジョーはくるりと踵《きびす》を返し、マリアやエレーナに顔を向けた。「返信があるかどうかは、おれがあとでチェックする」それの意味するところは、ジュノにチェックさせるということだった。じつはパソコンすら持っていないのだ。

そのとき、扉をノックするかすかな音が聞こえてきた。山羊鬚の男が扉を少し開け、あちらのようすを窺ってから、顔を戻してこう告げた。「ディナーの準備が整ったそうです」

マリアが二回、手を打ち鳴らして言った。「食事にするよ。みんな、おいで」それから、山羊鬚の男に向かって、こう命じた。「その卑怯者《ペンデホ》をケージに戻しな」

男が手荒に引き綱を引くと、カルロはパニックに陥りながらも、慌てて床に四つん這いになって、ケージのほうへと這い進みはじめた。エレーナとジョーが硬い表情で見守るなか、マリアがケージのドアにふたたび南京錠をかけ終えたちょうどそのとき、パソコンが軽快な電子音を発した。Eメールが届いたのだ。ジョーはスクリーンをのぞきこんだ。やはり、さきほどの返信だった。


そちらの用意が整ったら、こちらのブツも用意する。


ジョーは腕時計に目をやった。「アフガニスタンにいるなら、いまは午前四時のはずだ」

エレーナもうなずいて言った。「相手はもうこっちへ来ている。そう考えているのね？」

「そうだ」とジョーは答えた。山羊髭の男が扉を開いたまま支える脇を居間へと通りぬけながら、ジョーは続けてこう言った。「連中はおそらく、すでにこの街のどこかにいる。そして、ヤクもそいつらの手もとにある」

フェリックスはニューヨークに憧れていた。いや、そうでないやつがどこにいる？　そんなやつ、世界じゅうのどこにもいやしない。アメリカという国を非難してばかりの連中だって、アメリカ人を蔑《さげす》んでばかりいる連中だって、ひとたびニューヨークの話題が出れば、「行きたい！」と叫ぶにちがいない。ただし、フェリックスがニューヨークに対して抱《いだ》く憧れには、一種独特のものがある。言うなれば、若いころに自分のことを、世界を股にかけたプレイボーイになると信じこんでいた人間——世界各国版の《プレイボーイ》を熱に浮かされたように読み耽ることに、思春期まえの多くの夜を費やしてきたような人間——に近いものがあるかもしれない。フェリックスにとってのニューヨークは、メジャーリーグであり、獲得すべき賞であり、勝ちとるべきトロフィーなのだ。

フェリックスは、裕福なヨルダン人の父と、その愛人であるフランス人の母のもとに、非嫡出子として生まれた。けれども、そのこと自体はさして不運なことではなかった。実子なら親の財産や威光を手に入れられるが、その見返りとして、盲従を強いる権威主義者——とりわけ宗教に関して保守的な（くせに、自分自身は完全に言行不一致な）家長——の定めたルールに縛られて生きなければならない。一方のフェリックスは、パリに建つ瀟洒《しょうしゃ》なアパートメントで、母ひとりに育てられた。いや、正直に打ちあけるなら、父に捨てられたあとの母は、ごろごろとくだり坂を転げ落ちていった。まずは、飲酒の量と体重がみるみるまに増加した。チョコレートだのパイだのを、地割れのように呑みこんでいたのだから当然だ。続いて母は、カトリックの教義を極端に独自解釈したものに、度を越してのめりこむようになった。ただそれも、フェリックスにさらなる自由を与えることにしかならなかった。スイスで最高峰とされる寄宿学校は単位が足らずに退学となり、オックスフォードにある一流大学からは放校処分をくだされた。マーケティングや音楽プロモーションなどの業界で、いくつかつまらぬ仕事に就きはしたが、いずれもまったく長続きしなかった。だが、両親はそれでも息子に無関心で、仕送りの小切手だけが、毎月かならず送られてきた。

　そんな折、ひとりの若い売春婦が死んだ。女は首を絞められて殺されており、体内からは薬物が検出された。そいつは最初の犠牲者というわけではなかったが、単なる〝就労ビザを持たない密入国の売春婦〟でもなかった。あろうことか、フランスの政治家の放蕩娘だったのだ。フェリックスはにわかに逃亡犯となった。金もパスポートもなければ、仕送りもとめられた。銀行の口座までもが凍結された。父親は――というより、父親の秘書だの執事だのは――いっさい電話に応じなくなった。

　いま思えば絶体絶命の危機だったが、フェリックスには持ち前の豊かな資質があった。チャーミングで、頭が切れるうえに、どこまでも残酷になれる。やがて、ぞっとするような経験をいくつか乗り越えたのちに、フェリックスは悟った。文書偽造や密入国に関わる仕事こそ、自分の天職なのではないか。自分は〝世界を股にかけたプレイボーイ〟であると同時に、天性のブローカーでもあるようだ。要は、密輸のプロだった。といっても、ドラッグを腹に貼りつけたり、尻の穴に押しこんだりして、飛行機に乗りこむたぐいのものじゃない。そういうのは、能のない野郎のやることだ。フェリックスの仕事は、取引をまとめ、方々で権限を持つ人間に巧みに取りいり、関係各所にコネを築き、必要とあらば商売敵を排除すること。なかでもヘロインの大口取引は、際立って安定したビジネスだった。

発生する問題といえば、おおむね地政学的なものや気候学的なもの、あるいは鼻薬を嗅がせたはずの役人や輸送の遅延が絡むものばかりで、石油会社の重役が対処しているような問題とも大差はない。フェリックスはほどなく、アフガニスタンからイタリアやその先へ、依頼された荷を送り届ける仕事を手がけるようになった。おかげで懐はみるみる潤い、贅沢な暮らしを大いに堪能できるようにもなった。そしてさらには、もっと過激な嗜好にも耽溺《たんでき》できるだけの機会を、ふんだんに手にした。こういう商売をしていると、密輸された薬物と同じくらい手軽に、密輸された〝生肉〟も手に入る。かえって安価なくらいなのだ。

そんなある晩、カンダハールのホテルのテラスでお茶をしていると、顎鬚を生やした、同年代とおぼしき二人連れの男が近づいてきた。男たちは地元の民族衣装をまとっていた。チュニックの丈を長くしたような上着《ペロン》を着て、襞入りのゆったりとしたズボン《トンボン》を穿き、頭にはターバンを巻いていたが、盗み聞きを避けるためか、フランス語で話しかけてきた。そのうえ、こちらの素性まで承知していた。つまりは、ほぼすべてを知りつくしていた。かつて捨てたはずの本名も。フランスでなおも指名手配リストに載せられている罪状も。それ以降にしでかしてきた数々の犯罪行為も。つかのま、むきだしの恐怖に囚《とら》われるなかで、フェリックスは思った。こいつらは覆面刑事かスパイか何かで、おれを捕まえにきたのだろう。だが、次の瞬間にはそれが勘ちがいだとわかって、フェリックスは胸を撫でおろした。男たちはテロリストだったのだ。

厳密に言うなら、ふたりがみずからテロリストと名乗ったわけではない。単に、ザーヒルを知っているかと訊いてきた。そして、その答えはイエスだった。ザーヒル・アル・ジッリ――〝影のザーヒル〟は、この業界で知らぬ者のない人物だ。たとえ本人を知らなくとも、噂くらいは誰もが耳にしている。フェリックス自身、本人に会ったことは一度もないし、会ったことがあると言う人間の言葉も真に受けてはいなかった。ザーヒルの正式な苗字は誰も知らないし、それで言うならザーヒルという名ですら、本名であるのか定かでない。わかっているのは、ザーヒルがゲリラ戦士であるということ。つまりは、アヘンで財をなす者どもを餌食とする、盗賊であるということ。ザーヒルは最先端のハイテク兵器や訓練を積んだ戦士を使って輸送中のヘロインを強奪し、そうして得た金を、どうやら〝聖戦〟に注ぎこんでいるらしい。だからこそ、ザーヒルは〝影〟と呼ばれる。正体が闇に包まれたとらえどころのない存在で、その顔を知る者はひとりもなく、そのくせ、つねに背後にひそんでいるからだ。

そのザーヒルがいま、フェリックスに手を貸せと言っている。事業の拡大を手伝えと。フェリックスが築きあげてきたコネを使って、密輸品の移送を手伝えと。フェリックスはふたつ返事で引きうけた。尻尾をつかまれていることには引っかかるものがあったが、ザーヒルが呈示してきた手数料はかなり太っ腹なものであるうえに、輸送にかかる費用は全額あちらが負担するという。世界を股にかけたいという野心も叶う。ザーヒルの威を借りて、ザーヒルが手にするあの権力を、このおれがほしいままにすることもできる。ほしいものはなんでも、いくらでも手に入る。金でも、車でも、家でも、パスポートでも、クレジットカードでも。ただし、ザーヒルは運転手役と使い走りとを兼ねて、アルモンドという男もよこしてきた。こいつはザーヒルを神のように崇めていて、何を命じようとなんでも従った。それから、ボディーガード兼、殺し屋として、ヴラドという男もつけられた。ひとりで軍隊のような働きをする頼もしい男で、言うなれば、ザーヒルを守護する巨人戦士のゴリアテ、いや、ゴジラとでも言うべきなのかもしれない。しかもヴラドは偶然にも、フェリックスとよく似た嗜好の持ち主だった。フェリックスが女に対して抱《いだ》く衝動を、ヴラドは少年に対して抱いていた。おかげで、すこぶる馬が合った。

やがてフェリックスは、あることを自覚するようになった。名門とされる学府から二度も叩きだされはしたものの、自分にとってザーヒルは〝父親の代わり〟なのだと、認識できるだけの教育は受けていた。絶大な権力を有するところも、遠い存在であるところも、そばにいてくれたためしがないところも、厳格なところも、一種独特な、神聖な存在であるところも、両者は似ていた。ただし、ザーヒルは父親よりも遥かに絶大な権力を持っていた。遥かに厳格で、遥かに遠い存在だった。それに、ザーヒルは単に神聖なだけではなかった。フェリックスにとっては、神そのものだった。こんなことを言うのは、もちろん、冒瀆行為にあたる。ザーヒル自身も断じてそれを許さないだろう。偶像崇拝者や神を冒瀆する者の舌を、容赦なくちょん切るような人間なのだから。ザーヒルやその部下たちが、神聖なる使命のために、カリフの領地を取りもどすために、アラーの名のもとに戦っているのだということは理解していた。それでもなおフェリックスにとっては、ザーヒルこそが、よっぽど信じるに足る神だった。目で見ることはできないものの、〝接触〟することはできる神だった。ザーヒルに願いを伝えれば、かならず答えが返ってくる。フェリックスの名のもとでなされた貢献は、天国ではなく現世で報いられる。

ヨーロッパで充分な成功をおさめ、たんまり恩寵《おんちょう》を賜ったのちに、フェリックスは獣《けだもの》の腹のなか――アメリカ――へ送りこまれることとなった。つまりは、事業を次の段階に進めるということ。ザーヒルの野望を叶えるためには、当然のなりゆきだった。アメリカまで手を広げれば、ブツを売りさばくための市場が大きくなる。ブツを強奪するための標的も増える。全世界におけるアヘンを原料とした薬物の供給元は、主に三つに分けられる。ひとつめは、東南アジアの〝黄金の三角地帯〟で生産されるチャイナ・ホワイト。こちらは古くから、北東部の大都市を中心に、広くアメリカに普及している。ふたつめは、メキシコからカリフォルニア州や南西部へ流れこんでくるブラック・タール・ヘロインと、近年、着々と流通量を増やしている、ラテンアメリカのホワイト・ヘロイン。そして三つめが、中東産の〝ペルシアン・ホワイト〟と呼ばれるヘロインなのだが、こちらはアメリカ全体の流通量のわずか四パーセントにしか満たない。そのおかげで、稀少なごちそうと捉えられる向きがあり、高値で売買されているのも事実だが、こと麻薬にかぎってはそれも良し悪しだと言える。高級ワインや葉巻を愛好する者なら、特定の銘柄にこだわるだろうが、アルコールやニコチンに依存する者は、粗悪な安酒や手巻きの刻み煙草で事足りる。一定の需要を確保しようと思うなら、薬物に依存する層をターゲットとするのに勝る手はない。オキシコドンに代表される合成のアヘンは市場に出まわりはじめたばかりだし、ＭＤＭＡに代表される流行り物のドラッグは、あらわれてはすぐ消える。だが、アヘンは何千年もの長きにわたって、人々を惑わし、魅入らせ、富ませてきた。アヘンは永遠に廃《すた》れない。そして、ペルシアン・ホワイトは、アヘンを原料とする薬物の頂点に君臨する王なのだ。

フェリックスにくだされた任務は、ザーヒルがすでに渡りをつけたニューヨークのツテと組んで働くことだった。そいつは彼《か》の地で、各地の市場調査を行なったり、買い手となりうる相手を探したり、警察や裏社会から被りかねない圧力や脅威について探ったりしているという。フェリックスにくだされた任務はもうひとつあった。今回、新規のルートを介してニューヨークへと送られる積み荷の番をも、仰せつかったのだ。第一便となるこの試験輸送がうまくいけば、積み荷が無事に現地へ到着し、代金の支払いが滞りなく完了すれば、この輸送ルートが晴れて、正式に開通する運びとなる。強奪したヘロインを決まったルートで大量に送りだし、信頼の置ける販売元を通じてそれを売りさばけば、一同にさらなる大金が転がりこむ。そしていずれ、その輸送ルートを使って、ほかの何かを——汚い爆弾《ダーティー・ボム》と呼ばれる放射性物質散布装置だの、持ち運び可能な小型核兵器だのを——送りたいとなれば、それも可能となるだろう。かつてフェリックスはニューヨークに憧れていた。だが、それはすでに過去のことだ。聞くところによると、近ごろは、ロサンゼルスのほうが遥かにイケているらしい。

17

のちほど、リトル・マリアのアパートメントの表玄関を出ようというときになって、エレーナが言った。

「わたし、あのひとのこと好きじゃないみたい」

「だろうな」とジョーは応じた。「だが、マリアのつくる豚肉料理は最高だった」

エレーナはただ肩をすくめた。その点に異論はないようだ。エレーナ自身も、二杯めをぺろりと平らげていたのだから。「それで、ダイヤを手に入れる方法は思いついたんでしょうね？　あのひとのヘロイン入手を手伝うための方法は」

もと来た道を引きかえしながら、ジョーはエレーナにうなずきかけた。「ああ、そのようだ。そのためには、きみに明日、買ってきてもらわなきゃならないものがある。あとは、ジュノとも相談しなきゃならない」そこでいったん言葉を切ると、借り物のロレックスに目をやった。「だがまずは、結婚指輪と時計をジオに返さないとな。このままじゃ、約束の時間に遅れそうだ」ブロードウェイの角まで歩いて、ジョーはタクシーを呼びとめた。

ジョーとは〈オールド・シェナニガンズ・ハウス〉で落ちあう手筈になっていた。広大な店舗を誇るこのアイリッシュ・パブは、ペンシルヴェニア駅の北側のエリア一帯をほぼ占領しており、往時にはアイルランド系犯罪組織のたまり場であったという。四十二番街もまたそうであったように、いまでは古臭いとされる悪弊——セックスだの、ドラッグだの、アルコールだの、カンフー映画だの——による一斉射撃が、かつて、タイムズ・スクエアへ観光客をおびきよせるための巨大な罠となっていた時代もあった。ひとによってそれぞれ異なる地獄のありようが、ここにはあった。そして、そうした〝地獄のごった煮〟をテーマパーク化しつつ、そっくりそのまま受けいれたのが、現在のヘルズ・キッチンというわけだ。アイルランド国旗をこれでもかと掲げたばかでかいパブ。緑色のエプロンをつけたウェイトレス。樽からジョッキにそそぎいれられるギネス・ビール。そこには民族の誇りも、脅威も存在しない。ただひとり、パッティー・ホワイトを除いては。パッティーはまさしく、民族の誇りと脅威の塊のような男だ。かつて権勢をほしいままにしたアイルランド系ギャングの亡霊さながらに、いまもなおこの店に取り憑いている。

いや、そうは言っても、パッティーがこの店に居すわっているというわけではない。単に、ここを所有しているというだけの話だ。パッティーは店の所有者として、経営を管理し、売上げの多くを懐にしまいこんでいる。ただし、パッティーの名は書類上には登場しない。これに先立ってジオは、パッティーの部下が代わりにチェックしているという電話番号に、メールを送信してあった。返ってきたメールには、このパブでビールを一杯引っかけようとの誘いの言葉が綴られていた。店内に足を踏みいれた途端、夕刻のサービスタイムでにぎわう店内のどよめきが、エアコンの風のように押し寄せてきた。客の大半は、ネクタイとワイシャツや、ブラウスとスカートを身につけた会社員、そして、膝丈のカーゴパンツやジーンズを穿いた観光客が占めている。人込みを縫うようにして、ジオは店の奥へと進んだ。カウンターでハープ・ラガー・ビールを買ってから、階段をあがった。二階にはテーブル席が設けられていて、何組かの家族客がハンバーガーだの、フィッシュ・アンド・チップスだので夕食をとっていた。大型のフラットスクリーンでは、スポーツの試合中継が無音で流されている。ジオはさらに、〈関係者以外立入禁止〉と書かれた扉を開けた。きれいに清掃はされているが、磨きあげられた木の手すりもなければ、緑色の壁紙もない階段をのぼって、三階をめざした。店内のざわめきはもはや、空気のかすかな振動のようにしか聞こえてこない。階段をのぼりきったところでさらにもう一枚、扉を開けた先は、倉庫になっていた。掃除用具やトイレットペーパーの予備が床のほとんどを埋めつくし、ケース入りの酒類がうずたかく積みあげられている。そして、そこからさらにもう一階ぶん、四階へと通じる階段が上方へ伸びている。こちらは薄汚れていて埃《ほこり》っぽく、打ちっぱなしのコンクリートはひび割れていて、踏み板の上には古新聞が放りっぱなしになっている。その階段を上まであがると、〈立入禁止——警報器作動中〉と書かれた扉にたどりついた。ジオはその扉を開けた。警報器は鳴らなかった。扉の向こうは、装飾のたぐいをいっさい欠いた空間となっていた。照明は裸電球がいくつか吊るされているだけで、遮るもののない窓からは街灯の明かりが差しこんでくる。床もコンクリートが打ちっぱなしのまま、壁は未塗装の壁板や間柱がむきだしのままになっている。天井は電線や導管がそこかしこを這っている。奥の壁には扉がふたつ並んでいて、それぞれに〈女子用〉〈男子用〉と記されている。ジオは〈男子用〉と書かれたほうの扉を開けた。トイレにしてはやけに広い。設置されているものをすべて取り払ったなら、もっと広く感じられることだろう。内側にタイルが貼られた箱のような空間。清潔だが、寒々しい。一方の壁に張りつけられた、横長の鏡。洗面台の水や小便器の汚水を流すための排水管。仕切りのない空間に、一列に並んだ大便器。そして、裸電球の光のもと、いちばん奥の便器にすわっていたのは、パッティー・ホワイトそのひとだった。パッティーの手には、ギネスの黒ビールを満たしたパイントグラスが握られていた。

「よう、ジオ。わが友。わしになんの用だ？」

ジオは片手を差しだして、まずは握手を取り交わした。「面会に応じてくださり、ありがとうございます。ついさっきお願いしたばかりだというのに」

パッティーはにやりとして言った。「旧友と酒を酌み交わすのは、いつだって大歓迎だ。こんな劣悪な環境に呼びたてたことだけは、申しわけなく思うがな」

「いや、ここは清潔だし、涼しくてありがたい。それに、プライバシーも確保できる」

「まったくもってそのとおり。そのうえ、盗聴器を仕込むのも難しい。まあ、とりあえずすわってくれ。ズボンをおろす必要はない」パッティーは隣の便器に向けて、パイントグラスをひと振りした。「わしくらいの歳になると、小便が近くなるんでな。ビールを飲むときはこうしておけば、なかなか都合がいいかもしれんぞ」

ジオは目の前の便器に視線を落とした。まだ設置すら完了していない。つまりは未使用で、清潔だということだ。とはいえ、蓋もついていない。陶製の便器の縁に沿って、U字形の便座が載っているのみだ。そして自分はいま、とにかく染みが目立ちやすい薄灰色のサマースーツを着ている。ジオはハンカチを取りだして便座の上に広げると、ビールを手にしたまま、ようやくそこに腰をおろした。「いくつになろうとも、健康な膀胱であることを願って……」と前置きしてから、パッティーとグラスを打ちあわせた。

「お尋ねしたいことというのは、ウーダーの件でして……」ジオはおもむろに切りだした。ウーダーというのは、つい最近、インターポールに逮捕された故買屋だ。せんだってのことだが、ジオはパッティーと手を組んで、運送トラックの荷台に満載された高性能の電子機器を強奪した。自身が掌握する労働組合を丸めこんでの、内部による犯行だった。戦利品は、ナポリを拠点とする同業者に送られた。そしてその際、パッティーが腕っぷしのいい実行部隊を送りこむと共に、ナポリの同業者へ紹介してくれた故買屋というのが、ウーダーだった。ウーダーは旧東ベルリン出身のドイツ人で、アイルランド共和軍《IRA》に所属していた時代からの知りあいだという。ところが、盗品の取引も、金のやりとりもつつがなく完了したその直後、ウーダーがインターポールに捕まった。ウーダーにとっては災難なことだが、ジオはさほど気にも留めずにいた。それがいまになって、状況が変わった。とはいえ、ウーダーの逮捕につながる情報を漏らしたのが自分の身内であるとは、とうてい思えなかった。

「ああ、ウーダーのやつも気の毒にな。最後に聞いた話じゃあ、あとは裁判を待つだけだとか。いまは、ここを小さくして鉄格子をつけただけのような、狭苦しい小部屋に閉じこめられとる」とパッティーは応じた。

「ええ、その件なのですが、ウーダーがそこに閉じこめられる羽目に陥った経緯について、何かご存じではありませんか。誰かが垂れこんだとか。もしそうであるなら、その人間は誰なのか」

パッティーは首を横に振った。「いいや、まるで見当もつかん。結局のところ、ヨーロッパは遠い海の向こうの世界だ。国際化が進んだ世の中とはいえな。それに、この国の捜査機関はいっさい関わっとらん。わしやおまえさんにまで被害がおよぶようなネタも、ウーダーのやつは何ひとつ知りはせん。その点についちゃあ、わしが保証する」パッティーは言って、ジオの膝をぽんと叩いた。

「それを聞いて安心しました。ですが、ある噂を耳にしまして。警察内部の内通者から報告を受けた、わたし自身に関する噂です。単なる噂にすぎませんが、どうも、街の外から来た情報に思える。いまはマリアの件もあって、だいじな時期だ。そして、あなたは各当局に顔が利く。とりわけFBIに」ジオは言って、肩をすくめた。「それで念のため、探りを入れてもらえればと」

「わかった。内密に調べさせよう」

「ありがとうございます。取り越し苦労にすぎないのかもしれませんが、用心するに越したことはありませんので」

「もちろんだとも。警察《ブタ》と密告屋《ネズミ》が健康を害することは、誰もが知っておる」パッティーはそう言うと、注意を喚起しようとでもするかのように、パイントグラスを宙に掲げた。「とはいえ、気に病みすぎるのも身体に毒だぞ、わが友よ」

ジオはふたたびグラスを打ちあわせてから言った。

「便座を椅子代わりにする賢者の言うことは、ありがたみがちがいますね」

パッティーは声をあげて笑った。ふたりは揃ってビールを飲み干した。

本物の男子用トイレに寄り、スラックスに染みができていないことをしかと確認したあとで、ふたたび一階におりてみると、バーカウンターにジョーの姿が見えた。目の前に置かれたライム添えのクラブソーダには、ほとんど手がつけられていない。

「わざわざすまなかったな。それに、待たせて悪かった」ジオはジョーと握手を交わすと、からのグラスをカウンターに置いて、受けとった腕時計と結婚指輪をはめた。「ありがたい。これをつけてないと、まるで素っ裸の気分でな」ジオは言いながら、あたりを見まわした。店内のにぎわいは、いまや最高潮に達している。これほどの騒ぎのなかで、誰かが盗み聞きをするとはとうてい思えないが、用心するに越したことはない。「ついでに話しておきたいことがある。それを飲み終えたら、外に出よう」

ジョーはクラブソーダにもう一度、軽く口をつけただけで、「飲み終わった」とジオに告げた。ふたりは店を出て、ぶらぶらと通りを歩きはじめた。すでにとっぷり日が暮れて、通りを行き交う人々もくつろいだ雰囲気を漂わせており、せわしなさは消えうせている。なおも活気には満ちているが、そこには期待感も入りまじっている。ここにいるのは、いまからどこかへ出かけていく人々であって、仕事帰りの人々ではないようだ。肌に触れる空気は温かく、良くも悪くも、なんらかの兆しに満ちている。

「ひょっとすると、うちにネズミが棲みついているかもしれん」ジオはおもむろに切りだした。ジョーは何も答えなかった。古くからの友人が先を続けるのを、じっと待っていた。だから、ジオはそうした。ニューヨーク市警のフスコから聞かされたことをすべて話した。ウーダーが絡む一件についても。パッティーとのやりとりについても。

「パッティーを信用してるのか？」ジョーが訊いてきた。

「おまえを信用してる」とジオは答えた。

「で、おれに何を頼みたいんだ？」

ジオは小さく肩をすくめた。「スパイのまねごとを頼みたい」

　ジョーは声をあげて笑った。ふたりは大通りの角に立ち、信号が変わるのを待っていた。目の前を車が走りぬけていく。「なんの目星もついていない状況じゃ、正直言って、手も足も出ない。ジェームズ・ボンドみたいにタキシードを着こんで、悪党がルーレットに興じてるところへ颯爽とあらわれるなんて芸当は、おれにはとうてい無理ってもんだ」

「どちらかというとおまえには、海軍特殊部隊《ネイビーシールズ》のダイビングスーツのほうがお似合いだ。だが、そうだな、おまえの言いたいことはわかる」

「まずは外部の人間に調べを進めさせるしかないな。ウーダーと取引をする以前からの、身内全員の通信記録を調べるんだ」

「外部の人間？　たとえばどんな？」

「おまえのビジネスにいっさい関わりあいがないがゆえに、巻き添えを食らう恐れも、危険にさらされる恐れもない人間。そして、自分が何を探しているのかもわからないがゆえに、おまえを裏切りようもない人間。そいつに結果だけ報告させる。誰が誰とやりとりしたか。いつ、何を話したか」

「誰か心当たりがあるのか？」

「まあな。続きはまた明日にしよう」

「わかった。頼んだぞ。それともうひとつ、おれにも考えがある」交差点を渡りながら、ジオは言った。「どうもこの件にはFBIが絡んでいるような気がしてな。FBI内部の人間にも、せめて探りくらいは入れておきたい」

「誰か当てがあるのか？」

「ああ、おまえも知ってる人間だ。ドナ・ザモーラ捜査官だよ」

「何を言いだすかと思えば……」ジョーは言って、首を振った。「彼女に鼻薬は利かないぞ」

「同感だ。あれは正義感の塊だからな。とはいえ、情報処理の業務にたずさわってもいる。おれたちを自由に泳がせておいて、利用することのほうを選ぶかもしれん。この街の安全のために」

ジョーはしばし考えこんだ。「それはどうだろうな、ジオ。おまえをムショ送りにさせないために、わざわざ何かをしてくれるとは思えないが」

ジオはにやりとして言った。「おれのためなら、そうだろうな。だが、おまえのためなら可能性はある」

「おれのため？　なんだっておれのために？」

「とぼけるな。もちろん、おまえに気があるからだよ。誰が見たって一目瞭然だろ」

「ふざけるな」

「しかも、相思相愛だ」通りを挟んだ向かい側に、マディソン・スクエア・ガーデンの円形アリーナとペンシルヴェニア駅が見えた。駅の入口の前で、エレーナがジョーを待っている。こちらに気づいて手を振っている。「だが、気をつけたほうがいい」手を振りかえしながら、ジオが続けた。「エレーナが知ったら、ドナを殺しかねないからな」

ジョーはくっくと笑いだした。「どういうわけか、おれにはエレーナが嫉妬深いタイプだとは思えないんだが」

定位置に戻された腕時計に視線を落とし、マディソン・スクエア・ガーデンへ顎をしゃくってみせながら、ジオは言った。「もう行かないと。あそこでキャロルと落ちあう約束になってる」

「そうなのか？」少し考えてみたが、いまはどこのチームが遠征に来ているんだったか、どうしても思いだせない。「今夜は誰が来るんだ？」

「ビリー・ジョエルだよ！　アロンゾが最高の席をとってくれやがった！」ジオはそう叫ぶが早いか、ジョーを残して走りだした。信号が変わるまえに、横断歩道を渡りきってしまいたいらしい。

ジョーはひと声笑って、叫びかえした。「楽しんでこいよ！」それから通りを渡って、エレーナのもとへ向かった。ジオが何をどう考えていようが、かまいやしない。いまジョーに考えられるのは、簡単に夕食をとりながら、ダイヤ強奪計画のためのプランを話しあうことだった。明日は大いに忙しくなる。

18

ビリー・ジョエルの歌声は譬《たと》えようもないほどすばらしい。でも、もしもビリーが……そう、たとえば百歳になったときには、どうなってしまうのだろうとキャロルは思った。ビリーの歌声はいまもなお驚嘆に値する。けれども、キャロル自身はというと、百歳とまではいかないまでも、しだいに歳をとるにつれて、さまざまな変化を自覚するようになっていた。いまはコンサートのあいだでも、座席にすわったまま音楽に聴きいったり、歌詞の内容を噛みしめたりできるほうがありがたい。立ちっぱなしで視界を遮るひとも、酒に酔って大声でわめきたてるひとも、まわりにいないほうがいい。それに、コンサートは幸せな記憶を呼び覚ましてもくれる。まだ結婚もしていなかったころの、ジオとの思い出。いいえ、いまが不幸だというわけじゃない。家族も、家庭も、健康状態も、信じられないほど恵まれている。あまりにも恵まれすぎていて、ときどき怖くなることもある。たとえば、精神科医として自分が診ている患者たちと、自分たちを比べてしまったときに。キャロルが診ている患者のほとんどはまだ子供だ。けれども、子供たちの抱える問題というのは、家庭の機能不全のあらわれにほかならない。それを考えると、自分自身の家庭がこれほどうまく機能していることが、奇跡のように思えてくる。とはいえ、どんな夫婦のあいだにもいろいろと複雑な事情はあるし、ことにジオのようなひとが相手となると、大半の夫婦よりももう少し事情は複雑になる。友人たちが自分の家族や夫のことで愚痴をこぼすときに、〝クロゼットのなかの骸骨みたいで恥ずかしいわ〟とか、〝職場に死体が埋まってるって知ってるんだから〟とか言ったりするけれど、どれもこれも、結局は単なる比喩にすぎない。誰にだって、友人たちの夫にだって、暗い一面はある。けれどもジオのそうした一面は、誇張ではなく完全な闇に沈んでいて、妻である自分にもまったく見通しがきかない。ときどきふと思うけれど、スパイとの結婚生活というのも、こういう感じなんじゃないかしら。けっして打ちあけることのできない秘密の任務のために、とつぜんどこかへ行ってしまう夫。ただし、スパイの場合は一週間とか一ヵ月、海外へ行ってしまったりするのだろうけれど、ジオの場合は、毎朝、スーツ姿でもうひとつの世界へ――真っ暗闇の世界へ――出かけていって、その日の夜には家族と夕食を共にするために、光のもとへ戻ってくる。

キャロルがやけに不安をおぼえてしまうのも、疑り深くなってしまうのも、夫のそうした二面性が原因であることは疑いようもない。あるときには、夫をひそかに尾行したことまであるけれど、なんのことはない、夫が安モーテルで会っていたのは会計士のポールだった。そう、あの若くてハンサムな会計士。モーテルで情事に溺れていたのは、あのポールのほうだったのだ。しかも、お相手はポールより遥かに年上で既婚者なうえに、ずいぶんと不器量なブロンドの女。いまそのときのことを思いだすと、自分でもばかだなと思う。ジオに知られずに済んだことを、ありがたくも思う。けれども、キャロルがこうした夜のデートを習慣にしようと取り決めたのは、それが理由の一端でもある。だからこそ、曲と曲の合間にジオが耳打ちをしてきたとき、〈ピエール・ア・タージ・ホテル〉のスイートルームを内緒で予約しておいたとささやきかけてきたとき、キャロルはとろけてしまいそうになった。そのとき胸に込みあげたのは、夫への愛情と欲求、そして安堵と安心感、守られているという感覚、この世界で誰かと完全につながっているという感覚だった。キャロルが肩にしなだれかかると、ジオは腕をまわして抱き寄せてくれた。キャロルはその胸に顔をうずめた。次の曲が始まっても、うっとりと目を閉じていた。するとそのとき、とつぜん鼻のなかがむずむずしだした。慌てて身体を引き剝がすと同時に、くしゃみが出た。ロマンチックなムードが台無しだ。

「アレルギーか？　薬は持ってきたかい」ジオが訊いてきた。

「いいえ、大丈夫。埃か何かが鼻に入っただけだと思うわ」とキャロルは答えた。それから、なおもむず痒さをおぼえる箇所に手をやって、気がついた。一本の長い髪。ジオのジャケットに顔をうずめたときに、皮膚に貼りついてしまったにちがいない。それを手から払い落とそうとしたとき、煌々と照らされたステージの光を受けて、はっきりと見えた。その髪は長くて、ブロンドで、あきらかにキャロルのものではなかった。

ジョーはなかなか寝つけずにいた。素っ裸でホテルのベッドから起きだすと、かすかに寝息を立てているエレーナを残して、窓ぎわまで歩いていった。窓ガラスの向こうでは、眼下を流れる川の水面《みなも》が、暗闇のなかで仄《ほの》かにきらきらと輝いている。ドクター・チャンにもらった漢方茶を飲むようになってから、悪夢にうなされることはなくなっていたのだが、今日はうっかり飲むのを忘れていた。今回のヤマのことが、頭のなかをぐるぐる駆けめぐってもいた。軍隊にいたころには、いつでもどこでも、たとえ戦闘前夜でも寝られるよう訓練された。その一方で、チューインガムでも渡すみたいに、睡眠導入剤が配られもした。ジョーは読みかけの本を取りだした。ティーバッグも取りだそうと札入れを開いたとき、たまたまそれが目に入った。退役軍人病院前のベンチで出会った絵描きの老人、フランクにもらった名刺だった。ジョーはその名刺を栞《しおり》のように本に挟むと、客室に備えつけの小型電気ポットを使って、漢方茶を淹れた。部屋の片隅に置かれた肘掛け椅子に腰をおろし、スタンドの明かりを頼りに読書を始めた。

ところが、どうしても集中できない。ジョーは椅子から立ちあがり、ティーカップと本を手にしたまま、机のところまで歩いていった。机の上には、開きっぱなしのノートパソコンが載っている。今回のヤマに必要となる品々がどこで手に入るか調べるために、エレーナが持参してきたものだ。ジョーはグーグルの検索枠に、名刺に書かれていたフランク・ジョーンズというフルネームを入力した。すると、百万件ものヒットがあった。名前があまりにもありふれているせいだ。そこで今度は検索ワードを増やして、件数を絞りこむことにした。まずは〝フランク・ジョーンズ　画家〟と入力したあと、少し悩んでから仕方なく〝アフリカ系アメリカ人〟というワードを追加した。すると途端に、画面いっぱいに色彩があふれた。

どうやらフランク・ジョーンズは、名の知れた現代画家であるらしい。チェルシー地区にある大手のギャラリーが仲介を一手に引きうけており、数多くの作品が美術館はもちろんのこと、富裕層の所蔵品にもなっているという。こうした情報は、ジョーにはけっして知るよしもないというほどのものではない。美術館を訪れるのは好きだ。ただ、行くときはいつもひとりだし、目にしたものについて誰かと論じあいたいとも思わない。それを話題にしようという発想自体が、頭に浮かぶことすらありえない。そもそも何を語れというのか。それなら現代アートや美術界にも造詣《ぞうけい》が深いのかと言われれば、自分にとっては完全な別世界にしか思えないが、芸術のメッカとされる地域は、ジョーがいまいる場所からでもたやすく歩いていける距離にある。それがニューヨークという街だ。種々雑多な〝世界〟が互いに重なりあいながら、なおかつ遠く隔たってもいる。まるで異星人に囲まれているかのように、まるで異国に迷いこんだかのように、異なる言語がそこらじゅうで飛び交っている。よその〝世界〟へずかずか乗りこんでいくことなど、想像するだに恐ろしい。何をすればいいのか、何を言えばいいのかすらも、とんと見当がつかない。だが逆に、よその〝世界〟の住人がこちらの〝世界〟へやってきたなら、いったい何人が生きのびられるだろう。

ジョーは画面をスクロールして、フランクの作品を写した画像を次から次に眺めていった。まずは、身体の一部をクローズアップした、荒っぽい筆遣いの目立つ作品群。男なのか女なのか、その両方なのかも見分けがつかないほど混然と絡まりあっているが、ただの尻の割れ目ですら美術館に展示されるような時代なのだから、こちらもおそらく、いずこかの展示場の壁を埋めつくしたことがあるにちがいない。続いてあらわれたのは、野外の風景を描いた作品群だったが、これを風景画と呼ぶのはためらわれた。たとえば、がらんとした空き地のようなものを描いた一枚は、片隅で数人のホームレスが焚き火を囲んでいるほかは、地面に転がる煉瓦や割れた瓶がやけに規則正しく配置されていた。ひとや車がせわしなく行き交う通りのようすが切りとられた一枚は、すべてのものがそれぞれに異なる視点や遠近感――上空からであったり、地面すれすれからであったり――から描かれているために、全体がいびつに見えて、ひどく現実離れしているのだが、ジョーにはそこがハーレムであることが、なぜだかすぐに感じとれた。そして、次にあらわれたのが、戦場を描いた作品群だった。舞台はおそらく、ベトナムであるにちがいない。真っ黒なヘリコプター。火の玉のように赤々と燃えあがる、一本の椰子の木。うずたかく積みあげられた生首や、黄みがかった肌の手脚。そんななかで一枚、どうにも引きこまれてならない作品があった。そこに描かれているのは、内側に木の突っかいがなされた長いトンネルのような空間なのだが、全体が黒い絵具でほぼ埋めつくされている。ところどころに配されているくすんだ茶色や灰色から、ものの存在は感知できるものの、いずれもぼんやりとした輪郭しかつかめない。そんななかで唯一、霞がかった光がひとすじ、トンネルの奥深くからこちらへ向けられている。おぼろに霞んだ、黄色い懐中電灯の光だ。そして、その光のさらに奥には、黒地に黒のシルエットで描かれた黒人の男が立っている。懐中電灯を手にした男は、軍に支給された四五口径のコルトとおぼしき黒い拳銃をもう一方の手に握りしめており、こちらへ銃口を向けている。ジョーは何度も繰りかえし目をしばたたいた。ぼやけた焦点を合わせようとするように、開けたり閉じたりを繰りかえした。この場所にも、この光景にも見覚えがあった。そこには、自分の悪夢がそっくりそのまま再現されていた。

そのとき、とつぜん肩に手を置かれて、ジョーはびくっと肩を震わせた。腎臓にこぶしを叩きこまれでもしたかのように、身をよじりつつ振りかえった。けれども、頭の片隅では、後ろにいるのがエレーナであることをわかっていた。だから、こぶしを振りあげることまではしなかった。

「眠れないの?」エレーナが訊いてきた。

「なんだ、きみか。おどかすなよ」

「驚かせたならごめんなさい」エレーナは言いながら、ジョーの背中をそっと撫でた。「汗をかいてるわ」

「ああ、毛布が熱すぎたらしい」ジョーは椅子から立ちあがり、ノートパソコンを閉じながら、エレーナに顔を向けた。

「ベッドに戻りましょう」エレーナは言って、ジョーの手を取った。「わたしがへとへとにさせてあげる」

「悪くないアイデアだ」ジョーはにやりとして言った。ベッドへと手を引かれながら、ティーカップをつかみとり、ドクター・チャン特製の悪夢抑制茶をごくごくと飲み干した。

19

集合場所にはジオのナイトクラブを選んだ。メンバーのなかには、クイーンズくんだりまで遠出させられたことをぼやく者もいたが、ここなら安全に、思うぞんぶん話をすることができるし、午前十時のストリップクラブよりも人目につかない場所など、皆無に等しい。ジョーとエレーナを入口で迎えいれてくれた掃除人は、早退《はやび》けできることが嬉しいのか、コーヒーメーカーのスイッチを入れるやいなや、そそくさと家路についてしまった。強奪計画に参加するほかの面々も、約束の時間きっかりに到着した。キャッシュは白のBMWで。ジュノは、メナヘムがよこしたジョシュアという男の車に相乗りさせてもらって、ブルックリンからやってきた。パッティー・ホワイトがよこしたリーアムは、アイルランド系住民が大多数を占めるウッドサイドで二人の兄――ショーンとティム・マディガン――とシェアしている自宅からやってきた。各自が自由にコーヒーを注ぎはじめると、ジョーはカウンターの裏へまわり、コーヒーを注ぎはじめると、ジュノのために炭酸飲料を取ってきてやった。それが済むと、全員で支配人室に集まった。リーアムとジョシュアは、部屋の中央に据えられたコーヒーテーブルのそばまで椅子を引き寄せて、そこにすわった。ジュノとキャッシュとエレーナはソファに並んで腰かけた。ジョーは支配人がいつも使っているキャスター付きのデスクチェアを転がしてきて、そこに腰をおろし、テーブルの上に地図を広げた。そこには、ミッドタウンにある例の小売市場を中心にして、あたり一帯のようすが事細かに記されていた。それぞれの店名はもちろんのこと、駐車標識の位置から、一方通行路の進行方向に至るまで、すべてが網羅されている。

「装甲仕様の輸送車が荷の積みこみにやってくるのは、明日の午後四時三十分。だが、夕刻のミッドタウンの混雑ぶりは知ってのとおりだ。したがって、誰にも怪しまれることなく輸送車を待ち伏せする方法を、いまからひねりださなきゃならない。まず、エレーナとおれはこの道を東から西に向けて、ウィンドウショッピングをしているふうを装いながらゆっくり進む。キャッシュとジョシュア、おまえたちふたりには、地下鉄の出口のほうから現場に接近してもらいたい。リーアムとジュノは、この角を曲がったあたりに車をとめておいてくれ。早めに行って、場所を確保しろ。ここなら、いざというときに車を出しやすい。この付近であればどこにとめてもかまわんが、駐車禁止ゾーンだけは避けてくれ。せめて、五時までは駐車が認められている場所を選ぶんだ。直前になって警察に追っぱらわれるなんて事態だけは、絶対にご免だからな」

「なあ、別に、ここらへんの通り沿いでもいいんじゃねえのか。それか、ここの角を曲がったあたりとかでもよ」リーアムが指先で地図をなぞりながら言った。

その声に残るかすかなアイルランド訛に気づいて、ジョーは言った。「つまり、この街のことなら道という道を知りつくしているから、好きにさせろということか？　そうでないなら、ジョシュアに担当を代わってもらうこともできるが」

「この街にゃあ、もう三年も暮らしてんだぜ。あんたにゃ、おれの喋り方が妖精のレプラコーンみたく聞こえるんだろうけどよ。だいいち、そこの野郎はほんの半年まえに、イスラエルの国防軍を除隊してきたばかりなんだろ。きっといまだに、地下鉄で迷子になってるにちがいねえや」

全員の口から笑い声が漏れた。ジョシュアもにやりとして言った。「迷子になんぞなるもんか。キャッシュが一緒にいるからな。それに、おれは実戦に慣れてる。運転役より、地下鉄組にいたほうがいいと思うが」

「よっしゃ、おれに任せとけ、ジョシュア」キャッシュも言って、ジョシュアとてのひらを打ちあわせた。

「ショットガンをたずさえた特殊部隊員が相棒だなんて、最高にクールだぜ」

ジョシュアはその言葉に首を振った。「だめだ。ショットガンは嵩張りすぎる。もっと隠し持ちやすいもののほうがいいだろう」

「いやいや、いまのは単なる言いまわしってやつだろうが」呆れたようにキャッシュが言った。

そこへジュノが、笑いまじりに口を挟んだ。「いいよ、キャッシュ。そっちのイスラエル人は、あんたに任せる。ぼくはこっちのアイルランド人のがいいや。少なくとも、英語は通じるからね」

ジョーもこれには笑いながら、ひとさし指で地図を叩き、全員の注意を引きつけた。「問題の輸送車は、ここにとまる。建物の真ん前、消火栓のすぐそばだ。警備員はフロントシートにふたり。そのうちひとりは運転手。それから、荷台のなかにもうひとり。車をとめたあとも、運転手はその場に残り、ミラー越しにあたりへ目を配る。もうひとりは車を降りて、周囲の歩道を確認する。それで問題なしとなったら、無線でその旨を伝える。そして、その連絡を受けてはじめて、荷台の警備員が内側からドアを開け、スロープをおろす。それと同時に、建物のなかで待機していた警備員がここにある通用口のドアを開け、もうひとり別の警備員が、台車に載せた金庫を運びだしてくる。

金庫は台車ごとスロープをのぼって、荷台に積みこまれる。荷台の警備員が内側からドアをロックするまで、全員が周囲の警戒にあたる。それが済んだら、ふたりめの警備員は助手席に戻り、台車を押してきた警備員が車の往来をとめて、輸送車を速やかに発進させる」

「シンプルでうまいやり方だ。しかし、今回は相手が悪すぎたな。明日は散々な一日になる」とリーアムが言った。

「積みこみにかかる時間はどれくらいだ？」ジョシュアが訊いてきた。「二分か、それよりも短いくらいだろう？」

「ああ、だいたいそれくらいだ」とジョーは答えた。

「で、金庫のほうはどんな代物なんだ？」

「それはエレーナの領分だ」ジョーは言って、エレーナに顔を向けた。

エレーナは軽くうなずいてから、口を開いた。「大丈夫。金庫の仕様なら、メナヘムから聞いてるわ。あれなら問題ない」

リーアムが眉根を寄せつつ、口を挟んだ。「あんたはめちゃくちゃ腕利きの金庫破りだって、おれも聞いてるぜ。けどよ、こう言っちゃなんだが、脱出マジックのフーディーニにだって、あの手の金庫を一分かそこらで破るなんて不可能じゃねえか？」

「一分で開ける必要はない」その問いに答えて、ジョーは言った。「エレーナが必要とするだけ、おれたちが時間を稼ぐ」


決行前日の打ちあわせを終えると、それぞれが各自の任務に備えるべく、散り散りに去っていった。リーアム、ジョシュア、キャッシュの三人は、必要となる車と武器の調達に出かけた。エレーナは、買い物リストに挙げられたなかでもとりわけ特異な品々を手に入れるため、ゆうべのうちにインターネットで調べだしておいた店へと向かっていった。ジュノは、たったいまジョーから追加で知らされた計画の詳細を念頭に、電子機器の準備を整えるべく、自宅に戻ろうとしていた。ところが、ほかの全員がぞろぞろと駐車場へ向かっていくなか、ジョーはジュノだけを脇に呼び寄せ、引きとめた。

「ああもう、ぼくの〝足〟が行っちゃうよ」走り去っていくジョシュアの車を目で追いながら、ジュノは不平を鳴らした。「クイーンズからベッドフォード＝スタイベサントまで、公共の交通機関で移動するのがどんなに面倒か、あんたも知ってるだろ、ジョー」

「足なら、すでに手配済みだ」

「へえ？　ついにあんたも、ウーバーの配車サービスを利用するようになったのかい」

「そうじゃない。じつは別件でもうひとつ、頼みたい仕事がある。興味があればの話だが」

「興味？　もちろんあるよ。ぼくのこと知ってるだろ。これでもプロの請負人なんだ。どんな仕事でもやり遂げてみせるさ」

「仕事ってのは、要するに、デジタル・セキュリティーみたいなものだ。ある会社で働く全従業員の記録を調べあげてほしい。メールの通信記録も、通話記録も、何もかもだ。そして、わかったことをその会社のトッププに報告してもらう。たとえば、誰が誰に電話をかけたか。誰が誰にショートメールやEメールを送ったか。どうだ、できるか？」

「当ったり前じゃん。そんなのお安い御用だよ。要は、会社内の内偵調査みたいなもんだろ。ハッカーがよく、そういう仕事に雇われてるよ。雇われ先の社内ネットワークに真っ先に侵入して、ほかのやつらがハッキングできないようにするんだ。とにかく、そのひとに引きあわせてよ。そしたら、魔法を見せてあげる。社長は誰なんだい？」

「ジオ・カプリッシだ」ジョーは言いながら扉を開けて、まばゆい陽射しに目を細めた。「もう外で待ってるはずだ。おまえを家まで送り届けるために」

「ジオ？　ジオ・カプリッシだって？　あのエル・チャポが？」

「それを言うなら、アル・カポネだろうな。エル・チャポはメキシコの麻薬王だ」

「どっちだっていいよ。男のなかの男だってことは変わんないだろ。あんたがジオと親しいことは知ってたけど……くそっ、ぼくはまだ顔さえ見たことないんだぞ」

「心配するな。ちゃんとおれから紹介する。なかなか気のいいやつだ。そのうえ、すこぶる気前もいい」ジョーはジュノの肩を抱いて店の外へと連れだしながら、最後にこう言い足した。「ただし、それほど気は長くない」

20

ジョーが向かったのは、ドナのもとだった。あのドナがジオの提案に乗ってくる可能性など、万にひとつもあるとは思えなかった。それを話題にあげるつもりすらなかったが、ニュージャージー州で時ならぬすれちがいを果たしてからというもの、その存在はずっと頭の片隅にあった。あのときは、（手錠を持参してくるかどうかはさておき）ドナが自分を追ってくるのではないかと、半ば期待してもいた。なのにドナは、ジョーをまんまと逃がしてのけた。ジョーのことなど、見かけもしなかったとでもいうように。まぎれもなく目と目が合ったというのに。なんだか、自分がドナに対して感じていることを、あちらも同様に感じているような気がしてならなかった。現実を生きて歩く夢。ある種の天啓。前触れ。だからジョーはここへ来た。その天啓に従って。ジオのばかげた提案を口実にして、もっとばかげているのかもしれないおのれの衝動に従うために。

　もしも、こちらの真意をいかがわしいと責める者があるとするなら、あちらの真意はどうなのか。あのときのジョーは犯罪に手を染め、現場から逃走しているところだった。ドナにどれほど心惹かれていようと、車をとめて、ＦＢＩの捜査官と立ち話をするつもりなど毛頭なかった。禁断症状のせいで、正気を保つのがやっとでもあった。対するドナは、ジョーが煙のように流れ去っていくのを見送るだけで、なんら手を打とうとしなかったことについて、どう言いわけをするつもりなのか。

　マンハッタン中心部にあるＦＢＩ支局までたどりつくと、正面の出入口前に置かれたベンチに腰を落ちつけ、昼時を待つことにした。ランチをとりに吐きだされてくる人波のなかにドナを見つけられなかったら、あるいはドナが誰かと一緒にいたら、何もせずに立ち去るつもりだった。正午がやってきて、去っていった。スーツ姿の局員たちが続々と姿を見せはじめたが、ドナの姿は見あたらなかった。十二時半になっても。一時になっても。あと十五分だけ待ってだめなら切りあげようと、ジョーは心に決めた。すべてを運に任せることにした。だが、だいじなヤマを目前に控えてFBI捜査官にうつつを抜かしている時点で、すでに運任せの危ない橋を渡っているではないかと、その道のプロたちなら苦言を呈することだろう。

だが、そのときだった。ドナの姿が目に飛びこんできた。何かに気をとられているような顔つきをして、スマートフォンに視線を落としたまま、足早にこちらへ向かってくる。見るからに急《せ》いているようすではあるが、ドレープのきいた黒いスーツがよく似合っていて、何がどうちがうのかはわからないが、ほかのどんな局員よりもスーツをきりっと着こなしているように感じられる。今日は髪がおろされていて、かすかに吹き寄せる風にたなびいていたが、単なるバスの排ガスか、路面の鉄格子から吹きだしてくる排気にすぎないのかもしれない。まあ、それはともかくとして、いまドナはまっすぐこちらに向かってきている。

ジョーは立ちあがって、笑みを浮かべた。どうせ今回も、脇を通りすぎていくのだろうと思っていた。まるで透明人間のように、目もくれないものと思っていた。ところが、ドナは足をとめた。不意にぴたりと立ちどまり、ジョーに気づいて微笑んだ。

「やあ」とジョーは言った。

「こんにちは、ジョー」とドナは返してきた。

「急ぎの用かい」

「ええ、ピザを買いに」

「ご一緒してもかまわないか？」

「ええ、もちろん。いい店を知ってるわ」

隣に並んで歩きながら、ジョーはこう切りだした。

「それはそうと、先日、車のなかできみを見かけた気がするんだが。ただ、それがどこだったかは思いだせない。それとも、美しい夢を見ただけなのか」

「だとしたら、わたしも同じ夢を見たみたいね」ドナはちらりと横目でジョーを見やりながら、通りの角を曲がった。「ただし、わたしの見た夢のなかでは、あなたが泥のようなひどい顔をしていたけど。いまはだいぶよくなったみたいね」

「それはどうも。じつは、健康に気を遣いだしてね。鍼治療まで受けたりした」

「鍼治療を？　本当に？　わたしもまえまえから試してみたいと思ってたの」

「だったら、是非とも試すべきだ。なんなら、いい医者を紹介するが」

「いまは、どこかに不具合が生じるのを待ってるところ。そうすれば、挑戦する理由ができるから」

「なるほど。だとしたら、おれは運がいいな。つねにあちこち不具合だらけだから」

ドナはくすくすと笑いだした。「ええ、そうね。羨《うらや》ましいかぎりだわ。ああ、ほら、あそこの店よ。急いで。信号が変わっちゃう」それが世界一自然なことであるかのように、ドナはジョーの手を取った。クラクションがけたたましく鳴り響くなか、ふたりは駆け足で通りを渡った。向かいの歩道にたどりつくやいなや、急に気まずさをおぼえたみたいに、ドナはぱっと手を放した。そのあとは、カウンターでそれぞれにピザとドリンクを買い終えるまで、一度も目を合わせようとしなかった。

「そこにすわろう」店を出てすぐのところにある外階段を指差して、ジョーは言った。階段の最上段に並んで腰をおろし、ピザの紙皿を膝の上に載せた。ドリンクカップを互いのあいだに置いてから、ジョーはピザにかぶりついた。

「たしかに旨《うま》いな」

「言ったとおりでしょう？　ああ、やだ、口のなかを火傷しちゃったわ」ドナは慌ててドリンクを口に含んだ。「ほら、上の皮が剝がれて、びろびろしちゃってる。これ、気になって仕方ないのよね」

ジョーはぷっと噴きだした。「なんなら、おれが取ってやってもいいが」

ドナはまさかと目を見開いた。「あの、そうだわ……話題を変えましょう……ええと……最近、何か面白い犯罪はやらかした？」

ジョーはひょいと肩をすくめた。「ついさっき信号無視をした。きみと一緒に」

ドナは申しわけなさそうに首を振って言った。「ごめんなさい。あの手の犯罪はFBIの管轄じゃないの。わたしたちFBIの関知するところではない」

「それならよかった。で、そっちこそどうなんだ。最近、何か大きな事件は解決したかい」

「さて、どうかしら。ああ、そういえば、つい最近、ジョンジー・グレイブルズという男の遺体を発見したわ。白人至上主義のガンマニアで、どこからどう見てもろくでなしだったけど、〝遺体〟だなんてかしこまった言いまわしが似つかわしくないくらい、あまりにもひどいありさまだった。銃で撃たれて死んだあと、真っ黒焦げになって、おまけにずいぶん長いあいだ水に浸かっていたんだもの」

「撃たれて死んだ？」ジョーは思わず訊きなおしてから、内心ほっとしていることを隠そうと、肩をすくめた。「ガンマニアなら、そういう死に方をすることもままあるだろう。それで、そいつをバラした犯人については、何か手がかりは見つかったのかい」

「いいえ、何も。だけど、誰もこの事件のことを、それほど気にしちゃいないみたい。地元警察の署長から大目玉を食らった、マヌケな署長補佐以外はね。そいつはずっと、こう言い張ってるの。ジャック・ミー・オフっていう名前の賞金稼ぎが、すべて仕組んだことだって」

ジョーは笑いながら、こう言った。「まあ、おれならそんな主張を鵜呑みにはしないだろうな。いささか突拍子もない感じがする。それに、当然の報いだという気がしないでもない」

「当然の報い？」

しばしの沈黙が垂れこめた。ジョーはひょいと肩をすくめた。「なんとなくそう思っただけだ。おれはただのしがない用心棒で、シンプルな掟に従って生きている。もしも店の客を煩わせる者や、店の人間に手を出す者があれば、そいつを外へおっぽりだす。たったそれだけのことだ」

「わたしの掟も、それくらいシンプルならよかったのに」ドナは腕時計にちらりと目をやってから、ジョーの目をまっすぐに見すえた。「もう戻らないと……今日は本当に、挨拶に寄っただけ？　わたしに何か話したいことがあって来たのでは？」

ジョーは数秒ものあいだ長々とドナの目を見つめかえしてから、「いや、いまはまだいい」とようやく答えはしたものの、なおも何かをためらうようにドナの目を見つめかえしたまま、気づけばこう訊きかえしていた。「きみは？」言いながら、自分がしていることの自覚はあった。ほんのわずかにではあるが、意に反して、ジョーはドナに顔を近づけていた。しようと思えばキスできるほど近くに。

「わたしが何？」とドナは訊きかえしてきた。顔を遠ざけることも、近づけることもなく。一ミリたりとも動かすこともなく。

「おれに何か言いたいことは？」

「たとえばどんな？」

「どんなことでも」

ドナがたっぷりひと呼吸ぶん、ジョーの目を見つめかえしてきた。その吐息が唇にかかるのを、もう少しで感じとれそうだった。くそっ、このままじゃ本当にキスしちまいそうだ。だが、もしも本当にそうなったとしたら、それは起こりうるなかで最高の出来事なのか、最悪の事態なのか。するとそのとき、ドナがふっと笑みを漏らした。ふたたび時間が流れだした。

「いいえ、いまはまだいいわ」とドナは答えた。

「そうか」と、ジョーも笑みを返した。落胆と安堵が、一度に込みあげてきた。「それなら、そろそろきみを解放してやらないとな」

ドナは石段から立ちあがり、サングラスをかけてから、こう言った。「もし何か話したいことを思いついたら、どこへ向かえばいいのかはわかってるわよね？」

「ああ、わかってる。もしきみのほうが何か話したいことを思いついたら……」

「どこへ向かえばいいのかなんて、きっとわかりっこないわ！」ドナは笑いながらそう言って、くるりとこちらに背を向けた。ジョーもくっくと笑いながら、遠ざかる背中を見送った。

頭のなかは、ついさっき起きた出来事でいっぱいになっていた。職場へと引きかえす道中ずっと、ドナは夢の国にいた。職場の前にとめられたワゴン車に立ち寄って、濃いめのラテを買ったときも、若いイエメン人のサミールからいくら話しかけられようと、うわの空で挨拶を返すのがやっとだった。ロビーのセキュリティー・ゲートを通過する際も、列の先頭に来るまで、バッジを出すのを忘れていた。ドナのオフィスは地下にあって、そこでする仕事といったら、とめどなく押し寄せてくる情報を分類したり、選りぬいたり、主として廃棄したりすることだった。ところがこの日は、夢うつつでオフィスへ帰りつくなり、現実という強烈な一撃に一瞬で目を覚まさせられた。

ニューヨーク支局内で最も有用な情報提供者のひとりとされるハリー・ハリガンが、ここ数日、作戦行動《M》中《I》行方不明《A》になっているというのだ。ハリーは銀行強盗の罪による終身刑という刑罰と引きかえにＦＢＩと取引をした、三流どころのギャングだが、アイルランド系犯罪組織内にひそむ内通者として、数十年もの長きにわたり、裏社会に根を生やした人間として、有益なネタを絶え間なく提供しつづけていた。なのに、そのハリーが忽然《こつぜん》と、煙のように姿を消してしまったのだ。電話にも出ず、足繁く通う場所にもいっさい姿を見せないことを不審に思った捜査官が、電力会社の作業員を装って自宅アパートメントを訪ねたところ、冷蔵庫の中身は腐敗し、床に放置された郵便物には埃が積もっていた。そのうえ、わけても不吉なことに、つねに身につけているはずの盗聴器が、ベッド脇の小卓の引出しにしまいこまれていたらしい。ハリーがみずからの意思で逃げだしたという可能性もなくはないが、それはちがうと、ドナの直感は告げていた。ハリーはヘルズ・キッチンで生まれ育ち、それ以外の場所を知らない。まったくの文無しでもある。刑務所暮らしで痛めた膝のせいで、地下鉄の階段すら容易にはおりられない。そのハリーがどこへ逃げこむというのか。逃げこめる場所などどこにもない。そうとも、〝ヘビー〟・ハリー・ハリガンは、もうひとつの帰るべき場所――誰ひとり戻ってきたためしのない場所――へと送られたのだ。その知らせは、その日一日、ドナの気を滅入らせるに充分なものだった。

　一方そのころ、ＣＩＡエージェントのマイク・パウエルは、ご機嫌な一日をすごしていた。そういう日はめったに訪れてくれないが、もしも訪れてくれたときには、心置きなく喜びにひたることにしている。このまえ最後にそんな日が訪れてくれたのは、いったいいつのことだったか。ここしばらくのあいだはずっと、苦杯を舐めつづけてきた。おそらくは、妻が自分のもとを去った日から。別れた妻が娘の親権を勝ちとった日から。マイクが裁判に負けた理由のひとつは、元妻に対して精神的虐待やモラルハラスメントを働いたうえに、職権を濫用してのストーカー行為やスパイ行為にまでおよんだという、相手方の主張が認められたからだった。CIAエージェントであるマイクは現にスパイであるという事実も、別れた妻のドナ・ザモーラがFBI捜査官であるという事実も、斟酌《しんしゃく》してはもらえなかった。マイクは非公式の譴責《けんせき》を受け、出世の道を閉ざされた。同僚たちが海外で目覚ましい手柄をあげていくなか、アメリカ本土内に足どめを食らう羽目となった。降格処分なり、それよりも重い処分なりを免れた理由はひとえに、CIA局員がアメリカ国内でどのような形であれ諜報活動を行なったという事実を、公にするわけにはいかなかったからだ。よって、すべては闇へと葬り去られた。

　そんななか、とあるテロリスト集団がCIAの極秘研究施設から殺人ウィルスを盗みだすという事件が発生した。その際、ドナと共同で捜査にあたるうちに、マイクは強い疑念を抱《いだ》くようになった。ドナはウィルスを盗みだした一味のひとり、ジョー・ブロディーなる男と気脈を通じているのではないか。ブロディーは、夜のあいだだけストリップクラブで用心棒を務めながら、ときおりケチな盗みを働いているだけの、取るに足らない相手に思えた。あまりに闇が深すぎるがゆえに、記録から完全に抹消されたとおぼしき軍事作戦に、かつて参加していたという経歴を除いては。やがて、くだんの強盗事件は無事に解決の日を迎えたものの、またもやその軍配はドナにあがり、マイクは屈辱に震える始末となった。

　だが今回はちがう。優位に立っているのはこちらのほうだ。ヨーロッパ駐在の工作員たちには、アーリー・バードというコードネームの情報提供者がいる。アーリー・バードは長年にわたって、国際間の闇取引に関するネタをCIAに提供してきた。その守備範囲は、武器、テクノロジー、テロ、麻薬、マネーロンダリングはもちろんのこと、例のウィルスを狙っていた一味にまでおよぶ。だが、そうした協力への見返りとして、アーリー・バードが求めた恩恵は、みずからの犯罪行為には目をつぶること、なおかつ、CIA以外の捜査機関が周辺を嗅ぎまわりだした際には、事前にそれを通知すること。CIAの工作員が秘密裡に結ぶことで知られる、悪魔の取引だった。さて、問題はここからだ。二週間ほどまえのことだが、そのアーリー・バードがあちらの工作員どもに、ある情報をもたらした。アメリカ国内で輸送中に強奪されたセキュリティーシステム用の高性能電子機器が、南ヨーロッパを経由して、どうやら中国へ送られようとしているというのだ。あちらの工作員どもは、その荷を押収するという手柄だけはインターポールに譲り渡したものの、みずからの情報網（とアーリー・バードのもたらした情報）を駆使して、さらなる共犯者を炙《あぶ》りだそうと目論んだ。そして、密輸品の行跡《こうせき》をたどるうちにたどりついたのが、ニューヨークだった。おかげで、その荷に関する捜査はCIAのニューヨーク支局に委譲され、さらにはマイク・パウエルのもとへと、棚ぼた式に転がり落ちてきたというわけだ。

新たな協力者から事細かに事情を聴取し、複雑に絡みあった強盗事件の全貌を辛抱強く解きほぐしていくうちに、ようやく数本の〝糸〟を——いまはまだ細いながらも、ぴんと張った頑丈な糸を——見いだしたときの、マイクの舞いあがりようを想像してみてほしい。その糸は、例の密告屋とカプリッシ・ファミリーとを結びつける証拠だった。そして、カプリッシといえば付き物なのが、用心棒のジョーこと、あの憎きジョー・ブロディーではないか。

それが一週間まえのことなのだが、マイクはそれからというもの、口笛を吹き鳴らしながら定刻より早く出勤したり、同僚のぶんまでコーヒーを調達してきたりするほどだった。捜査チームは現在、支局を離れ、ウォール・ストリートに活動の拠点を置いていた。ウォール・ストリートに建ち並ぶ金融機関や関連企業は、金融アナリストどもになりかわって金を動かす代行業者であるからして、巨額の電気料金や通信費に目を吊りあげる者などひとりもいない。それは、誰ひとり待たされたことのない待合室で艶やかなサクラ材のカウンターにつく、若い受付係にしても同様だ。その受付係は、フードデリバリーだのコピー用紙のセールスマンだのといった訪問客や、似たり寄ったりの内容の電話をマニュアルどおりにさばいたり、社員のために出入口の電子ロックを解除したりと、忙しそうに立ち働いていた。ただし、同じビル内に入居する他社の受付係とはちがって、その愛らしい顔立ちをした受付係は、もしも誰かが許可なく入口を通過しようとすることがあったなら、カウンターの下に隠し持った九ミリ拳銃で、そいつを撃ち殺すにちがいなかった。

その受付係の名はカレンといった。今日のマイクは、染みひとつない真っ白なシャツと、赤いネクタイと、完璧にアイロンのあてられた紺色のスーツに身を包み、チャイラテを手土産に持参していた。

「ありがとう、マイク」チャイラテを受けとりつつ、入口の電子ロックを解除しながら、カレンは言った。

「それと、ナイトクローラーからあなた宛てにメッセージが届いてたわ。ゆうべ遅くに、安全な回線を通じて」

「それはありがたい」とマイクは応じた。ミミズ《ナイトクローラー》というのは、アーリー・バードがマイクのために捕まえてきた密告屋で、カプリッシ・ファミリーをジョー・ブロディーもろとも釣りあげるための秘策を、いずれ進呈してくれるものと期待していた。そしてその結果として、ドナを屈服させることができたなら、ましてや、ドナを取りもどすことができたなら、それに勝ることはない。もしそうならなかったら、かつて自分がされたように、ドナのキャリアを叩きのめして、娘の親権を取りかえすまでのことだ。

マイクがたどりついたオフィスからは、ただでさえ高層階にあるこの部屋よりも高くそびえる、新ワールド・トレード・センター（あれをフリーダム・タワーなどと呼ぶのは観光客だけだろう）が一望できた。マイクは防音仕様の扉を閉めると、自分用に買ってきたブラックコーヒーを飲みながら、盗聴の恐れのない回線を使って電話をかけた。

「もしもし？」

「おはよう。何かいい知らせでも？」

「ああ、まあな」ナイトクローラーはいつ何時《なんどき》でも、何かに怯えたような声で話す。はじめのうちは、なんらかの嘘をついているせいか、なんらかの危険にさらされているせいだろうと考えた。だがいまは、あれが正常なのだと受けとめている。あれは単に、自分がマイク・パウエルに急所を握られていると自覚しているだけのことなのだ。「聞くところによると、かなり大口のヘロインが、ちかぢかこっちへ送られてくるらしい」

「カプリッシのところにか？」

「いや、カプリッシのところは、ヘロインの売買にはほとんど手を出さない」

「だったらなんだ？　おれがどこの誰なのか、おまえはちゃんと理解しているのか？　CIAが、チンケな麻薬取引なんぞに興味を示すと思うのか？」〝そういうネタはFBIに持っていけ〟と言いかけて、マイクはとっさに言葉を呑んだ。そんなことをすれば、かなり高い確率で、ドナがそのネタを手にしてしまう。

「ああ、もちろんわかってるさ。けど、こいつはちょっと毛色がちがうんだ。聞いた話じゃ、そのヘロインはアフガニスタンからじかに、ブローカーを介さずに送られてくるらしい。しかも、売り手はテロリストだかなんだかって話だ」

「テロリスト？　それは面白い。続けてくれ」

「これ以上のことは、よく知らない」とナイトクローラーは言ったが、その声の響きには、希望の色がありありとにじんでいた。このネタと引きかえにならば自由を取りもどせるかもしれないと、期待している人間の声だった。「おれが知ってるのは、その取引が通常のルートを通じたものにはならないらしいってことだけだ。通常、代金の支払いは、海外の匿名口座から匿名口座への送金という形で行なわれる。ところが今回にかぎっては、まあ、おそらくは売り手がテロリストだってことが関係してるんだろうが、相手方がここニューヨークでの物々交換を望んでいるそうだ。ダイヤモンドと引きかえに」

21

装甲輸送車の運転手というのは、そうそう悪い仕事じゃない。以前、マークが運転していたのはパン運搬用のトラックだったが、こっちのほうが遥かに実入りもいい。ときおり輸送距離が長くなることはあるものの、全体的に見れば、自由な時間もたっぷり持てる。もちろんいまは、腰のホルスターに銃を携帯したり、防弾ベストを装着したりもしなきゃならないが、そうした違和感にも慣れてしまえば、荷台に何を載せているのかなんてことも気にならなくなる。相棒のジョン《John》はというと、もとより警備畑の出身だ。以前は銀行だの各種店舗だので警備員をしていたから、銃の扱いにもマークよりは長けている。少なくとも、銃に関する蘊蓄《うんちく》を語るのがかなり好きであることだけはたしかだし、車の運転を代わってもらうこともできる。もうひとりいる相棒も、名前は同じくジョン《John》という。綴りにHが入っているのと、こちらのほうがあとから入ってきたこともあり、いつもはからかい半分にHと呼んでいる。そのHはいま、内側からロックされた荷台に閉じこもって、自動小銃を片手に積み荷の番をしている。今日一日で集荷した積み荷は、重要書類が密封された箱が数点に、現金をおさめたキャンバス地の袋がふたつ。それから、独特な形状をしたコルク抜きが一点。こちらは特許出願中の試作品であるために、保険をかけようがなく、普通の宅配業者に託すわけにはいかないという事情があるらしい。

本日最後の集荷先は、ダイヤモンドの卸業者となっていた。交差点を西に折れて四十七丁目に入ったとき、マークの頭を占めていたのは、周辺道路の混雑具合のことだった。ラッシュアワーの渋滞をすみやかに回避して空港へ向かわなければ、それぞれに異なる便への積みこみ手続きが間に合わなくなってしまう可能性もある。助手席のジョンがついさっき無線を入れて、じきに集荷先へ到着することは知らせてあった。車は五番街を渡り終え、目的地が近づいてきていた。例のごとく、歩道にはひとがあふれかえっている。宝石を商う業界人に、買い物客、観光客、配達先へ向かうメッセンジャーに、勤め帰りの会社員。制服に身を包んだ〈シャッツェンバーグ・アンド・サンズ〉の警備員も、通用口の前に立っているのが見える。警備員はこちらに気がつくと、消火栓の脇まで進みでて、いつものように誘導を始めた。大きく腕を振りながら後ずさりしつつ、輸送車を歩道ぎわへと導いていく。車が完全に停止したことを確認してから、助手席のジョンは荷台のHに無線を入れて、目的地に到着したことを知らせた。Hは内側からロックを解除すると、荷台を降りて、金庫を運びいれるためのスロープをおろしはじめた。

地獄の扉が開いたのは、そのときだった。

〈シャッツェンバーグ・アンド・サンズ〉の警備責任者を務めるスタンは、大昔、陸軍の憲兵隊にいたことがある。軍人と警官の性質を兼ね備えた経歴のおかげで、警備員の職を得ることができたし、その職に十年間とどまりつづけたおかげで、昇進することもできた。そうしていまでは、あきらかに寸詰まりなこの階層《トーテム》制度《ポール》の頂にまでたどりついていた。ただし、ひとことに警備責任者といっても、日々のスケジュールを策定したり、下っ端の警備員に指示を与えたり、雇い主であるシャッツェンバーグ兄弟（実の兄弟であるハイマンとモーティーに加えて、よその都市の支社にいることの多い義兄弟のシュロモやいとこのソールも含まれる）に応対したりというのが主な職務であるのだが、今日にかぎっては夕刻に、貴重な荷をアントワープに向けて発送するという大仕事が控えている。したがって、今日の社内はやけに慌ただしく、発送する品々の重さを量ったり、その結果を記録したり、梱包をしたり、金庫に入れて施錠したりといった作業が、急ピッチで進められていた。とはいえ、スタンが万全を期さなければならないのは、階下へやってくる輸送車に金庫を積みこむことのみだ。やけに頑丈なこの金庫には、相当な目方がある。なかには、目の玉が飛びでるほどに高価な石が詰まっている。あまりに高価すぎるがゆえに、この石の重さを量るときには、一オンスをおよそ百四十二分割した、カラットという単位が用いられる。その貴重品を輸送するためにつくられたという金庫には、特殊な合金鋼が使われており、これを切断するには永遠にも等しい時間が必要となるうえ、ロックを解除する際に必要となる暗証番号の組みあわせは、階上にいるモーティーと、金庫の受けとり確認のため別便で現地へ飛ぶ予定だという、いとこのソールしか知らない。

その金庫は最新技術の粋《すい》を集めたような代物だが、荷積みの手順に関しては、昔ながらのシンプルなやり方がいまもなお貫かれていた。ことこれに関しては、シンプルであることがいちばんだと、スタンは信じて疑わなかった。輸送車から到着間近との知らせを受けとると、スタンは部下のジミーに指示を出した。屈強な肉体を誇るジミーは、制服の袖がはちきれそうになるほどに力こぶを盛りあげながら、金庫を持ちあげ、台車に載せた。そのあとは、ふたり揃って業務用エレベーターに乗りこんだ。

エレベーターが地上にたどりつくと、施錠された扉の内側にジミーを残して、スタンはひとり通用口の外に出た。歩道をざっと見渡してみても、いつもながらの混沌が広がっているのみだった。ひととおりの確認が済むと、歩道を突っ切って、消火栓の前に立った。建物の真ん前に消火栓があるおかげで、その場所にだけは車をとめる者がほとんどなく、ほぼつねにスペースがあいている。万が一、誰かが車をとめていたら、輸送車に連絡して待機させる決まりになっていたが、たいていはタクシーが常客を乗せたり降ろしたりしているだけのことだった。

今日、そこにとまっている車はなかった。こちらに向かってくる輸送車が目に入ると、スタンは腕を振りつつ、歩道ぎわへと誘導した。車が定位置に停止すると、助手席の警備員へ挨拶代わりにうなずきかけてから、通用口へ引きかえした。輸送車の荷台のドアが開き、なかにいた男が飛びおりてきて、スロープをおろしにかかった。スタンはそれを見届けてから、手にした鍵で扉を開錠した。金庫を運びだすようジミーに指示を出しつつ、開いた扉を支え持った。ジミーが台車を押して、歩道を横切っていく。このまま輸送車までたどりつけば、あちらで待機している警備員の力も借りて、金庫を荷台へ積みこむのみだ。すべてがスタンの望むとおり、円滑に、シンプルに進んでいた。

そのころ、リーアムとジュノのふたりは、五番街にとめた救急車のなかにいた。乗っているのは偽物なんかじゃなく、知りあいの修理工場からリーアムが借りうけてきた、現役の救急車両だった。そこの社長はリーアムの友人から金を借りているせいか、じつに協力的だったという。車体の横っ腹に描かれたエンブレムにだけは修正を加えておいたが、それでも本物として充分に通用する。ふたりも食事休憩中の救急隊員を装って、エンジンをかけっぱなしにしたまま、ギリシャ料理のギロピタにかぶりついていたのだが、たまたま通りかかった交通整理の警官ですら、挨拶代わりにうなずきかけてくるほどだった。このときばかりはジュノもいささか肝を冷やしたけれど、どんな状況下でどんな警官を相手にしようとも、びくびくしてしまうのがつねだったし、隣でリーアムがどんとかまえてくれていたのが心強くもあった。それに、いま着ている制服もかなり気にいっていた。ぱりっと糊のきいた白シャツも、きれいに折り目の入った紺色のズボンも。首にかけた聴診器は手触りがたまらないし、肩に取りつけられた小型無線機も、なかなか便利な代物だ。これがあれば、イヤホンとマイクを使って、離れていても連絡をとりあうことができる。

救急車に乗った救急隊員という設定が、自分にとって完璧だということを認めないわけにはいかなかった。車の後部には、必要となる機材や装置がすべて用意できている。あの衛星アンテナにしたって、救急車にはそもそもいろんな電子機器が搭載されているものなんだから、隠し場所だの偽装の仕方だのに頭を悩ませる必要はない。運転席とのあいだのコンソールボックスにノートパソコンを載せておいても、誰にも怪しまれる心配はない。やがて、午後四時を数分まわったころになって、そのコンソールボックスの上からジョーの声が聞こえてきた。

「よし、いいぞ、ふたりとも。出動してくれ」

リーアムは残りのギロピタを口に押しこんで、きれいにアイロンのかけられたズボンに指の汚れをなすりつけると、眉をひそめるジュノには目もくれることなく、ギアをドライブに入れた。ジュノもパソコンを起動させた。車がゆっくりと走りだした。

輸送車の警備員の助けを借りて、ジミーが金庫を荷台に運びこんでいるあいだ、スタンは建物の前に立ち、歩道の左側を行き交う歩行者に目を配っていた。右側は、輸送車の助手席にいた警備員が警戒してくれているはずだった。しばらくすると、ユダヤの装束に身を包んだ二人連れの男が、こちらへやってくるのが見えた。ひとりは年嵩で、もう一方はそれよりも若く、背も低いが、いずれもぼうぼうと顎鬚を伸ばしていて、お馴染みの黒い帽子をかぶり、黒い長衣をまとっている。この界隈では毎日のように見かける光景だ。そんなわけで、スタンはその二人組にことさらの注意を払っていなかった。ところが不意に、年嵩の男のほうがこちらへずんずん近づきながら、あの訛のきつい声で、スタンに話しかけてきた。「ちょっと失礼。あなた、ユダヤ人ですか？」

「おれが？」スタンは思わず面食らった。「いや、ちがうが」

「あなた、ユダヤ人じゃない？」男はそれでも食いさがってきた。「でも、あなた、ユダヤ人に見えます」

「このおれが？」

男は小柄で若いほうの片割れに顔を振り向けた。「おまえにも、ユダヤ人に見えるだろう？」

それを合図に、若いほうまで近づいてきた。「見えるよ！　そう見える！　あなたのお母さん、もしかしてユダヤ人では？」こちらには少しロシア系の訛があり、ティーンエイジャーのように甲高い声をしていた。

男たちはいまや、スタンのすぐ間近にまで詰め寄ってきていた。すっかり視界をふさがれて、ジミーと金庫のようすが確認できない。するとそのとき、ゆっくりとこちらへ向かってきていた救急車が、高らかにサイレンを鳴らしはじめた。どこからか出動の要請を受けたのにちがいない。

「どいてくれ。いまは勤務中だ」スタンはそう命じながら、頭をフル回転させていた。輸送車の誘導をするまえに、まずはあの救急車をどうにか先に行かせなくては。

ところが、二人連れのユダヤ人はその場からびくとも動こうとせず、「わたしらとて勤務中です。これもまた、神より賜《たまわ》りし仕事でして」などと、のたまいだした。

さすがに我慢がならなくなって、ふたりを押しのけようとしたその瞬間、脇腹でひとすじの電光が弾けた。まさか、あの小柄なほうが、おれをテーザー銃で撃ったのか？——ありえない考えが頭をよぎり、その直後に意識が飛んだ。

外側から通用口の扉が開かれるのを待って、ジミーはいつものごとく、金庫を載せた台車を押しだしはじめた。歩道を転がるゴム製のタイヤから、激しい振動が伝わってくる。輸送車の荷台から歩道に飛びおり、スロープを出しておいてくれた警備員の助けを借りて、台車はどうにか縁石を乗り越えた。警備員はふたたび荷台に戻ると、ジミーが下から押しあげる台車を、荷台の上から引いてもくれた。背後からするすると近づいてきて、すぐそばに横づけし、車道側からの視界を完全にふさいだ救急車には、どちらも目を向けていなかった。

一方、輸送車の助手席を降りたジョンは、例によって、歩道の右側に警戒の目を向けていた。行き交う歩行者に、いつもとちがったようすはない。なんのまとまりも規則性もなく、雑多な人々が平日午後のマンハッタン中心部をにぎにぎしく埋めつくしているだけのことだ。道端にとめられた装甲輸送車にも、警備員たちにも、ことさらに注意を向けてくる者はいない。救急車がとつぜんサイレンを鳴らしだしたときにも、強く関心を寄せる者は、ジョンを含めてほとんどいなかった。とにもかくにも、ここはニューヨークだ。この街においては、毎日が非常事態の連続なのだ。ところがそのとき、いつもとちがう何かが起きた。歩道の左側を見張っているはずのスタンが――昔気質《かたぎ》の新兵訓練係を思わせる、鬼軍曹タイプのあのスタンが――誰かと揉めているような声が聞こえてきたのだ。しかも、その相手ときたら、宗教の勧誘にいそしむ二人連れのユダヤ人ではないか！　さすがのジョンも思わずにやりとした直後、今度はスタンがどさっと地面にくずおれるのが見えた。そばにいたユダヤ人が助けを求めて叫びだした。

「誰か！　助けて！　このひと、心臓発作を起こしてる！」大柄なほうのユダヤ人がわめいた。小柄なほうは、こちらに向かって駆け寄ってきた。

「お巡りさん、早く来て！　このひと、倒れちゃったよ！」

にわかには信じがたかった。スタンがいま、心臓発作だかなんだかを起こしていることも。目の前のユダヤ人が、こちらを警官だと思いこんでいることも。ジョンはなおもためらいながら、一歩、二歩と、足を踏みだした。いったいどうすべきなのか考えようとした。スタンの周囲には、すでにひとだかりができはじめている。気遣わしげな顔つきの者もいれば、野次馬根性をまるだしにしている者もいる。そのときふと思いだした。もしかしたら、さっきの救急車の隊員が、助けになってくれるのではないか。

ところが、そのときだ。パーカーのフードをかぶったメッセンジャーが、走行を禁じられているはずの歩道を自転車で走りぬけてきたかと思うと、歩行者の視線がスタンに集中しているのをいいことに、手にしたヘルメットをぶんと振りまわし、ジョンの後頭部に叩きつけてきた。ジョンはその衝撃に足をとられ、スタンを取り囲む人垣のなかへ倒れこんだ。朦朧《もうろう》とした意識のなか、歩道の上に転がりながらも、必死に状況を把握しようとした。

それと時を同じくして、もうひとり、通りをやってくる者の姿があった。ジャージのズボンに、調理師用の白衣、ニット帽、厨房係が料理の下ごしらえをするときによくはめているたぐいの薄手のゴム手袋を身につけた、アジア系の若い出前持ちだ。二人連れのユダヤ人に促され、輸送車の前を離れようとしたジョンがまんまと頭をぶん殴られている隙に、その出前持ちは、ニット帽にみせかけていたスキーマスクを顎の下までずりさげた。茶色い紙袋から九ミリ口径のベレッタを引きぬくと同時に、開け放たれていた輸送車のドアから、空席となっていた助手席に飛び乗って、マークの隣に腰をおろした。マークはそのとき折悪《あ》しく、真横からけたたましく鳴り響きだしたサイレンの音に気をとられ、窓の外をのぞきこみながら、どうしてこの救急車はここから動こうとしないんだろうなどと、不思議に思っているところだった。何ひとつ気づく暇も与えず、出前持ちはマークの右手をつかんだ。銃にも、車のキーにも手を伸ばせないようにしておいてから、ベレッタの銃口をマークのこめかみに押しつけた。

「動くな。少しでも動いたら殺す。わかったな？」

恐怖に身をこわばらせながら、マークはこくこくとうなずいた。出前持ちはマークのホルスターから銃を奪いとると、無線マイクに向かって号令を出した。

「行くぞ。撤収だ」

荷台にいるほうのジョン（新入りというだけの理由で同僚からはHと呼ばれていたが、特に気にはならなかった）は、顧客側の警備員――筋骨逞《たくま》しいジミー――

ーに手を貸して、金庫を荷台に押しあげていた。まあ、実際に押しているのはジミーだけで、Hのほうは荷台の上から気持ち程度に引っぱりつつ、金庫が台車からすべり落ちないように手を添えているくらいのものだったが、それでも作業がしやすいよう、自動小銃は手で持たず、負い紐で背中にしょっていた。そういうふうにしていると、いざというとき手に取るのがきわめて難しいということに、気づいたときには手遅れだった。ユダヤ人のティーンエイジャーが荷台に跳び乗ってきたときも、こちらに銃口を向けてきたときも、Hにはまるでなすすべがなかった。

のちの事情聴取でジミーも同意したように、そのユダヤ人はかなり若そうに見えたものの、黒い顎鬚をぼうぼうに生やし、黒縁の眼鏡をかけ、あのお馴染みの長衣と帽子を身につけていた。ユダヤ人というのは揃いも揃って老人みたいな形《なり》をしているものだが、この男はやけに小柄で、声もまだ少し高かった。ロシア語なのかイディッシュ語なのか、細かいことはさておき、とにかく訛がきつくもあったが、その点もほかの連中と変わりはない。襲撃に遭ったふたりにとって、それより何より印象に残っているのは、《ノートルダムの鐘》に出てくるカジモドみたいな大きな瘤《こぶ》が背中から突きだしていること、そのくせ、やけに動きが敏捷であることだった。

「動くな！　動いたら、ふたりとも殺す！」と、そのカジモドもどきはわめいた。Hとジミーがその場に凍りつくと同時に、カジモドよりも大柄で、顎鬚は白髪まじりだが、同様に黒ずくめの装束をまとった年嵩のユダヤ人があらわれた。そいつはスロープを押しあげてから荷台に乗りこみ、ドアを閉じた。九ミリ口径のシグをふたりに向けながら、長衣の胸もとに口を近づけつつ、「行け」と告げた。途端に車体ががくんと揺れて、そのまま車が走りだした。

「ひざまずけ」年嵩のユダヤ人に語気鋭く命じられて、

ふたりはそれに従った。車が車体を傾けながら、どこかの角を曲がりだした。若いほうのユダヤ人が、ふたりの銃と無線機を手際よく奪いとってから、「うつぶせになれ」と甲高い声で命じてきた。そいつがこちらへ銃を向けているあいだに、年嵩のほうのユダヤ人は医者がつけるような手袋をはめた。ふたりの手首をプラスチック製の結束バンドで後ろ手に縛り、足首も同様に縛りあげた。ポケットから小さな麻袋をふたつ取りだすと、それをひとつずつふたりの頭にかぶせてから、袋の口についた紐をぎゅっと絞った。Hは完全に視界を奪われたが、首を締めつけられている感じはなく、粗い布地を通して難なく呼吸することもできた。弾む車体に激しく身体を揺さぶられているうちに、どこか近くで、なおもサイレンが鳴り響いていることに気がついた。あれはパトカーのサイレンだろうか、おれたちを助けにきたんだろうか、とHは思った。だが、それは誤りだった。

輸送車の運転手を車道に突き落とし、あいたシートにすべるように移動するやいなや、キャッシュはすばやくドアを閉め、シートベルトを装着した。ジョシュアもあいた助手席に乗りこんでドアを閉め、同様にシートベルトを装着してから、手袋をはめた。キャッシュはギアをドライブに入れて、サイドミラーに目をやった。リーアムの運転する救急車が見えた。輸送車がすぐに発進できるよう、道をふさいでくれている。周囲の注意を逸らすために、サイレンも鳴らしつづけてくれている。数秒後、普段に輪をかけて口数の少ないジョーの声が、無線機から聞こえてきた。「行け」キャッシュはそれに従った。アクセルを踏みこむと、巨大なエンジンが唸りをあげた。車は通りを駆けぬけて、タイヤを軋らせながら交差点を右に曲がり、信号が黄色に変わると同時に、六番街を走りだした。

救急車のハンドルを握り、そのあとを追おうとするリーアムの前には、輸送車の運転席から転げ落とされた警備員が呆然と立ちつくしていた。ショックのあまり、耳を聾《ろう》するようなサイレンの音も耳に届いていないらしい。

「ぼくらも行かないと」キーボードに指を走らせながら、ジュノが言った。

「ああ、わかってらあ。数秒だけ待ってるか?」

「オッケー」ジュノが答えると同時に、リーアムは拡声器のスイッチを入れた。「道をあけてください! 緊急車両が通ります!」あたりに轟くその声は、ニューヨーカーならではの、たたみかけるような口ぶりを絶妙に再現していた。

運転手は驚きに跳びあがった。救急車の存在にたったいま気づいたと言わんばかりに、こちらを振りかえってから、慌てて歩道へ跳びのいた。その場に居合わせた通行人たちに向かって、自分の身に振りかかった出来事をあたふたと説明しはじめた。リーアムはアクセルを踏みこんで、猛スピードで車を走らせた。急ハンドルを切って角を曲がり、輸送車のあとを追って、六番街を北に向かった。信号を気にすることはいっさいなかった。いま通過した信号が黄色のままだということは、確認せずともわかっていた。ジュノがそのように操作してくれているからだ。そしていま、ふたりの乗る救急車が交差点を通過すると同時に、ジュノは信号を赤に変えた。北へ向かう車の群れが背後に押し寄せ、ぞろぞろと連なるよう、故意に仕向けた。

22

輸送車の荷台にいた警備員ふたりが手足を縛りあげられ、麻袋をかぶせられるやいなや、エレーナは顔に貼りつけていた付け髭を引っぺがした。こんなむず痒いものをつけていたら、とてもじゃないが集中できない。頭のなかではすでに、いまから挑むべき難題の手順を、繰りかえしなぞりつづけていた。付け髭はかぶっていた帽子のなかにしまってから、銃と一緒にジョーに渡した。ジョーはいま、折りたたみ式の補助シートにすわって、足もとに転がる捕虜たちを見張っている。エレーナは外科手術用の薄い手袋をはめると、ポケットから聴診器を取りだし、先端のイヤーピースを両耳にはめた。そうして下準備が整うと、その他の懸念材料はすべて頭から締めだして、金庫の前に膝をつき、ロックの解除に取りかかった。

北上を続ける輸送車が四十八丁目を渡り終えたとき、サイレンを鳴らした一台のパトカーが西からあらわれて、そのあとを追いはじめた。それに続くリーアムは、念のため救急車のサイレンを切って、スピードも少し落とし、パトカーから数台ぶんの距離をとった。

「後ろに一台ついたぞ」無線機を通してリーアムは言った。

「了解。信号を頼む」と、キャッシュの声が返ってきた。

「任せて」ジュノが言うなり、前方の信号が青に変わった。そして、輸送車とパトカーと救急車、さらに後続のタクシーや乗用車が何台か走りぬけたと見るや、ジュノはその信号をすぐさま赤に戻して、それと交差するほうの信号を青に変えた。同時に、行く手に待ちうける信号を次々と青に変えていき、遮るもののない開けた空間をつくりあげた。こうしておけば、先行する車はどんどん前方にはけていく一方で、後方には、交差する道路を行き交う車や赤信号という、幾重もの障害物ができあがる。これ以上のパトカーがカーチェイスに加わることは、困難になるはずだ。

それはまた、キャッシュが全力で車をかっ飛ばすことをも可能にした。五十一丁目が目前に迫ると、ラジオシティ・ミュージックホールの前を通りすぎながら、キャッシュは左右の通りとサイドミラーを確認した。あたりには、なかなか変わらない信号に業を煮やしたドライバーたちによる、クラクションの大合唱が鳴り響いている。その騒音がパトカーのサイレンを掻き消してしまう恐れもある。

「準備はいいか？」キャッシュは無線でジュノに尋ねた。

「いいよ。合図をちょうだい」とジュノが答えた。

「いまだ」キャッシュは言って、急ハンドルを切った。

ジュノはすべての信号を一斉に青に変えて、堰《せ》きとめていた車の流れを一気に解放した。

車体を左に傾けながら、キャッシュは輸送車を歩道に乗りあげさせた。慌てふためく歩行者を追い散らし、ゴミバケツやら軽食を販売するワゴン車やらを掻き分けながら、歩道をそのまま突っ走った。ほどなく縁石を乗り越えて、ふたたび車道に戻ってみると、行く手に遮るもののない道がまっすぐ西へと伸びていた。その一方、赤信号に痺れを切らしていたドライバーたちの車が一斉に交差点へなだれこんできたせいで、あとを追っていたパトカーは前方をふさがれた。後方にも、後続の車がひしめいている。運転席の警官はとっさにブレーキを踏みこみながら、ハンドルを左に切ったもののの、タイミングが遅すぎた。タイヤが横滑りして制御がきかなくなり、たまたま通りかかった車をかすめるようにして、横ざまに突っこんでいった。一方のリーアムは、ふたたび救急車のサイレンを鳴り響かせながら、少しスピードを抑えつつ、キャッシュがきれいに空《あ》けていってくれた空間を悠々と走りぬけた。方々から非難めいた目を向けられはしたが、救急車が縁石を乗り越え、五十一丁目の車道へ戻るまで、進路を妨害する者はひとりもなかった。キャッシュの操る輸送車は、半ブロックほど先にいた。

輸送車の荷台では、聴診器をつけたエレーナが金庫の前に膝をつき、ゆっくりとダイヤルつまみをまわしながら、内部で回転するプレートの音に耳を澄ませていた。ダイヤルつまみをまわすことによって、内部のプレートが回転する。プレートは何枚か重なっていて、それぞれに小さく欠けた箇所がある。その箇所が閂《かんぬき》の位置を通過するときに、カチッとかすかな音を立てる。まずは、その音が何回鳴るかをかぞえなければならない。エレーナはほどなく手をとめて、方眼罫のついた小さな手帳をポケットから取りだすと、そこに3と書きつけた。これは、暗証番号がいくつあるかを示す数字だった。続いてエレーナは、手帳に二本の線を書きこんで、縦をX軸、横をY軸とするグラフをつくった。それぞれの軸には、ダイヤルの数字をいちばん小さなものから大きなものまで均等に割り振った。それが済むと、ダイヤルをいったんゼロの位置に戻し、三種類の暗証番号をひとつずつ探りあてていくという、根気と集中力の要る作業に全神経を集中させた。

一方のジョーは、奇怪な瘤の上に髪を垂らして作業にいそしむエレーナのようすを見守りつつ、警備員たちのようすも見張っていた。銃は軽く握ったままで、銃口は床に向けている。そのジョーが認めているのは、エレーナの知識や技術だけではなかった。適切な相手に教えを乞い、充分な根気がありさえすれば、そんなものは誰でも身につけられる。ジョーが何より高く買っているのは、こうした緻密な作業にあたる際のずばぬけた集中力の高さ、そして、どのような状況下においても冷静さを保つことのできる能力だった。だからこそエレーナはプロであり、だからこそ、ジョーはこの役目にエレーナを推したのだ。輸送車が路面の窪みを踏んで跳ねあがると、図体がでかいほうの警備員がうめき声をあげた。だが、エレーナは身じろぎすらしなかった。立てつづけに二回、カチッカチッと鳴ったかすかな音を聞きとって、手帳に数字を書きつけた。ひとつめの暗証番号。残るはふたつ。

「背中が攣《つ》りそうだ……手首も紐が食いこんで痛い」その警備員が泣き言を漏らしだした。

ジョーはそいつに蹴りを入れて言った。「口を閉じてろ。でないと、鉛玉をぶちこんで黙らせるぞ」

警備員はそれ以上、口を開かなかった。

輸送車と救急車はいま進路を変えて、七番街を南へ向かっていた。五十丁目を逆方向からふたたび横断するころには、パトカーがさらに二台、隊列の後方に加わっていた。ジュノが信号を次々と青に変えていく傍《かたわ》らで、リーアムが運転する救急車の後ろには、二台のパトカーのほかにも、後続の車がぞろぞろと連なっていた。ニューヨークでは、緊急車両の後ろにぴたりと車をつけることが、渋滞をかいくぐるための常套手段となっている。言ってみれば、競輪のレースで二番手が先頭を行く者を風除けにする行為に近い。車はそれなりの速度を保ったまま、四十九丁目と四十八丁目を通過した。ところが、四十七丁目に差しかかり、じきにスタート地点へ戻ろうという段になって、キャッシュはブレーキを踏まざるをえなくなった。このまま進むと、七番街とブロードウェイがまじわる交差点——タイムズ・スクエア——へ突入してしまう。歩道からはみださんばかりに群がり、はしゃぐ観光客。車という車を呑みこんで脱けだせなくするブラックホール。あんなところに入りこんだら、ジュノどころか神さまにだって、打てる手立ては何ひとつない。四十六丁目を通過しながら、キャッシュは車の速度を落とし、マンハッタン限定の標準速度とされるのろのろ運転にまで徐行した。するとそのとき、それが見えた。前方の四十五丁目に立ちはだかる大渋滞。信号がどう変わろうが、行く手を阻んで動かない。追っ手もそれを承知していた。いまパトカーはぎりぎりまで距離を詰めている。なかにいる警官が、いまにも車から飛びだして、身柄の確保に走らんとしている。

「そっちの進み具合は？」助手席のジョシュアが無線機越しに訊いた。

ジョーはエレーナにそっと顔を近づけ、ささやくように問いかけた。「進み具合はどうだ？」エレーナが片手をあげて、静かにするよう求めてきたため、無線の音量を絞って、ジョーは待った。手帳にもうひとつ、番号が書きこまれた。これでふたつ。

「あと数分で終わるわ」エレーナが言った。

「あと数分だ」ジョーは無線でジョシュアに伝えた。

「準備はいいか？」ジョシュアが尋ねると、キャッシュはひとつうなずいてから、風船ガムをふくらませた。車はそのまままっすぐ前へ、渋滞の壁へと向かっている。背後では、二台のパトカーがぴったり尻につけている。ジョシュアは無線マイクに向かって、こう告げた。「よし、後ろのおふたりさん、降車の準備はできてるぞ」

するとキャッシュがハンドルを左に切って、ゆっくりと、すべるように、四十六丁目へと車を乗りいれた。まるで車を脇に寄せて、違反切符を受けとろうとでもしているかのように、ご丁寧にウィンカーまで点滅させた。窓から腕を突きだして、〝こっちだ〟と言わんばかりに手招きまでしてみせた。パトカーは二台ともあとをついてきた。あいだにほとんど隙間を空けず、三台が連なって交差点を曲がった。だが、それこそが思う壺だった。次の瞬間には輸送車の荷台のドアが開き、頭に麻袋をかぶせられた警備員がふたり、ごろごろと転がり落ちてきて、先行するパトカーの鼻先に落下した。ハンドルを握っていた警官はとつぜんのことにうろたえて、急ブレーキを踏んだ。真後ろに続いていたパトカーは行き場を失い、前のパトカーのケツに真正面から追突した。走り去る輸送車の荷台のドアを、顎鬚を生やした黒ずくめのユダヤ人がばたんと閉じるのが見えた。

エレーナは三つめの番号を手帳に書きとめると、大きく息を吐きだしながら聴診器をはずした。三つの暗証番号は、これですべて揃った。あとは順番を入れかえながら、六通りの組みあわせをひとつずつ試していくのみだ。背後では、荷台のドアをロックし終えたジョーが、着ていた服を脱ぎはじめていた。ジョーはまず、付け髭を剝がして帽子を脱ぎ、ポケットに入れてあった数点のアイテムを取りだしてから、長衣も脱ぎ捨てた。黒いスニーカーを履いたまま、だぼだぼの黒いズボンも脱ぎ捨てると、下に着ていた膝丈のカーゴパンツにポロシャツといういでたちに様変わりした。そのうえで、ポケットから取りだしたゴルフキャップをかぶると、ジョーはおもむろに折りたたみナイフを開いて、札束の詰まった現金袋のひとつに手を伸ばした。ジョーの頭にはいま、あるアイデアが浮かんでいた。もしかしたら、これでさらに数秒の時間を稼げるかもしれない。

キャッシュは通りの角を右に曲がって、四十三丁目をしばらく進み、そのあとふたたび右折して、六番街に車を戻した。要は、ぐるりと円を描くように車を走らせていた。まるで、駐車スペースでも探しているかのように。いや、じつを言うならいまのキャッシュも、駐車スペースを探しているようなものだった。六番街を北上しながら四十四丁目を通りすぎたとき、その先に数台のパトカーが見えた。車の隙間を縫いながら、こちらへ向かってこようとしている。

「そろそろ逃げ道が尽きちまうぞ」ジョシュアに向かって、キャッシュは言った。

「どんな具合だ？」無線機のマイクに向かって、ジョシュアが訊いた。

　荷台では、六通りある組みあわせのうちの三つめを、たったいま試し終えたところだった。エレーナは手帳に書き並べてあったその組みあわせに、きちんと横線を引いて消してから、ふたたび慎重にダイヤルをまわしはじめた。するとそのとき、それが聞こえた。カチッという小さな金属音。ようやく笑みを浮かべながら、エレーナは金庫の扉を開いた。

「開いたわよ」後ろを振りかえりもせずに、エレーナは言った。

「任務完了だ」ジョーは無線でジョシュアに伝えた。

「ありがてえ」ジョシュアがつぶやくのが聞こえた。

　エレーナはダイヤモンドの収納ケースを手早く金庫から取りだして、それをジョーに手渡した。ポケットからサンダルを引っぱりだすと、黒ずくめの装束と靴を脱ぎ捨てた。ジョーはその間に、ダイヤモンドのケースを開けた。中綿を挟んだベルベットの内張りの上からダイヤモンドをすべて取りだすと、全部まとめて、フェルト製の小袋のなかにざらざらと流しこんだ。自分が手にしているものの総額だの、美しさだのにかまけている時間はなかったが、ほんの一瞬、まるで砕け散った星のように、てのひらの上できらきらと輝く光が目に焼きついた。ジョーは小袋の口についた紐をぎゅっと絞ると、カーゴパンツのポケットからダクトテープを取りだした。

　エレーナは黒い長衣の下に薄手のコットンのワンピースを着ていて、裾はズボンのなかにたくしこんであった。背中に紐でくくりつけられていた瘤はウレタンフォームの塊で、妊婦の腹のような形をしている。ジョーがその腹の内側に、ダイヤの小袋をダクトテープで貼りつけると、エレーナはそれを自分の腹部に固定してから、ワンピースで覆い隠した。その間に、ジョーはふたりが車内に持ちこんだものを片っ端から、ぎゅうぎゅうと金庫に押しこんでいった。それが済むと、小さな缶入りのライターオイルを取りだし、金庫の中身にどぼどぼとかけてから、からになった缶も投げいれて、最後にそこに火をつけた。次の瞬間には、小型のバーベキューグリルさながらに、金庫のなかでめらめらと炎が立ちのぼりはじめた。炎が充分に燃えさかるのを見届けてから、ジョーは金庫の扉をしっかりと閉じた。その間に、エレーナは銃についた指紋を拭きとり、サンダルを履いていた。

「準備はいいか？」ジョーはそう問いかけながら、ナイフで口を切り裂いた現金袋をひとつ、エレーナに差しだした。

エレーナは無言でうなずいた。

「こっちは準備オーケイだ」無線でジョシュアに伝えると、「つかまれ」との声が返ってきた。

ふたりはそれに従った。

キャッシュは六番街を北上しながら、車の速度をあげていた。この先、四十七丁目の角には、ロックフェラー・センター駅へのおり口がぽっかりと口を開けている。B系統、D系統、F系統、M系統と、四つもの路線が停車する、ばかでかくてにぎやかな駅だ。バックミラーにはパトカーが見えている。回転灯が明滅している。四十七丁目の角からも、さらに数台が飛びだしてきて、こちらの進路をふさごうとしている。もはやどこにも逃げ道はない。

「そろそろこのポンコツをとめてやらないとな」そうジョシュアに告げてから、キャッシュは窓の外へガムを吐きだすと同時に、右へ急ハンドルを切った。

「つかまれ」無線でジョーとエレーナに伝えた直後、ジョシュアも同様の行動をとった。頭を前に倒し、両手をダッシュボードについて、両腕をぐっと突っぱった。キャッシュは輸送車を歩道に乗りあげると、クラクションを鳴らしっぱなしにして通行人を追い散らしながら、地下鉄の改札へと通じる階段を、車ごとガタガタと駆けおりていった。その間、荷台のドアからは、大量の紙幣が花吹雪《ふぶき》のようにはらはらと撒き散らされていた。

23

最初に場を支配したのは恐怖だった。かなりのスピードで階段に突っこんでいった輸送車は、フェンダーがへこみ、ボンネットがひしゃげ、ラジエーターには亀裂が入った。歩道にいた通行人も、駅にいた利用客も、我先にと逃げまどったが、車がしだいに勢いを失ったため、全員が難なく逃げおおせた。車は手負いの獣のように、手すりに塗装を削られながら、よたよたと階段をくだりきったところで、鼻先を下に向けたまま動かなくなった。

次いで、その場を支配したのは欲望だった。車が歩道に乗りあげたあと、地下鉄の階段をめがけて進みだした瞬間を狙って、ジョーは荷台のドアを蹴り開けるなり、口を切り裂いた現金袋をゆさゆさと揺さぶりはじめた。あふれだした札ビラは、階段下から吹きあげてくる風に乗って、ひらひらと宙に舞いあがった。するとなんと、死に物狂いで逃げ散らばっていったはずの人々が、車が静止するなり、もとの場所に押し寄せて、我先にと札ビラを奪いあったり、蝶のように宙を舞う紙幣を追いかけまわしたり、地べたを這いずりまわったりしはじめた。駅の構内もまた同様だった。車が階段をくだりきり、後輪を残したまま斜めに停止したときには、怪獣か何かでも出現したかのように、全員がすっかり逃げ去ったあとだった。キャッシュとジョシュアはその場に銃も置き去りにしたまま、即刻、車を乗り捨てた。改札の回転式ゲートを飛び越えて、ホームへと駆けこみながら、スキーマスクや、バンダナや、着ていた白衣をゴミ箱に投げ捨てると、ジャージのズボンにTシャツという、なんの変哲もないいでたちになった。ジョシュアは車を乗り捨てる際につかみとってきたバックパックから、オーディオプレイヤーを取りだした。いますれちがう人々は、車の残骸が横たわる場所から遠ざかるどころか、好奇心に駆られてそちらへ近づこうとする者ばかりだった。

ジョーとエレーナもまた、車がクラッシュするやいなや、即座に荷台を飛びおりていた。ジョーはその場を離れながら、鶏に餌でもやるように、ふたつめの現金袋を揺さぶりつづけた。からになった袋を投げ捨てて、駅の構内に駆けこむと、ビニールの手袋を剝ぎとってから、大声で「助けてくれ」だの、「警察を呼んでくれ」だのと叫びはじめた。ところが、構内にいた人々は、宙を舞う紙幣を目にするなり、堰を切ったように駆けだして、決壊したダムさながらに、ジョーとエレーナの周囲に押し寄せてきた。助けを求める声などまるで無視して、争奪戦を繰りひろげはじめた。さらには、ばら撒かれる札ビラのあとを階段の上から追ってきた人々までもがやってきて、ふたつの集団が見事にそこでかちあった。構内はまさに、てんやわんやの大混乱に陥った。

ジョーはエレーナの手を取って、長い通路を進んだ。あたりを行き交う人々はみな駆け足で、慌ただしくどこかへ向かっていく。車の落下現場へ駆けつけようとしている者もいれば、現場から逃げてくる者もいる。ただ単に、列車に乗り遅れまいとしている者もいる。何が起きようと気にもとめず、みずからの問題のみに専念するすべを極めたニューヨーカーだけが、そうした行動をとることができる。ハリケーンのさなかに散歩をするかのように、ふたりがもたらした喧噪の真っ只中を、いとも平然と突き進んでいく。周囲で吹き荒れる暴風にも、いっこうに動じることはない。現場にはすでに、警察が大挙して押しかけていた。別の出入口から駆けつけてくる警官もいた。犯罪の現場に向かって通路を走りぬけながら、道を開けてくださいとわめきたてる者もいた。出口の前に立ちはだかっている者もいた。まちがいない。駅が封鎖されたのだ。たとえそうでなかったとしても、階段をあがって地上へ逃げることは、もはや不可能に近い。地上でも、警官や救急隊があたり一帯にあふれかえっているはずだ。もうひとつ、地下鉄に逃げこむという手もあるが、いまこの駅に停車中の列車もまた、すべてとめられていて動かない。苛立ちからか、好奇心からか、列車を降りようとする者があると、警官がすぐさま呼びとめている。

ただし、ジョーとエレーナには、どちらの選択肢も試すつもりはなかった。ふたりには三つめの選択肢があった。ふたりはまず、小走りに、地上へ通じる階段の下に立つひとりの警官に近づいた。ずんぐりとして体格の大きな赤毛の警官で、顔にじっとりと汗をかいている。階段の周囲では、大勢の利用客がそこらじゅうをうろうろしている。その場にじっとしている者もいれば、歩きまわっている者も、携帯電話で誰かと話をしている者も、何が起きたのか、いつここを出られるのかと、警官に詰め寄っている者もいる。

「お巡りさん！　助けてください！」いかにも取り乱したふうを装って、ジョーは声を張りあげた。エレーナの手を引きながら、人込みを掻き分けて、警官のもとに駆け寄った。「お願いです。助けてください。赤ん坊が生まれそうなんです！」

「よう、みんな！　ショータイムの始まりだぜ！」

地下鉄の車内に意気揚々と乗りこみながら、キャッシュは陽気に声を張りあげた。ジョシュアもその傍らを跳びまわりながら、手にしたオーディオプレイヤーを高々と掲げてみせた。数人の乗客がけだるげな視線を向けてきた。大半の者はまったく見向きもしなかった。

キャッシュはそれでもおかまいなしに、さらに滔々《とうとう》とまくしたてた。「ああ、わかってるよ。あんたら、ここに閉じこめられて、くさくさしちまってるんだろ？　だがしかし、案ずるなかれ！　おれらジャム・イット・アップ・ツインズが来たからには、あんたらのお悩みに耳を傾け、あんたらの一日に希望の光を与え、進むべき道を示してやるってもんよ！　まずは、サツの旦那らが仕事を終えるのを待つあいだ、無料のエンターテインメントを提供して進ぜよう！　ただし、おれの言う無料ってのは、カンパはありがたく頂戴するって意味だ。神の恵みのあらんことを！　みなさんに敬意を！　そして、旅のご無事を！」

ジョシュアも「お恵みを！」とひと声わめくなり、左手のひとさし指と中指に口づけをして、そのあと、祝禱《しゅくとう》を捧げるかのように、その二本指を掲げてみせた。それから、こぶしをどんと胸に叩きつけると同時に、「敬意を！」と叫んだかと思うと、その手をオーディオプレイヤーに伸ばして、おもむろに再生ボタンを押した。口上をキャッシュに一任したのは、訛の目立つ自分が喋れば、聞く者の記憶に色濃く残ってしまう可能性が高いと判断したからだった。だが、ここからはおれの独擅場だ。車内に音楽が鳴り響き、重低音のビートが刻まれはじめると、ジョシュアはリズムに乗って動きだした。小刻みに腰を振り、蛇のように腕をくねらせた。

「やっちまえ、ベイビー！　ニューヨーカーの心意気ってやつを見せてやれ！」キャッシュが叫んだ。

それを合図に、ジョシュアは踊りだした。まずはロボットダンス。お次はポッピングに、ロックダンス。左右の腕や脚にウェーブを送り、首から上をかくかくと動かした。ムーンウォークで車両の端まで進んだあとは、脚を前後に開いてすわりこむ、スプリットという技を披露した。フランスからの旅行客とおぼしきブロンドの子供たちが、わっと歓声をあげた。韓国からやってきたとおぼしき年輩の夫婦が、写真を撮りはじめた。ジョシュアはさらに、休む間もなく、操り人形のようにゆらゆらと身体を揺らしはじめた。頭をだらりとさげたまま、まるで関節に潤滑油でも差したかのように、腕を大きく揺り動かし、膝をかくかくと開いては閉じた。そのあとは、いきなり宙に跳びあがり、左右の吊り革のポールをつかんだかと思うと、脚を上に振りあげて、フランス人の子供たちの頭を悠然と跳び越えてから、両足で床に着地した。拍手を送る乗客の数は、たちまちのうちに増えていった。スマートフォンでゲームにいそしんでいた黒人の男までが、声援を送りだした。「いいぞ！　もっとやれ！」

車内に手拍子の音が鳴り響くなか、ジョシュアは通路を行ったり来たり跳ねまわりながら、側転を決めた。そして、最後の大技を繰りだすべく、車両の端にあるドアをめがけて駆けていき、華麗な後方宙返りを披露した直後には、両手でピースサインをつくったまま、腕を交差させて片膝をつくという、粋なポーズで着地してみせた。

「ピーーース！」ジョシュアとキャッシュが声を揃えて叫ぶと、万雷の拍手が沸き起こった。乗客たちはひとりずつ、ジョシュアと握手を交わしはじめた。キャッシュは車両の端から端まで歩きながら、差しだされた金を回収していった。全部で一ドル札が十二枚と、てのひらいっぱいの小銭が集まった。

するとそのとき、ひとりの警官が車内に乗りこんできた。

「おい！　ここで何をしてるんだ！」警官はいきなりふたりをどやしつけた。

「別に、お銭《ぜぜ》を稼いでただけっすよ、お巡りさん」悪びれたふうもなく、キャッシュは答えた。ジョシュアは困ったように笑ってみせた。

「地下鉄の車内でそういった行為をすることは許されていない。法律で禁じられてるんだ」取りつく島もなく警官は言った。

だが、乗客はふたりの肩を持った。数人が警官にブーイングを浴びせだした。それ以外の者はみな、この男のダンスがいかに自分たちを楽しませてくれたか、いかに気をまぎらわせてくれたか、いかに心をひとつにさせてくれたかを、口々に訴えはじめた。

「オーケイ、わかった。今回は、警告だけで見逃してやる。こっちへ来なさい」いかにも辟易したようすで、警官は言った。こんなことにかかずらっている暇はなかった。いまは、重大事件の捜査を行なっている真っ最中だ。しかも、とんでもなくでかいヤマだ。こんなガキどもに手を焼いている場合ではない。

警官はキャッシュとジョシュアを連れて列車を降りた。最寄りの出口まで誘導すると、そこで見張りに立っていた警官に声をかけた。「おい、こいつらを通してやってくれ。たったいま、列車内からつまみだしてきたところなんだ。ほかの乗客に対して、迷惑行為を働いていたんでな」

見張りの警官はどこかうわの空のまま漫然とうなず

いて、よく話も聞かずにふたりを通した。

「見逃してくれてありがとよ、お巡りさん。恵み多き一日を」去りぎわにキャッシュは言った。

「ああ、もういいから、二度とその面《つら》を見せるなよ」と警官は応じた。

「赤ん坊が生まれる?」にわかには信じがたいといったようすで、警官が訊きかえしてきた。「それはつまり……いますぐにってことか?」

「ええ、お巡りさん。妻が生まれると言ってるんだからまちがいない。たぶん、この騒ぎのせいだ。みんながあちこちでわめきたてていて……」

「陣痛が三分置きに来てるんです」両手で腹を庇《かば》いながら、エレーナが言った。「ああ、どうしよう。また来たわ」エレーナは苦しげなうめき声をあげながら、片方の手でジョーの手をぎゅっと握りしめ、もう一方で警官の手をつかんだ。

警官はとっさに手を引っこめながら、「こいつはまずいぞ!」と声をあげた。

「赤ん坊のとりあげ方はご存じですか?」大袈裟に声をうわずらせて、ジョーは訊いた。エレーナのうめき声がさらに音量を増した。

「なんとなくは知ってるが……ビデオを観させられたことがあるから……だが、とても観ちゃいられなくて……」

「生まれるぅ……」エレーナが喉から絞りだすような声で言った。

警官は慌てて無線機を引っつかんだ。「待ってくれ。いま、救急車を呼んでやるから」

「いや、もう呼んであります」それを制止して、ジョーは言った。「もう上に来ているはずなんだ。なのに、誰も通してくれないものだから……」

「来なさい」警官はそう言うと、人込みを掻き分けて進みはじめた。よろめくエレーナの手を引きながら、ジョーもそのあとに続いた。「道を開けてください！　ここを通して！」声を張りあげながら、警官が進んでいく。

三人は階段をのぼり、地上にたどりついた。階段のあがり口の前には、すでにバリケードが築かれていた。通りをまるまる封鎖するためのバリケードも、歩道と車道を横切るようにして築かれている。大通りを渡った向こうに目をやると、救急車が待機しているのが見えた。運転席のリーアムに向かって手を振ると、リーアムも手を振りかえしてきた。

「あそこだ」そちらに顎をしゃくってみせながら、ジョーは言った。

「ああ、よかった」重荷を放りだしたがっていることをありありと声ににじませながら警官は言うと、バリケードの歩哨に立つ警官隊に顔を向けて、こう伝えた。「このふたりを通してやってくれ。こちらのご婦人に赤ん坊が生まれそうなんだ」

警官隊は簡易式のバリケードをすばやく後ろにずらして、ふたりが通れるだけの隙間をつくった。ジョーはエレーナを支えて、通りを渡った。ヘルメットをかぶり、聴診器を首からさげたジュノが救急車の助手席側からまわりこんできて、後部のドアを押しあげた。エレーナに手を貸して自分も荷台にあがり、ジョーも乗りこむのを待ってから、ドアをおろしてばたんと閉じた。リーアムがサイレンのスイッチを入れて、ゆっくりと交差点へ向かっていくと、車道にいた警官隊がバリケードを動かしたうえに、手を振って誘導までしてくれた。

リーアムは東へ向けて車を走らせた。二ブロックほど離れた時点で、すでにサイレンは切ってあった。レキシントン街の東側に広がる、いくらか人通りの少ない地域に入ると、巨大なビルの裏手にあるがらんとした荷卸し場に車を入れて、ブレーキを踏んだ。ここへ着くまでの道中に、エレーナは着替えを済ませていた。

ワンピースをすばやく脱ぎ捨て、腹のウレタンフォームも取りはずし、ブラジャーとパンティーだけの姿になると、救急車のなかにあらかじめ用意しておいたカットオフジーンズを穿き、白いタンクトップを身につけた。薄い生地を通して、赤いブラジャーのストラップが透けて見えたが、気にしなかった。サンダルも、わざわざ履きかえることはしなかった。一方のジョーはというと、毎度お馴染みのジーンズと黒いTシャツ姿に戻っただけでなく、スニーカーのほうもいつものコンバースに履き替えていた。着替えが済むと、エレーナはずっと持ち歩いていた小ぶりなハンドバッグを拾いあげて、ダイヤモンドをおさめた小袋をジョーから受けとり、それをハンドバッグのなかにしまいこんだ。リーアムが車内の仕切り板をノックして、危険が去ったことを知らせてくると、ふたりは揃って車を降り、東に向かって歩きだした。紺色のスラックスの上に白の長袖Tシャツを着て、ブルックリン・ネッツのチームキャップをかぶったジュノも、その直後に救急車の後部から這いだした。ノートパソコンだのなんだのをずっしりと詰めこんだバックパックを背中にしょって、ニューヨーク市立大学ハンター校で講義を受けた帰りの大学生といった風情を醸しだしながら、地下鉄の駅のある西に向かって歩きだした。

リーアムは三人の姿が見えなくなるのを待ってから、アクセルを踏みこみ、救急車の返却に向かった。横っ腹に貼りつけたエンブレムを剝がし、車内をきれいに掃除してやれば、もとの持ち主は何ひとつ気づきもしないだろう。

ジョーとエレーナはイースト川のほうに向かって歩いた。一番街にたどりつくと、あらかじめとめておいた車――取りたてて特徴のない、トヨタのカローラ――に乗りこんだ。ジョーは運転席に乗り、エレーナは助手席にすわった。ジョーがエンジンをかけると同時に、エレーナは助手席の窓をおろして、煙草に火をつけた。

「シートベルトを締めてくれ。それと、どうしてもここで煙草を吸わないわけにいかないのか?」呆れ顔でジョーが言った。

エレーナはジョーの顔にふうっと煙を吹きかけて、「そんなにピリピリしないでちょうだい。わたしなら、本当は妊娠してないから大丈夫よ」と茶化して答えた。代わりに、シートベルトはおとなしく締めることにした。FDRドライブから高速道路に乗ったはいいが、すぐさま渋滞につかまった。家に帰りついたときには、一時間以上が経過していた。

第三部

24

鳴りだした電話に出てすぐに、長い夜になることはわかっていた。

「ミッドタウンで装甲輸送車が襲われた。総員、現場に急行せよ」

ドナは拳銃と、バッグと、ＦＢＩのロゴ入りウィンドブレーカーをつかみとり、廊下を走りながらメールを打った。娘のラリッサに夕食を与え、自分が帰るまで一緒にいてあげてほしいと、母親に頼むためだ。廊下を挟んだ向かいのアパートメントに母親が暮らしていることには、いくつかのデメリットもあるけれど、こういうことを頼める点については、幸いだと言わざるをえない。ドナは捜査官をいっぱいに詰めこんだシボレーで現場へ向かったが、そこへたどりついたときにはすでに、マスコミがわんさと詰めかけて、熾烈な報道合戦を繰りひろげていた。道端には中継用パラボラアンテナを立てたバンがずらりと並び、テレビ局の取材班がカメラの設置場所を奪いあっている。現実には、大勢のリポーターがずらりと横並びになっているというのに、どうにかして一番乗りしたかのように見せようと、誰も彼もが必死のようだ。現場の周辺には、野次馬の群れもひしめいている。この界隈が観光名所に加えられ、ツアーバスまで立ち寄るようになったことも大きいのだろう。現にいまも、何台もの観光バスが通りに連なり、せっかくの見物《みもの》に可能なかぎり接近しようと試みている。車道の交通渋滞も広範囲におよび、黙示録的な惨状を呈している。犯人に乗っとられた輸送車は、あちこちに証拠を撒き散らしながらラッシュアワーのミッドタウンを疾走し、十ブロック以上の市街地と地下鉄の駅にまでおよぶ犯罪現場をつくりだした。その一帯が完全なる大混乱に陥ったことは言うまでもない。FBIの捜査官やニューヨーク市警の刑事たちはおおむね、狐につままれたような表情やぼんやりと考えこんだようすで、そこらをぶらぶらと歩きまわっている。一方で、制服姿の面々――ニューヨーク市警、交通警察隊、鉄道警察隊の平巡査たち――は、茫然自失の状態をいくらか脱しているように見える。

地下鉄の駅構内にはすでに投光器が設置されており、階段に後輪を残したままつぶれた輸送車の残骸が、まるで映画のセットのような非現実的な雰囲気を醸しだしている。これもいずれは科学捜査研究所へ移されることになるはずだが、現時点では、ゴム手袋やビニール製の靴カバーをつけた捜査官が大勢なかに乗りこんで、写真の撮影や証拠品の採取にいそしんでいる。床に広げた防水シートの上には証拠品が並べられており、各種計測や写真撮影が済んだあとは、こちらもまとめて鑑識へ送られることとなる。ドナはジャネット・キムの姿を見つけると、その隣で膝を折った。ジャネットはFBIの法医病理学者で、ドナの〝穴ぐら〟から廊下を少し進んだところに研究室がある。

「ようやく地下から這いだして、地上に戻ることができたわね」ドナはジャネットに声をかけた。

「まあね」とだけひとまず答えて、ジャネットはかまえたカメラのシャッターを切った。「でもって、わたしはこのあとまた、ジャージー・シティにある自宅まで地下鉄に揺られることになる」

「あれは何？　最新式の武器か何かかしら」どこか不吉な形状をした遺留品を指差して、ドナは尋ねた。先の尖った、金属製のバネのようなもの。ガスか何かで圧縮して使うものだろうか。

「あれはおそらく、コルク抜きじゃないかしら」

「……コルク抜き?」ドナはそうつぶやきながら、四挺の拳銃に視線を移した。「これも全部、犯人が残していったもの?」

「ええ、そうよ。フロントシートに二挺、荷台に二挺。いずれもきれいに拭きとられていて、指紋は検出できない。それと、弾もフル装塡されたままだった。一発も撃たれた形跡がないわ」

「プロの仕業ね」

「プロ中のプロよ。これをやった連中は、違法な銃器を持ち歩いてるときに捕まるほど、愚かではないってこと。銃なんて、いざとなればいつでも手に入れられるんだもの。あいにくなことに」

「目撃者からは何か引きだせた?」

「収穫はゼロ。いいえ、ゼロ以下かもね。歩道に立っていた警備員は、背後から殴られて意識を失った。運転手のほうは……」ジャネットはあたりを見まわして、黒い口髭をこんもりと生やした背の低いラテン系の捜査官を呼びとめた。「ちょっと、アーネスト! 容疑者の似顔絵をドナに見せてあげて!」

アーネストは険しい顔つきのまま、スケッチブックを持ちあげてみせた。そこには、黒いスキーマスクをかぶった頭部がアップで描かれていて、目と口の部分に穴が開いているだけだった。「つまり、茶色い瞳の男を捜せってこった」と、ぶっきらぼうにアーネストは言った。

「了解」とだけ、ドナは答えた。

「それから、荷台に閉じこめられてた警備員のほうだけど、そっちはちょっと話がちがってくる」左右のポケットをてのひらで叩き、スリムタイプの電子煙草を取りだしながら、ジャネットは続けた。

「詳しい人相が訊きとれたの?」

「まあね。それに、ふたりの供述もおおかた一致してる。犯人は超正統派のユダヤ教徒だったそうよ」

「超正統派のユダヤ教徒?」

「ええ。黒い長衣だの帽子だのをまとった二人組の男で、どちらも顎鬚を長く伸ばしてたそうよ。大きいほうがおそらくは年上で、小さいほうは声の感じからして、十代の少年じゃないかと、ふたりともが言っている」

「つまり、正統派ユダヤ教徒の親子がチームを組んで、強盗を働いたってこと？」

「そういうことになるわね。ただし、そんなのはまだ序の口よ」

「というと？」

「聞いて驚くなかれ。なんと、その息子のほうは……」

「ほうは？」

「《ノートルダムの鐘》に出てくるカジモドみたいに、背骨が曲がってたそうなの」

「冗談でしょう？」

「冗談でもなんでもない」

ドナはやれやれと首を振った。「それはずいぶんといかれた話ね」

「それを言うなら、何もかもよ。例の追跡劇にしてもそう。連中は、犯行現場の近辺をただぐるぐると走りまわってただけ。しかも、どんなに飛ばしても、時速五十キロがせいぜいだった。そして、最後にはここへ車ごと突っこんできた。それって、どんな逃亡プランなの？」

「ミッドタウンの道路事情を思えば、そうするしかなかったんじゃないかしら」

ジャネットはこくんとうなずいた。「たぶんね。そしてそれなら、内部の者による犯行という説とも一致する。あれを見て」

ジャネットはドナを連れて、隣に広げられた防水シートの前まで移動した。そこには、扉の開いた金庫が載せられていた。金庫は内側が焼け焦げているものの、外側はほぼ無傷の状態に見えた。

「ざっと見たかぎり、この金庫は暗証番号を使って開けられたものと思われる。そして、ダイヤモンドを取りだしたあとは、証拠を隠滅するための焼却炉として使われた」

「利口なやり方だわ。つまり、鍵も扉もいっさい壊されていなかったってことね」

「ええ、そうよ。犯人は獲物を手に入れたあと、あらためて扉をロックしていった。おかげで、暗証番号を訊きだすために、持ち主のひとりに連絡をとらなきゃいけなかったわ。いずれにせよ、あの状況下で扉を切断することは絶対不可能だったはず。こういう金庫に穴を開けようと思ったら、溶接トーチだの、ガスボンベだの、特殊なノコギリだの、保護マスクだの、耐熱手袋だのが必要となる。それだけのものをすばやく輸送車に積みこむなんて、どだい無理な話だわ。丸ごと盗みだしておいて、切断はあとまわしにするしかない」

「つまり、犯人は暗証番号を知っていた。そう考えているのね？」

「そのとおり。そう考えるのが妥当だわ。となると、誰かがその情報を犯人に漏らしたことになる。シャッツェンバーグ兄弟は、自分たちふたりしか知らないはずだと言い張ってるけどね」

金庫から取りだされたらしい真っ黒に焼け焦げた品々に、ドナはじっと目をこらした。

「こっちについては、何かわかった？」

「そっちはまだ、手をつけたばかりなの。ひとまず研究室に持ち帰ってみないことにはなんとも言えないけど、黒い布地とおぼしきものも、一部あるわね」

「だとすると、ユダヤ教徒うんぬんってのも、ただの変装だったんじゃ？　おそらくは周囲に溶けこむための……でも、それならなんのために背骨が曲がっているふりを？　それも変装であったとしたら」

ジャネットはひょいと肩をすくめた。「さあね。わたしにはさっぱり」

「あれは何？」ぐるんと湾曲した金属製の細い棒のようなものを指差して、ドナは訊いた。棒の真ん中には金属製の小さな円盤のようなものが載っていて、全体が黒い煤《すす》に覆われており、棒の両端には黒焦げになった何かがくっついている。

ジャネットはピンセットでそれをつまみあげ、手前に移動させてから、写真を一枚撮って言った。「うーん、わたしにもわからないわ。何かの工具なのか、凶器なのか」

ドナはぐっと顔を近づけて、その謎めいた物体に目をこらした。「もしかしたら、これもコルク抜きじゃないかしら」

ジャネットと連れだって地上へ向かっているとき、現場に新たに到着した者たちがいることに気がついた。まずは、ダークスーツ姿の男がふたり。そのうちのひとりは、せわしなく写真を撮っている。それから、揃いのジャケットにスカートといういでたちの女がひとり。こちらはiPadを使ってメモをとっている。年嵩のほうの男はその傍らで、FBIの指揮官を相手に、ひそひそ声で何ごとかを話している。そして、その三人は、現場にいるほかの者たちとちがって、所属をあきらかにするものを何ひとつ身につけていない。

「またあの男……忌々しいったらありゃしない」ドナは小声で毒づいた。

ジャネットもうなずきながら、電子煙草を取りだした。「あのスパイども、なんだってこんなところまで出張《でば》ってきたのかしら。これはむしろすがすがしいほどに古典的な、正統派の強盗事件よ。それ以外の何かを示唆するようなものは、なんにも見つかっちゃいないってのに。まあ、いろいろ嗅ぎまわってるだけだとは思うけど」電子煙草を口にくわえ、蒸気を吸いこみながら、ジャネットは言った。

「いいえ、あいつはちがう。あいつがここにいるってことは、すでに何かを嗅ぎつけたってことよ」

ジャネットは片眉をあげて、ドナを見た。「どこかで会ったことがあるの？」

「ええ。離婚裁判の法廷でね」とドナは答えた。

「エージェント・パウエル」ドナが呼びかけると、マイクは同僚から目を逸らしてこちらを振りかえり、にっこりと笑みを浮かべた。

「これはどうも、ザモーラ捜査官」元妻に向かって微笑みかけながら、マイクは言った。「こんなところで会えるとは嬉しいかぎりだ」

「同感だと言えたらよかったんだけど」マイクの同僚たちがそっとその場を離れていくのを眺めながら、ドナは言った。「CIAがなんのためにこんなところへ？　わたしが最後に確認した時点では、ニューヨーク市はまだアメリカ合衆国の一部であったはずだけど。ときどき、そんなふうに思えないこともあるとはいえ」

くっくと笑って、マイクは言った。「心配するな。余計な口出しをするつもりはない。捜査を担当するのは、地元警察とFBIだ。おれたちはただ、海外との関わりがないかどうか、確認しにきただけのことでね」

「関わりって、たとえばどんな？」

「たとえば中東のテロ組織が、こちらの犯罪組織の手を借りている可能性はないかどうか」

ドナは思わず眉をひそめた。「そんなことをする意味がどこにあるの？　現地で盗みを働いたほうが、費用も手間もかからないってのに」

マイクはてのひらを上に向け、大袈裟に肩をすくめてみせた。「たぶん、きみの言うとおりだろう。さっきも言ったように、おれたちはただ、手がかりを追っているだけのことでね」そう言って、ふたたびにっこりと微笑んだ。「信じてくれ。もしもこの手がかりの先に……いや、こちらの包囲網に何かが引っかかったら、真っ先にきみに知らせよう」

25

一方そのころ、ジョーラ一行は、高層ビルの最上階にある韓国料理レストランで祝杯をあげていた。フラッシングの韓国系居住区にある、この高級焼肉レストランを手配したのはジオだった。あまりにも毛色のちがいすぎるならず者が寄り集まって、どんちゃん騒ぎをしていたら、余計な注目や関心を引きかねない。そのため、人目につかず、なおかつ誰にもゆかりのない会場を見つける必要があった。そこでジオは、念のためアンクル・チェンの了承を得たうえで、韓国系組織のボス、ミスター・キムに連絡をとり、このレストランを貸切りにするのみならず、従業員に箝口令《かんこうれい》を敷くとの言質《げんち》も取りつけていた。

めいめいが最後の仕上げを終えるべく四散したあと、強奪チームの面々はひとりずつばらばらに、この会場へやってきた。キャッシュとジュノはそれぞれに階下へ立ち寄り、スポーツ用品店だの、洋品店だの、ネイルケアやヘッドスパを提供するサロンだのをぶらついてから。リーアムとジョシュアは、別々のタクシーを駐車場の入口まで乗りつけてきた。ジョーとエレーナはとある場所にダイヤモンドを隠してから、犯罪に使われたこともなく、盗難車でもない車でやってきて、駐車場にそれをとめたあとは、エレベーターで最上階へ直行した。

ミスター・キムは特別な賓客のためにと、最高のおもてなしを用意してくれていた。レストランの窓からは、壮大な街の景観を一望に見晴らせた。チマチョゴリをまとったウェイトレスたちは、鉄板の支度をしたり、百種類はあろうかという珍味を盛ったステンレス製の鉢をテーブルに並べたり、それぞれのグラスに焼酎やスコッチ——ジョーにはコーラ——を絶えず満たしてまわったりと、甲斐甲斐しく給仕をしてくれた。ミスター・キムはなかなかの男前で、青みがかった灰色の髪をオールバックにまとめ、ブラックスーツをまとっていた。乾杯のタイミングで顔を出すと、自分の店を会場に選んでくれて光栄だと、ジオに感謝の辞を述べた。ジオもまた、ミスター・キムへの感謝の言葉を乾杯の挨拶とした。ミスター・キムはまた、会場に集う面々に向かって、こうも告げた。ここにいる全員が、数階下にあるスパサロンで無料サービスを受けられる。そのサロンでは、マッサージや垢《あか》すりから、全身美容パックや理髪師による髭剃りに至るまで、ありとあらゆるサービスを提供している。そして、それだけ伝えたあとは、静かに会場を辞していったため、一同は心置きなく羽目をはずすことができた。ジオもすぐに席をはずすつもりでいたのだが、そのまえに済ませておかなければならないことがあった。そこで、ジョーをバルコニーへ引っぱっていくなり、こう切りだした。

「もうひとつ、例の問題のことだが……」

ジョーは無言でうなずき、あたりを見まわした。ほかの面々はこの集まりのため、この場にふさわしい服装をしてきていた。リーアムとジョシュアはスーツ。キャッシュはおろしたてのレザージャケットを着て、三百ドルもするジーンズのウエストには、グッチのマークがバックルになったベルトを巻いていた。ジュノですら、頭からつま先までをア・ベイシング・エイプとかいうブランドで決めてきていた。エレーナは、シンプルでありながら身体のラインがきれいに出る細身のブラックドレスをまとい、大胆に肩を出していた。片側に大きく入ったスリットからは、ガーターストッキングの上辺がのぞいており、髪も珍しくゆったりとおろしている。そんななかジョーだけは、その日の夕方に着替えた黒のTシャツにジーンズという服装のままだった。

「警察内部の内通者から報告があってな。今回のヤマに関する噂が、すでに出まわっているそうだ」ジオの言う声が聞こえた。

「どんな噂だ？」

「組織絡みの犯行だと。それから、おれの名前だか、うちの組織の名前だかも挙がってるらしい」ジオは怒りに歯を食いしばった。何かをぶっ殺したいという、抑えようもないほどの殺意が込みあげてきた。ジントニックのグラスに差してあったストローをつかみとると、それをぎりぎりとねじりあげ、ひねりつぶし、嬲《なぶ》り殺してから、ようやく続けてこう言った。「おれらに関する情報が、ザルみたいにただ漏れになってやがる」

「ああ、そのようだな。だが、おれが思うには……」

「なんだ？」

「さしあたっては、そう悪くない状況じゃないか。先日、カルロにメールを送らせて、ブツはじきに手に入ると、売り手に伝えておいただろ？　そんななか、堅気の宝石商から白昼堂々とダイヤモンドが強奪されるという事件が起こり、いまや巷はその話題で持ちきりだ。そのうえ警察内部では、犯罪組織の関与が取り沙汰されてる。となれば、この状況はかえって、売り手をおびきだすための好材料でしかない。あっちの立場になって考えてみろ。もしそいつがアルカイダだのといったテロ組織のメンバーであるなら、そいつが第一に恐れるのは、国土安全保障省やその手の組織であるはずだ。となれば、警察がひそかに犯罪組織の関与を疑っているなら、この取引が罠である可能性はかなり低いと考えるにちがいない」

ねじくれ果てて使い物にならなくなったストローをからのグラスに放りこんで、ジオは言った。「要するに、これを情報工作の一環と捉えろってことか」

「ああ。裏ルートを通じて、こちらから情報を流してやるんだ」

「そう聞かされても、いっこうに気分が上向いてくれそうにないんだが」ジオは仏頂面のまま、ガラス張りの扉の向こうをじっと眺めた。「それに、あのジュノって小僧はいま、なんだってエビなんぞに食らいついてやがるんだ？　おれのためにネズミ捕りを仕掛ける仕事を、ほったらかしにしやがって」

「とりあえず、深呼吸しろ」ジョーは言って、ガラス戸を開け、ジュノを手招きした。ジュノが小走りに駆けつけてくると、ガラス戸を閉めてから、こう訊いた。

「おまえに頼んだ例の件に関して、ミスター・カプリッシが近況報告を受けたいそうだ」

「了解です。ご報告いたします、ミスター・カプリッシ」ジュノはど派手な色あいのスニーカーをぴたりと揃え、気をつけの姿勢でもとるかのように立っていた。腕をあげて敬礼したいという衝動は、かろうじて抑えこんでいるらしい。

「そうかしこまるな、坊主」とジオは言った。「ここは軍隊じゃあるまいし。何がどうなってるのかだけ、聞かせてくれ」

「了解です、ミスタ……ジオ……あの、ミスター・カプリッシ」ジュノはひとつ咳払いをしてから、報告を始めた。「今日の午後、お送りいただいたIPアドレスと電話番号とパスコードを確認したのち、そちらの社内ネットワークをハッキングいたしました。すべてバックドアから行なったので、誰にも気取《けど》られる恐れはありません」

「すまんが、おれにもわかる言葉で頼む」

「了解です。ええと、つまり、ネットワークに入るための情報はすべて教えてもらいましたが、その情報はあえて使わずに、こちらの存在を誰にも気づかれないような方法で、ネットワークに侵入したってことです。そんでもって、すべての記録を探索できるようなプログラムをこっそり仕込んで、そこから一定のパターンを抜きだせるようにしておきました。誰が誰に、いつ、電話をかけたのか、ショートメールやEメールを送ったか、そういったことをです。というわけで、あとはデータをまとめるだけですから……そう時間はかかりません」

ジオはつかのま考えこんでから、すっと手を差しだした。「じつに要領のいいやり方だ。ありがとう。頼りにしてるぞ」

ジュノは喜びに顔を輝かせて、ジオの手を握りかえした。「こちらこそありがとうございます！」

「よし、呼びだして悪かったな、ジュノ。先になかへ戻っていてくれ」とジョーは言った。

ジュノはパーティー会場をちらりと振りかえり、「しまった、ポーターハウス・ステーキが冷めちまう」とつぶやいてから、慌てて走り去っていった。それと入れかわりに、戸口の脇に控えていたピートがバルコニーに出てきて、ジオに携帯電話を差しだした。

「ボス、電話です」

「誰からだ？」

ピートはひとつ咳払いをしてから、電話を耳にあてて喋りだした。「あの、どちらさまがいらっしゃるか、お訊きしてもよろしいですか？」

それから顔をあげて、ジオに言った。「ポールからです」

「おい、ピート。それを言うなら、どちらさまがじゃない。どちらさまでだろうが」

「そのほうがお上品に聞こえるかと思ったもんで」

「文法が正しくなけりゃ、お上品もくそもあるか。いいか、どちらさまがってのは主格で、どちらさまでってのは目的格だろうが。それと、ごちゃごちゃ付け加えずに、どちらさまでいらっしゃいますかと、それだけ言えばいいんだ。わかったか？」

眉間に皺を刻んだまま、ピートは携帯電話を差しだした。「ポールからっす」

ジオはため息まじりに、それを受けとった。「まあいい。ありがとう。おまえにしちゃあ上出来だ、ピート」ピートはくるりと踵を返して、バルコニーを出ていった。ジオはジョーに顔を向け、別れのハグをしながら言った。「例のスパサロンには絶対に寄っていけ。あれはじつにすばらしいぞ。おれも時間がとれるようなら、マッサージを受けようと思ってる。張りつめた神経を、少しはやわらげられるかもしれん」

「ああ、楽しんでこい。ただし、くれぐれも注意は怠るなよ」とジョーは返した。

何か言葉を返そうとするかのように、ジオは一瞬ためらった。だが、そのまま何も言わずに、電話を耳にあてながら歩き去った。ポールが電話で伝えてきたのは、偽名を使って予約したホテルで、ジオを待っているとのことだった。

その晩の祝宴はやがて、晩餐会からカラオケ大会へと様相を一変させていた。キャッシュはトム・ペティ&ザ・ハートブレイカーズの《逃亡者》を、ジュノはプリンスの《パープル・レイン》を披露した。リーアムは強制的に《マイ・ウェイ》を歌わされた。エレーナはミュージカル映画《グリース》の挿入歌である《想い出のサマー・ナイツ》をジョーとデュエットしたがったが、ジョーが知らないと言い張ると、ジョシュアがみずから進みでて、ジョン・トラボルタふうの動きを巧みにまじえながら熱唱した。これには誰もが喝采を送り、おかげで大いに酒も進んだ。その後しばらくして、キャッシュがエルヴィスのものまねで歌う《サスピシャス・マインド》が流れるなか、ジュノがジョーのもとにやってきた。ジュノはジョーを部屋の隅に引っぱっていってから、タブレットを差しだした。

「ほら見て。さっそく食いついてきたよ」ジュノは言って、カルロのEメールアカウントを開いた。今日のヤマを成功裡に終えたあと、ジョーはカルロに命じて、ブツが手に入ったことを知らせるメールを売り手宛てに送らせていたのだ。そしていま、ジュノが見せてくれたその返事には、こんなことが記されていた。**ニュースは耳に届いている。きっとあんただろうと思ってた。専門家にサンプルを鑑定させる用意はできている。そちらもそのつもりで頼む。明日でどうだ。**

そいつはそのあとに続けて、明日の午後早々にシャームのところで会うことを提案してきた。おのおのがブツのサンプルを持参することも。付添いはひとりずつにすることも。

「よし、まんまと食いついたな」ジョーはジュノの背中をぽんと叩いた。「提案に乗ると伝えてくれ。それと、あっちをなんと呼べばいいのかも訊いてみてくれ」

ほとんど間を置かずに、返信が届いた。**フェリックスと呼んでくれ。ただし、これが本名かどうかに答えるつもりはない。**

ジョーはジュノに指示をして、そのメールにこう返した。**そっちこそ、カルロが本名だと誰が言った？　では明日、現地で会おう。**

「ジュノ！　おまえの番だぞ！」キャッシュがカラオケのマイクを振りまわしながら、声を張りあげた。ジュノが入力しておいたデヴィッド・ボウイの《チェンジス》のイントロが、いまにも流れだそうとしている。ジュノは猛ダッシュでステージへ向かった。ジュノがどうにか歌いだすと同時に、ジョーはエレーナの耳もとに顔を寄せ、こうささやいた。「なあ、同志。ひとつ提案なんだが、いまから汗だく《シュヴィッツ》になるつもりはあるか？」

エレーナはにっこりと微笑んで、ジョーの手を取った。ふたりはレストランを出て、階下のスパサロンへ向かった。

そのころ街の反対側にいたフェリックスもまた、張りつめた神経をゆるめる必要に駆られていた。仕事中でさえなければ、こういうときは、高級ホテルでルームサービスを頼むのがいちばんだ。けれども、ここニューヨークを訪れた目的はあくまでも仕事であるため、今回はだいじをとって高級ホテルをあきらめ、〈エアB&B〉のウェブサイトを介して民泊用のアパートメントを偽名で借り、支払いもペーパーカンパニー名義のクレジットカードで済ませていた。そもそも、このアパートメント自体、どこぞのペーパーカンパニーが所有している可能性がすこぶる高い。超高額の不動産ほど、隠し財産として打ってつけのものはないからだ。

たとえば、あんたがロシアの与党政治家や、世界を股にかける武器商人であるとしたら。あるいは単に、ごくごく小さな弱小国家のチンケな独裁者で、いつなんどき謀反《むほん》を起こされてもおかしくない状態にあるとしたら。でもって、あんたが手にした血みどろの金を、きれいさっぱりロンダリングしたうえで、しばし運用しようと思うなら、マンハッタンやロンドンの高級分譲アパートメントを買うのがいちばんのお勧めだ。その理由は第一に、多額の金をすみやかに動かすことができるから。二千万ドルだの、それ相当のポンドだのユーロだのを、旅行鞄に詰めこんで運んだり、隠したりするのが、どれほど面倒であるかを想像してみてほしい。だが、ソーホーにあるペントハウスなら、それだけの額をたやすく呑みこんでくれる。個人同士のあいだで、あるいは法人の仮面をかぶった者同士のあいだで、金銭の授受を秘密裡に行なおうというのであれば、これほど注意を引きにくいものはない。加えて、その物件が売りに出されないかぎりは、国税局に目をつけられることもない。そして万が一、プーチンがあんたのことを盟友ではなく、政敵とみなすようになったとしても、商売敵のカルテルにコカの栽培場を乗っ取られたとしても、革命軍に宮殿を破壊されたとしても、あんたは身ひとつで飛行機に飛び乗って、ヒースロー空港なりジョン・F・ケネディ国際空港なりへ向かうだけでいい。

そういったわけで、現在、マンハッタン上空に並び建つ高層アパートメントの多くは、おおかた無人の状態にある。そこで日々の暮らしを営んでいる者など、いはしない。そうした物件を所有する者たちはみな、この街に職場もなければ、この街の学校に子供を通わせてもいない。地元の商店で買い物をすることもない。この街に住民税をおさめてもいない。つまりは、警察や消防、下水設備、道路整備といった公共サービスを無料で享受していることになる。あの空疎な建物はみな、言うなれば、ゴーストタウンならぬゴーストバンクだ。最も忌まわしく、最も危険な手段で入手した、この世で最も汚い金を、最も安全かつ最も快適な場所に――我ら一般市民の頭上に浮かぶ雲の上に――蓄えておくために建てられた、鋼とガラスの金庫室だ。

今回、みずからの匿名性を保つためのねぐらとして、フェリックスがウェブサイトで選んだのは、トライベッカ地区の住宅街、ドアマンが常駐する建物、そして、その最上階にあるメゾネット型アパートメントだった。この段階でもやはり、贅沢さを犠牲にして、安全面を優先せざるをえなかった。ところが、実際にそこを訪れてみると、工業建築物を改装したというそのアパートメントは、いまや、美しくて快適な空間——趣味のいい家具調度が備えつけられた、広々とした空間——へと、見事に生まれ変わっていた。部屋へあがるためのエレベーターには通りからじかに乗ることができ、そのドアは鍵を使ってロックを解除する仕様になっている。おかげで、そこに誰かと乗りあわせる羽目になることは、一度としてなかった。そんなわけで、その晩、ルームサービスの代わりにフェリックスが頼んだのは、寿司とマッサージのデリバリーだった。それから、とある同僚からの特別なはからいで、少年と少女がひとりずつ、贈り届けられてもいた。このふたりはいずれもまだ十代で、ウクライナから密入国してきたばかりの不法移民だった。髪はブロンドで、顔立ちは愛らしく、まるでヘンゼルとグレーテルのように手を取りあいながら、縮みあがっている姿もたまらない(フェリックス自身は完全なる異性愛者であるはずなのだが、自分が少女と楽しんでいる傍らで、素っ裸のヴラドが少年をこれでもかと弄ぶさまには、正直言って、惚れ惚れとさせられるものがあった)。そうとも、いまとなっては、誰がルームサービスなんぞを必要とする? 昨今のニューヨークでは、望むものすべてがインターネットで注文できて、玄関までじかに届けてもらえるというのに。

26

睡眠をたっぷり、朝食をのんびりととったあと、ジョーとエレーナはグラディスの家に寄って、冷凍庫の製氷皿から大きめのダイヤモンドをひと粒、取りだした。次に向かったのはブルックリンだった。エレーナがジョーの付添いを務めるのであれば、もっと動きやすい服装に着替える必要があったからだ。エレーナはある程度の武装もするべきだと主張した。そんなことをしても無駄だとジョーが告げても、いっさい聞く耳を持たず、それが自分の役目なんだからと言って譲らなかった。

　ジョーがエレーナの自宅を訪れるのはこれがはじめてだったが、アパートメントのなかをぐるりと見まわしてみたところで、ジョーの知らないエレーナについて、多くを教えてくれそうにはなかった。そこはきわめて清潔で、広々としているが、きわめてがらんとした空間だった。置かれている家具も、とにかく少ない。浅い箱形の寝台の上に載せられた高級マットレス。いかにも高価そうなシーツと枕。一方の壁ぎわに据えられたキャスター付きのハンガーラックには、今ふうではあるが、ほぼ黒ずくめの衣服がぎっしりと吊るされている。それから、窓辺には白いカーテン。バスルームには、白一色のタオル。品のいい雑貨がほんの数点。フラットタイプの大型テレビ。ここに住む者に似て、この部屋もまた、シックで、洗練されていて、目にも美しくはあるが、どんな秘密もやすやすと明かしてはくれそうにない。そんななか、室内に置かれた家具調度のうち、最も秘密めいているのがトランクだった。ロシア陸軍の放出品で、エレーナの商売道具が一式、そこにしまいこまれている。ただし、鍵はいっさいかけられていない。鍵なんてものがいかに役立たずであるかを、エレーナは誰より知っているからだ。エレーナが手早く着替えを済ませたあとは、地下鉄に乗って、フルトン・ストリート駅で下車し、ガラス張りの巨大なオフィスビルに向かった。入居している企業の入れかわりも、ひとの出入りも激しいおかげで、ビルの入口のチェックは比較的ゆるいほうだった。ふたりは守衛詰所に偽名を伝えて、エレベーターで四十階へあがった。

シャームが少なからぬ額の賃貸料を支払っていることは、疑いの余地もなかった。ただし、それはあくまで、ことさらにプライバシーを重要視しているためであり、高層階からの眺望のためではなかった。シャームのオフィスには窓がない。ワンルーム・アパートメントほどの広さしかない箱のような空間は、六面すべてが鋼で裏打ちされていて、音も、電波も、Wi-Fiも通さない。外側の扉をノックする者があると、のぞき穴に仕込まれた小型カメラが訪問者を確認する。それが訪問の許可を得た人物（ここは完全予約制となっている）であれば、扉のロックが解除され、ごくごく小さな玄関間に入ることができる。そこで背後の扉を閉めると、扉がふたたび自動でロックされて、緑色のランプが灯る。そして、今度は二枚めの扉のロックが解除されて、待合室に入ることができる。待合室の中央にはカウンターがぽつんと置かれていて、その向こうには、筋骨隆々たる黒人の男がすわっていた。カウンターの上には、パソコンのモニターとキーボードのほかには何も載っていない。男が背を向けているほうの壁ぎわには、書類キャビネットが据えられている。

「いらっしゃいませ」室内に足を踏みいれたふたりに向かって、男は言った。「武器、携帯電話、および電子機器のたぐいは、すべてこちらにお引き渡し願います。お帰りの際に返却いたしますので」

ジョーはポケットから携帯電話を取りだして、カウンターの上に置いた。顔を横に向けつつ微笑みかけると、エレーナは唇をへの字にゆがめながらも、ショルダーホルスターから拳銃を抜きとり、カウンターに置いた。続けて、携帯電話も同様にした。

「予備の銃は?」

男に訊かれると、エレーナはため息まじりに、足首のホルスターから小型のリボルバーを取りだした。

「ブーツのなかのナイフもこちらへ」エレーナの鋭い視線を受けて、男はこう言い添えた。「金属スキャナーを通して、すべて見えてるんですよ」

「まさか、かよわい女から、護身用のナイフまで奪い去るつもり?」エレーナはそう言って微笑みつつも、小さく肩をすくめると、ブーツのなかに仕込んだ鞘から、禍々《まがまが》しいほどに長い刃を持つコンバットナイフを引きぬいた。

「素っ裸にされた気分だわ」

「ご安心を。これが必要となることはありません」男は言って、ふたりから取りあげた品々をキャビネットの引出しにしまった。「それでは、お入りください」男がボタンを押すと、三枚めの扉のロックが解除された。

扉の向こうの部屋は、シンプルでありながら、落ちつきのある空間にしつらえられていた。床に敷かれた分厚い絨毯と壁紙は、淡いグレーに統一されている。テーブルを挟んだ手前と奥には、詰め物入りの椅子が二脚ずつ並べられていて、そこにも同系色の布が張られており、テーブルの脇にももう一脚、椅子が置かれている。入口から最も近い位置に並んだ椅子は、どちらも空席となっていて、そこにすわれということのようだ。テーブルの奥の席にはすでに、男がふたりすわっていた。ひとりは黒髪で、洒落たブラックスーツを着こなしており、短く刈りこまれた黒い顎鬚を生やしている。もうひとりは、縦にも横にもとにかくばかでかい図体をした、椅子からはみださんばかりの大男だった。これほどの巨漢に出会ったことは、ジョーが覚えているかぎり一度もなかった。雄牛の脚のように太い腕が乗っているせいで、椅子の肘掛けがやけに小さく、頼りなく見える。大木の幹のような胴を覆うニット地のポロシャツは、生地がはちきれんばかりに伸びきっている。万が一、この大男を抱きしめたいという人間があらわれたとしても、それはまずもって不可能だろう。おそらくは、手の先が背中にも届かないはずだ。電柱のようにぶっとい脚も、いまはテーブルの下にどうにか無理やり押しこめられている。車にしろ、飛行機にしろ、浴槽にしろ、ベッドにしろ、ごく普通の人間が暮らす環境下で、この男が快適にすごせたためしが一度でもあるとは思えない。そして、その桁はずれの巨体の上には、これまた巨大で、表面がでこぼことした、恐竜の卵のような禿げ頭が乗っている。狭い額と太い眉の下にある瞳は数珠《じゅず》玉のように小さくつぶらで、だんごのようにひしゃげた鼻と、ひどく薄い唇のあいだでは、黒い口髭の先端がだらりと下にしだれている。

テーブルの脇に一脚だけ置かれた椅子には、小柄な老人がすわっていた。服装は、上下の作業着に黒いエプロン。レンズがやけに分厚い眼鏡をかけているせいで、ちらっとこちらを見やったときには、金魚鉢で飼われている双子の魚のように、青い瞳がきらめいて見えた。どうやらこの老人こそがシャームであるようだ。それからさらにもうひとり、がらんとした空間にぽつんと配された装飾品のように、壁にもたれて立つ男がいた。黒いTシャツとスウェットパンツを着たこちらの男もまた、筋骨逞しい黒人で、ジョーには知るよしもないことだが、受付にいた男とはいとこ同士だった。同じ部屋のなかにあの大男がいなかったなら、息をする山の横に置かれた人形のように見えていなかったなら、この男もかなり威圧的な印象を与えていたことだろう。とはいえ、胸の前で横向きにかまえたAK－47

だけは、それなりの効果をもたらしていた。

　ここはシャームの仕事部屋。そして、シャームの本職は鑑定人であり、仲介人だ。互いを信用することも、法に頼むこともできない者たちのあいだに立って、売買や物々交換をとりなすことを生業《なりわい》としている。

「これはこれは、いらっしゃい。ご機嫌はいかがかのう、おふたりさん」往時のニューヨーク訛を色濃く残した声で言いながら、シャームがこちらを見やったとき、ほんの一瞬、眼光が鋭くきらめくのが見えた。

「どうぞおかけなさい。おまえさんがカルロじゃな。でもって……」シャームは問いかけるようにエレーナを見やった。

「できればカーラと呼んでください」とエレーナは言った。

「もちろん結構」シャームは言って、肩をすくめた。

「さて、こちらはフェリックスじゃ」それを受けて、黒い顎鬚の男がうなずいた。「でもって、あちらがヴラドじゃ」ヴラドと紹介されたほうは、微動だにしなかった。ジョーとエレーナが軽くふたりにうなずきかけてから席につくのを待って、シャームはさらにこう続けた。「さてさて、ここが何をするための場所なのかは、みなさんすでにご存じじゃろうて。詳しい説明は抜きにするが、安全については保証しよう。カメラや盗聴器のたぐいは、何ひとつ持ちこまれちゃおらん。そこにいるティミーのほかには、武器をたずさえた者もおらん。ということで、さっそく本題に入ろうかのう」

　エレーナがブラジャーのなかに手を入れて、小さく折りたたまれたティッシュを取りだし、テーブルの上に置いた。シャームは腕を伸ばして、それを広げた。

「ほっほう。ダイヤモンド《アイス》じゃな」シャームはエプロンのポケットから、小型のヘッドランプと拡大鏡を取りだした。ヘッドランプを額に装着して、スイッチを入れると、かけていた眼鏡をはずして、拡大鏡を片目にぐっと押しつけた。均質で密度の高い光。それが雫《しずく》型の石の表面に触れるときには、七色に分離して見える。シャームは額を煌々と光らせたまま顔をあげて、ヘッドランプのスイッチを切った。満足げに微笑むと、茶色と金色の前歯がのぞいた。「こいつは、まごうことなきダイヤモンドじゃな」言いながら背もたれに寄りかかると、拡大鏡をはずして眼鏡をかけた。「おそらく三カラットはあるじゃろう。じつにすばらしい逸品だ」

ジョーはティッシュを元通りに折りたたんで、エレーナに手渡した。エレーナがそれをブラジャーのなかに押しこむのを待って、フェリックスに微笑みかけながら言った。「こいつを取りだしてきた場所には、同等のものがもっとある」

すると、フェリックスも微笑んで言った。「そいつはすばらしい」そう告げた声のなかには、イギリスの上流階級を思わせる訛の底に、かすかなフランス訛が聞きとれた。「そちらが支払い条件をクリアできるかどうかは疑わしいと思っていたんだが、耳に届くかぎり、そちらの仕事ぶりは……きわめてプロフェッショナルであるようだ。今回、こうして取引ができて、じつに喜ばしいかぎりだ」

フェリックスはそう言うと、握手を求めて手を差しだしてきたが、ジョーはその手を握りかえさず、てのひらを上にして突きだした。「おたくが喜んでくれたことは、おれとしても喜ばしく思うが、取引の条件はまだ揃っちゃいない」

「ああ、そのとおりだ。すまなかった。ヴラド、例のものを」フェリックスの命を受けて、ヴラドはシャツの胸ポケットに手を伸ばし、ジッパー付きの小さなビニール袋を取りだすと、それをフェリックスに手渡した。袋の底には、一グラムかそこらに相当するとおぼしき、白い粉が入っていた。フェリックスはその袋をテーブルに置くと、勢いをつけてこちらへすべらせてきた。

ジョーはその袋を軽く振って、粉を底に落としてから、口を開けた。小指の先を唾液で濡らし、その指先をほんのわずかに粉に沈めると、その部分に粉が付着した。それを舌で舐めとると、あの温かな苦みが、たちどころに口中を満たしていった。

「たしかにヘロインのようだ」ジョーは袋のジッパーを閉じてから、テーブル越しに腕を伸ばし、シャームの前にそれを置いた。「だが、念のため、専門家のご意見もお聞きしたい」

シャームはダイヤモンドを鑑定した際と同様に、袋の中身に一心に目をこらしたあと、感嘆したように微笑んで、こう言った。「こりゃあ、ペルシアン・ホワイトじゃな」それから、宝石鑑定用の道具一式を脇に片づけ、小さなケースを取りだすと、そのなかからさらに、透明なプラスチック容器と、蓋にスポイトのついた薬瓶と、極小サイズの計量スプーンを取りだした。その計量スプーンで小袋のなかの粉をすくいとり、その粉をプラスチック容器に入れ、薬瓶のなかの液体も数滴、そこに垂らした。粉がすっかり溶けきるまで、ゆっくり容器を揺らしていると、ほんの数秒で、液体が色を変えだした。最初は黄色に。次いで、濃褐色に。

シャームは満足げに微笑んで言った。「友よ、やはり思ったとおりじゃ。こいつは、純度九十九パーセント以上の上物じゃと言うてよかろう」

ジョーはそれを受けて、今度は自分のほうから手を差しだした。「是非とも取引を頼む」フェリックスはその手を握りかえした。シャームが小袋を返そうとすると、フェリックスは肩をすくめて、ジョーに顔を向けた。「そいつはおたくにやるよ、カルロ。お言葉を返すようだが、そいつを取りだしてきた場所にも、同等のもんがたんまりあるもんでね」

エレーナの非難がましいまなざしを無視して、ジョーは小袋をポケットにしまった。

しばしの話しあいのすえ、取引本番の日時は明日の晩ということに決まった。場所は、ブルックリンの川沿いにあるダンボ地区の路上。一対一の差しでの受け渡し。すべての取り決めが済んだところで、ジョーとエレーナは先に退室した。武器や携帯電話を返却してもらい、二重扉を抜けて廊下に出ると、扉は自動でロックされた。続いて、フェリックスとヴラドも部屋を出た。預けていた携帯電話を受けとると、フェリックスはすぐさま、一本の電話を入れた。「やあ、ベイビー……ああ、いまから出るところだ」フェリックスは言いながら、カウンターの向こうの男に片目をつむってみせた。その傍らでは、ヴラドがふたりぶんの銃を受けとっていた。

ジョーとエレーナは通りに出ると、カローラをとめた場所に向かって歩きだした。このままブルックリンまでひとっ走りして、受け渡しの場所を下見しておくつもりだった。ところがそのとき、そうして歩くふたりの姿を、通りの向かいのデリカテッセンからひそかに目で追う女がいた。女は窓ぎわのカウンター席にすわり、トーストして軽くバターを塗ったプレーンベーグルと、レギュラーコーヒーを目の前に置いていた。ほかの客と同様に、顔はスマートフォンの画面に向けていた。ジョーもエレーナも、女の存在にはいっさい気づいていなかった。どうして気づきようがあるだろう。エレーナのほうだけは、過去に一度だけ、すれちがいざまに目が合ったことがある。ただし、女はそのときブロンドだった。けれどもいまは黒髪で、前髪もばっさり切り揃えてあり、丸いサングラスもかけている。白いTシャツとブラックジーンズの上には、黒いジャケットを羽織っている。前方を通りすぎていくふたりを目で追っているとき、呼出し音が響きだした。女はヘッドピースのマイクに向かって喋りだした。

「ええ、フェリックス。いまあいつらを見てるわ。あのときのふたりよ」

「まちがいないか？」フェリックスが訊いてきた。

「まちがいない。夫を殺したのはあいつらよ」女は何気ないそぶりで椅子から立ちあがると、ベーグルもコーヒーも手つかずのまま店を出て、ある程度の距離を置きつつ、ふたりのあとを追いはじめた。「わたしがあの顔を忘れるわけがない」

シャームのオフィスの待合室では、フェリックスが電話越しの会話を続けていた。「ああ、大丈夫だ、べイビー。ちゃんとわかっているとも」フェリックスはそう応じながら、受付カウンターの男に向かって、やれやれと目を見開いてみせた。男は共謀者めいた笑みを返してきた。ヴラドは動作の確認を終えた銃をフェリックスに渡してから、自分の銃の動作を確認しはじめた。奥の間へと通じる戸口に柱のように立ちふさがる、そのヴラドの傍らでは、フェリックスがなおも電話の相手とのやりとりを続けていた。だが、次の瞬間だった。「ああ、わかった。じきに会おう」そう言うが早いか、フェリックスはカウンターの向こうにいる男の胸を撃ちぬいた。

それと同時に、奥の間への入口をふさいでいたヴラドがくるりと後ろを振りかえり、手にした銃をぶっぱなした。アサルトライフルをかまえる暇もなく、護衛のティミーが床に倒れた。ヴラドが戸口で見守るなか、フェリックスは奥の間へと引きかえし、ゆっくりとシャームに近づいた。シャームはもといた場所にすわりこんだままだった。あまりの衝撃に、動くこともできずにいた。

「いったい……いったい何が目的じゃ？」徐々にこちらへ迫りながら、眉間に照準を合わせるフェリックスに向かって、シャームはようやく問いかけた。「あのふたりはもう出ていった。ここにゃあ、盗みだせるものなんぞ何もありゃせんぞ」

フェリックスはにやりとして言った。「名前がある」

シャームは怪訝そうに目をしばたたいた。

「ミスター・アンド・ミセス・カルロ。あのふたりの本名だよ」

シャームは首を横に振った。「ここで本名を名乗る者などおらん。そういう決まりになっておる。客人の口から聞かされたことがすべてだ」

フェリックスはヴラドにうなずきかけた。ヴラドはそちらに近づくと、近眼の目をぐっとすがめて見あげるシャームの頭に両手を伸ばした。赤ん坊にでもするかのように、指を広げた巨大なてのひらで、なめらかな頭皮とまばらな細い髪を包みこんだかと思うと、ゆっくり、じわじわと力を加えながら、親指を眼窩に押しこみはじめた。シャームは恐怖にもがきはじめた。やがては、じたばたと手足を振りまわしだした。巨大な親指が眼球をえぐりだし、さらに奥へと突き立てられたときには、こらえようもない絶叫がほとばしった。痛みだけがそこにあった。途方もない痛みだけが、シャームの頭のなかを占めるただひとつの真理となった。

「名前を言え」とフェリックスは命じた。「あんた、あの男の素性を知ってんだろ。あの男の本名はなんだ?」

「ジョーだ!」一瞬の躊躇もなく、シャームは叫んだ。ヴラドが親指を引きぬくと、シャームは震える息を吐きだしつつ、てのひらをそっと顔にあてながら、こう続けた。「ジョー・ブロディーだ」

「よろしい。よくぞ教えてくれたな。それで、女のほうは?」フェリックスはたたみかけるように問いかけた。

「女のほうはよく知らん……エレーナなんとかって名前の、ロシア人だってことくらいしか……本当だ。信じてくれ」痛みと恐怖に泣きじゃくりながら、シャームは答えた。

「しぃーーー、静かに」フェリックスはシャームのまばらな頭髪を優しく撫でた。「それなら仕方ないさ、ご老体。おれはあんたを信じるよ」そう言い終えると同時に、シャームの額を撃ちぬいた。

その場から立ち去る際には、音も空気も通さない扉のすべてを、ヴラドがしっかりと閉ざしていった。なかに残された三つの死体は、当分のあいだ、誰にも気づかれることがないはずだった。

黒を基調とした服装は、ダウンタウンを闊歩する小粋な女たちのなかにたやすく溶けこむことを可能にしたが、ヘザーが黒をまとう本当の理由は、ジョーに殺された夫、エイドリアン・カーンの喪に服するためだった。あの忌々しいジョーとエレーナは、夫を殺すのみならず、夫のくわだてたバイオテロ計画をも台無しにした。夫は殉教を遂げることすら叶わず、無益に命を落とした。夫とおなかの子供と共にテロ計画の成功を祝うはずだった孤島の浜辺で、失意の日々をすごすうちに、ヘザーはとうとう心を決めた。父を亡くした子供のためにも、復讐を果たそう。夫の意志を引き継ごう。ヘザーはエイドリアンが海外に築きあげたネットワークに接触をはかり、ニューヨークに地歩を固めた渉外役として、亡き夫の代わりを務めると申しいれた。そして、その見返りとして紹介されたのが、ザーヒルだった。

ザーヒルから与えられた最初の任務は、大口のヘロインの買い手をニューヨークで探しだすこと。

夫と共に裏社会で長年をすごしてきたこともあり、のちに闇商人まがいのことをしていたこともあって、そのあたりの事情には通じていた。リトル・マリアこそが、交渉を持ちかけるべき相手だということもわかっていた。けれども、それと同時に、思いがけなく転がり落ちてきた棚ぼたの出所《でどころ》を、リトル・マリアならたちどころに突きとめるだろうということもわかっていた。こちらのマリアは聖人ではないが、つきあいの長い供給元を裏切ることより、美味しい商談を突っぱねることを選んだとしても無理はない。盗品のヘロインに手を出すことや、テロリストに加担することを、さして厭わない売人や売人志望ならほかにいくらでもいる。なんといっても、こちらが提供するヘロインはこのうえない上物であり、価格のほうも適正だ。袋詰めにされたパッケージの上に、オサマ・ビンラディンの肖像写真が貼りつけられているというだけのことだ。やがて、テロリストうんぬんの噂がその界隈に出まわりだしたときも、ヘザーはまるで気にしなかった。それは問題となるどころか、かえって解決策となるはずだった。ダイヤモンドで支払いを受けるよう提案したのも、このヘロインが海外のテロリストの資金源であることをあえて知れ渡らせたのも、すべては、ヘザー自身が追う獲物を――夫を殺した、ジョーとかいう男と、そいつの連れのロシア女を――おびきだす餌となってくれるかもしれないと考えたからだった。

シャームのオフィスにいるフェリックスとヴラドが自分たちの痕跡を消しているあいだに、ヘザーはアルモンドに電話をかけた。アルモンドというのはフェリックスの運転手兼使い走りで、面倒な雑用をすべて押しつけられても文句ひとつ言わない、いわゆる〝熱烈な狂信者〟だった。亡き夫のまわりにも、かつてはそういう人間がつねにふたりほど張りついて、絶えずへいこらしていたものだ。ヘザーに言わせれば、そういう連中はいまだに思春期を引きずる青臭いガキどもで、他人に受けいれられたいだの、重要視されたいだのといった欲求に、つねに衝き動かされている。それに対してヘザーのほうは、生まれてこのかた、愚かな男どもを巧みに操り、言いなりにしつづけてきた。例のアルモンドもまた、ヘザーに命じられるがままに車を走らせたり、食べ物を買いに走ったり、忠犬のように見張りに立ったりを繰りかえしている。そしていつの日か、必要に迫られれば、大量のダイナマイトをくくりつけたチョッキを着て地下鉄に乗りこみ、異教徒どもを葬り去ることで、みずからの肉体をも木っ端微塵にすることで、天国への階段を駆けあがろうとするにちがいない。

とはいえ、いまこのときアルモンドに与えられた任務は、シンプルそのものだった——あのロシア女を追え。ただし、ジョーとエレーナがいま向かっている目的地については、疑問の余地など微塵もなかった。あのふたりはブルックリンに向かっている。受け渡し場所の下見をしようとしている。半分でも脳みそのある人間なら、そうするのが当然だ。脳みそが四分の一程度しかないであろうアルモンドのために、ヘザーはそう説明した。そのあとふたりがどこへ向かうかについても、特に気にかけてはいなかった。どこへ行こうが、明日の晩には、かならず受け渡しの場所に戻ってくるのだから。したがってヘザーはアルモンドに、まっすぐダンボ地区へ向かうよう指示を出した。受け渡し場所で待機して、あのふたりがやってきたら、女のほうに張りついて、自宅まであとを尾《つ》けること。そうすれば、ヘザーも、フェリックスやヴラドも、あのロシア女に顔を見られるような危険を冒さずに済む。

アルモンドへの連絡を終えたヘザーは、ザーヒルにメールを送った。ザーヒルとは、電話やメールを介して連絡をとりあったことしかなく、顔も知らない。そのザーヒルに送ったメールの文面は、〝明日〟というたったのひとことだった。それが済むと、ヘザーは自分自身の今晩の予定を済ませるべく、その場を離れた。

27

　ジョーとエレーナは引き渡し場所に指定された通りを、角から角まで歩いてみた。両側を古い建物に取り囲まれた幅の狭いその通りは、石畳が敷かれたままの箇所もあれば、アスファルトで継ぎがあてられた箇所もあった。それが一方にゆるく傾斜していて、坂道をくだりきったところにはフェンスが張りめぐらされており、その向こうは市が管理する立入禁止の産業用地となっていて、さらにその向こうには、イースト川が流れている。人目を忍ぶ物品の受け渡しには、たしかに打ってつけの場所のようだ。大通りからは近いが、道行く者はほとんどなく、夜には車の往来も完全に途絶える。この時間帯ですら、近づいてくる車はほんのときおりにしかなく、そのすべてが、角地に建つ五階建ての建物を改装した屋内駐車場に吸いこまれていった。それ以外の建物は、いわゆる雑居ビルというやつで、エレベーターもこれといった特徴もない安アパートメントがごたごたと連なっているのだが、いちばん近くで開いている店ですら、二ブロック先にあるコーヒーショップだった。ふたりは入口が開いている場所や、開けるのがたやすい場所に、片っ端から入ってみた。駐車場も、大きめのアパートメントも、すべてまわった。受け渡し場所の周辺を数ブロックにわたってぐるりと一周してみても、その間、注意を向けてくる者はひとりもいなかった。

「身をひそめて狙い撃ちをするのに打ってつけの場所が、いくらでもあるわね」エレーナはそう感想を述べた。

「ああ、だが、なんのためにわざわざそんなことをする？　相手が望んでいるのは、ヘロインを売っぱらって、ダイヤモンドを手に入れることだ。撃ちあいに発展するようなリスクを、なんのために冒す必要がある？　そんなことをすれば、警察まで出張《でば》ってくる。どれだけ寂れた場所だろうと、通報する人間がひとりくらいは出てくるだろう」

「あっちにその気がなくたって、わたしたちはどうするの？　こっちは似たようなジレンマを二重に抱えてる。ヘロインとダイヤモンドの両方を手に入れたい。ただし、警察の注意は引きたくない」

「ああ、そうだ。だからこそ、この取引をつつがなく終える必要がある。全員が無事に逃げおおせるようにする必要も」

エレーナは咎めるように顔をしかめた。「〝全員〟って、相手の逃亡まで手助けするつもり？　あなたって本当に困り者だわ。同時に面白い人間でもあることが、唯一の救いね」

「おれが困り者だって？　ジオの店で大乱闘をおっぱじめたのは、きみのほうじゃなかったか？」ジョーは言いながらベケットのペーパーバックを取りだすと、あちこちのポケットをてのひらでぽんぽんと叩きだした。

「わたしが言う面白いってのは、そういうところよ。はい、これ」エレーナはにやりと微笑みかえしながら、金庫破りをする際に使っているシャープペンシルを差しだした。ジョーがペーパーバックの表紙裏を開き、現場の簡単な地図を描きこんでいくさまを眺めながら、ついでにこう言い添えた。「それ、わたしのお気にいりなの。盗もうだなんて思わないで」

地図をすっかり描き終えて、シャープペンシルを返しながら、ジョーはエレーナにこう頼んだ。銃の調達先を探してきてほしい。エレーナはすぐさまタクシーに飛び乗った。ジョーはキャッシュにも連絡をとり、リーアムとジョシュアの助けも借りて、計画に必要となる車――速くて、信頼性の高い車――を数台、盗んできてほしいと頼んでおいた。そのあとは、母親と暮らす家の地下室でジオから与えられた任務にいそしんでいるジュノにも電話をかけて、解決すべき難題を新たにひとつ与えておいた。それが済むと、受け渡し場所から一ブロック離れた、駐車が許されている場所に車をとめて地下鉄に乗り、ダイヤモンドを解凍するため家路についた。

ジャクソン・ハイツの自宅に戻るなり、ジョーはダイヤモンドをしまっておいた製氷皿を冷凍庫から取りだした。湯を張ったボウルのなかにからっぽのザルを入れ、その上で製氷皿をねじってやると、四角い氷の塊がばらばらとそこに落ちていった。やがて氷が融けきると、透明でありながら七色の光彩を放つダイヤモンドが姿をあらわし、目の玉が飛びでるほど高価で稀少な小石の山ができあがった。ジョーは自分の部屋に行って、服を脱ぎ捨て、自宅のシャワーを久しぶりに浴びようとした。ところがその寸前で思いなおすと、キッチンに取ってかえして、祖母宛てのメモ――〝これに触るな／飲み物に入れるのも禁止〟――をテープでザルに貼りつけた。祖母のグラディスはいま、カジノでのサクラ役という新規の仕事に出かけて留守ではあるが、念には念を入れておくのが賢明だろう。祖母がダイヤを呑みこんでしまうという、新たな問題まで抱える羽目になってはたまらない。

ジョーはシャワーを出しっぱなしにしておいて、老朽化した給湯器の湯が温まるのを待つあいだに服を脱ごうと、外に出た。ポケットをからにしようと、財布や、鍵束や、小銭を取りだしていたとき、それに気づいた。純度百パーセントのヘロインが入った、ビニールの小袋。ジョーはそれを指でつまんで光にかざし、透明なビニールのなかできらめく白い粉にじっと見入った。この粉にもまた、ダイヤモンドにも劣らぬほどに、人間を魅惑してやまない力がある。その力に屈した人間は、強烈な欲求を植えつけられる。快楽や美貌への執着。肉欲。依存。そして、飽くなき富への欲求。この粉は、ひとも国も破滅に追いこむ。通り道には血の跡が残り、触れる場所すべてに被害をおよぼす。ジョーは袋を開けなかった。だが、捨てることもしなかった。簞笥《たんす》の上にそれを置いて、長い時間、シャワーを浴びた。バスルームを出ると、さきほど脱ぎ捨てたジーンズと、洗濯済みのTシャツを着た。気づいたときには、またそれを見つめていた。そしてふと、ある考えが浮かんだ。ベケットのペーパーバックを探しだして、なかに挟まっていた名刺を取りだした。ベトナムに出征した過去を持つ絵描きの老人が、退役軍人病院の前でくれた名刺。そこに書かれている番号に、ジョーは電話をかけてみた。

「お久しぶりです、フランク。先日、退役軍人病院の前でお会いしたジョーですが、覚えていらっしゃいますか。あのとき、少し話をさせてもらったんですが」

「やあ、特殊部隊のきみか。もちろん、覚えとるとも。頑張って生きとるかね？」

　新たに手にしたこの仕事を、グラディスはすこぶる気にいっていた。この仕事なら、これまでに培ってきた最高の能力——ペテン師としての能力と、賭博師としての能力——をふたつ同時に活かして、苦もなくやすやすと小遣い稼ぎができる。世間一般の隠居老人がよく、ウォルマートの入口で客を出迎える仕事だの、高齢者センターの受付デスクにすわる仕事だのを好んでするが、グラディスにとってはこの仕事こそが、そうした感覚にかぎりなく近い。仕事の内容は、カジノのサクラだ。勤め先のカジノは、カレッジ・ポイントという地域にあるショッピングセンターの地下、フードコートの真下の階にある。グラディスの持ち場はポーカーテーブルで、そこでポーカーに興じながら、さりげなく客寄せをする。ほかの客にせっせと話しかけて、仲を深め、テーブルを離れにくくなるよう仕向けたり。ときおり大勝ちを決めることで、場を盛りあげたり。ちょっぴり風変わりだけれど人好きのするお婆ちゃんが、弱い役にささやかな金額ばかりを賭けていたかと思ったら、とつぜん大当たりを引きあてる。そんな光景をまのあたりにすると、単細胞な人間ってのは、自分までついつい熱くなって、負けが込んでもテーブルを離れられなくなる。その一方で、ときどき冗談を飛ばしたり、家族について質問したり、勝ちをおさめたときには、テーブルを囲む全員に酒をふるまってやったりすれば、相手は勝ちをおさめたときにも、テーブルを離れにくくなる。ただし、ゲームは公正そのもの。いかさまはいっさい働いちゃいないが、なんといっても、グラディスはその道のプロだ。オッズやアウツを計算したり、相手の手札を推察したりに、何十年というキャリアを積んできた。ここに来る客の大半は、遅かれ早かれほぼ確実に負け越してくれるのだけれど、それでも満足げに家路について、そのうちまた店に戻ってくる。そうした常連客――ご近所に暮らすアジア系だの、ロングアイランドから徒党を組んでやってくるユダヤ系、イタリア系、アイルランド系のご老体たちだの、ブロンクスやアッパー・マンハッタンから足を運んでくるラテン系だの――をつかんで放さないためには、〝ここのカジノは不正がなく健全だ〟との評判が至極重要なわけで、現役のいかさま師がひとりでもまぎれこめば、かならずや店からつまみだされ、必要とあらば野球のバットを使ってでも、もう二度と面《つら》を見せないと誓わされる。だからグラディスは、ほどよく勝ったり負けたりすることで、ゲームを盛りあげたり、客を楽しませたりもしなくちゃならないし、いたいけな子羊たちから少しずつ金を巻きあげることで、相手が熱くなって冷静な判断ができなくなるように仕向けたりもしなくちゃならない。要するに、羊飼いと狼、その両方の役目を果たさなくちゃならないのだ。

　そんななか、ヨランダと出会ったのは、煙草を一服しながらジャックダニエルのコーラ割りを一杯引っかけるという、お馴染みの休憩をとっているときのことだった。ヨランダはこのカジノに、お仲間と連れだってやってきていた。友人のひとりがバンを借り、ワシントン・ハイツに住むご近所のご婦人方に声をかけてくれたため、みんなでここへ乗りこんできたのだという。ただし、お仲間の大半はスロットマシーンにばかり齧《かじ》りついているため、ヨランダはもっぱらひとりでブラックジャックを楽しんでいた。その腕前もなかなかのもので、その日もすでに百ドル近くを勝ち越していたし、ヨランダ自身が打ちあけたところによると、いつもたいていは勝ち越して、都市圏交通局《MTA》で働いていたおかげでもらえる年金と社会保障手当で暮らす身としては、いい小遣い稼ぎになっているのだという。ただし、このことを娘には知られちゃいけない。グラディスにせびって一本もらった百ミリサイズのクールのことを知られるほうがまだましだ、とヨランダは言った。

「なんで知られちゃだめなのさ？　どっかの宗教の狂信的な信者か何かだとか？」とグラディスは訊いた。

　ヨランダはぷっと吹きだした。この矍鑠《かくしゃく》たる白髪の老女には、大いに好感をおぼえさせられた。目の前のトレーに積みあげられたチップの山にも、目を見張るものがある。「たぶん、そこまではひどくないわ。いいえ、もしかしたらもっとひどいかも。娘はＦＢＩの捜査官なの」

「本当に？」煙草の煙を長々と吸いこみ、アルコールでその熱を冷ましながら、グラディスは言った。「偶然だねえ。あたしにもＦＢＩに勤めてる知りあいのお嬢さんがいるよ。そのお嬢さんもスペイン系で、とっても可愛らしくて、いい子なんだ。正直に言うとね、あのお嬢さんとうちの孫がつきあうことになってもかまいやしないよ。孫がいまつるんでるあのロシア娘よりかは、よっぽどいいもの。あの娘っ子はトラブルのもとにしかなりっこないからね」

「まあ、お孫さんがいらっしゃるの？　お写真があれば見せてくださいな」

グラディスは財布を取りだし、そこに入れてあるジョーの写真を見せた。去年のグラディスの誕生日にふたりでディナーを囲みながら、テーブル越しに撮った笑顔の写真だ。

「すごくハンサムね！」ヨランダはそう声をあげると、自分も携帯電話を取りだして、あれこれ写真を探しはじめた。「これが孫のラリッサ。バレエの衣装を着ているところなの」

「あれまあ、お人形さんみたいだねえ。生きたまま食べちゃいたいくらいだよ」

「それと、こっちが……」ヨランダは言いながら、いちばん写りのいい写真を探した。「娘のドナの写真も、是非見てやってくださいな。ひょっとしてひょっとしたら、うちの娘とそちらのお孫さんを引きあわせてみるのも悪くないかも。わたしも、あの子が連れてくる男どものことがどうにも気にいらなくって。なかでも、別れた旦那ときたら、正真正銘のろくでなしだったわ」


ドナがその日の業務をほぼ終えようかというころになって、ジャネットが研究室から内線をかけてきた。なんでも、大きな収穫があったという。

「いったい何が見つかったの？」そう問いかけながら研究室に足を踏みいれたとき、目に飛びこんできたのは、顕微鏡をのぞきこむジャネットの姿だった。「そこにあるものが、それほど大きいとは思えないけど」

「ええ、でも、収穫としては大きいはず」ジャネットは言いながら顔をあげ、顔にかけた眼鏡越しに微笑みかけてきた。「どでかいと言ってもいいくらいにね。

とにかく、これを見てちょうだい」

ドナは顕微鏡をのぞきこんだ。黒っぽい繊維のようなものが見える。「なるほどね。で、これはなんなの？」

「毛髪よ」悦に入ったように、にんまりとしながら、ジャネットは答えた。

「毛髪？」

「厳密に言うと、人工毛ね。しかも、かなりの高品質だわ」

「あの金庫のなかに、偽物の毛髪が含まれていたってこと？　犯人が火をつけて燃やしたもののなかに？」

「ええ、そうよ。したがって、高度に熟練したわたしの演繹《えんえき》的思考により導きだされる結論は――」

「付け髭ね」今度はドナがにんまりとして言った。

「つまり、犯人はユダヤ教徒なんかじゃないってことだわ。あれはただの変装だった。あなたの言ったとおりね。これはどでかい収穫よ。さすがだわ」

「お褒めにあずかり光栄よ。ああ、それと、あれもきれいにしておいたわ」ジャネットはドナを連れて、長いテーブルに近づいた。テーブルの上には、金庫から取りだされた証拠品が整然と並べられていた。ぐるんと湾曲したステンレス製の棒のような物体も、いまはきれいに煤を落とされ、煌々たる光のもとできらきらと照り輝いている。銀色の円盤のような部品もいまは上向きに置かれているため、細部までもがよく見える。

「あそこにあるのは、聴診器の部品じゃないかしら」とドナは訊いた。

「ええ、そのとおり。ばらばらになってはいるけどね。残りは溶けてしまったみたい」

ドナはそれに目をこらしたまま、しばし思案をめぐらせた。「となると、この事件は内部の人間による犯行なんかじゃないのかも。おそらく、何者かがあの金庫を破ったんだわ。あれを使って」

ジャネットはどっちつかずに眉根を寄せた。「言いたいことはわかるわよ。でも、あの金庫のロックシステムは最新式のものだった。それを破るってだけでも、並大抵のことじゃないわ。そこまで腕のいい人間は、世界じゅう探しても、ほんのひと握りしかいないでしょうね。なのに、それほどの神技を十分以内に、ニューヨークのでこぼこ道を疾走する車のなかで、警察とカーチェイスを繰りひろげながらやってのけるなんて、そんなことのできる人間がいると思う?」

「プロでなければ無理でしょうね」

「プロどころか、芸術家の粋だわよ」

「それでも、不可能ではないでしょう?」

「まあね。理論上は。だけど、どの程度可能なのかは、なんとも言えない」

「だけど、考えてもみて、ジャネット。犯人の立場に立って考えてみるの。あなたの標的はダイヤモンド。だとしたら、輸送車を盗んで、金庫を破るしかない」

「まあ、そうなるわね」

「あんなに重たいものを別の車に移しかえて、面倒な事態に陥るまえにずらかることも、ハイジャックした輸送車でミッドタウンの渋滞を抜けだすことも、選択肢にすら入りえない。それなら、重たい工具を輸送車に運びこんで、金庫を切断し、警察が駆けつけるまえにとんずらするというのは? それももちろん不可能だわ」

「だから、金庫破りを選んだってこと? そうね、あんたの言うとおりだわ。シャーロック・ホームズも同じことを言ってる」

「ホームズがなんて?」

「まさか、あのドラマを観てないの?」信じられないとばかりに、ジャネットは目を見開いた。

「だって、そんな暇がないんだもの。ウォッチリストには入れてあるんだけど。それより、ホームズはなんて言ってるの?」

「不可能なものを除外していって残ったものが、たとえどんなにありえないことでも、それが真相なんだって」

「ほらね？」とドナは胸を張った。「わたしとホームズは、完全に意見の一致を見ている」

ジャネットはポケットから電子煙草を取りだすと、誰にも見られていないことをたしかめてから、物思わしげに煙を吸いこみ、かぐわしい煙を吐きだした。

「……となると、連中は端《はな》からああするつもりだったってことね。輸送車で逃げきるつもりなんて、最初っからなかったんだわ」

「そのとおり」ドナはこくんとうなずいた。「犯人は円を描くように輸送車を走らせていた。あれは、金庫破りを担当する人間のために、時間稼ぎをしてたんだわ。そのあとは、警察に包囲されるまでそこそこ時間がかかるとわかりきった場所に、輸送車を乗り捨てた」

「あれもわざとだったのね！　誤って階段に落ちたんだろうって、ジャックは言ってたけど」ジャネットが言うジャックというのは、事件の捜査を指揮するシニアエージェントで、犯人は車の制御を失って、地下鉄の階段に突っこみ、仕方なく車を乗り捨てたのだと考えていた。

「そう、そのとおりよ」とドナは応じた。あまりの興奮に、声が知らずと高くなってしまう。「だからこそ、連中は変装道具だのなんだのをすべて燃やしていった。証拠を隠すことより、足跡をたどれなくすることを選んだんだわ。鑑識を役立たずにするために……あらやだ、言い方が悪かったわ。わたしが言いたいのは、証拠を役に立たなくするって意味で……」

「気にしないで、あんたの言うとおりだから。あの金庫からは、DNAも指紋もいっさい採取できなかった。それに、そう考えれば、連中が輸送車から立ち去るときに、変装を解いた理由も説明できる……」

「誰にも見咎められることなく、歩き去るためね。人込みにまぎれこんで……」ドナはぶんと首をひと振りして言った。「これ以上の推測はするだけ無駄ね。もしかしたら、地下鉄に乗って家に帰ったのかも」

「畏《おそ》れいったわ！　なんて賢いの！」ジャネットはひと声叫んで、ドナにハイタッチを求めた。「いいえ、わたしが言いたいのは、ほら、いい意味じゃなく悪い意味でずる賢いってこと。だけど、こんな計画はなかなか思いつけるものじゃないわ。そんな人間がどこにいるっていうの？」

「あの男だわ……」ドナはぼそりとつぶやいた。ぐっと目を細めると同時に、頭のなかの歯車がぐるぐると回転を始めた。

「例の別れた旦那のこと？」ジャネットが戸惑い顔で訊いてきた。

「いいえ、あれとは別の曲者《くせもの》よ。ありがとう、ジャネット。助かったわ！」そう叫ぶと同時に、ドナは研究室を飛びだした。

28

フランクはジョーを招きいれると、杖を左手に持ちかえて、右手で握手を求めてきた。今日もはじめて会ったときと同じく、絵具の飛び散ったカーペンターパンツと安全靴を身につけていたが、上半身にまとっているのは、着古した青いピンストライプのシャツだった。ただし、こちらにもやはり絵具が飛び散っているうえに、ボタンがいくつも失くなっていて、開いた胸もとから白髪まじりの胸毛がのぞいている。しかも、よくよく見てみると、ボタンホールのひとつは、ボタンではなくペーパークリップで留められていた。眼鏡は首からさげたグラスコードに吊るされていて、ぐるっと丸めてポケットに押しこめられた水色のコットンの帽子の鍔が、ポケットのへりからくったりと垂れ落ちていた。来客に備えて手を洗おうとしてくれたことはあきらかだったが、爪の縁に染みついた絵具だけは、どうにも取りきれなかったようだ。握りかえした手の感触は力強いながらもしなやかで、しっかりと使いこまれた野球のグローブが、加工による張りを失ってしっくりと手に馴染むような、そんな印象をおぼえた。

「やあ、お若いの。どうぞお入りなさい。コーヒーをいかがかね。いくらか沸かしておいたんだが」

「ありがとうございます。いただきます」

フランクは巧みに杖を突きながら、ゆっくりと部屋を横切って、奥の壁に吊るされたカーテンの向こうに姿を消した。ひとり残されたジョーは、気兼ねなく周囲を見まわすことができた。現役の芸術家のアトリエを訪れたことは、これまで一度もなかった。ジョーはこのときはじめて、ある種の気恥ずかしさをおぼえつつ自覚したのだが、どうやら自分は、以前インターネットで見かけたような、壁という壁が絵画で覆われている光景を期待していたらしい。だが、至極当たり前のことながら、壁に飾られている絵画というのは、すでに完成したものだ。額に入れられて、美術館に展示されたり、誰かの収蔵品としてどこかに飾られたりしているものだ。しかしながら、実際のアトリエは、そうした展示室とは似ても似つかない。むしろ、居住スペースが隣接した、雑然としてせわしない工場《こうば》に近い感じがする。

フランクのアトリエはハーレムにあった。百二十五丁目にあふれる人波を眼下に眺める、古ぼけた建物のなかにあって、フロアの半分を占めていた。部屋の中央にはほとんど家具が置かれておらず、床板もむきだしのままになっていて、ところどころにブリキ板で継ぎがあてられていた。部屋の一角には、床にリノリウムが張られた四角い空間もあって、その境目をよく見てみると、仕切り壁を取り払ったあとに、補修用の漆喰をとりあえず塗りたくっておいたのだろうと推測できた。むきだしの壁には白い塗料が塗られているが、その上には、あちこちに絵具が飛び散っている。特に、人間が夢中で筆を振るっている際に絵具が飛びやすいだろう高さには、何年にも何十年にもわたって積み重なった絵具が分厚い層をなし、まるで色とりどりの苔が生えているかのように見えた。中央に立つ柱もまた、大量の絵具がびっしりとこびりついており、フジツボに覆われた沈没船のマストを思い起こさせた。天井もやはりむきだしのままになっていて、じか付けの照明器具やら、通気孔やら、梁に絡まるケーブルの束やらが丸見えになっている。ツーバイフォーの木材を無造作に組みあげた骨組みだけのラックには、大量のキャンバスが立てたまま収納されており、上からビニールの覆いがかけられている。なかにはかなり大きなものもあって、肩くらいの高さと、両腕を広げたくらいの幅がある。それ以外にも数枚、壁のほうへ向けられているキャンバスもあったが、端のほうに塗られた絵具や、床に飛び散った絵具の跡は見てとれた。室内に置かれているものの大半は画材だった。レストランの厨房によくあるステンレス製のキャスター付きテーブルや、金属製の収納棚の上に山と積まれた、缶入りやチューブ入りの絵具。原木の風合をそのままに残した横長の作業台の下にしまいこまれている、何本ものロールキャンバス。絵筆を立てた空き缶。ぼろ切れ。化学薬品。箱入りの木炭。鉛筆。スケッチブック。画用紙。ページを破りとられた雑誌や、新聞や、書物や、未開封のまま放置されている郵便物。部屋の中央には、古ぼけたダイニングチェアと、スツールと、詰め物の飛びだした肘掛け椅子が一脚ずつ。それから、インターネットで目にした数点のヌード画にも使われている、ソファベッド。アームの曲げ伸ばしができる作業灯が数台に、からのイーゼルが一台。そこから少し脇へ離れたところにはカーテンが吊るされているが、細く開いた隙間から、床に絨毯が敷かれていることや、数点の家具が備えつけられていることが見てとれる。おそらく居住スペースと作業スペースを兼ねているのだろう。部屋全体をふたつに分けた、小さいほうのスペースだろう。部屋全体をふたつに分けた、小さいほうのスペースを占めている。

そのとき、フランクがコーヒーを手にして戻ってきた。片手には、湯気を立てるマグカップふたつを持ち手のところでまとめてつかみ、腋の下には、粉末状のコーヒークリーマーの容器を挟んでいる。「牛乳を切らしちまってな。代わりに、こいつを見つけてきた」フランクはそう言いながら、作業台の上にクリーマーの容器を置き、ジョーにマグカップを手渡した。

「せっかくですが、ブラックでいただきます」

「賢明な選択だ。わしなんぞは、あのなかに何が入っているのかも理解できん。あんなもん入れても、色が変わるってだけのことだろうに。まあ、それはさておき、好きにすわってくれ」フランクは杖を振りあげ、その先端で威厳たっぷりにあたりを指し示した。ジョーはダイニングチェアを選んですわり、両手でマグカップを支え持った。フランクは詰め物の飛びだした肘掛け椅子にゆったりと腰かけて、マグカップを肘掛けに載せ、杖を横に立てかけた。コーヒーをひと口すってみると、これがなかなか旨かった。

「まずは、ここへお招きいただきありがとうございます。しかも、連絡を入れたあとこんなにすぐに。仕事の邪魔をしていないといいんですが」

フランクはひょいと肩をすくめた。「作業はたしかに中断したが、別にかまいやせんよ。眠けだの、空腹だの、人間だの、何かが邪魔をしてくれないかぎり、つねに仕事をしとるもんでな。特に、こういう邪魔なら大歓迎だ。おまえさんが電話をかけてきてくれるとは、思ってもおらんかった」

ジョーはうなずいて言った。「だとしても、とにかくありがたいことです」

「いいってことよ」フランクは言って、コーヒーをひと口すった。

「すてきなアトリエだ」

フランクは同意すべきかどうかを決めようとでもするように、ぐるりとあたりを見まわした。「ここにはもう三十年も暮らしとる。ここを選んだのは、ほかには誰もほしがらなかったからだ。おかげで、やりたいことをやりたいようにやれる。いまここを引き払えば、それなりの金が手に入るだろう。だが、ここを出てどこへ行く？　わしはこの城だけが頼りの貧乏貴族みたいなもんだ。言うなれば、そう、ハーレム伯爵。ヨーロッパのどこだかにある、ハーレムって名前の由来となった古都には、もちろん伯爵がおったんだろうな？」

ジョーは肩をすくめて言った。「おそらく、いまはもういないのでは」

ふたりはしばし無言でコーヒーを飲んだ。往来のざわめきが、下のほうからかすかに届いてくる。

「それで、今日は何を話したくて来たんだね？」フランクが尋ねてきた。

「どういう意味でしょう」とジョーは訊いた。

フランクはひょいと肩をすくめた。「無料のコーヒーにありつきに来ただけにしては、あまりにも遠出がすぎるってもんだろう」

ジョーはにやりとして言った。「たしかに。しかも、牛乳すらない」

「ああ、いかにも。ここをカフェ代わりにするには、しょぼすぎる。愛くるしいバリスタもおらん。となると、何かほかの目的があるはずでは？」

「いったいどう言ったものか……」ジョーは語るべき言葉に躊躇した。フランクは口をつぐんだまま、じっと続きを待っている。「なんというか、あなたの作品のなかに、あることを思い起こさせるものが何点かあって」

「なるほど」

ジョーは少し笑って、こう続けた。「いや、もっと具体的に言わないと伝わりっこないな。おれが言ってるのは、戦場を描いた作品です。ベトナムの戦場を……いや、おれが勝手にそう解釈しただけなんですが」

「ああ、その解釈で合っている」

ジョーは不意に視線を落とし、マグカップを見つめたまま喋りだした。「あの戦場を描いた一連の作品は、おれがときどき夢に見る光景によく似てる……いや、そっくりそのまま、おれの夢を絵にしたんじゃないかってくらいに……」ジョーは言いながら、ようやくふっと顔をあげた。「ばかげたことをぬかしてますよね？」

フランクはジョーの目をまっすぐに見つめかえして言った。「あの作品がおまえさんの夢を絵にしたと思うことを、ばかげているかと訊いとるのかね？」

ジョーは小さくうなずいた。

フランクはゆっくりと首を振りながら、コーヒーをすすった。「だとしたら、まったくばかげてなどおらんぞ、きょうだい。あれはまさしく、そういうものを絵に描いたんだ。そう、悪夢をな」

しばしの沈黙が垂れこめた。いま、話の続きを待っているのは、ジョーのほうだった。フランクは不意に視線を落とした。あの絵に描かれた場面を思い起こそうとするかのように、最初はてのひらをじっと見つめ、それからマグカップに視線を移した。「わしはあの戦場で〝トンネルのネズミ〟をしておった。どういうことかはわかるかね？」

ジョーは黙ってうなずいた。

「戦時中、あのベトコンどもは、至るところにトンネルを掘り進めておった。それこそ、この街の地下鉄のように……ネズミが棲みついとる点までそっくり同じでな。そんななか、わしに与えられた任務は、懐中電灯と四五口径だけをたずさえて、そのトンネルにもぐりこむことだった。もっとも、支給品のケイバーナイフ以外には、ほかに何を持ちこもうと無駄だったがな。あのなかはあまりに狭すぎて、まともに立つこともままならなかった。ずっと腰を屈めたまま、ときには地べたを這わなきゃならんこともあった。わしは真っ暗闇のなか、ネズミが走りまわる音を聞きながら、トンネルを奥へと這い進んだ。ときおり、ネズミどもが手の甲やふくらはぎの上を走りぬけていくこともあって、そういうときにゃあ、引鉄《ひきがね》を引かずにいるのがやっとってなもんだった。この街で生まれ育っておきながら、わしはネズミってやつが大の苦手でな。とにかく、わしはそのトンネルを何時間もかけて這い進んだ。小便はそのまま垂れ流すしかなかった。ほとんど息ができなくなることもあった。単に酸素が薄かったのかもしれんし、死体から出るガスのせいだったのかもしれん。トンネルのなかで死体だの、死体の一部だのに出くわすことは、一度や二度ではなかったからな。わしに与えられた任務は、トンネルの探査というのがいちおうの建て前になっておった。だが、現実にはわし自身もまた、迷路のなかを這いずりまわるネズミにすぎんかった。要は、黒人を一匹穴に放りこんで、撃ち殺されずに帰れるかどうか試してみようってなもんだ。でもって、もしも撃ち殺されたなら、地図に一本、目印のピンを立てるだけのこと。まあ、それはさておき、そんなある日のことだ。いや、あれは夜だったか……ふん、どっちだろうが大差なんぞありゃせんな。とにかくそのとき、暗闇のなかを這い進んでいると、かすかにネズミの足音が聞こえた。わしはその場に凍りついた。そいつがなんの悪さもせずにどこかへ消え去ってくれることを願いながら、そのまましばらくじっと待ったが、何も起きなかった。だが、わしにはそいつがそこに、すぐ間近にいることが、気配のようなものが感じとれた。ふと気がつくと、わしは息を殺しておった。それほど心底ネズミってやつが苦手だってことは、さっきも話したろう？　ところがそのとき、息を殺していたおかげで、あることにも気がついた。何か別のものが、別の生き物が、呼吸しているような音がする。わしは懐中電灯と拳銃を、ゆっくり、そーーっと、目の高さにあげた。それから出しぬけに、懐中電灯のスイッチを入れた。するとすぐそこに、すぐ目の前に、息が吹きかかるほどの距離に、忘れもしないあの顔が浮かびあがった……ベトコンだ。当時十九だったわしと、おんなじくらいの歳の小僧だった。丸くて、小さな、あどけない顔をしておった。北ベトナム軍の制服と帽子も目に入った。そして、手には拳銃が握られていた。だから、わしはそいつを撃った。というより、わしの銃はすでにまっすぐそいつへ向けられとったから、引鉄にかけた指に力を入れるだけでよかった。弾はその小僧の顔を、子供みたいにあどけないベトコンの顔のど真ん中を、バンッと瞬時に吹き飛ばした。わしは引鉄を引きつづけた。そいつの頭が腐ったカボチャみたいに弾け飛んで、肉片がばらばらと降りそそいでくるまで。目だの、口だの、鼻だのといった、穴という穴に飛びこんでくるまで。そのあと、わしは明りを消した。暗闇のなか、地べたを後ろへ這いずって、どうにかトンネルを抜けだした」

フランクはそこで言葉を切ると、じっと押し黙って動かなくなった。ジョーも身じろぎもせずに待った。やがて、フランクはマグカップを口もとに運び、コーヒーを口に含むなり、顔をしかめた。「やれやれ、すっかり冷めちまったな」そうぼやきながらも中身を飲み干すと、からになったカップを作業台に置いて立ちあがった。「そして、それから二十年後……」絵具の飛び散った壁を杖で指し示しながら、フランクは続けた。「わしはそれを絵に描いた。何度も、何度も、描いて、描いて、描きつづけた。あのおぞましい光景を、ようやく夢に見なくなるまでな」

29

ドナがブレイズ・ローガン保安官補と共に〈クラブ・ランデブー〉を訪れたとき、そこにジョーの姿はなかった。ただし、それは意外でもなんでもなかった。ブレイズにもあらかじめ、ジョーがいる確率は良くて五分五分だが、こちらが強く迫れば、店の者の口から居所を吐かせられるかもしれないということを伝えてあった。この店にブレイズを誘ったのも、それが理由だった。かける圧力は、強いほどいい。

一方のブレイズは初対面の瞬間から、ドナが完全な異性愛者であることを見ぬいていたが、それでもドナという人間を気にいっていた。ドナはあの銃撃戦のさなかでも、冷静さを失うことなく、相手と堂々渡りあっていた。だいいち、たまたま魅力的《ホット》でもあるクールな同僚とビールを一杯酌み交わすことに、どんな問題があるというのか。そんなわけで、このあいだの祝杯のお誘いを今晩受けてもかまわないか、とドナに電話で訊かれたときも、ブレイズはもちろんと即答したが、そのあとに付け加えられた言葉を聞いたところで、べつだん驚きはしなかった。

「その店に、とっ捕まえたい人間がいるの」

「そうじゃないかと思ってた」

「じつはいま、こちらに隠しごとをしている可能性のある、とある人物の行方を追っているんだけれど、証拠も勝算もほとんどない。だから、できればうちの局の人間にはまだ知られたくないというわけ」

「なるほどね」

「それでも、背後を見張っていてくれる誰かが必要だわ。だけど、その誰かは、口を堅く閉ざしていることのできる人間でなきゃいけない。それから、ビールを

一、二杯、楽しく酌み交わせる相手でもなきゃいけない」
「要は、信頼できるダチってことだね」

「そういうこと」

「わかったよ、ドナ。あたしの車で行こう」

「あの、それからもうひとつ……」少しためらってから、ドナは続けた。「その店、じつはストリップクラブなの。つまり、女のひとが脱ぐほうの」

「だから、レズビアンのあたしを誘おうとなったってわけ？」

「いいえ、そんなんじゃないわ。ただ、少なくともあなたなら、そのことでわたしに剣突《けんつく》を食わせはしないだろうと思って」

「心配しなさんな。ただの冗談だよ。酒を何杯か引っかけながら、裸の女の子が踊りまわるのを眺められるなんて、最高じゃないの。是非にでもお伴させてもらうわ」


そういったやりとりのすえに、ふたりはいま、バーカウンターでビールをちびちびやっていた。男性を同伴していない女の客は、店内にドナたちふたりしかいなかったけれど、そのことで好奇心をあらわにしてくる者もなかった。そしてドナには、これからどうしたらいいものか、まるで見当もつかなかった。ダイヤモンドの強奪事件にジョーが関わっているのではないかとの疑いを抱《いだ》いた――直感的には確信した――ときには、とにかく無性に腹が立った。あのとき支局まで会いにきたのだって、こちらのようすを探るためだったのかもしれない。自分がくわだてている計画について、何かを聞きおよんでいないかどうか、探りだそうとしたのかもしれない。ブレイズに電話をかけたあと、ドナは母親にメールを送った。娘のラリッサがアフターケア・プログラム（放課後に工作をしたりおやつを食べたりするだけのプログラムに、回復期の患者のための治療だの、出所後の更生指導だのを意味する名称をつけるとは、いったいどういうつもりなのか）から帰宅したら、一緒にいてやってほしいと頼んでおいた。そのあと、ブレイズに車で拾ってもらって、クイーンズまでやってきた。車中の会話は、もっぱらブレイズに任せっきりだった。仕事の愚痴をあれこれ並べたてるブレイズの隣で、ほぼ聞き役に徹していた。ドナの口数が少なかったのは、多くの情報を与えることを、できれば避けたかったからだ。ところが、いざこうして来てみると、あの腸《はらわた》が煮えくりかえるような怒りは、すっかり冷めきってしまっていた。ジョーはいるかとバーテンダーに尋ねたところ、返ってきたのは「ジョーって、どのジョーです？」との答えだった。ジョー・ブロディーはいるかともう一度尋ねると、「いない」とひとことだけ返された。次の手立ては何ひとつ考えてきていなかった。

けれども、隣にいるブレイズは、特に気にするそぶりを見せなかった。なんら口出しもせずにビールをすすりながら、ステージ上の踊り子を眺めていた。ドナはステージなどそっちのけで、過去のあれこれに思いをめぐらせていた。前回この店を訪れて、奥のボックス席でジョーと会話をしたときのこと。ここ以外の場所で、ばったり出くわしたときのこと。初対面でジョーに手錠をかけたときのこと。覆面をつけて正体を隠していたジョーが、ドナの命を奪うことなく見逃したうえに、負傷させたことに対する詫びの言葉まで残していったときのこと。一昨日、ピザ屋の前の外階段にすわって会話をしたときのこと。あのときはふたりのあいだに、心安く、親密な空気が自然と流れたような気がした。まるで、最高にすてきなデートみたいに――その瞬間、あまりの恥ずかしさに全身がかっと熱くなった。自分自身の面前で、恥をかかされたとでもいうように。わたしは成熟した大人の女であり、FBIの捜査官であり、母親でもある。一方、あの男は嘘つきであり、盗っ人であり、そのうえおそらくは人殺しでもある。自分が知っている男のなかでも、最悪の恋人候補だ。〝知っている〟という表現すら、本当はふさわしくないのかもしれない。自分とジョーのあいだにあるつながりは、あくまでも職務上のものであり、けっして私的なものではない。あちらは事件を起こす側で、こちらはそれを解決する側。あちらは嘘をつく側で、こちらは真相を突きとめる側。あちらは逃げる側であり、こちらは追う側の人間なのだ。そしていつか、あの尻尾をつかむ日が来たなら、自分はジョーをベッドではなく、刑務所へといざなうことになるだろう。

いまようやく、自分が何に腹を立てているのかがわかった。裏切りだ。わたしはジョーに裏切られたと感じているんだわ。そんな自分の愚かしさが、裏切られるような関係であると考えること自体の愚かしさが、さらに怒りを募らせた。その怒りは自分に向けられたものだったけれど、もっと生産性のある何かに矛先を変えようと思えば簡単だった。

「周囲を警戒していてちょうだい。ちょっと試してみたいことがあるの」ドナはブレイズに言った。

「いいね、あの子たち。ほんとイカしてる」陶然とした声で、ブレイズはつぶやいた。視線の先に目をやると、痩せこけたブロンドの踊り子がステージの上を踊りまわりながら、ブレイズに向かってけだるげにウィンクを送っていた。ドナはビールをごくごくと呷ってから、無意識のうちにミントを探して、バッグのなかに手を入れた。万が一、警察が駆けつけるような事態に陥った場合、口からアルコール臭を漂わせていてはまずい。ストリップクラブでひと暴れしてやろうというときにまで、優等生でいようとする。それがドナという人間だった。ひとでにぎわう店内を突っ切りながら、身分証明書のレザーケースに挟んだバッジを取りだし、あいたほうの手で、ホルスターに入れた銃をそっと押さえた。楽屋裏の廊下を進み、トイレの前を通りすぎて、角を曲がった。

「ちょっと、そこの姐《ねえ》さん、そっちは立入禁止だよ」たまたま通りがかった皿洗いの男が声をかけてきた。

無言のままバッジを見せると、男はあっさり引きさがった。ドナはさらに廊下を進んで、支配人室と書かれた扉をノックした。すぐに反応がないとみるや、ブーツを履いた足でそれを蹴破った。

「なんの用だ？」ぶっきらぼうな胴間声《どうまごえ》が訊いてきた。ドナは支配人室に足を踏みいれた。白い顎鬚を蓄え、大きな太鼓腹をシャツとネクタイで覆い隠した白人の男が、書類を山積みにした机の向こうからこちらを見あげている。チュアブルタイプの胃薬のボトルを握りしめたさまは、まるで零落《おちぶ》れたサンタクロースだ。支配人はドナを見あげたまま、やれやれと顔をしかめて、こう言った。「オーディションなら、水曜の午後に出なおしてきなさい」

「仕事ならもう就いてるわ」ドナは言って、バッジを掲げた。「FBI捜査官よ」

「わしをパクりにきたのか？」恐怖よりも煩わしさをにじませた声で支配人は尋ねると、これ以上に仕事を増やそうというのかと言わんばかりに、机の上を顎で指し示しながら、「なんの容疑で？」と訊いてきた。

「わたしはただ、ジョーと話がしたいだけ」

支配人は首を横に振って言った。「知らんな」

「ジョーって名前の人間を、ひとりも知らないとでも言うつもり？」

支配人はどっちつかずに肩をすくめた。

「ジョー・ブロディーよ。用心棒の」

「おお、あいつのことか」言いながら背もたれに寄りかかると、デスクチェアが軋りをあげた。支配人は手にしたボトルから胃薬をふた粒取りだして口に放りこむと、それをもごもご舐めながら、何やら考えこむような表情を浮かべて言った。「あの男なら、しばらく顔を見せておらんぞ」

「だったら、いまつかまえて。それまでここで待たせてもらうわ。せっかくだし、お客や従業員の身元確認でもしていようかしら」

「なんだと？」とつぜん息を吹きかえしたかのように、支配人はがばっと椅子から立ちあがり、ドナを見すえて訊いてきた。「なんだってそんなことを？」

「連邦保安官事務所の保安官補も連れてきているの。逮捕状の出ている容疑者が、ここにいるかもしれないという情報を得たものだから」

そう言うと、ドナは踵を返して戸口に向かった。

「待った、待ってくれ……ああ、くそっ」支配人は慌ててドナを呼びとめようとした。胃薬をさらにふた粒、口に放りこんでから、ようやく電話に手を伸ばした。

娘のドナからメールが来て、孫の世話を頼まれたとき、ヨランダはすでに地元へと戻る車中にいた。ただし、いま乗っているバンのなかには、カジノ帰りのご婦人がたがぎゅう詰めになっており、何杯か飲んだお酒のせいで、いくらかほろ酔いの状態でもあった。それから、新しく友だちになったグラディスが隣にすわってもいた。あのあとすっかり意気投合して、みんなでディナーに繰りだそうという話になったのだ。そのグラディスはいま、下のほうが数センチだけ外側に開くようになっている窓を、じっと見つめて考えこんでいる。煙草を一本だけこっそり吸ってもかまわないかどうか、決めあぐねているようだ。ヨランダは仕方なく、グラディスをそっと肘で突き、注意を引いてからこう打ちあけた。

「娘からいまメールが来て、孫の世話を頼まれちゃったの。何か大きな事件があって、帰宅が遅れるみたい。できれば、家でデリバリーを頼むことにしたいんだけれど、かまわないかしら。すぐ近くに、スパニッシュ中華の美味しいお店があるの」

「ええ、もちろんよ。あの可愛らしいお孫さんにも、是非お会いしたいものねえ」
ヨランダはドナにメールを返した。カジノに行ったことも、酔っぱらっていることも知られたくなかったため、文面はごく簡単に済ませることにした。〝了解。気をつけてね。愛をこめて、母より〟

支配人室から戻るなり、ドナはグラスを持ちあげて、残りのビールを飲み干してから、ブレイズに告げた。「ついてきて」それから大股にフロアを横切り、DJブースに近づくと、バッジを見せながらDJに命じた。「音楽を消しなさい。それと、そのマイクを渡してちょうだい」

DJはそれに従った。出しぬけに音楽が鳴りやむと、ほぼ全裸の踊り子たちも動きをとめて、何が起きているのか見きわめようと、ステージを取り囲む客の顔をきょろきょろと見まわしはじめた。光の洪水のなかで必死に目をすがめるその表情は、見るからに困惑しきっていた。客たちは口々に不平を鳴らしはじめた。なかには数人、怒声をあげる者もいた。ドナは舞台際に設けられた階段につかつかと近づき、ステージにあがった。

「いいねえ！ あんたも脱いじまえ！」誰かが囃《はや》したてる声がした。

「席にすわって、口をつぐみなさい」ドナはマイクを口もとに運んで言った。自分の声の大きさに、内心いささか面食らいながらも、さらにこう続けようとした。「わたしは特別捜査官の――」次の瞬間、甲高いハウリングの音が耳をつんざき、客たちがめいめいにうめいたり、野次を飛ばしたりしはじめた。するとそのとき、長身でブロンドの踊り子が近づいてきて、親切にこう教えてくれた。

「もっとこっちに立って、あんまりマイクを揺らさないようにするといいわ」

「ありがとう」ドナはお礼を言ってから、ふたたびマイクを口に近づけ、バッジを掲げた。「FBIよ」その途端、照りつける光の向こうに動きが見えた。数人の客が出口に駆け寄ろうとしている。「店じゅうの明かりをつけて！　ここには保安官補も同行しています！　みなさんにはいまから身分証明書を呈示していただき、逮捕状が出ていないかどうかを確認します！」

出口へと向かう客の動きはいまや、パニック映画さながらの様相を呈していた。店じゅうの客という客が、出口に殺到しようとしている。ところが、明かりが灯された瞬間、その動きが前方で堰きとめられているのがわかった。ブレイズがすばやく先まわりして、バッジを掲げながら出口をふさいでくれている。まんまと逃げおおせたのは、最初の数人だけのようだ。

「それではみなさん、こうなったからには可能なかぎり、整然と作業を進めましょう。各自、バーカウンターのほうへ移動するなり、着席するなりしてください。身元の確認が済みましたら、お帰りになってもかまいませんし、店内にとどまっていてもかまいません。全員の確認が済んだ時点で、ショーの再開を許可します」楽屋口へ目をやると、サンタもどきの支配人がそこに突っ立ち、見るも無残な表情を浮かべつつ、店内のようすを眺めていた。ドナはまっすぐそちらを見すえたまま、誰にともなく問いかけた。「ただし、この確認作業にどれほどの時間がかかるかは、誰にもなんとも言えないのでは？」

店内の客はみな、ぐずぐずとぼやきながらも指示に従った。席に戻ってグラスを手に取ったり、ブレイズが近づいていくと財布を取りだしたりしはじめた。ドナがマイクを返そうとすると、さきほどのブロンドの踊り子が問いかけてきた。「あの、すみません、捜査官。あたしたちの身分証明書もごらんになる？」

「いいえ、あなたがたはそのまま待機していてちょうだい」

踊り子はこくんとうなずき、仲間たちの輪に戻っていった。ドナはステージから飛びおりて、ブレイズの反対側へと店内を進んだ。端から順に身分証明書の呈示を求めては、電話で照会しているふうを装いながら、ぼんやりと考えた。このなかにひとりかふたり、暴挙に出ようとする者があらわれるかもしれない。だがいまのところ、敵意に満ちたまなざしを向けてくる者はいても、表立って歯向かう者はいない。そうしてほどなくたどりついたのは、ステージぎわ最前列の席だった。VIPだかなんだかのために用意された一角らしく、テーブルの上にはモエ・エ・シャンドンやらヘネシーやらがボトルのまま置いてあり、黒人の男と白人の男がひとりずつ、ソファにふんぞりかえっている。ふたりはどちらも高級ブランドのスポーツウェアを着て、どちらもゴールドのアクセサリーをじゃらじゃらつけており、どちらも身分証明書を取りだそうとしなかった。

「さあ、おふたりさん。何か身元を証明できるものを見せてちょうだい」

長身で、入念に鍛えあげられたのであろう肉体をした黒人のほうが、ドナを睨みつけて言った。「あんた、こいつが誰だか知らねえのか？　ラッパーのリル・ホワイティだぜ」ドナは男から視線をずらし、ちらりと隣に目をやった。細身で若い白人の男。自分の目には、虚勢を張っているだけのチンピラにしか見えない。

「さあ、聞いたことないわね」ドナは黒人のほうに向かって言いながら、尻ポケットに入れてある伸縮式の特殊警棒に右手を伸ばした。「ただし、小柄で白人という容貌は、指名手配中の逃亡犯のひとりと身体的特徴が一致するわ。そういうわけだから、おとなしく身分証を出してもらいましょうか」

「いやだと答えたら、どうするつもりだ？」スニーカーを履いた足をテーブルに乗せ、なおもソファにふんぞりかえったまま、リル・ホワイティが訊いてきた。

「立ちあがって後ろを向き、頭の後ろで両手を組みなさい。そう命じるだけのことよ。じゃあ、まずはあなたから」ドナは黒人のほうに顔を戻した。男は両手をあげて、ゆっくり立ちあがったかと思いきや、とつぜん前に飛びだして、アメフトのランニングバックさながらに体当たりを食らわせようとしてきた。ドナがとっさに身をかわすと、男は勢い余ってつんのめり、そのまま床に倒れこんだ。ドナは男が体勢を崩すと同時に左手で腕をつかみ、床に倒れこむと同時に馬乗りになって、男の背中を膝で押さえこんだ。すると男はズボンのウエストに手を伸ばし、そこに差してあった銃身の短いリボルバーを引きぬこうとした。ドナは右手で警棒を振りあげ、男の手首に叩きつけた。男は痛みに咆哮をあげながら、拳銃を取り落とした。

一方のリル・ホワイティは、弾かれたようにソファから立ちあがり、出口に向かって駆けだしていたが、ブレイズの脇を通りぬけようとして、顔面にもろにラリアットを食らった。リル・ホワイティは床に膝をつき、両手で鼻を押さえて、べそをかきはじめた。「ああ……くそっ、おれの鼻が……」

それをきっかけに、店内はパニック状態に陥った。店から逃げだそうとする者もいれば、とりあえずどこかに身を隠そうとする者もいた。それ以外の者たちは、どうやらこちらを取り囲もうとしているらしかった。ドナとブレイズは銃を抜いて、背中合わせに立った。

「今度一緒に飲むときは、あたしに店を選ばせてちょうだい」ブレイズが小声で言ってきた。

「了解」とドナは応じながら、臨戦態勢に入るべく重心を落とした。

そのときだった。ジオ・カプリッシがつかつかと店に入ってきたのは。

ドナにはこのとき、ジオの姿が見えていなかった。店内に響きわたる声だけが聞こえてきた。「ここでいったい何が起きてやがるんだ？　全員、席に戻っておとなしくしてろ！」

その効果はてきめんだった。店内が水を打ったように静まりかえった。ほぼ全員が近くの席に腰をおろしたり、もといた席に引きかえしたりしはじめた。リル・ホワイティとその連れだけが通路に転がったまま、弱々しいうめき声をあげていた。

ジオはこの日もスーツを着ていたが、ネクタイはなおざりに結んだだけで、髭もまだ剃っていないようだった。両脇には強面《こわもて》の部下をしたがえていた。支配人がそちらに駆け寄っていって、ドナを指差しながら、何やら耳打ちをした。ジオはドナにうなずきかけながら、「こんばんは、ザモーラ捜査官」と挨拶してきた。リル・ホワイティの傍らにしゃがみこむと、顎に手を添え、ぐっと上に持ちあげさせてから、顔をまじまじと見て言った。

「なんだ、またおまえか？　学習するってことを知らねえのか」

「医者を呼んでくれ……」ホワイティは泣きべそ声で訴えた。「それから弁護士も……マネージャーも……」

「わかったから、あと少しだけチビるのを我慢しろ」

ジオは床から立ちあがり、ドナに顔を向けて訊いた。

「こいつに逮捕状か何かが出てるのか？」

「いいえ。帰していいわ」ドナはそう答えながらホルスターに銃をしまうと、黒人の男のほうをつま先で軽く蹴りつけた。「ただし、こっちの男は解放できない。銃を携帯していたから」

ジオは眉間に深い皺を刻んで、男を見おろした。

「貴様、この店に銃を持ちこんだのか？　だとしたら、おまえはふたりの人間とのあいだに問題を抱えこむことになる。そのうちの遥かに厄介なほうがおれだ」

「あの女、たぶん、おれの手首を折りやがった……」

「それはよかった」

ブレイズが男の財布を手にして近づいてきた。身元の照会を済ませてきたらしい。「その男に逮捕状が出てた。容疑は暴行罪。場所はフロリダ。そのうえ、銃器所持の現行犯だ。したがって、そいつは晴れて、連邦政府のお尋ね者となった。あたしがありがたく頂いとくよ。あんたが要らないって言うんなら」

まるで自分が意向を尋ねられたとでもいうように、ジオは好きにしろと身ぶりで示した。ブレイズは大仰に目を剝いてみせてから、ドナに顔を向けてきた。

「あなたにあげるわ」ドナはそう答えてから、手錠をかけはじめたブレイズにそっと耳打ちした。「今夜、あなたに無駄足を踏ませずに済んで、ちょうどよかった」

「さてと。それではお訊きしよう。おれに何をご所望かな？」ジオがドナに向かって言った。

「そちらの用心棒のジョーと話をさせてちょうだい。早急に」

「ジョー？ あいつなら、一身上の都合により、いまは休みをとっている。ここに顔を見せなくなって……どれくらいだ？」ジオは訊きながら、支配人を振りかえった。「もう二週間くらいにはなるか？」

「ええ、おっしゃるとおりです、ボス。その女にもさっき——」

ジオはさっと片手をあげて、支配人を黙らせた。携帯電話を取りだし、「呼出し中だ。確認してくれ」と言いながら、ジョーの名が表示された画面をドナに見せたあと、おもむろに電話を耳にあてた。「……留守番電話につながった。少なくとも、留守番電話サービスは利用するようになったらしい」ジオはそれだけ報告すると、ふたたび電話を耳にあてて喋りだした。

「ジョー。おれだ、ジオだ。FBIのザモーラ捜査官が、至急、おまえと話をしたいらしい」

「行方不明中の石の話だと伝えて」

ジオは小さく肩をすくめてから、続けてメッセージを吹きこんだ。「行方不明中の石の話がしたいそうだ。

折りかえし電話をくれ」ジオはそう言って電話を切ると、ふたたびドナに顔を向けた。「さて、ひとまずお尋ねするが、もしも本気でうちの店にいる人間を逮捕するつもりなら、おれはいまから弁護士を呼ばなきゃならない」ジオは言いながら、店内をぐるりと見まわした。客も、DJも、バーテンダーも、ステージ上にとどまっている踊り子たちも、みな一様に不安げな顔をしている。「それから、ピザも注文しなきゃならないかもしれないな」

「弁護士は必要ありません。ジョーがいまのメッセージを、かならず受けとるようにだけしてください」ドナはジオにそれだけ言うと、被疑者を連行していくブレイズのあとを追った。「ご機嫌よう、ミスター・カプリッシ」

「ご機嫌よう、ザモーラ捜査官……ああ、そうだ、ザモーラ捜査官！」

ドナは店を出る手前で振りかえった。出口では、ジオの部下ふたりがすばやく脇へよけ、ドナたちのために道を開けてくれている。

そのドナに向かって、ジオは声を張りあげた。「次に何かが必要になったときは、余計なことはせずに電話をくれ！　番号は知っているはずだ！」

今夜は〈クラブ・ランデブー〉に張りこもうと決めたとき、マイク・パウエルはほんのささやかな期待しか抱《いだ》いていなかった。複数の密告屋から得た情報によると、昨日発生した大掛かりなダイヤモンド強奪事件は、地元のプロによる犯行であるらしい。また、この事件には、とあるテロ組織がこの国へこっそり持ちこんできたヘロインが関係しているのだが、そのテロ組織の詳細は、フェリックスと呼ばれる人物がメンバーに含まれること以外、不明であるという。ならば、ジオの店を見張っていれば、何か興味深いものが見つかるかもしれない。マイクはそう考えたわけだが、その何かが別れた妻であろうとは、予想だにしていなかった。

警察関係の人間であることがひと目でわかる、ショートヘアでがっしりとした体格の女を伴って、ドナは店にやってきた。その姿を目にした瞬間、心臓が早鐘を打ちだした。だが、これは果たして、秘密諜報員としての嗅覚が何かを嗅ぎとったせいなのか。それとも単に、感情を揺さぶられただけのことなのか。愛や、憎しみや、欲望や、ドナを目にしたり、ドナのことを考えたりするだけで生じる心の渇き――そうしたすべてが入りまじった、複雑な感情によるものなのか。まあ、それはともかくとして、捜査機関に身を置くふたりが犯罪組織の資金源として知られるナイトクラブを訪れるからには、それなりの理由があると考えて、まずまちがいない。

ところがほどなく、その組織のドンであるジオ・カプリッシみずからが店の前に車を乗りつけてきたとき、その真後ろにとまった車から、ひと目でボディーガードだとわかる屈強な男ふたりが降りてきたとき、そのニ人が足早に店へ駆けこんでいったとき、マイクは悟った。どうやらこの事件の全貌は、かなり込みいったものであるらしい。そのうえ、別れた妻までもが、そこにどっぷり首を突っこんでいる。

30

ふざけるな。こんな男は捨ててやれ。

それが、真っ先にキャロルが思ったことだった。ビリー・ジョエルの歌声に集中することで、音楽を感情の蓋とすることで、抑えきれないほどの感情を覆い隠すことで、話をしない口実や行動を起こさない口実とすることで、コンサートのあいだだけはどうにかやりすごすことができた。ときどき、観衆の昂ぶりに合わせて押し寄せてくる大波に、感情が呑みこまれてしまうこともあった。《ピアノ・マン》を大合唱する何千人もの歌声に、心の声が掻き消されることもあった。

それから、いま聴いている歌の歌詞が、自分の気持ちをそっくりそのまま代弁してくれていると思えることもあった。じつを言うと、ビリーの音楽は、キャロルの人生というドラマのサウンドトラックでもある。頭のなかでのみ放映される私的なドラマの要所要所で、《オネスティ》や《シーズ・オールウェイズ・ア・ウーマン》を流したって、誰もかまいやしないはず。けれどもときどき、いきなりすっくと立ちあがって、こう叫びだしたくなるときもあった。**ふざけるな！　ありきたりな中産階級の退屈きわまりない戯言になんて、誰が耳を貸すものですか！　みんなくたばれ！　くそったれ！**

その晩、ホテルに移動してからは、ジオの顔をまともに見ることができなかった。けれどもそのあと、暗がりのなかで、怒りと苦悩と恐怖とが欲望へと形を変えた。まるで何年も身体を重ねていなかったかのように、ふたりは激しく互いを求めあった。これで三人めを身ごもることになるんじゃないかとさえ考えた。それと同時に、深刻でもあり深遠でもある、人生を一変させるような何かが自分の身に起きたのだということを、なおのこと痛感した。翌日、キャロルは、とある知りあいに連絡をとった。その女性にはヘッジファンド投資家との離婚歴があり、家（うちよりも大きいけれど、建っている場所は一等地ではない）も子供も手放すことなく離婚を成立させていたため、そのときお世話になったという弁護士のことを〝友人として〟いろいろ訊いてみたかったのだ。

ところが、二日が過ぎたころ、不意にキャロルは気がついた。いったいわたしは誰を騙そうとしているの？ わたしはセラピストであり、精神科医でもある。健全な愛情だの不健全な愛着だのについて、人間関係を良好にしたり悪化させたりする要因について、日がな一日、講釈を垂れている。けれども結局、わたしはなんにもわかっちゃいなかったんだわ。いいえ、もしかしたら、誰にもわかっていないのかも。愛とは、永遠の謎であり、一種の熱病であり、災いであり、恵みでもある。愛は良くも悪くも呪縛であり、その呪縛を自分で解くことも、相手を自分で決めることも、人間にはできない。もしかしたら古代の神話こそが、いのいちばんに、愛というものを正しく理解していたのかも。樹木や、ロバや、水面に映った自分の像を愛してしまうことだって、あるかもしれない。孤独に耐えかねて星に姿を変えてしまうことだって、激情に溺れて花に姿を変えてしまうことだって、野獣に姿を変えられた者が恋心を募らせてしまうことだってあるかもしれない。そうよ、わたしは自分を欺《あざむ》いていた。弁護士なんて必要ない。わたしはいま、夫に憎しみを抱《いだ》いてはいるけれど、夫を捨てる覚悟はまだできていない。

それなら、いっそ殺してしまえ。それが、次に考えたことだった。ジオはこの日も帰宅が遅れた。韓国料理のレストランで仕事絡みの会食があるのだと、本人は言っていた。翌朝、脱ぎ捨ててあったシャツから焼肉や煙草のにおいがしていたから、まったくの嘘ではないのだろう。けれどもそこに、安物の香水と汗のにおいまでもが入りまじっていることに気づいたとき、猛烈な殺意が込みあげてきた。本当にそんなことができるとは自分でも思えなかったけれど、ふと気がつくと、さまざまな見地から殺害方法を検討している自分がいた。銃の在り処は知っている。ジオに複数の敵がいることもわかっている。少なくとも、子供たちの力になるような仕事をしていたり、ヨガ教室に通っていたりするような、無垢で非力《ひりき》な妻よりもずっと先に、嫌疑をかけられるであろう人間はわんさかいる。それに、わたしなら確実に、ジオを不意討ちできる。けれども、その点こそが、最も痛烈な皮肉のひとつでもある。あのひとはあのひとなりに、わたしを信用しきっている。わたしがあのひとを傷つけようとするだなんて、想像すらしていないはず。自分でも、そんなことができるとは思えない。もうひとりの自分が頭のなかで、殺せ、殺せとささやきかけてくるときでさえ。当然ながら、正当防衛による殺人の可能性も考えた。あるいは、子供を守るために、家族を救うために、母親がやむなく殺しに手を染めた——そんなふうに装えないだろうかとも考えた。けれども、怒りからにせよ、苦しみからにせよ、夫に銃を向けて撃ち殺すことで、わたしの抱えている問題は本当に解決されるのかしら。いいえ、けっしてそうはならない。どんな言いわけを並べたてようと、わたしがしようとしていることは、入念に構想を練ったうえでの計画的な殺人だ。けれども、わたしは断じて人殺しなんかじゃない。人殺しはあのひとのほうだもの。

ならばわたしは、夫とはちがう自分なりのやり方で、セラピストのやり方で、復讐を遂げてみせよう。夫に真っ向から真実を突きつけ、夫の秘密をドラマチックに暴きたてたうえで、相手の反応を見きわめてやるわ。

ついに意を固めたキャロルは、つかつかとキッチンへ向かった。がらくたを収納してある引出しを開けて、合鍵をまとめたキーリングを取りだすと、ジオの筆跡で〝オフィス〟と書かれた鍵を抜きとり、自分のキーリングにつけかえた。いったん帰宅したジオが慌てて家を飛びだしていったあの晩、どこかのナイトクラブで非常事態が発生したとかなんとか言っていたけれど、本当はあのときもその女に――安物の香水をつけた、くすんだブロンドの女に――会いにいったのでは？　いいえ、その可能性はおそらく低い。あのとき電話で話していた相手は本当にネロのようだったし、電話口で何を聞かされたにせよ、心底うんざりしたような顔をしていたもの。そうよ、焦ってはだめ。まずは観察する。尾行もする。時機を窺う。そうして、ジオも、ジオの愛人も、現行犯でとっ捕まえてやる。

　帰宅したドナが何より予期していなかったのは、母親が友人を家に招いていることだった。理由のひとつは、母が自宅に友だちを呼ぶことなど一度もなかったから。もちろん、友だちがいないというわけではないはずだ。ご近所さんと立ち話をしたり、アパートメントの軒先に椅子を持ちだして井戸端会議をしたりしていることもある。すでに退職した元同僚と集まって、年に一度、昼食会を開くこともある。同年輩のご近所さんみんなで一台のバンに相乗りして、映画鑑賞会だかなんだかに出かけていくこともある。けれども、ドナの記憶にあるかぎり、家に帰ってみたら、母がすっかりくつろいだようすで、友だちとお酒を飲んだり、炒飯《チャーハン》を食べたりしていたなんてことは、これまで一度たりともなかったのだ。

　その晩、ドナは玄関を抜けた瞬間から、母に話しかけはじめていた。今夜は本当にとんでもない出来事の連続だったわ。ある情報を得るために、クイーンズくんだりまで出かけていったのよ。ラリッサはちゃんと寝られたかしら。あの店の中華料理のにおいがしてるけど、わたしのぶんは残ってる？　ところが、居間へ足を踏みいれた瞬間に、ドナは思わず面食らった。母が自分より年上だろう白人の老女とソファにすわって、さも楽しげに笑っていたから。けれども、それ以上に驚いたのは、その老女が顔をあげ、こちらに微笑みかけながら、こう話しかけてきたときだ。「こんばんは、ザモーラ捜査官。いまちょうど、あなたの話をしていたところよ」その老女は、ジョーの祖母、グラディス・ブロディーそのひとだった。

ドナは言葉を失った。呆気にとられたまま、こちらに微笑みかけてくるふたりをぽかんと見ていた。奇妙な夢から、たったいま目覚めたばかりだとでもいうように。

「ほらほら、ドナもおすわりなさいな」母親が言いながら、取り皿に手を伸ばした。「ずいぶんおなかがすいてるみたいね。お料理ならたくさん残してあるわよ」

グラディスは足もとに置いた紙袋からビールをひと缶取りだすと、プルトップを開けながら言った。「喉も渇いてるみたいだね。さあどうぞ、お嬢さん。いまのあんたには、きっとこれが必要だよ」

「それは、あの……ええ、そうね。いただくわ」ドナはグラディスからビールを、母親から料理を山盛りにした皿を受けとり、腰をおろした。

「おまえのガールフレンドが店にやってきて、大乱闘をおっぱじめたのは、今回で二度めだぞ」ジオは車を走らせながら、助手席のジョーに向かって言った。車はさきほどクイーンズを発ち、ベッドフォード＝スタイベサントをめざしていた。フランクのアトリエを出て家に戻る途中、ジョーが携帯電話の着信を確認してみると、ジオとジュノからのメッセージが届いていた。そこで、ジオに車で拾ってもらい、いまは車中で、ドナが店に乗りこんできたとの一報を聞かされているところだった。「うちのだいじな用心棒を生贄《いけにえ》に差しだすようなまねは、死んでもしたくなかったが、客の手前、仕方がない。〝あの店に行くと、おかしな女どもにケツを蹴飛ばされる〟なんて評判が立ちでもしたら、商売に響くからな」

「ドナはおれのガールフレンドじゃない。じつを言うなら、エレーナも」

「そいつは朗報だな。まったく、本来なら、FBIの女とベッドにしけこむほど、おまえまでとち狂っちゃいないようにと願うべきなんだろうな。あの女、相当鶏冠《とさか》に来てるようだったぞ。あのようすからすると、ほら、あれだ。いわゆる私情絡みってやつだな。それにしたって、いったいどうなってやがるんだ？　あの女、〝石〟なんぞと抜かしやがった。ダイヤの件を知っているぞと、おれらに仄めかそうとしてやがる」

「ああ。だが、なんのために？」

「それよりも、どうやって知ったかだ。おれらが極秘に進めているヤマの情報を、よそに漏らしてる野郎がいる。そいつの正体を、早急に突きとめなきゃならん。少なくとも、いま確実にわかってるのは、そいつがFBIに飼われてるってことだ。あの女が知っていることを、警察内部にもぐりこませてるネズミのほうはまったく把握してなかった」

「とりあえずは、ジュノが何を見つけだしたのか見てみよう。報告の準備ができたと言っていた」

「のんびりかまえてる場合か？」

「そうかりかりするな。ジュノのやつが怯えちまう」

「あの小僧が何に怯える必要がある？　怯えてるのはおれのほうだ」

「とにかく冷静に、にこやかでいるよう努力しろ」

「おれはいつだって冷静だし、にこやかだろうが」ジオはそう言いかえすと同時に、ジュノの自宅に面した通りを走りぬけ、あいているスペースに急停車した。

「ああ、たしかにそのとおりだ。だが、おそらくはそういうところが、かえってまわりを怯えさせるんだろうな」

「三セント」

「はいよ。三セントだね。こっちはさらに三セント、レイズするよ」

「わたしはおりるわ」

「いいでしょう。受けて立つわ」ドナは言って、一セント硬貨をさらに三枚、中央の山に足した。大量の一セント硬貨はラリッサの貯金箱から失敬してきたもので、代わりに紙幣を入れておいた。そしていま、ヨランダまでもが固唾を呑んで見守るなか、グラディスはゆっくりと手札を返して、自分の揃えた役を見せた。フラッシュ。

「ああもう、やられたわ」ドナは言って、舌打ちした。

「絶対、はったりだと思ったのに」

ヨランダが笑いながら、ビールを口に運んだ。「はったりでそのひとに勝てるわけないわ。グラディスはプロだもの」

「もっと見る目を養わないとね、お嬢ちゃん」グラディスは言いながら、中央に置かれた小銭を掻き集め、すでに大山をなしている自分の山に加えた。「あんたがこれからの人生で払う授業料のなかで、今日のこれが、いちばん安あがりなものになるはずだよ」

「ちょっと待って。まさか、いかさまはしてないわよね？」口に出した瞬間から、すでに後悔していた。こんなときにまで職業病が顔を出すなんて、どうかしてるわ。

けれども、グラディスはけたけたと笑いだした。

「ペテンのテクニックは使っちゃいるけど、いかさまはしちゃあいないよ。あれとこれとは話が別だ。いかさまは立派な犯罪だけど、ペテンってのはただ単に、相手を心理的に翻弄するだけのことだからね」グラディスは伏せたトランプを両手で混ぜながら、「そりゃまあ、両方を同時にできないってわけでもないけど」

一枚、放りこんだ。「ほれ、始めるよ。参加料《アンティ》を出しながら、ウインクをして、こう付け加えた。「だけども、あんたを打ち負かす程度なら、いかさまをするまでもない。ほれ、あんたが親になる番だよ」

ヨランダがひときわ声を大きくして笑った。ドナは頬が赤くなるのを感じながら、トランプを切った。それを三人に配りながら、何げないふうを装って、こう切りだした。「お孫さんは、今夜は何を？」

グラディスはひょいと肩をすくめた。「さあねえ。そんなこといちいち訊きゃあしないから。あの子を飼い馴らそうとすることなんて、とうの昔にあきらめた。あたしは、窓を開けとくだけ。そうすりゃそのうち、腹が減れば帰ってくる。これはあたしからのアドバイスだよ」

「アドバイス？」

「あの子を捕まえようとする人間へのアドバイスさ」

グラディスはそう言うと、輪の中央に一セント硬貨を一枚、放りこんだ。「ほれ、始めるよ。参加料を出しな」

ドナとヨランダも、参加料の一セントを出した。おそらくは娘の結婚式以来、一度も酔った姿を見せたことのなかったヨランダが、ほろ酔い機嫌でドナの膝をぴしゃりと叩いた。「だったら、この子がお孫さんを追うことにならないよう願ったほうがいいわ、グラディス。娘は特別捜査官だもの。FBIの。しかも、ものすごく有能なの」

「へえ、それならジョーもだよ。もうひとつ、共通点が見つかったね」顔の前に広げた手札の陰からグラディスは言うと、数枚の硬貨を中央に投げいれつつ、こう宣言した。「ほれ、今度は五セントのレイズだよ」

ジュノはこの地下室をどうにか仕事部屋っぽく見せようと、涙ぐましい努力をしていた。実際に、ここはジュノの仕事部屋でもあった。ここでトラックの制作も、ラップの音入れもしているし、よそからの依頼でハッキングやクラッキングをすることだってある。ただし、ここはジュノの寝室でもあり、母親の洗濯室でもある。そんな場所にあのジオ・カプリッシを迎えるとなると、それなりの体裁を整えなきゃならない気がしてきた。ジュノはひとまずベッドを整え、汚れた衣服を簞笥に押しこみ、天井から吊るされたカーテンを閉めて、洗濯機や乾燥機やアイロン台が並ぶエリアを視界から隠した。そのあとは、一般企業の会議室っぽい雰囲気を醸しだすべく、自分と、ジオと、ジョーの三人ぶん、リストだの報告書だのをプリンターで印刷したり、コーヒーテーブルの上にきちんとそれを並べたり、ペットボトルの水を横に添えたりもしてみた。テーブルの両脇には、母親が一階の居間を改装した際にもらいうけてきたぼろぼろのソファと、くたびれたクッションを豹柄のシーツで覆い隠した肘掛け椅子を配置した。

だが、結果的には、すべてが無駄な努力だった。ジョーは以前にもここに来たことがあるわけだし、ジオは室内のようすには目もくれなかったし、報告書や水には手を触れようともしなかった。部屋に入るなりソファに腰をおろし、ジュノの目をぴたりと見すえて、こう訊いてきた。「それで？　ネズミは誰だ？」

「はい、ええと、それにお答えするにはまず、ぼくが何をしたのかをお見せしないと」ジュノは横長の机に並べられた何台ものモニターを指差し、キーボードをいくつか叩いた。「ぼくはまず、ネットワーク内にプログラムを作成して、すべてのアカウントや通信機器を介したメールや通話の記録を、片っ端から読みとれるようにしておきました。そのうえで、ヨーロッパにいる誰だかがインターポールに逮捕された時期だの、ダイヤモンドの強奪計画を実行した時期だの、噂が出まわりだしたという時期だのと、その調査結果を照らしあわせたわけです。不審なパターンを浮き彫りにするために」

「それで？」とジオは続きを急かした。ジオの目はモニターに映しだされた数字の列でも、グラフでもなく、まっすぐジュノに向けられたままだった。「それで、そのパターンとやらは見つかったのか？」

「はい。三角形のパターンが見つかりました。三名の人間、もしくは、なんらかの三者が互いに関わりあってるってことです。でもって、そのうちのひとりは、社内ネットワークの内部にいました。それを仮にAとしましょう。残るふたつ、BとCは外部の人間です。ヨーロッパで誰だかがパクられる以前には、このAとBが頻繁なやりとりをしていました。その後、AがCからの接触を受けたときを境にして、AとBのやりとりがぱたりとやみます。代わりに、AとBがそれぞれに、Cとのやりとりをひっきりなしに行なっている。その頻度を折れ線グラフにすると、グラフのピークと、例の三つの時期がぴったり一致する」

「アルファベットはもう充分だ、ジュノ」ジオの渋面に気づいたジョーが、横から言葉を差し挟んだ。「具体的な名前を聞かせてくれ」

「わかった。それじゃ、ええと、外部にいるほうのBだけど、こいつのアカウントは匿名だった。それで、いろいろ足跡をたどっていったら、パトリック・ホワイトって名前の人物に行きあたった。この名前に心当たりは？」

「あのくそったれめ」そう毒づいた直後、打って変わって冷静さを取りもどし、にこやかな笑みまでたたえてジオは言った。「ああ、その名前には心当たりがある」

「Cのほうはもっと手強かった。ものすごく手強かった。それこそ、異常なまでにね」

「どういうことだ？」ジオが訊いた。

「自分の素性を隠そうと思ったら、プロキシサーバを介して通信を中継したり、匿名のアカウントとか偽名とかを使ったりってのが一般的なやり口なんです。ところが、このCのセキュリティは、それどころじゃなく厳重だった。ぼくでさえ簡単には破れないほどに。ぼくに破れないものなんてありゃしないはずなのに」

「それじゃ、そいつの名前は不明なままなのか？」

「はい。ただし、おおよその素性なら見当がつきます。こんな最新鋭の暗号化ソフトを使えるのは、国の関係機関だけだから。民間の一流企業なんかより、遥かに先を行っちゃってる。それと、地元警察なんかも除外していい。こいつがいるのは、ずっと上の組織だと思う」

「FBIか？」ジオが訊いた。

「それもありえなくはないけど……」

「CIAか」ジョーが言った。

「うん」ジュノはこくこくとうなずいた。「そっちのほうが可能性は高いね。なんとなく、最高機密を扱う諜報員とかが絡んでる気がするんだ。CIAとか、国家安全保障局《NSA》とか、そういうやつ」

「まあいい。要は、捜査機関の人間だってことだな」ジオが言った。「それで、うちに巣食ってるネズミのほうはどうなんだ？　Aは誰だ？　まさか、そいつも正体を隠してやがるのか？」

「Aもなかなかに利口です。プロキシサーバをいくつも中継したり。ダミーのEメールアカウントを使ったり。メッセージが読まれたあと、自動的に消去されるよう設定したり。ただし、このぼくほどには利口じゃない」ジュノはそう言うと、印刷しておいた報告書を手に取った。「ちょっとお待ちください。名前がいっぱいありすぎるもんだから……ああ、あった。Aはポール・ロジャーズってやつです」ジュノは満面の笑みを浮かべつつ、顔をあげた。「この男のことはご存じで？」

　ジュノは何ひとつ予想していなかった。ジオがいきなりソファから立ちあがることも。コーヒーテーブルを薙《な》ぎ倒し、報告書やペットボトルを撒き散らしながら、ジュノに飛びかかろうとしてくることも。若さと、生存本能だけが――痩せっぽちのメカマニアの少年が、荒くれ揃いの世界を生きぬくうちに身につけた生存本能だけが――それを可能にした。ジュノは反射的に椅子から跳び起きると、またたくまに部屋を飛びだし、階段を駆けあがっていった。もちろんジョーも同様に、すばやく行動を起こしていた。ジオを後ろから羽交い締めにすると、諭すような声でこうささやいた。

「よく聞け、ジオ。ジュノは何も悪くない。あいつはおまえに命じられたことをしただけだ」

ジオは大きく息を喘がせたまま、両手をあげてうなずいた。嵐は襲来したときにも負けず劣らず、またたくまに過ぎ去っていった。「ああ、そうだな……わかってる……もう大丈夫だ」

ジョーはゆっくりと腕を放してから、大声でジュノを呼んだ。「もう大丈夫だ、ジュノ！　おりてこい！」

それからひと呼吸置いて、階段の上方にジュノの顔がひょこっとのぞき、こちらをじっと見おろしてきた。

「もう戻ってきても大丈夫だ。おれが保証する」階段を見あげて、ジョーは言った。

「すまなかったな、坊主。ついかっとなった」そろそろと階段をおりはじめたジュノに向かって、ジオは言った。「そうだ、おれはそこにすわるとしよう」ジオがジョーと並んでソファにすわると、ジュノはようやく戸口を抜けてきて、床に散らばったものを慎重によけながら部屋を横切り、椅子に浅く腰かけた。

「念のため訊くが、さっきおまえが言ったことは、疑問の余地もなく、たしかなんだな？」そう問いかける声はきわめて穏やかだったけれど、ジュノをほっとさせるどころか、かえってぞっとさせるような何かがあった。

「そいつらがやりとりをしてたってことがですか？

はい、まちがいないです。Aは……つまりポール・ロジャーズは……」ジュノは一瞬、言いよどんだものの、ジオがうなずくのを確認すると、さらに続けてこう言った。「その男は、パトリック・ホワイトって男と、何度もやりとりをしています。それから、ヨーロッパで誰だかが逮捕されたあとは、例のGメンと頻繁に連絡をとりあうようになった。そこまではまちがいないけども、そいつらのやりとりを読んだり聞いたりすることまではできないから……やりとりの内容までは知りようがありません」

するとそのとき、ジョーが口を開いた。「それをたしかめる手立てはないか？　たとえば、ポールとパッティーの両方に、Cからと見せかけた偽メールを送るとか。そうすれば、どんな反応を返してくるか、たしかめることができるんじゃないか？」

「うん、それはいいアイデアかもね」さきほどまでの怯えっぷりはどこへやら、ジュノは興奮に顔を輝かせた。「なりすましアカウントをつくればいいんだ。まるでクローンみたいにそっくりなアカウントをね。スパムメールを送りつけてくるやつらがやってるみたいにさ。ほら、ときどき、死んだ祖父《じい》ちゃんからメールが送られてきて、バイアグラを売りつけようとしたりするだろう？」

「よくわからんが、とにかくそれをやってみてくれ」ジオはそう言うと、出しぬけに立ちあがり、びくっと身を引くジュノを尻目に、こう続けた。「ただし、これだけは肝に銘じておけ。おれと、おまえと、ジョーの三人以外に、この件を知る者があってはならない。むろん、未来永劫にだ」

「了解です、ミスター・ジオ……いや、ええと……」

「何かわかったら知らせてくれ」それだけ言うと、ジオはジョーに顔を向けた。「家まで送るか？」

「いや、ほかにもジュノとやることがある」

「そうか」ジオはポケットから分厚い札束を取りだし

て、ジュノの膝にぽんと落とした。「よくやってくれたな、坊主。ありがとう」そう言い置くと、階段をあがって、家を出た。すでに平常心は取りもどしていた。自分でも恐ろしくなるほどに冷静だった。

ジオがおまえを殺すことは絶対にないと、あれこれ言葉を尽くしてジョーが請けあうと、ジュノはようやく落ちつきを取りもどし、受け渡しに関して自分が思いついたアイデアを説明しはじめた。ジョーはその線で準備を進めるようにと、ダイヤモンドをジュノに渡した。それが済むと、車の調達を担当するメンバーに状況を確認した。そのあとは、エレーナにも連絡をとろうとした。いまジョーはブルックリンにいる。翌朝には、エレーナが手配した仕入れ先へ、武器を受けとりに行かなければならない。そのため、今夜はエレーナとすごしたほうがいいのではないかと考えたのだが、いくら鳴らしてもエレーナは電話に出なかった。しばらくして、ジュノとの用件をすべて終えると、ジョーはまっすぐ家路についた。すると驚いたことに、祖母のグラディスもまだ帰宅していなかった。カジノでサクラの仕事を始めたことは知っていたが、こんなに遅くまで出かけているのは、これまで一度もなかったことだ。ジョーは仕方なくひとりでサンドイッチをつくり、それを平らげてからベッドに入った。

31

エレーナ・ノイラスカヤはロシアの刑務所で――言いかえるなら、地獄で――生まれた。父親はどこの誰とも知れず、母親はプロの犯罪者だった。売春婦、売春宿の女将《おかみ》、泥棒、ヤクの売人等を経たのちに、その母が獄中で死亡したため、幼いエレーナは完全な孤児となった。背中に刻まれた聖母マリアと嬰児《みどりご》の刺青が象徴するように、そもそもから犯罪の世界に生を享《う》けたエレーナは、みずからが身を置くジャングル――食うか食われるかの世界――にもたちどころに順応し、獲物ではなく捕食者として生きるすべを身につけていった。エレーナにはまた、たぐい稀なる盗みの才能に加えて、卓越した身体能力までもが具《そな》わっていた。やがて、成長したエレーナは、武器のあるなしにかかわらず、かならずや相手の息の根をとめる凄腕の殺し屋ともなっていた。臀部に彫られたドルマークと髑髏《どくろ》は、それを物語るものだった。そして、最後の最後に、左右の鎖骨の真下にひとつずつ入れた八芒星の刺青は、ロシアの裏社会においてエレーナが確立した高い評価と、名誉ある地位とをあらわしていた。エレーナはプロの犯罪者として、華々しい成功をおさめた。けれどもその名声は、犯罪を取り締まる側の世界にも知れ渡っていた。連中はエレーナを泳がせたまま監視を続け、その成長を見守っていた。そうしてついには、エレーナを罠にかけ、証拠の山（なかには、でっちあげではない本物の証拠もあった）を突きつけて、選択を迫った。刑務所に逆戻りして、人生を始めた場所で人生を終えるか。それとも自由の身となって、新天地アメリカで狩りを続けるか。もしもこれに同意するなら、エレーナの身柄は、KGBの後継機関であるロシア対外《SV》

情報庁《R》へ引き渡される。それにより、ビザの取得だのなんだのといった面でのサポートも受けられる。スパイ養成のためのトレーニングも受けてもらうことになる。そうしてゆくゆくはニューヨークへ渡り、彼らの目となり耳となる。与えられる任務は多岐にわたるが、なかには、ロシア系犯罪組織の動向を探り、逐一報告することも含まれる。エレーナはその条件を呑んだ。やがて、指名手配中のテロリスト、エイドリアン・カーンがニューヨークに潜伏し、テロ計画をもくろんでいるとの情報を得た際に、SVRが接触をはかったのは、エレーナだった。

　ジョーに出会うきっかけとなった、あの香水強奪計画の際、エレーナにはもうひとつの任務が与えられていた。表向きには香水とされている殺人ウィルスのサンプルを、祖国のために盗みだすこと。ジョーやその他の面々を手助けしつつ、エイドリアンを確実に抹殺すること。エイドリアンの存在は、CIAのみならずSVRからも脅威とみなされていたからだ。ところが結果として、問題の殺人ウィルスは、エイドリアンの一味もろともこの世から消え去った。それでも、結果はまずまずと評価された。モスクワの上層部がそれ以上を問いただしてくることはなかった。一件落着。エレーナの身の安全は確保された。少なくとも、エレーナはそう感じていた。自宅付近のカフェでキリル文字の新聞を読んでいたとき、テーブルを挟んだ向かいの席に、ヘザーが腰をおろしてくるまでは。

「こんばんは、エレーナ。わたしが誰だかわかる？」

　ほんの一瞬、エレーナの瞳が驚きに揺らめき、すぐに静謐《せいひつ》を取りもどした。エレーナは紅茶をひと口すすってから、ようやく口を開いて、こう答えた。

「なんとなくだけど見覚えがあるわ」

「でしょうね。あんたとあんたの仲間のジョーは、つい最近、わたしと夫の計画をぶち壊しにしてくれたんだもの。それから、あんたは夫の殺害にも手を貸した」

「復讐のためにここへ？　それならなぜ、さっさとわたしを撃ち殺しもせずに、そんなお喋りをしているの？」

ヘザーは軽く肩をすくめた。「勘ちがいしないで。わたしの腕も相当だけど、おそらくあんたはその上を行く。争ったら、殺されるのはわたしのほう。だけど、さすがのあんたもいまこの場所で、わたしを殺すことはできないでしょう？」

エレーナはどっちつかずに肩をすくめた。「やってみればわかるわ」

「それに、ジョーの存在も考えに入れておかないとね。加えて、わたしたちが共に関わるプランが、明日に控えてもいる。だから、今日のところはお喋りをしに来ただけ」

店のウェイターが近づいてくると、エレーナはロシア語でふたりぶんの紅茶を頼んだ。ガラスのティーカップに淹れた紅茶が運ばれてくると、エレーナはシュガーポットからつまみあげた角砂糖を前歯でくわえて、こう言った。「だったら話して」

ヘザーも角砂糖をひとつカップに落とし、スプーンで紅茶を掻きまぜながら、口を開いた。「わたしがいま手を組んでる連中は、この国の情報部とつながってる。その一方で、ロシアの情報部にも情報を流してる。お金ってのは、万国共通の言語じゃない？　宗教や愛とおんなじね」言いながら、ヘザーはスプーンを舐めた。「それはさておき、その仕事仲間が教えてくれたの。祖国のSVRにいる、あなたのお仲間たちのことをね。そのとき、わたしはこう思った。わたしがあんたに代わって、そいつらに報告をしてあげたらどうだろうって。あの研究所の金庫を破って、〝香水〟を盗みだしたのはほかならぬあんたなんだと、あのウィルスを数日間手もとに置いていながら、それを持ちだすことも、サンプルを抜きとることもしなかったんだと、わたしが教えてあげたらどうなるかしらって。ねえ、いったいどうなると思う？　わたしの予想だと、連中はあんたをお故郷《くに》へ連れもどすんじゃないかしら。でもって、金輪際、あんたの姿が目撃されることはなくなるんじゃないかしら」

エレーナは黙りこくったまま紅茶をすすり、歯に挟んだ角砂糖が溶けるに任せた。ヘザーはなおも喋りつづけている。

「一方で、いまブルックリンにいるあんたのお仲間が、このカフェにも何人かまぎれこんでるかもしれないお仲間が、そのことを知ったら……あんたがモスクワから送りこまれてきたスパイだってことを知ったら、あんたにとって、ニューヨークはロシアよりも危険な場所になるんじゃないかしら」

「恐ろしいかぎりね」とエレーナは応じた。「だけど、そちらは解決策も用意している」

「ええ、もちろん。ジョーをこちらに差しだして」

「ジョーを差しだす？」エレーナは紅茶をすすりながら、耳を澄ませて続きを待った。

「明日の取引だけは、つつがなく済ませる必要があるわ。だから、取引が終わるまでは、まちがいが起きることはない。あたしたちがダイヤモンドを手に入れて、なんの支障もなく立ち去ることができたなら、あんたたちも、手に入れたヘロインをどこへなりと売っぱらえばいい。ただし、明日の取引を終えたら、あんたにはわたしに代わって、わたしの見ている前で、ジョーを殺してもらう。そうすることで、わたしは夫の復讐を果たす。同時に、あんたが愛する男を自分の手にかける場面を眺めるという、大いなる喜びも味わえるってわけ」

どろどろに溶けた砂糖を口に含んだまま、エレーナは唐突に笑いだした。砂糖を呑みこんでから、ようやく口を開いて、こう言った。「わたしはジョーを愛してなんかいないわ。たしかに、仕事の相性はいい。ほかにもまあ、いろいろとね。でも、ただそれだけのことよ」エレーナはやれやれと首を振った。「あなた、ずいぶんとロマンチストなのね。まるでドラマのヒロインだわ。何もかもが、愛のため、復讐のため。つまるところは、典型的なアメリカ人女性のままなのね」エレーナは言って、ティーカップを置いた。「だけどあいにく、わたしは自分以外の誰も愛さないの」

ヘザーはうっすらと微笑んで、紅茶をすすった。

「だとしたら、わたしの思いちがいだったみたいね。まあ、それならそれでかまわないけど」

翌朝、ジョーはエレーナと共に、朝食のテーブルを囲んでいた。エレーナはファーマーズチーズのパンケーキにサワークリームとジャムを添えた、シルニキという料理と紅茶を注文していた。ジョーはトルコふうのコーヒーのみを注文した。食事中に、キャッシュから〝三台を調達〟とのメールが届いた。キャッシュはリーアムやジョシュアと協力して、夜のあいだに、条件に合った車――速くて、信頼できて、できるだけ人目を引かない車――を探しまわってくれていたのだ。三人はそれっぽい車に目星をつけると、ドアを破ってなかに乗りこむ。理想としては、キャッシュが持参した装置を使ってリモコンキーの周波数を探りだし、電子ロックをはずしたいところだが、必要とあらばピッキングもする。それがうまくいったら、ジャマイカ駅の近くにある〈リライアブル・スクラップ〉という解体工場まで、その車を走らせる。その解体工場は、キャッシュが車の窃盗をする際に、盗難車の一時保管場所として利用しているところだった。キャッシュが仲間と盗みだしてきた車は、そこへ持ちこまれるやいなや解体されて、鉄屑や各種部品の山へと姿を変える。特別な依頼を受けて、厳選のすえ盗みだしてきた車は、新たな車両識別番号と、アンクル・チェンが手配した偽造書類をつけたうえで、海外の依頼主――主に、中国本土の富裕層——のもとへと送りだされる。

キャッシュら三人はゆうべのうちに、これぞという車を三台見つけてきていた。アウディの黒のセダン。ダークブルーの2ドアのサーブ。流線形のボディが美しい、ダークグリーンの4ドアのレクサス。三台とも最新モデルだが、度を越えてけばけばしいものは一台もない。三人は今朝もその解体工場に出向いて、ダンパーや燃料噴射装置の確認をしたり、駐車中の車とナンバープレートをつけかえたりと、さまざまな整備を行なっていた。大きな違和感でもないかぎり、自分の車のナンバープレートをいちいち確認する人間はめったにいない。よって、ただちに通報される可能性は皆無に等しい。正式な認可を受けたナンバープレートをつけていて、ドアロックにも窓にも傷ひとつない盗難車なら、堂々と通りを走っていても、誰かに見咎められることはない。なんらかの理由で警察に呼びとめられ、あれこれ照会でもされないかぎりは。とはいえ、そうしたさまざまな事態を危惧するほど長く、この三台に乗りつづけることはない。今回の取引のあいだに、警官に停車を求められることになったなら、気を揉んだところで手遅れだ。もっと大きな問題を抱えこむことになるのだから。

「ゆうべきみに電話を入れたんだが、つかまらなかった」店の出口に向かいながら、ジョーはエレーナに言った。支払いはジョーがレジで済ませて、テーブルにチップも置いてきた。

「メッセージを残しておいてくれればよかったのに。ゆうべは電話の電源を切って、早くに寝てしまったの」

「偶然だな。おれもゆうべは早々に寝入っちまった」

ふたりは数ブロックの距離を歩いて、〈グランドマスター・チェス・ショップ〉なる店まで向かった。扉の上方に取りつけられた小さなベルが軽やかな音色を響かせると、一ダースほどの顔がこちらに振り向けられたが、特に興味を引かれるようなものはないとわかると、全員が前のめりの姿勢のまま、チェス盤に視線を戻した。その小さな店のなかには、所狭しと家具が並べられていた。チェス盤を載せたテーブルや椅子。チェス盤と駒から成るチェスセットや、関連グッズや、書籍や、タイマーや、ロシア出身の英雄的チェスプレイヤーの肖像写真などをおさめた陳列棚。飛びぬけて高価なチェスセットが飾られている、ガラス製のカウンター。テーブルでは三組による対戦が行なわれていて、さらに多くの見物人が試合の行方を見守っている。対戦しているのも、見物しているのも、みな男性で、みな老人だった。それから、これまた全員が手にした紅茶をすすっていて、部屋の片隅では、サモワールと呼ばれる湯沸かし器がシュンシュンと音を立てている。店内には、もうもうと煙が立ちこめている。黒い顎鬚をたくわえ、やけに度の強い黒縁の眼鏡をかけ、色とりどりの刺青をあちこちに入れた若年の男がひとり、薄汚れた羽箒《ぼうき》をそこらじゅうに撫でつけて、埃をあちこちに移動させている。勘定台の陰にすわる老人はこちらには見向きもせずに、パイプをくゆらせながら、キリル文字で綴られた詩集を読んでいる。周囲からはグランドマスターとの呼び名で親しまれているが、かつて本当にその称号を得たことがあるのか、単にこの店で働いているからというだけなのかは、エレーナにもわからない。

ジョーが背後で見守るなか、エレーナはカウンターに近づいて、そこに飾られたチェスセットのなかからピューター製のナイトの駒を選びとった。その駒はかなりの変わり種で、モンゴルの戦士を象《かたど》った複雑な意匠がこらされていた。

「すみません」と、エレーナは勘定台の老人に声をかけた。「これに似たナイトがほしいんだけれど。これよりも大きくて、特注品の」

老人はカウンターに詩集を置き、パイプを口から離して言った。「そいつはセットでしか手に入らんよ」そう話すあいだじゅう、まるでマンガの吹きだしのように、口から煙が漏れだしていた。

「いいわ。サンプルを見せていただけるかしら」

老人はひとつうなずいて立ちあがると、「ミトカ！」と声を張りあげた。さきほどの若い男が無言のまま勘定台につくのを見届けてから、エレーナに顔を戻して、老人は言った。「こっちだ」エレーナとジョーはそのあとを追って、〈関係者以外立入禁止〉と書かれた扉を抜け、物がいっぱいに置かれた物置部屋へと足を踏みいれた。その部屋のなかは、さきほどの店内より二倍も埃っぽいうえに、十倍も物がひしめいていた。壁ぎわには天井まで高さのある棚がずらりと並んでいて、店内に陳列しきれないチェス関連の品々がそこにおさめられている。老人はパイプの柄を食いしばりながら、その棚のひとつをつかんで、手前に引いた。すると、棚の陰に引戸があらわれた。老人はその引戸を開けながら、エレーナに言った。

「なかに入ったら、元通りに閉じてくれ」老人は先に立って隠し扉を抜けた。ジョーは最後にそこを通りぬけると、棚をもとの位置に引きもどしてから、引戸も閉じた。完全な闇のなかに立ちつくしていると、老人がスイッチを入れたらしく、かすかな雑音と共に蛍光灯の光が灯った。いま三人は、これまでのふた部屋に比べるとかなり清潔で、なおかつすっきりとした部屋のなかに立っていた。中央にはテーブルが据えられていて、金属製の収納棚には、木製の荷箱やボール紙の箱が並んでいる。老人がふたたびパイプをくわえて、くすぶっていた葉に火をつけなおすと、天井に開いた通気孔が煙をぐんぐん吸いこんでいった。「何が必要だ？」すぱすぱと煙を吐きだす合間に、老人が訊いてきた。

「拳銃を四挺。オートマチック。できればシグの九ミリ口径か、ベレッタか、グロックがいい」ジョーが答える端から、老人はいくつもの箱を引っぱりだしては、テーブルの上に置いていった。「オートマチックのアサルトライフルも二挺。スコープ付きで。それから、弾も頼む」

パイプをぐっと食いしばり、蒸気機関車のように煙を吐きだしながら、老人は手際よく包みを解いては、商品をテーブルに並べていった。「ライフルに……拳銃と。ん？　こりゃあなんだ？」言いながら、荷箱の底に手を突っこんだ。「ああ、ナイフもあるぞ。よければどうだね？」蓋を開けた箱のなかには、見るからに上等なコンバットナイフがずらりと並んでいた。ジョーは刃渡り十センチほどの三角形の刃がついた、小ぶりな投げナイフを選びとると、てのひらで重みをたしかめてから、それをエレーナに渡して言った。

「きみにプレゼントだ」

エレーナはにっこりと微笑んだ。「ありがとう《スパシーバ》」

「弾はここだ」老人が言いながら、弾薬筒の箱をテーブルに積みあげた。「試してみるかね？」

「ああ、是非」と答えてから、ジョーはエレーナとふたりがかりで、銃に弾を込めていった。

「こっちだ」老人が言って、奥の壁に取りつけられた扉を開いた。こちらの扉の向こうは地下へとおりる階段になっていて、くだりきった先には射撃場が整えられていた。壁ぎわには的まで用意されていて、天井や壁は防音タイルで覆いつくされている。老人はふたりにイヤーマフとゴーグルを配り、自分も同様のものを装着してから、扉を閉じた。「好きにやっとくれ。この音はどこにも漏れん」

ふたりは横に並んで、試し撃ちに取りかかった。さまざまな銃を取っかえ引っかえに撃ってみては、目的に合ったものを選りだしていった。左へ引っぱられがちな拳銃や、クリーニングの必要なライフルなど、些細な瑕疵《かし》を指摘しあうとき以外は、どちらもひとことも話さなかった。そのあとは、人形《ひとがた》の描かれた紙製の的の真正面に立って、またたくまにそれぞれの的をずたぼろにしていった。

「こっちのほうを全部いただいていくわ。弾と、予備の挿弾子《クリップ》もお願い」エレーナが言うと、老人は煙を吐きだしながらうなずいた。そのあとふと、秘密めかした笑みを浮かべつつ、エレーナはロシア語でこう付け加えた。「それと、もし可能であれば、特別なアイテムもふたつほど譲ってもらえないかしら」

32

引き渡し場所に指定された通りは、すでに暗がりに沈んでいた。ジョーとエレーナはレクサスに乗っていた。運転席のジョーは、白いボタンダウンシャツとジーンズを身につけている。エレーナは黒ずくめの服装で、ダイヤモンドを入れたベルベットの小袋を膝に載せ、隣に銃を置いている。さかのぼること一時間まえには、アウディを走らせてきたリーアムとジョシュアが、例の屋内駐車場に到着していた。ふたりは屋上に突っ伏しつつ、ライフルをかまえていたのだが、少し離れた建物の屋上でも、パーカーを着た男が同様の体勢をとりつつ、武器をかまえていることに気がついた。もちろん、それは予測して然るべきことだった。裏切りを警戒しての対策は、両者が講じるだろうということ。そして、あちらの狙撃手もまた、こちらの狙撃手の存在に気づいているにちがいないこと。一方、サーブに乗りこんだジュノとキャッシュは、角を曲がった先にこっそり車をとめて、警察無線を傍受しつつ待機していた。ジョーの考案した計画のうち、このふたりの存在に関しては、おそらく相手も予想していないはずだった。そこでふたりは念のため、充分な距離をとって車をとめるようにしていた。なんらかの理由でこの車の存在に気づかれることがあったとしても、取引はそこから目視できない場所で行なわれるわけだから、こちらの仲間だと決めてかかる根拠はないはずだ。

ジョーとエレーナを乗せた車は、狭い通りをゆっくりと進んでいった。就業時間を過ぎたいま、人通りはすっかり絶えて、乗り捨てられたトラックが路肩に列をなしているのみだった。ジョーは通りの半ばまで進んだところで車をとめて、ヘッドライトを点滅させた。

するとすぐさま、前方に一台の車があらわれて、同様にヘッドライトを点滅させてから、六メートルほど離れた位置に停止した。運転席にいるのはフェリックス。数十キロものヘロインの包みを詰めこんだ大きなダッフルバッグは、ヴラドが抱えている。あらかじめ取り決めておいたとおりに、ジョーとヴラドがそれぞれのブツを手にして、車を降りた。エレーナとフェリックスも、それぞれ銃を手にして、すぐあとに続いた。至近距離での睨みあい。もし万が一、どちらかが何かをしようとした場合、両者共に命を落とす可能性は高く、どちらがより早く安全な場所にたどりつけるのかを、予測することも不可能だ。

「また会えて嬉しいぜ、ジョー」にこやかに笑いながら、フェリックスが言った。「もはや、偽名を使うことに意味はないだろう?」

ジョーも笑みを浮かべつつ、挨拶を返した。「やあ、フェリックス」

「察するに、カルロはもうこの世にいないんだろう?」

「ああ、おそらくは。聞くところによると、シャームとその部下たちも同様の憂き目に遭ったようだ」

「本当か? そりゃあなんともむごいことだ。いや、おれたちにとっては、かえって好都合かもしれないな。おかげで、どちらの足跡も追えなくなった」

「だったら、さっさと本題に移ろう。犬の散歩中の住民が通りかかって、あんたがそいつらまで始末しなけりゃならなくなるまえに」

フェリックスがけらけらと笑いながらうなずきかけると、ヴラドがダッフルバッグのジッパーを開けた。ヘッドライトの光を頼りに、ヘロインの塊を確認すると、ジョーは小袋の紐をゆるめて、ダイヤモンドをてのひらにあけた。頭上に灯る街灯の光を受けて、ダイヤモンドがきらめくさまは、まるで、てのひらの上で光の粒が躍っているようだった。

「美しい」フェリックスがつぶやくと、ヴラドはダッフルバッグのジッパーを閉じて、それをジョーの足もとに置いた。「すばらしい取引だったぜ、ジョー」

ジョーは小袋の紐を固く絞ってから、それをフェリックスに手渡して言った。「こちらこそだ、フェリックス。気をつけて帰ってくれ」エレーナが銃をかまえたままの姿勢で見守るなか、ジョーはダッフルバッグを拾いあげた。ヴラドは軽々と運んでいたが、実際に持ちあげてみると、想像以上にずっしりとした重みがある。ジョーはそれを肩に担ぎあげて、車の後部座席まで運んだ。するとそのとき、フェリックスが運転席に乗りこむと同時に、路肩にとまっていたトラックの陰から、ブロンドの女が進みでてきた。「ジョー」へザーに名前を呼びかけられて、ジョーはそちらを振りかえった。その顔に見覚えがあるかどうか、必死に記憶をたどりながらも、エレーナが攻撃しやすいよう、横へ一歩、立つ位置をずらした。すると、女はエレーナにも名前を呼びかけながら、にっこりと微笑みかけてみせた。次の瞬間、エレーナが銃口をジョーに向けた。

ジョーは瞬時に反応した。エレーナの喉首をめがけて腕を突きだし、それを片手で絞めあげつつ、もう一方の手で銃を奪いとろうとした。だが、無駄だった。エレーナはジョーの胸に狙いを定めて、二発の銃弾を撃ちこんだ。ジョーががくっと膝をつくと同時に、白いシャツに鮮血が弾けた。ジョーは首をおかしな方向にねじ曲げて、ヘッドライトの光のなかに倒れこんだ。開いた唇のあいだから、真っ赤な血がだらだらと流れだした。

「さよなら、エレーナ!」ヘザーは叫びながら、フェリックスとヴラドが待つ車に駆け寄り、後部座席に飛びこんだ。ドアが閉まりもしないうちに、車は猛スピードで通りを逆走しはじめた。エレーナは身じろぎもせずに、遠ざかる車を見つめていた。まるで、ヘッドライトの光に驚き、立ちすくんでしまったかのようだった。前進と後退を何度か繰りかえして、向きを百八十度変えた車は、すぐにふたたび急発進して、通りを走り去っていった。エレーナは地面に銃を落として、ジョーの傍らにひざまずき、自分がしでかしたことの結果にじっと目をこらしはじめた。

「狙撃手も引きあげたぜ。警報解除だ」耳にはめたワイヤレス・イヤホンから、ジョシュアの声が聞こえてきた。

「こっちもオッケーだよ」ジュノの声が言った。

「もう大丈夫よ」エレーナは小声でささやいた。すると、ジョーがぱちっと目を開けて、エレーナを見あげながら微笑んだ。前歯が真っ赤に染まっていた。エレーナの手を借りて身体を起こすと、ジョーは口をもごもごさせて、割れたカプセルと血糊を吐きだした。

「うぇっ。こいつはクソみたいな味がする。チェリー風味か何か、そういうやつはなかったのか?」

「このほうが本物っぽく見えるでしょ。芸術に我慢は付き物よ」

ジョーが着ているボタンダウンシャツはいま、胸の部分にずたずたの穴が開いていて、その隙間から金属製の薄い板がのぞいている。エレーナがあらかじめ、ジョーの胸に革紐でくくりつけておいたものだ。そこには、血糊を満たしたコンドームとお手製の爆竹も、テープで貼りつけられていた。ついさっき、ジョーに向けて空砲を撃ったとき、エレーナは銃口をジョーの胸に強く押しあてるようにした。たとえ空砲であろうとも、その衝撃はそこそこある。爆竹を破裂させたり、シャツをぼろぼろに焼け焦げさせたり、本当に銃弾が放たれたかのように見せかけるには――とにかく、それっぽく見せるには――充分だ。

フェリックスらを乗せた車が走り去ったいま、お次はジュノとキャッシュの出番だった。水晶のなかに仕込んだうえで、ダイヤモンドのなかにひそませておいた小型の送信機を頼りに、ふたりはその行方を追跡する手筈になっていた。送信機が発する位置情報は、すでに、ジュノのノートパソコンの画面上にあらわれている。受信可能な距離はほんの一、二ブロック程度だが、フェリックスの車が角を曲がって目の前を通りすぎていっても、ふたりは車を出そうとしなかった。目標を視界に捉えつづける必要はないからだ。一方、リーアムとジョシュアのコンビは、ジュノらよりもさらに後方から車を追跡し、フェリックス一味がアジトに逃げこむのを待って、所定の位置につく手筈となっていた。その間に、ジョーとエレーナはヘロインを安全な場所に隠す。それが済んだら、ほかの四人と合流して、ダイヤモンドを奪還すべく、詰めの奇襲攻撃に出ることとなる。

エレーナがジョーの背中に手を伸ばし、シャツの裾をめくりあげて革紐をほどくあいだに、ジョーは地面に転がっていた銃をつかみあげた。車へ駆けもどるふたりの顔には、揃って笑みが浮かんでいた。ここまでの首尾は上々。すべてが計画どおりに進んでいる。もしもふたりがもっとちがう人間であったなら、歓喜の抱擁さえ交わしたかもしれない。警察が乗りこんできたのは、そのときだった。

第四部

33

その日の朝、マイク・パウエルはウォール・ストリートに設けた活動拠点で、盗聴の恐れのない回線を通じてかかってきた電話に応じていた。電話の相手はパッティー・ホワイト。パッティーがＣＩＡに情報を流すようになって、もうずいぶんになる。ことの発端は、アイルランド共和軍《ＩＲＡ》に供給されていた資金や銃火器に加えて、同様のルートを通じて密輸された武器とパッティーとを結びつける証拠の入手に、ＣＩＡが成功したことにあった。そのルートを追っていくと、パレスチナ解放機構《ＰＬＯ》の野営地や、イスラム原理主義組織ハマスの訓練所や、ヨーロッパの極左団体にまで、武器が流されていることが発覚した。アメリカ国内における追跡捜査や訴追手続きを可能にするために、こうした証拠をＦＢＩやよその防諜機関へ譲り渡すことよりも、パッティーを手の内に丸めこむことを、ＣＩＡは選んだ。パッティーは国外に幅広い人脈を築いているにもかかわらず、ウエスト・サイドのシマを離れることはめったになかったため、ニューヨーク支局の飼い犬となることが決まり、その引き綱を握る役目を仰せつかったのがマイクだった。以来、パッティーはマイクに情報を流しつづけた。メキシコの麻薬カルテルと中米の民間軍事組織によるトップ会談の日時や場所。中国系産業スパイが新たに偽造した身分証明書。そして、そうした情報の見返りとして、マイクはパッティーを保護下に置いた。囮《おとり》捜査に引っかかることのないよう警告を発することもあれば、他の支局が握っている商売敵の情報を流してやることもあった。近ごろ忽然と姿を消した〝ヘビー〟・ハリー・ハリガンのような、パッティー自身の身内にひそむ裏切り者の情報を与えてやることもあった。

そのマイクが数週間まえ、とつぜんパッティーにこう迫った。ジオ・カプリッシの組織の弱点を見つけてこい。パッティーは強く反発した。ジオは自分の敵ではない。むしろ盟友、少なくとも、気の置けない同業者だと言える。だいいち、ジオがパクられでもしたら、パワーバランスが崩れて、大規模な抗争が勃発しかねない。自分にとっては百害あって一利もない。だが、マイクは頑として譲らなかった。第一の標的は、かならずしもジオ本人ではない。いちばんの目的は、FBIの腐敗と、とある人物の正体を暴きだすことにある。その人物はかつて特殊部隊に所属して、国のための極秘任務にもついておきながら、いまや暗黒街の住人にまで零落《おちぶ》れて、犯罪組織の手先と化している。

結局、パッティーはしぶしぶながら要求に応じた。それまでは、〝おのれの置かれた立場をいいように利用して、権力を守ることも、増大することもできていた。昔パッティーの配下におさまる構成員の数は少ない。昔馴染みの場所のほかは、大きな縄張りも持たない。ニューヨークにおけるアイルランド系犯罪組織の勢力は、衰退の一途をたどっている。そんななかパッティーだけは、裏社会の重鎮のひとりにかぞえあげられつづけてきた。だが、自分はいま、危険な綱渡りをしようとしている。スパイとギャング、ふたつの邪《よこしま》な世界のあいだに渡された綱の上で、必死にバランスをとっている。もしもこの事実があかるみになれば、自分は真っ逆さまに網のなかへと落下する。捕らえられて嬲り殺しにされる、新たなネズミの一匹となる。

したがって、パッティーの立場にしてみれば、ほかに選択の余地はなかった。そして、問題の日の朝。パッティーはいつものダイナーの奥にある窓ぎわのボックス席で、《デイリー・ニューズ》のスポーツ欄を読みながら朝食をとっていた。その日のメニューは、黄身がとろける目玉焼きと、カリカリに焼いたベーコンと、軽く焦げ目をつけたトースト。トーストに添えられた本物のアイリッシュバターは、ジェラルドが特別に手作りしてくれたもので、そのジェラルドはエプロン姿でキッチンから料理を運んできたり、コーヒーを入れた魔法瓶を置いていってくれたりと、手ずから給仕までしてくれていた。川はここから一ブロック離れているというのに、水面《みなも》に反射した陽の光が風に乗ってやってきたかのごとく、窓から射しこむ光がやけにまばゆく感じられる。ゆうべ行なわれた試合の結果、スポーツ賭博のほうからかなりの儲けが出ているはずでもあった。おかげでパッティーは、すこぶる上機嫌だった。〝甥っ子〟（厳密には甥ではなく、アイルランドにいるいとこの息子）のリーアムが、指示どおりに逐一の報告を入れてきたときも。ダイヤモンドとヘロインの受け渡しが、その日の晩に執り行なわれると聞かされたときも。パッティーは取引の段取りをおおまかに聞きとり、計画に不備がないことを請けあったうえで、リーアムの働きぶりを褒めそやした。幸運を祈ってやることも、ジョーの指示どおりにしっかりやれと激励することも忘れなかった。それが済むと、ポールモール（パッティーはいまだにフィルターなしのソフトパックを好んでいて、組織の者が非課税の煙草を州外や先住民保護特別保留地からこっそり持ちだしてくる際に、その銘柄を特注するようにしている）に手を伸ばし、食後の一服を楽しもうと路地に出た。CIAのマイク・パウエルに電話をかけて、相手が知りたがっていることをすべて伝えた。リーアムのことはたいそう気にいっていたし、心から無事を祈ってもいたが、罪の意識も良心の呵責もおぼえはしなかった。自分の立場にしてみれば、選択の余地はないのだから。

ドナはその朝、出勤が遅れた。わずか十分の遅刻とはいえ、普段は時計のように正確に、その日一杯めのラテをたずさえつつ、きっかり定刻に出勤するのがつねだった。けれども今朝は、誰かが飛びこみ自殺をはかろうとしたらしく、地下鉄の駅も車内も、いつにも増して悪夢のような混雑ぶりを呈していた。そう、その時点でドナは、それを前兆と捉えるべきだった。それが凶兆であることに、その日一日が不運と混乱の連続となることに、気づいて然るべきだった。まずは、ひどい二日酔いに悩まされていることもそのひとつ。ドナが酒に酔うことはめったにないし、平日の夜に飲みに出かけることなど絶対にない。いいえ、ゆうべだって、飲みに出たりなんかしていない。酒宴が向こうからやってきたんだもの。それで結局、ポーカーをする羽目になって、あろうことか自分の母親にじわじわとお酒を飲まされてしまった。もちろん、ジョーの祖母のグラディスにも。グラディスがうちにやってきたことについては、いまだに現実とは思えない。まるで夢のように感じられる。しかも、目が覚めたとき、ただの夢でよかったと胸を撫でおろすたぐいの夢に。けれども、その点にしたって、違法性も、倫理にもとる要素も何ひとつない。ジョーは別に、なんらかの罪を犯して指名手配されているわけではないし、正式な捜査の対象となっているわけでもない。グラディスに関しては言うまでもない。その直前にストリップクラブでとった行動にしても、とりたてて不適切な点はない。連邦捜査機関に属する捜査員ふたりが、犯罪組織の資金源として知られる店に踏みこんで、情報を引きだそうとしただけのこと。しかも、ふたりはその過程で、逃亡犯まで引っ捕らえた。とはいえ、自分に正直になるなら、自分があやまちを繰りかえしていることだけは認めざるをえない。わたしにはどういうわけか、ジョーが絡むと一線を踏み越えてしまうきらいがある。それが自分でも悩ましかった。

その日のコーヒーはひどい味がした。でも、それはサミールのせいではない。サミールは支局の前にとめたワゴン車のなかで、いつもと同じ魔法の比率でラテを淹れてくれていた。毒を盛られたネズミが這いこんで死んだ下水管の水のような味がするのは、ひとえにわたし自身の口の問題だ。なんならその毛の感触まで、舌で感じとれそうなほどだった。そこで仕方なく、アルカセルツァーの制酸発泡錠を溶かした水でアスピリンを二錠、飲みくだしていたとき、アンドリューがオフィスに顔を出して、この惨憺《さんたん》たる朝が、まずまちがいなく夜まで続く惨憺たる一日の始まりにすぎないことを知らせてくれた。

アンドリューとドナは同僚でもあり、友人でもあった。会議中でも、現場に出ても、互いをサポートしあう仲だった。だからこそ、CIAのニューヨーク支局がこちらのニューヨーク支局長に形ばかりの協力要請をしてきて、とある情報――テロリストとつながりのあるヘロイン密輸業者と、ミッドタウンでダイヤモンドを強奪した犯行グループとのあいだで、取引が行なわれる模様だとの情報――をもたらしたことを知ったとき、しかも、その情報が情報処理係であるドナのもとには届けられていないこと、まるでドナが意図的に蚊帳の外へ置かれているようだということに気づいたとき、アンドリューはドナのオフィスに寄って、そうした状況を知らせておかなければと感じたのだった。

「今回、CIAの連中はうちを通さず、ニューヨーク市警とじかに連携しようとしてる。要するに、あっちの支局長がうちの支局長に連絡を入れてきたのは、あくまでも儀礼上のしきたりを守るため、自分のケツを守るためだけのようだな。それで今回はおれが、単なるオブザーバーとして現場へ送りこまれることになった。やつらのデートの付添いをする、お目付け役のご婦人として。そのくせいまだに、日時も場所も関係者についても、何ひとつ知らされちゃいない。おれたち下々の者には知らせるわけにいかない、極秘情報ってことらしい。要は、〝安全保障上の懸念〟ってやつだな」アンドリューは言いながら、両手の二本指で宙に引用符を描いてみせた。言わんとすることはあきらかだった。FBI内部からの情報の漏洩が疑われており、その疑いがドナにかけられているということだ。

「あの下種《げす》野郎の仕業だわ」ドナはぼそりと毒づいた。アルカセルツァーのせいでげっぷが出そうになるのを必死にこらえようとしたが、ここにはアンドリューしかいないことに気づいて、我慢するのをすぐにやめた。

アンドリューはさも不快げに顔をしかめながら、こう訊いてきた。「下種野郎って、どいつのことだ？　まわりに下種野郎が多すぎて、把握しきれない」

「もちろん、別れた夫のことよ。ナンバーワン《ヌーメロ・ウーノ》の下種野郎といったら、あいつしかいない。もしもその情報の実態が、CIAにすらおおまかにしか知らされていないのなら、そのうえ、どうにかしてわたしをやりこめようとする内容であるのなら、まちがいなくあの男が関わっている。冗談でもなんでもなく」

「それで、どうするつもりだ？」机の端にちょこんと尻を乗せ、ほとんど口をつけられていないラテをじっと見おろしながら、アンドリューが訊いてきた。例の飛びこみ自殺志願者のせいで、アンドリューも出勤が遅れ、コーヒーを買いに立ち寄る時間すらとれなかったらしい。たったひとりの迷惑者のおかげで、いったい何千人の通勤客が被害をこうむったことか。しかも、結局そいつは飛びこみをあきらめたというのだから。

「これ、飲まないのかい？」とうとうアンドリューが訊いてきた。

「ええ。もしよかったら、もらってちょうだい」さも嬉しそうにカップを手に取るアンドリューを眺めながら、ドナはさらにこう続けた。「どうするも何も、わたしにできることはあまりないわ……いまはまだ」

アンドリューがにやりとして言った。「何かたくらんでるような口ぶりだ」

「わたしはつねに何かをたくらんでる。そのためにも、逐一情報を寄せてほしいの。お願いできる？」
「いいとも、友よ」
「それと、あなた自身のおケツにも、充分に注意して。そのお尻に歯型が残ったり、銃弾が突き刺さったりするような事態には、絶対になってほしくないもの」

　その日の朝、ジオの口から、今夜は重要な会議がいくつか予定されているため、方々をまわったあとオフィスにも寄って、遅くまで仕事をしなければならないと聞かされた瞬間、キャロルはついにその時が来たことを知った。だからキャロルは顔色ひとつ変えることなく、間を置くこともなく、こう答えた。自分も今夜はだいじな会議がある。自殺の恐れがある患者について、精神医学者や教育関係者をまじえた意見交換をするのだと。そう答えながらも不安になった。自分もまた夫のような、真っ赤な嘘つきになろうとしているのだろうか。いずれにせよ、ジオはその話を鵜呑みにして、キャロルに軽くキスをしてから、こう言った。ひとのためになる仕事をしているきみのことを、とても誇りに思う。そういうことなら、母さんに頼んで、夕食をつくってもらったらどうか。子供たちも大きくなったし、ベビーシッターを雇うほどではないが、お祖母《ノンナ》ちゃんにちょっと寄ってもらって、好物のニョッキをつくってもらうくらいのことなら、おそらく嫌がりはしないだろう。

　そのときキャロルが、怒りと悲しみとにひどく胸を締めつけられていたのは、ジオを見送った直後に嗚咽《おえつ》が漏れだしてしまったのは、何もかもジオの言うとおりだったから。さきほどジオが提案してきたのは、両親が不在となる子供たちのための、まさに的確な対処法だった。あのひとはほぼまちがいなく、ペテン師でもあり、嘘つきでもある。ギャングであり、盗っ人であり、悪党であることにも、疑問の余地はない。それから、人殺しであることも、心の奥底ではわかっている。けれどもあのひとは、あんなにも良き父親でもあるのだ。

その日の朝、ニューヨーク市警のフスコ刑事は職場に着くなり、予期せぬ出来事に驚いた。いや、じつを言うなら、それほどの驚きではなかった。自分はもう何年も、ジオ・カプリッシの給与支払い名簿に名を連ね、ジオの言いなりになりつづけてきたんだから。ギャンブル癖に取り憑かれたフスコは、借金に借金を重ねたすえ、ついには首がまわらなくなって、情報と引きかえにそれを返済するようになった。そうしていまでは、その泥沼にどっぷり浸かりすぎていて、そこから抜けだすことなど絶対に不可能であるものと思われた。最低でも、自分のキャリアを危うくしないことには。いやむしろ、刑務所行きを案じたほうがいいかもしれない。もしくは、ジオのほうからこちらと手を切ろうと、こちらの人生を絶ち切ろうとしてくることのほうを。腐敗していようがいまいが、警官としてすごしてきた年月が長すぎるせいか、自分が与《くみ》している相手について、フスコにはいかなる幻想も抱《いだ》くことができなかった。ジオ・〝ザ・ジェントルマン〟・カプリッシにはたしかに、ひとを惹きつけて惑わす、コブラのようなカリスマ性がある。フスコが最近、ジオの命令で正体を突きとめた密告屋は、大型ゴミ容器《ダンプスター》のなかで発見された。遺体は文字どおり、細切れにされていた。そのゴミ容器のなかには、つねにもう一体ぶんの隙間があいている。

それにしても皮肉なのは、フスコがじつは優秀な刑事であるという点だ。フスコは機密情報の取扱い許可すらも与えられた階級に就き、周囲からもきわめて高い評価を得る敏腕刑事だった。だからこそ、以前、銀行強盗や誘拐といった重大な案件——あるいは、高価なダイヤモンドの強奪事件——を扱う精鋭部隊、重大事件捜査班への加入を打診されたときも、フスコはそれを当然のことと受けとめた。何はともあれ、自分はその申しいれを受けるに値すると。むろん、ジオはその知らせに歓喜した。おれのフスコが第一線に立つこととなる。そうなれば、FBIから流れこんでくる情報にも、FBIへ流される情報にも、じかに接することができる。けれども、フスコはずっとわかっていた。おれは危険な火遊びをしているのだと。だから今朝、支局長から呼出しがかかったときには、ついにその時が来たのだと、全身にガソリンを浴びせかけられたうえで、ライターを貸してくれと頼まれるのだろうと覚悟した。

ところが、支局長の話はこうだった。CIAがとある取引の情報を入手した。あの問題のダイヤモンド――マスコミが言うところの〝白昼堂々ミッドタウン強盗事件〟で盗みだされたダイヤモンド――と、テロリストとつながりのある密輸業者が持ちこんだヘロインとが、その場で取引されるものと目される。そこで取り急ぎ、重大事件捜査班と、組織犯罪対策課の機動部隊と、FBIとが協力して、合同捜査チームを立ちあげることとなった。CIAもアドバイザーとして参加する。それを聞いたフスコは眉をひそめた。いったいなんだって組織犯罪対策課が？　これまでは終始、ダイヤモンド強奪事件はプロによる犯行、しかもプロ中のプロによる犯行だとの想定がなされていた。たしかに、犯行グループが〝組織化〟された集団であることに疑問の余地はないが、あそこまで腕利きの盗っ人というのは、ギャングやマフィアのなかにはそうそういない。むしろ、フリーの盗っ人どもがかりそめに手を組んだと考えたほうが、しっくりくる。とはいえ、ヘロインのほうは話が別だ。裏社会のネットワークを介さずに、あれほど大量のヘロインを売りさばく方法はない。十中八九、ハーレムかブルックリンの黒人ギャング団、あるいは、マンハッタンの大部分とブロンクスの販売網を取り仕切るヒスパニック系の組織が関わっているにちがいない。連中の縄張りで新たに商売を立ちあげようとした人間が、財をなすほどに生き長らえることのできたためしは一度としてないのだから。

それから、支局長の説明が進むなか、胃袋がもんどりうつような瞬間もあった。取引の情報を持ちこんできたＣＩＡエージェントの話によると、カプリッシ・ファミリーの構成員なり協力者なりが問題の強盗事件に関わっているという、〝裏づけも詳細も不明ながら、それなりに信憑性のある噂〟がささやかれているというのだ。さらには、フスコを心底震えあがらせるような発言も飛びだしてきた。いずれかの捜査機関に属するひとりもしくは複数の捜査官が懐柔され、事件に関わっている可能性があるとも、そのＣＩＡが言いきったというのだ。

きわめてまずい事態だった。それはフスコの破滅を意味した。フスコはここで指摘されているところの〝捜査官〟ではない。だいいち、よりにもよってＣＩＡが、どうやっておれの存在を知ることができる？　それでもその発言は、フスコを震えあがらせた。もしもジオが逮捕されて、ジオの組織が全面的な捜査を受けることにでもなったら、おれまで道連れになる可能性はきわめて高い。たった一度の通話履歴だけでも、たった一度の面会だけでも、たったの一度、どこかの監視カメラ映像に写ってしまっただけでも、何かしらの証拠が出れば、おれはもうおしまいだ。

その一方で、フスコの疫病神であり、背中にしょった十字架でもあるジオ・カプリッシが――フスコの生き血をすするあのヴァンパイアが――もしもいなくなってくれたなら、ムショで一生を終えるなり、証人保護プログラムを受けるなりなんなりで、どこかへ消え去ってくれたなら、どういうことになるだろう。ひょっとしてひょっとすると、おれの犯した罪まで、一緒に洗い流されてくれるのではないか。同じ下水管に流されていってくれるのではないか。ジオの存在そのものがなかったことになるのであれば、ギャンブルでこしらえたおれの借金までもが、なかったことになるのではないか。あの借金は奨学金のローンみたいに、きちんと契約書を取り交わしたり、保証人に返済義務が生じたりするたぐいのものではない。今夜ひと晩で、おれの抱える問題がいっぺんに解消する可能性は、本当にあるのかもしれない。

そうした葛藤があったからこそ、フスコを含めた重大事件捜査班の面々がその晩の大捕り物に招じいれられたときには、正直なところ、ためらいが頭をもたげた。ジオに連絡して、警告すべきか、否か。日中ずっと、フスコはおのれに問いつづけていた。警告すべきか、否か。フスコは優秀な警官であり、腕利きの刑事である一方で、まぎれもなく三流のギャンブラーでもあった。自分でもそれはわかっていた。昼が夜になり、チームの面々が現場へ――ダンボ地区の薄暗く、閑散とした通りへ――向かう段になっても、持ち場につきだしたときでさえも、フスコはどちらへ賭けるべきかを決めあぐねていた。上から頭ごなしに申しつけられた作戦は、離れた場所で待機して、取引を進めさせておいてから、通りを封鎖して、全員を罠にかけるというものだった。パトカーや私服警官は周辺の通りに配備され、突撃の号令を待っていた。フスコはいま、自分の車の運転席にいた。取引現場からは目視できない場所に車をとめて、CIAやFBIが〝オブザーバー兼アドバイザー〟として送りこんできた人員と共に、然るべき時が来るのを待っていた。パウエルという名の鼻持ちならない野郎は、いかにも典型的なCIAエージェントで、助手席にショットガンを持ちこむばかりか、まるで自分の車のように無線やエアコンをいじくりまわしていた。後部座席にすわっているニュートンという名のFBI捜査官は、パウエルに比べて冷静ではあるが、まだ歳も若く、自信に欠けた印象を受ける。その隣にすわるヘンダーソンは、定年間近の老いぼれ馬で、組織犯罪対策課から派遣されてきた。そのときついに、フスコは決めた。おのれの本能に従え。おれの本能は、ジオに知らせろと言っている。最終的に勝つのはつねに胴元だと、よく言うだろう？　ならば、この賭けの胴元はジオだ。最後の最後のぎりぎりになって、フスコは煙草を一服だけさせてくれと告げてから車を降り、通りの角をさりげなく曲がって、携帯電話を取りだした。ジオが電話に出ないため、いったん切って、〝緊急事態、911〟とメールを送ってから、もう一度電話をかけた。やはり、ジオは出なかった。

34

だからその晩、血糊で真っ赤に染まったシャツを着て空砲を握りしめていたジョーと、手製の金属板を抱えたエレーナが、悦に入った笑みを浮かべつつ車へ駆けもどっていたとき、ジュノとキャッシュがダイヤモンドを追跡するために車を出そうとしていたとき、リーアムとジョシュアがジュノらのあとに続こうと階段を駆けおりていたとき、（空砲以外は）一発の銃弾も放たれることなく、何もかもが時計のように正確に、きっちり計画どおりに運んでいたとき、現場に警察がなだれこんできて、すべてのもくろみが一瞬で狂わされてしまったのは、そういう経緯があってのことだった。

ジュノが発した警告は、一台めのパトカーの到着と同時に、イヤホンを通じて耳に届いた。「待て、サッが来た！」ジュノがそう叫んだのは、音もなく近づいてきていたパトカーがやにわに回転灯を灯し、サイレンを鳴り響かせながら角を曲がってきた直後だった。パトカーは猛スピードでジョーらの車の背後に迫った。ヘッドライトの光をまともに食らって、ジョーとエレーナは視界を奪われた。

「動くな！　警察だ！」拡声器からひび割れた声が轟くと同時に、急ブレーキの音を鳴り響かせ、がくんと前のめりになりながら、パトカーが停止した。両側のドアから警官がふたり、銃を引きぬきながら飛びだしてきた。その瞬間、エレーナは車のドアに飛びついた。いまは完全な丸腰だが、後部座席にはM16自動小銃が置いてある。エレーナがそれをつかみとるより早く、ジョーは即座に発砲していた。

だが、もちろん、銃には空砲しか装塡されていない。弾倉にはすべて空砲を込めてあった。仕掛けた爆竹が破裂してくれるまでに何発の弾が必要となるかは、予想がつかなかったからだ。つまり、いまジョーに残されているのは、七発の空砲のみ。ジョーは警官ふたりの顔をめがけて、七発すべてを撃ち放ちながら、自分も車に駆け寄った。

しかしながら、警官たちにしてみれば、それが空砲であることなど知るよしもない。それゆえ当然のことながら、自分の顔に銃口を向けて引鉄を引く人間を目にした場合、正常な生き物であれば見せるであろう反応を見せた。要は、錯乱状態に陥った。すぐ目の前の銃口で炸裂する閃光に怯えた警官らは、ひとまず揃って尻尾を巻いた。楯になるものを求めてパトカーに駆けもどりながら、そのうちのひとりが狙いも定めず引鉄を引いたが、弾は何ひとつ仕留めることなく、通りの先の壁にあたった。もうひとりは本当に撃たれでもしたかのように、ばたんと地面に突っ伏した。ジョーは弾倉がからになるまで引鉄を引きつづけながら、運転席に飛び乗った。

一方そのころ、フスコの運転する覆面パトカーもまた、一台めのパトカーの真後ろに近づこうとしていたが、そのときにはすでに、自動小銃をつかみとったエレーナがサンルーフから上半身を突きだし、真後ろにとまっているパトカーのフロントガラスや、後続の車の屋根をめがけて、実弾を浴びせかけはじめていた。ジョーがアクセルペダルを踏みこむと、車は石畳の上を弾むように走りだした。フスコとパウエルは無線を通して、フロントガラスを割られた前方のパトカーに怒声を飛ばした。そのパトカーが狭い通りを完全にふさいでいたからだ。現場に一番乗りしてきた警官ふたりは、そのときもまだ、地面に突っ伏したり、車体の陰にうずくまったりしたままだった。だが、自分が死んでも撃たれてもいないことにようやく気づくと、心の動揺を引きずりつつもパトカーに乗りこみ、前を行く車のあとを追った。フスコもただちにそのあとに続いた。助手席のパウエルは、なおも何ごとかをがなりたてていた。後部座席のヘンダーソンは、持参したトランシーバーで応援要請をかけていた。その隣にすわるアンドリュー・ニュートンは、ひとり静かに考えこんでいた。じつは、妙な既視感をおぼえていたのだ。自動小銃をぶっぱなしてきたあの女を、まえにもどこかで目にした気がする。そのときも猛スピードで車が駆けぬけたり、銃弾が飛び交ったりしていたような……。

そのとき、ジュノの警告を受けてからほんの数秒しか経過していない時点で、ジョーとエレーナはイヤホンを通して、さらなるわめき声を耳にしていた。声を発していたのは、ジョシュアとリーアムだった。するとその直後、前方の角を曲がったあたりから、何発もの銃声とサイレンの音までもが聞こえだした。

「ジョシュアが撃たれた！　繰りかえす！　ジョシュ

アが撃たれた！」リーアムの声が響くなか、ジョーの駆る車がその角に差しかかろうかというときに、リーアムがハンドルを握る黒いアウディがそこから飛びだしてきて、目の前を猛スピードで通りすぎていった。そのあとを一台のパトカーが、サイレンを鳴り響かせながら追っていく。ジョーも即座にハンドルを切って、その二台のあとを追った。

フェリックスら一味が現場を離れたことを確認するやいなや、ジョシュアとリーアムは屋内駐車場の屋上を飛びだして、階段を駆けおりはじめた。ダイヤモンドを追跡するジュノとキャッシュのあとを追うためには、道端にとめてある車に急いで戻らなければならない。ところが、通用口の扉を開けて外に飛びだした瞬間、一台のパトカーが角を曲がり、こちらへ突進してくるのが見えた。そのパトカーに乗りこんでいる制服警官たちは、フェリックス、ヘザー、ヴラドの三人を乗せた黒のBMWを取り押さえろとの指令を受けていた。ところが、ライフルをたずさえた男ふたりが流線形のボディをした黒い車に乗りこもうとしているのを目にするなり、それが捕らえるべき相手であるものと、とっさに思いこんでしまった。警官らは急ブレーキを踏んで車をとめつつ、警告の言葉を発すると、時を置かずに発砲を開始した。ジョシュアはそれに応戦した。その間に、リーアムはアウディの運転席に飛び乗り、車を出した。ジョシュアも走りだした車に駆け寄り、助手席に乗りこんだ。弾を食らったのは、そのときだった。

「ジョシュアが撃たれた！」リーアムは小型マイクに向かって声を張りあげながら、車を急発進した。ジョシュアは痛みに顔をゆがめつつも、腕を引いてドアを閉めた。肩に開いた傷口から、すでに血がにじみだしている。弾はきれいに貫通したようだ。ジョシュアはグラブコンパートメントを漁って、傷口に押しあてられそうなものを探した。ようやく見つけた小袋入りのティッシュペーパーは、またたくまに血に染まった。

パトカーはサイレンを鳴り響かせながら、すぐあとを追ってきている。ふとバックミラーに目をやると、ジョーとエレーナを乗せた車が角を曲がり、パトカーの後を追ってくるのが見えた。その背後には、さらにパトカー一台と、覆面パトカー一台が連なっている。

「傷の具合は?」ジョーの声がイヤホンから聞こえてきた。

「おれなら大丈夫だ」唸るようにジョシュアが言った。

「弾は肩を貫通してるが、出血がひどい」とリーアムは言った。

リーアムはハンドルを右に切ったり、左に切ったりを繰りかえしながら、往来のほとんど絶えた通りに車を走らせた。この先に待ちうけるヴィネガー・ヒルだけは、あの袋小路だらけの地区だけは、絶対に避けなければならない。あそこにはまりこんだら、一巻の終わりだ。その一心でハンドルを切ると、車を乗り入れた先は道幅が広く、車の往来も格段に多い大通りだった。するとそこに、フェリックスの車が見えた。助手席にヴラド、後部座席にヘザーを乗せて、大通りをかっ飛ばしている。こちらの車と、後ろに連なる警察車両の列に気づいて、全員が戸惑いと驚きをあらわにしている。自分たちを追ってきたものと思いこんだフェリックスは、エンジンを吹かして車を加速させた。リーアムもパトカーに追いつかれるのを防ぐため、必然的にスピードをあげた。ジョーとエレーナもそのあとに続いた。後続の車もみな、同様にあとを追ってきた。交差点を通過する際には、新たにもう一台のパトカーが横から飛びだしてきて、隊列の後尾に加わった。しだいに長さを増していく車の列をずらりと後ろにしたがえたまま、リーアムはフェリックスの車のバンパーすれすれにぴたりと車をつけていた。一方そのころ、一ブロックを隔てて平行に走る道路では、獲物を警戒させぬよう、こっそり尾行を続けていたジュノとキャッシュもまた、送信機が発する電波を見失うまいと、車を加速させていた。

「リーアム、ジョシュアを診てもらえそうな医者に、心当たりはあるか？」ジョーの声がイヤホンから聞こえてきた。

「心当たりはあるけどよ、サツまで引き連れていったら、いい顔はしないだろうな」

「ジュノ、石の位置はまだ見失っていないな？」

「うん、大丈夫。ハンドルを握らせたら、キャッシュほど頼りになるやつはいないからね。けど、この調子で追っていったら、そのうちあっちに気づかれちゃうよ。もしくは、ぼくらまで警察に呼びとめられちまうかも」

「ああ、わかってる」ジョーは言って、エレーナを見やった。エレーナはいま、すべての銃にちゃんと実弾が込められているかを確認しているところだった。ジョーは左右のサイドミラーを確認してから、後方のパトカーを映すバックミラーにも目をやった。「おまえたちの車に、逃げる隙をつくってやれるかどうか、ちょいと試してみるとしよう」ジョーは言って、それを合図に、突如として車線を変えた。

車はいまダウンタウンに入り、ブルックリン区庁舎近くの、さらに道幅の広い道路を走りぬけていた。周囲に建ち並ぶのは役場や裁判所関連の建物ばかりで、ジョーにとっては好都合だった。ここなら、夜は車の往来もまばらだし、たとえ捕まったとしても、移動の距離が短くて済む。ジョーはハンドルを右に切って、レクサスを縁石に乗りあげさせると、片側は裁判所の庁舎、もう一方は街路樹とベンチに挟まれた、大きな公園を突っ切りだした。すぐ後ろにつけていた二台の車もあとに続いた。それ以外の車は、そのままリーアムのあとを追っていった。これで、隊列はふた手に分断された。

途端にジョーは、アクセルペダルを床までべったり踏みこんだ。もはや、行く手を遮る車はない。あるのは、大きく開けた公園のみだ。リーアムらの隊列は、縦に長く伸びるキャッドマン・プラザ公園に沿って、ジョーの左手を疾走している。ジョーはさらにぐんぐんとスピードをあげて、その隊列を追い越した。

「よし、いまから行くぞ」ジョーはリーアムにそう合図を送ってから、ちらりとエレーナを見やって言った。

「用意はいいか?」

エレーナは自動小銃を膝に置き、シートベルトをぎゅっと引き締めつつ、身構えた。「オーケイよ」

ジョーは左にハンドルを切った。ベンチの隙間を通りぬけ、無人の歩道を横切ると、路上にとめられた車のあいだをすりぬけて、もといた車道へ車を戻した。それに気づいたリーアムはすばやく車線を切りかえて、ジョーのためにスペースをつくった。ジョーはリーアムの真後ろにつけたパトカーをめがけて、フルスピードで車をぶつけた。自分の車の左フロントで、パトカーの右フロントに体当たりを食らわせた。パトカーはその衝撃で制御を失い、ぐるぐると回転しながら、角のバス停に突っこんでいった。クラクションの音やブレーキ音が鳴り響くなか、リーアムとフェリックスが運転するそれぞれの車は、そのまま交差点を走りぬけた。車の流れがとまっている。リーアムは車の速度をゆるめ、フェリックスから距離をとった。追っ手を振りきったフェリックスは、ここぞとばかりに角を曲がり、脇道へと逃げこんだ。たしかに、あとを追ってくる車はなかった。キャッシュとジュノを除いては。キャッシュの車は一ブロックの距離をあけて、浅瀬にいる獲物を狙う鮫のように、フェリックスを追跡していた。一方のジョーは巧みにタイヤを横すべりさせて、車体を真横に向けた。車線をふさいだまま、ブレーキをかけると同時に、信号が赤に変わった。

ジョーの真後ろにいたパトカーまでもが、がくんと車体をつんのめらせながら急ブレーキをかけると、背後に連なる車の列にも、その動きが次々と連鎖していった。次の瞬間には、あたり一帯にあるものすべてが動きをとめていた。ジョーが体当たりを食らわせたパトカーは、縁石に乗りあげてバス停の待合所に突っこんだまま、動けなくなっている。車体の右側は完全にひしゃげてしまっている。パニックに陥った警官たちが、外に出ようともがいている。先頭のパトカーに乗りこんでいるふたりは困惑しきった表情で、砕け落ちたフロントガラスの向こうからジョーの車のヘッドライトを見つめている。さらにその背後では、何がどうなっているのかを見てとることのできない連中が、無線越しにわめきたてている。エレーナが銃をぶっぱなしはじめたのは、そのときだった。

エレーナは窓から身を乗りだすと、先頭車両をめがけて銃弾を浴びせはじめた。フロントガラスを跡形もなく消し去ったときとそっくり同じに、左右のタイヤを吹き飛ばし、フロントグリルとラジエーターに無数の穴を穿っていった。恐慌状態に陥った警官たちはダッシュボードの陰にうずくまったまま、あたふたとシートベルトをはずそうとしたり、銃を引きぬこうとしたりしはじめた。ジョーはアクセルを踏みこんで、信号が青に変わると同時に、交差点へ突っこんだ。先頭のパトカーに乗りこんでいた警官たちは、銃撃から解放されたことにほっと胸を撫でおろしていた。それより後ろにいる者たちは、どうにか隙間をつくって車列から抜けだそうと、躍起になっていた。

ところが不意に、ジョーは車をUターンさせた。交差点のど真ん中で大きな弧を描くと、ふたたび縁石を乗り越えて、公園のなかを駆けぬけだした。このまま来た道を引きかえすつもりだった。

先頭車両の真後ろにつけた車のなかでは、マイク・パウエルが癇癪玉《かんしゃくだま》を破裂させていた。パウエルはダッシュボードにこぶしを叩きつけながら、早く車を出せとがなりたてた。フスコとて、そうしたいのはやまやまだったが、背後に詰まった車のせいで、ほとんど身動きもできやしない。フスコは無線のマイクを手に取り、目の前に停止したままのパトカーに指示を飛ばした。「さっさとUターンして、あの車を追え！」そうとも、ふさいでいる道をさっさと開けやがれ。だが、タイヤもフロント部分も大破してしまったパトカーには、どだい無理な話だった。ちくしょうめ、誰か追跡を続けてるやつはいないのか？

「全車、応答せよ」フスコは無線に向かって言った。「ダークグリーンの4ドアのレクサスを、なおも追跡中の者はいるか？」受信機は沈黙を続けている。「おい、応答しろ……誰か何とか言わねえか！」

「いえ、撒かれました」

「すみません、フスコ刑事」

「警戒態勢を敷くよう要請を出しました。車のナンバーも控えてあります」

「能無しどもめ……」ぼそりとつぶやくパウエルの声を聞きながら、何度も切りかえしを繰りかえしていたフスコは、ようやく車列を抜けだした。そのまま車のスピードをあげて、レクサスのあとを追い、公園のなかを突き進みはじめた。ほかの車も次々と、そのあとに続いている。「あっちへ向かったぞ」わかりきったことを言うパウエルの声は聞き流して、フスコは前を見すえつづけた。後部座席のアンドリューは落ちつきはらったようすで、ことのなりゆきを眺めている。ヘンダーソンはシートベルトを握りしめたまま、車が縁石を乗り越えたり、急カーブを描いたりするたびに、うめき声を漏らしたり、悪態をついたりしつづけていた。ご老体の腰や内臓には、激しい振動がこたえるらしい。

その他の被疑者を乗せた黒のアウディとBMWは、すでに遥か遠くへと逃げ去っていた。警戒態勢が敷かれたとしても、効果のほどは期待できない。この大海原に逃げこんでしまった魚を、網にかけることはまず不可能だ。この付近一帯へさらに人員が投入され、包囲網を強化してはいるが、その網にかかる可能性のある魚はただ一四、あのすばしっこいレクサスしかいない。しかも、あの車はいま、追いかけっこのスタート地点へ引きかえそうとしているようだ。どう考えても賢明な手ではない。それには途中で、川を越えなければならない。マンハッタンをめざす車が二カ所しかない橋に集中するうえ、いまは警察が数人がかりで検問をかけている。いつにも増して、道が混みあっているはずだ。

「網にかけられるか？」パウエルが横から訊いてきた。

サイレンの音がけたたましく鳴り響くなか、両手をハンドルにかけ、目は前方を見すえたまま、フスコは小さく肩をすくめた。「自分からかかりに行ってるようなもんですがね」そう答えはしたものの、連中を捕らえたら自分が何を手にすることになるのかも、自分が本当にそれを望んでいるのかも、確信することはできなかった。

「おい、そこのFBI！」パウエルがやにわに後部座席を振りかえり、アンドリューにがなりたてた。「ぼうっとしてないで、貴様も仕事をしたらどうだ！」

「仕事ならちゃんとしてますよ」落ちつきはらった声で、アンドリューは言った。「ここにはオブザーバー兼アドバイザーとして派遣されてきたんでね。だからおれはいまも、おたくが癇癪を起こすようすをしっかり観察してるところです」敵意のまなざしを平然と受けとめて、アンドリューはさらに続けた。「もちろん、アドバイスもしておきましょう。その面《つら》をこっちに向けるんじゃねえと」

35

あのときジョーとエレーナは、みずから囮となることを選んだ。ふたりに選択の余地はなかった。リーアムに追っ手を振りきらせるためには。ジョシュアに治療を受けさせるためには。ついでに、フェリックスの車も逃がしてやる必要があった。キャッシュとジュノが落ちついて追跡できるようにしてやらないと、ダイヤモンドを見失うことになりかねない。だからジョーは意図的に、追っ手を自分に引きつけた。まずは、追っ手を立ち往生させて、リーアムたちを独走態勢に入らせる。そのあとは、スタート地点へとんぼ返りすることで、完全な包囲網が敷かれるまえに、追っ手を振りきるつもりだった。いま、ほかの連中は、ほっと息をついているにちがいない。代わりに、ふたりが窒息しそうになっているというわけだ。

「車を乗り捨てるべきだと思うんだが」通りをかっ飛ばしながら、ジョーは言った。バックミラーには、すでにパトカーが映りこんでいる。交差点の脇道から出てきて追っ手に加わる、回転灯の赤い光も見えた。エレーナはせっせと手を動かして、ダッフルバッグからもう少し小ぶりなバックパックふたつへと、ヘロインの包みを移しかえている。ほどなく、からになったダッフルバッグをぽいと窓から投げ捨てると、ようやくエレーナはこう答えた。

「いいわ、そうしましょう」

ダイヤとヘロインの受け渡しを行なった細道に、ジョーは車を乗りいれた。ただし、今回は逆方向から、後方に警察車両を引き連れて到着した。そのうえ、通りの先からは、数多くの懐中電灯の光がこちらへ向かってこようとしている。このままでは挟み撃ちだ。

「つかまれ」ジョーが言うと、エレーナは衝撃に身がまえた。ジョーはタイヤを横すべりさせながらハンドルを切って、五階建ての屋内駐車場に飛びこんだ。

ついさっき、リーアムとジョシュアが狙撃位置についた際は、屋上へあがるのも、おりてくるのも簡単だった。行きは、とめてある車をとりにきたふうを装って堂々と正面入口から入り、帰りは階段をくだって、通用口から出るだけでよかった。通用口は、火災が発生した場合に備えて、内側からなら誰でも鍵を開けられるようになっているからだ。この駐車場にいる従業員が、ただひとつ厳重に警戒しているのは、車を盗もうとする人間や、駐車料金を踏み倒そうとする人間だけだった。誰かが車ごと押しいってくる事態など、想定しているはずもない。だからジョーは、呆気にとられる案内係の前を猛スピードで走りぬけ、木製のゲートを突き破って、料金所を突破した。

ジョーはそのまま、スロープを駆けあがった。カーブに沿って弓なりに進みながら、行く手をふさがれることのないよう、クラクションを鳴らしっぱなしにした。駐車場の内部はしんと静まりかえっていた。ここで夜を越すものとおぼしき車が、駐車スペースに並んでいるだけだった。そのとき、背後からサイレンの音が聞こえてきた。建物の二階にたどりつき、エレベーターが目に入った瞬間、ジョーはハンドルを右に切るなりブレーキを踏んで、エレベーターのドアもスロープもふさぐような位置にレクサスを寄せた。車のキーを抜きとり、窓から身を乗りだして、エレベーターのボタンを押した。パトカーが背後に迫ると、今度はエレーナが窓から身を乗りだして、銃をかまえた。

「誰も殺さないでくれ」ジョーが言うと、エレーナは呆れたようなまなざしを向けてきた。「頼む」とジョーは念押しした。

「まだ誰も殺しちゃいないわ。今日のところは」エレーナはそう言いかえしてから、銃撃を開始した。追跡してきたパトカーや駐車中の車をめがけて、鉛玉を浴びせはじめた。雨あられと降りそそぐ弾から身を守ろうと、警官たちは逃げまどった。銃声が轟音となって場内に響きわたり、ガラスの破片が飛び散った。警官ふたりが銃をかまえて、応戦を試みたものの、どちらもやみくもに撃ちかえすのがせいぜいだった。その間ジョーは、エレベーターの階数表示灯をじっと見つめつづけていた。

「あと一階だ」とジョーは知らせた。エレーナはなおも銃撃を続けた。ドアが開く瞬間に、ジョーは念のため銃をかまえた。ありがたいことに、庫内に警官は乗りこんでいなかった。「行くぞ」ジョーは言って、運転席のドアを開け、バックパックふたつを押しだしてから、自分もするりと車を降りた。エレーナもそのあとに続いた。エレーナがレクサスの屋根越しに発砲を続けるなか、ジョーが最上階のボタンを押すと、エレベーターのドアが閉まりだした。

ふたりは無言のまま待った。オフィスに出勤中の男女でもあるまいに、こんな静けさのなかエレベーターに乗っていると、やけに不安を掻きたてられたが、落下傘部隊でも投入されていないかぎり、警察が屋上へ先まわりすることは不可能だ。スロープはレクサスでふさいできた。ひとつしかないエレベーターには自分たちが乗っているから、追っ手は階段を駆けあがってくるしかない。それでも、用心するに越したことはない。ふたりはそれぞれにバックパックを背負うと、開くドアの先へ向けて銃をかまえた。

屋上に人影はなかった。ジョーが開ボタンを押しているあいだに、エレーナはドアの脇に置いてあったゴミバケツをつかみとって、ドアが閉まらないよう、隙間に噛ませた。

屋上はおおむねがらんとしていた。四方をふさぐ壁はなく、保守点検や修理に使うらしい器材や工具が片隅に積みあげられている。そうしたものがここに置かれていることは、昨日、下見をしに来たときに確認してあった。ジョーはその場所に駆け寄って、モップを一本拾いあげると、階段へと通じる観音扉の取っ手の隙間に、モップの柄を差しこんだ。これでも少しは時間稼ぎになるだろう。とはいえ、車を降りた警官たちがスロープを駆けあがってくるまでには、数分とかからないはずだ。

ジョーが階段の扉をふさいでいるあいだに、エレーナはアルミニウム製の伸縮式の梯子を引きずりだしていた。屋上の四辺には壁がない代わりに、落下防止用のコンクリート塀が設けられている。モップを差しこみ終えたジョーもそちらへ駆け寄って、エレーナに手を貸し、コンクリート塀の上に梯子を載せた。この下は路地になっているのだが、道幅はかなり狭く、隣の建物の屋上は一階ぶんだけ低い位置にある。ジョーとエレーナは梯子の両端をそれぞれに持って、限界まで引きのばすと、一方の端を隣の建物の屋上に、もう一方の端を屋内駐車場の屋上に立てかけた。

「まずはきみからだ、キティ・キャット」

エレーナはからかうように微笑んだ。「もしかして、怖いの？」

「そりゃあ、もちろん」そう応じながら、ジョーは梯子をしっかりと支えた。エレーナはコンクリート塀によじのぼると、両手と両膝を梯子につき、慎重ながらもすばやい動きでぐんぐんと梯子をくだりはじめた。その重みで梯子が少したわんだが、ジョーはしっかりとつかんだ部分に体重をかけつつ、首だけをまわして背後を見やった。エレベーターのドアがゴミバケツにあたっては、跳ねかえっているのが見える。

エレーナは優雅な身ごなしで梯子をおりて、隣の建物の屋上に立った。向こう側から梯子を支えつつ、ぶんぶんと手を振って、こっちへ来いと合図した。ジョーは最後に後ろを振りかえった。階段へ通じる扉を、どんどんと叩く音が聞こえている。もう一刻の猶予もない。

ジョーはコンクリート塀によじのぼると、まずは片手、続いてもう一方の手で、梯子の左右の支柱をつかんだ。試しに強く押してみると、わずかにたわみはしたが、ぐらつくことはなさそうだ。手を片方ずつ交互に、じりじりと前へずらしていくと、膝が踏み板にかかった。ジョーはようやく這い進みはじめた。吹きつける風や、周囲に開けた空間や、眼下に広がる空間が、とにかく気になって仕方がない。自分の重みで梯子が折れ曲がりかけている気もしたが、ジョーはどうにか前進を続けた。コンクリート敷きの路地に墜落することと同じくらいに、警察が屋上に突入してくることを危惧しながら。いまの自分は、絶好のターゲットとなってしまう。誰がいちばんにジョーを撃ち落とすかで、競争が始まったとしても驚きはしない。

エレーナがこちらを見あげて微笑みかけながら、しきりに声をかけてくる。「うまいわ、ジョー。その調子よ。下は見ないで」

「貴重なアドバイスをありがとう。だが、上を見るのも怖くてね。もしもいま警官が見えたら、今度は撃ち殺してもかまわない」

エレーナはにやりと笑ってみせた。ジョーはじりじりと前進を続けた。梯子の上を這ったまま、屋上のへりを通過すると、すぐさま横へ転がるようにして梯子を降りた。ジョーとエレーナはふたりがかりで梯子を引き寄せ、暗がりに沈んだ屋上の物陰にそれを隠した。このころにはすでに、警官たちが何ごとかをわめきあう声が聞こえていた。懐中電灯の光があちこちを跳ねまわっているのも見える。車の陰だの柱の陰だのを探しまわっているのだろう。だが、屋上のへりから下を見おろしてきた者は、まだひとりもいない。

エレーナは梯子を隠し終えるやいなや、建物内部の階段へと通じる扉に駆け寄った。だが、扉には錠がおろされているうえに、鍵穴のたぐいがいっさいないいため、ピッキングで破ることも不可能だった。エレーナはジョーに向かって首を振りつつ、建物の裏手を指差してみせた。ジョーは手をひと振りして、ゴーサインを出した。ジョーが周囲を警戒するなか、エレーナは屋上を突っ切った。エレーナが端まで到達すると、ジョーもすぐあとに続いた。ふたりは火災発生時用の避難梯子を伝っておりた。もはや屋内駐車場から、ふたりの姿を目視することはできない。もちろん、続々と通りに集まってきている者たちからも。だが、避難梯子をくだりきった先はコンクリート敷きの小さな裏庭になっていて、そこから外に出るには、建物のなかを通りぬけるしかない。これではまたもや袋小路だ。ふたりはすばやく、静かに梯子をおりながら、建物の窓に差しかかるたびに、それをひとつひとつ調べていった。最初の窓は真っ暗で、頑丈な鉄格子をはめた鎧戸もぴったり閉ざされており、もう何年も開けられたことがなさそうだった。ところが、次の窓の奥には明かりが灯されているうえに、鎧戸まで開け放たれていた。その理由は一見してあきらかだ。梯子の踏み板の上で丸くなりつつ夜風にあたっている、灰色の猫のためであるにちがいない。ふたりが近づいていくと、猫はびくっと跳ね起きて、窓の向こうへ飛びこんでいった。エレーナはすぐさまそのあとに続いた。銃を抜きながら部屋に飛びこむと、ソファにすわっていた若い女の眉間に向けて、銃をかまえた。女はコロンビア大学のカレッジTシャツと、スウェットパンツを身につけていた。髪は赤毛で、肌はやけに青白い。おそらくいまは、普段に輪をかけて青ざめているのだろう。ジョーもすばやく窓を乗り越えると、そのまますたすたと歩きまわって、こぢんまりとしたアパートメントのなかをざっと確認した。小さな寝室。物がぎゅうぎゅうに押しこめられたクロゼット。バスルーム。そして、キッチンとダイニングも兼ねた居間。

「問題なしだ」ジョーはエレーナにそう告げながら、

銃をしまって、窓ぎわに引きかえした。鎧戸と窓を閉じ、錠をおろしてから、カーテンも引いた。エレーナはその間も銃の照準をぴったり合わせたまま、女をじっと見すえていた。

「心配は要らない」ジョーは女に話しかけながら、リモコンを取りあげて、女が観ていたらしいテレビ番組の音声を消した。「おとなしくしていてくれれば、この相棒に引鉄を引かせはしない。いいね？」

女は顔をこわばらせたまま、こくこくとうなずいた。

「それじゃあまずは、正直に答えてくれ。今夜、ここへ来ることになってる人間はいるか？ 恋人とか、女友だちとか、デリバリー料理の配達員とか」

女は首を横に振った。「いいえ……」とひとこと、声にならない声を絞りだすと、咳払いをしてから、こう続けた。「誰も来ません……シームレスのアプリで何か注文するつもりだったけど、もういいです……」それから不意に、女は唇を震わせはじめた。「なんでも好きなものを盗っていってください。ノートパソコンでも、お金でも。ただ、お願いですから危害だけは加えないで……それと……」自分の恐怖心に溺れかけでもしたように、女は大きく息を喘がせてから、こう言った。「レイプだけはしないで……」

その瞬間、エレーナが顔をしかめつつ沈黙を破った。「レイプですって？ このわたしが強姦魔に見えるとでも？」

「ち、ちがいます。ごめんなさい。もちろん、あなたがたはそんなことしないはず。だって、カップルで強姦を働くなんて、普通はありえないもの……普通は……普通はどうかなんて知らないわ！ これが初体験なんだもの！」女はついに泣きだした。

「大丈夫だから、落ちつくんだ」ジョーは女に話しかけながら、エレーナに銃をしまうよう手ぶりで伝えた。「誰も、何も、きみにはしない。きみのものを盗っていったりもしない。約束する。おとなしくしていてくれれば、きみは何ごともなく解放される」

なおも顔をこわばらせながら、女はこくりとうなずいた。それからとつぜん気づいたかのように、ずたずたに破れて血に染まったジョーのシャツを、恐ろしげに凝視したまま、こう訊いてきた。「あの、それ……大丈夫ですか?」

「大丈夫よ。シャツについてるのは、そのひとの血じゃないから」エレーナが言うと、女は恐怖に目を見開き、顔面がいっそう青ざめていった。

「いや、そういう意味じゃない。これはただの血糊なんだ。ハロウィンで使われるような。まあ、話すと長い話なんだが」

ジョーがそう説明すると、女の顔にはたちどころに希望の色と、続いて戸惑いの色とが浮かびあがった。

「あの……それなら、いったい何が目的なの?」

「おれたちはただ、しばらくここにいさせてほしいだけだ。じつはいま、外には警察がうじゃうじゃいて、おれたちを捜しまわってる。あんなところへのこのこ出ていくわけにはいかない。しばらく身をひそめている必要がある。だが、連中がいなくなったら、おれたちもここからいなくなる。警察はこの建物も調べにくるかもしれない。きみの部屋も訪ねてくるかもしれない。だが、きみがおれたちの指示に従うかぎり、何も起きやしないから、心配しなくていい。わかったかい?」

「つまり、あなたたちは逃亡犯か何かなの?」

「いかにも」ジョーは背中からバックパックをおろし、椅子に腰かけながら、こう続けた。「おれたちは逃亡中の犯罪者でね」

エレーナも背負っていたバックパックをおろし、ジョーのおろしたバックパックのそばに置いてから、ソファに腰をおろした。さきほどの猫がそろそろと近づき、膝の上に這いあがってきた。耳の裏を撫でてやると、猫はごろごろと喉を鳴らした。エレーナは怯えきった女に顔を向け、優しげに微笑みかけながら、こう言った。「つまりは、ボニーとクライドみたいなものね。すごく面白そうでしょう?」

36

警察の追跡を逃れるやいなや、リーアムは車の速度を落とした。たぶん、この車はいますぐ乗り捨てたほうがいいんだろう。だが、助手席のジョシュアは出血がとまらないせいで、ショック状態に陥りかけている。そんな悠長なことをしてる場合じゃあない。リーアムは何度かすばやく角を曲がって、車の流れに加わった。この傾斜路をまっすぐ進めば、ブルックリン橋にたどりつく。追っ手から走って逃げていた者が、徐々にスピードをゆるめていって、ラッシュアワーの人込みにまぎれるように、リーアムもできるだけ周囲の車に溶けこんで見えるよう努めた。この試みは、なかなかにうまくいった。唯一、人目を引いたのは、強引に前に割りこまれたことで腹を立てたドライバーたちから、クラクションを浴びせられたときくらいのものだった。ところがほどなく、隠れ蓑《みの》となってくれているはずの無数の車が、足枷《あしかせ》にしか思えなくなってきた。橋を渡る車の列は、倒木の上を這う芋虫のごとく、遅々として進まない。リーアムは苛立ちもあらわに、前を行くジープの真っ暗なリアウィンドウを睨みつけた。まるでそれがテレビの画面で、いまにもぱっと明るくなって、重要なメッセージが流れだすはずだとでもいうように、その一点を凝視しながら、数秒ごとに首をまわして、ジョシュアのようすを窺った。ジョシュアはいま、頭を後ろに倒して、目を閉じている。街明かりと暗い川面《かわも》を背景に、横顔のシルエットが浮かびあがって見える。そんなジョシュアを見ていると、思いも寄らない感情が込みあげてきた。これが〝情け〟ってやつなのかと、リーアムは心のなかでつぶやいた。なんだかこれって、古いギャング映画のラストシーンみたいじゃねえか。かつて幼馴染みであった主人公ふたりが、いつのまにやら敵同士となり、ついに最期を迎えたひとりが、もうひとりの腕のなかで息を引きとる。語られる言葉は多くないが、何ひとつ語る必要もない。

ああ、そうとも、ばかげた考えだ。ロマン化するにも程がある。だけども、犯罪者ってのはみんな、ある意味、ロマンチストなんじゃないのか？　もちろん、当の本人たちは、こんな考えには反吐《へど》が出ると言うかもしれない。リーアムは赤ん坊のころから、犯罪者に囲まれて生きてきた。そのリーアムが知る犯罪者の大半は、愚鈍であるか、残忍な荒くれ者であるか、ひどく血のめぐりが悪いか、頭がイっちまってるかのいずれかだ。だけども、犯罪者ってのはみんな、運に身を委ねて生きている。おのれの自由を賭けて、サイコロを転がす。いつかいい目が出ることを夢見て、それこそ命すら賭ける。ギャンブルも愛もそうであるように、長い目で見れば勝算などないことを、心の奥底では知りながら。

その反面、犯罪者は徹底した現実主義者でもある。もちろん、リーアムもそのひとりだ。そして、冷酷で洞察力に優れた皮肉屋だからこそ、わかっていることがもうひとつある。そうとも、おれたちのなかに、誰かお喋りな野郎がいる。そいつがサツに情報を漏らした。そのせいで、おれはいまこんなところにいる。そうでなけりゃ、あのタイミングで、あの場所に、サツが踏みこんでくるはずがねえ。誰かがサツに垂れこんだ。だったら、その誰かには、おれのダチがいま流してるのとおんなじだけの血を、代償として流してもらわなきゃならねえ。

そのとき、尻ポケットに入れてあった携帯電話がぶるぶると震えだした。画面に表示された番号に覚えはなかったが、リーアムはひとまず通話を受けて、「どちらさん?」と問いかけた。返ってきた声はあきらかにジオのものだったが、その声はごく短く、「その電話は安全か?」とだけ訊いてきた。このヤマのために全員で揃えた使い捨ての電話だから大丈夫だと、リーアムは答えた。すると、ジオはこう続けた。「リーアム、おまえには酷かもしれんが、知らせておきたいことがある」リーアムは耳を傾けた。その間、いっさい言葉は発さず、最後にようやくこう言った。「わかった。どうしてほしいのか、言ってくれ」その返答を聞きながら、リーアムは思った。こりゃあ本当に、ギャング映画のラストシーンみたいだと。驚愕の結末ってやつみたいだと。案の定、誰かお喋りな野郎がいた。そして、そいつは自分だった。このおれが仲間を裏切っていた。そのせいで、ジョシュアは撃たれた。計画の詳細を伯父のパッティーに話すのは、サツに密告するも同然の行為だったのだ。

前方の車が動きだした。隙間なく詰まっていた車のあいだに余裕ができて、ゆるゆると車が流れだしている。どこかの信号が青に変わったらしい。もしくは、どこかで発生した事故だか事件だかが、きれいに片づいたのかもしれない。どこかの誰かの悲劇なり喜劇なりが、どこか別の場所を舞台にして演じられていたのかもしれない。見知らぬ誰かの人生における、最高の夜なり最悪の夜なりも、赤の他人のおれらにとっては、単なる苛立ちのもとでしかない。

ようやく橋を渡り終えて、マンハッタンに入った。リーアムはセンター・ストリートをかっ飛ばし、チェンバーズ・ストリートを越えて、ひたすらに診療所をめざした。そこの診療所の医者は、昼のあいだは慈善家ぶって、医療サービスを受けられない連中を無料で診てやっているが、夜には悪党どもをカモにして、大金を稼いでいる。医者にはあらかじめ連絡を入れておいたから、手術の用意を整えて、待機しているはずだ。おれはこの相棒を、生きたままそこへ送り届ける。絶対に助けろと、医者に念押しする。そのあとは、この車を始末する。それが済んだら、伯父貴のもとを訪ねる。

そのとき、ジョシュアがかすかに動いた。目は閉じたままだが、顔をこちらに向けて、何か言おうと唇を動かしている。まるで、悪夢にでもうなされているようだ。リーアムは片方の手を伸ばして、ジョシュアの手をぎゅっと握りしめた。

「大丈夫だ、ジョシュア。おれたちが絶対に助けてみせる。きっと元気になるからな」

ジョシュアの瞼《まぶた》がぴくぴくと動いた。必死に何かを喋ろうとしている。「……リーアム？」

「おれならちゃんとここにいるぞ、ジョシュア。無理して喋るな。力を使い果たしちまう。おまえは絶対に元気になる。診療所はもうすぐそこだ」リーアムはそう話しかけながら、ジョシュアの手をふたたびぎゅっと握りしめた。「大丈夫だ。おれがついてるからな」

すると、ジョシュアは微笑んだ。ふっくらとした形のいい唇を動かして、声にならない〝ありがとう〟の言葉を伝えてから、リーアムの手を握りかえしてきた。ふたりは診療所までの道中ずっと、手を握りあったままでいた。

37

キャッシュとジュノは馬が合った。歳もそんなには離れていないし、育った環境もよく似ていた。同じような方法で身を立ててもいた。ストリート育ちでありながら、変わり者扱いされてきたところも、頭が良くて機敏なところも、兄貴たちほど体格に恵まれていないところも、地元のごろつきどもほど粗暴でないところも、よく似ていた。才能に磨きをかけることで、周囲から評価され、一目置かれるようになったところも、その道（ジュノはメカで、キャッシュは車泥棒と運転技術）の第一人者であることに誇りを抱《いだ》いているところも、共通していた。

だからいま、プロとして任務を遂行する際も、友だちのように仲良くすごすことができた。車内で流す音楽すらも、すんなり意見が一致した。その音楽のビートに合わせて、顎でリズムを刻みながら、ジュノは膝に載せたiPadでダイヤモンドを追跡し、キャッシュはいともなめらかに車を走らせていた。傍目には難なくやってのけているように見えたが、これがかなり難しい。距離をあけすぎると、電波をキャッチできなくなってしまうし、近づきすぎると、相手に存在を気《け》取《ど》られてしまう。だから、警察の急襲を受けて以降、フェリックスとヴラドとヘザーを乗せた車は、いっさい目で見ていなかった。ずっと後ろに引っこんで、あちらの視界に入らないようにしながらも、一ブロック以内の距離を保ちつづけていた。

ところが、これがなかなかに厄介で、まるで障害物レースにでも参加しているようだった。バス停にとまっているバスだの、車の流れが緩慢になっている一角だの、とつぜんバックしてくるトラックだの、ふらふらとして進路の定まらない乗用車だのを迂回したり。しきりに車線を変えるオートバイや、横断歩道以外の場所を渡る歩行者をかわしたり。赤に変わりかけた信号を急いで通過したり。一方通行路や工事区間に出くわしたり。そうしたことをすべてこなしながらも、同時に、警察に呼びとめられるような行動だけは絶対に避けなければならない。だが、キャッシュはいとも平然と、こともなげに、それをやってのけていた。片手をハンドルに添えて、肩から上で軽くリズムをとりつつも、あちこちのミラーを確認したり、前方の道路を眺めやったりと、目だけは絶え間なく動かして、何かが起きそうだと見ぬいては、寸分たりとも遅れることなく、それが起きるまえに対処した。キャッシュに言わせると、それが運転の秘訣であるらしい。

iPadの画面上で点滅する光の粒を追っていくと、車はやがてクイーンズに入り、ついには、アストリアと呼ばれるエリアの、スタインウェイ・ストリートから一ブロック離れた地点にたどりついた。この界隈は アラブ系が数多く暮らすことで知られており、かつてはリトル・エジプトと呼ばれていたが、現在では、レバノン系やモロッコ系やシリア系が主に経営する、中東系や北アフリカ系の商店、カフェ、レストランが通りを埋めつくしている。

キャッシュは車の速度を落として、慎重に、ゆっくりと、光の粒が指し示す地点に近づいていった。送信機の電波は、どうやら、角地に建つ大きな建物から発せられているらしい。ふたりはそのブロックをぐるりとまわって、黒のBMWを見つけると、そのまま脇を通りすぎた。車は消火栓のそばにとめられていて、車内にもはや人影はない。角の建物の正面には、中東料理のレストランとナイトクラブを兼ねた大型店舗の入口があって、ひっきりなしに客が出入りしている。店先で乗用車やタクシーを降りた客も、次々と店内に吸いこまれていく。入口に掲げられたネオンサインによると、店の名前は〈クラブ・ラヤリ〉というらしい。

店の入口を見晴らせる場所に車をとめて、ふたりは待った。キャッシュは煙草を吹かしながら、長時間の運転で凝り固まった肩の筋肉をほぐしていった。ジュノはボリュームをあげた音楽に乗りながら、光の粒を見つめていた。やがて、十五分が経過した。

「このぶんだと、しばらくは出てこないんじゃないかな」とうとうジュノが口を開いた。

「夕食でもとってるのかもな」とキャッシュは応じた。じつはキャッシュも腹ぺこだった。ヤマを踏むまえには、食事をとらないと決めているからだ。それでいまも、串に刺した鶏肉が炙り焼きにされているさまを思い浮かべるだけで、ぐるぐると腹の虫が鳴りだした。

「ちょっくら行って、なかをたしかめてみないか?」

「ジョーに言われたろ。車内で待機して、連絡を待てって。ぼくらだけでなかに入るのは得策じゃないよ」

「なかに入らなきゃいい。もうちょっとだけ近づいてみようぜ。アジトを見張れとも、ジョーは言ってたろ。けどよ、リーアムとジョシュアが抜けちまったいま、おれたちだけでそれが可能か？　いまこのときにも、連中が裏口から出てっちまってるかもしれないぜ。もしかしたら、あの車に戻ろうとしてるかもわからない」

ジュノはうなずいて言った。「わかったよ。車をどこかにとめといて、とりあえずなかに入ってみよう。連中があの建物のどこにいるのかだけでも、突きとめておくんだ。でもって、ジョーには住所をメールしとく」

「よっしゃ、決まりだ」キャッシュは路肩から車を出して、通りの角を曲がり、工事現場に設置された大型ゴミ容器《ダンプスター》の陰に違法駐車して言った。「行こうぜ。腹が減って死にそうだ」

「ぼくも膀胱が破裂しそう。いまにもションベンの味がしそうなくらいだよ」とジュノも応じた。

ふたりは連れだって店に入った。キャッシュがテーブルで待つあいだに、ジュノはトイレを探しにいった。店内は外観から想像していたよりも、遥かにだだっ広かった。倉庫を改装したらしい店内には、やけに長いバーカウンターがあって、中央のフロアにはずらりとテーブルが並んでいる。色鮮やかなタイルが床にも壁にもふんだんに貼られていて、アーチ形の出入口がそこかしこに口を開けている。壁ぎわのボックス席は正面が緞帳《どんちょう》で覆われていて、個室タイプのハーレムのような趣を漂わせていた。もしかしたらあのなかでは、客たちがクッションにすわって、水煙草をくゆらせているのかもしれない。店の奥にあるステージでは、楽団が奏でる伝統音楽に乗せて、女たちがベリーダンスを踊っており、中央のフロアよりも大きめなテーブルを囲む客たちが、すっかり酒に酔ったようすで、音楽すらも掻き消さんばかりにやんやとそれを囃したてている。天井は見あげんばかりに高く、そこから何枚もの布が天幕のように吊るされている。中二階にあたる高さには、ぐるりとバルコニーが設けられていて、しっとりとしたロマンチックな雰囲気のなか、カップルが大半を占める客が蠟燭《ろうそく》の光を頼りに食事をしたり、階下のようすを眺めたりしていた。

男子トイレは階段を一階ぶんおりた先の地下にあるため、用を足しているあいだは、送信機が発する電波を捉えることができなかった。ところが、トイレを出て通路を進みはじめるとすぐに、バックパックに入れておいたiPadの振動が伝わってきた。ジュノはiPadを取りだし、画面をのぞきこんだ。ダイヤモンドは近くにある。ものすごく近くに。まるで、ぼくの真下にあるみたいだ。好奇心に駆られたジュノは、そろそろと通路を歩きまわりだした。トイレ。掃除道具置き場。それから、店の裏手のほうへ通じる扉。試しに扉を押し開けてみると、その先は薄暗い貯蔵室になっていた。床には厚紙製の箱が山積みにされていて、二・五メートル以上もの高さのある棚にも、ものがいっぱいに押しこめられている。ジュノはタブレットを見おろしたまま、ゆっくりと部屋のなかに入って、音を立てないように扉を閉じた。光の粒は、なおもジュノの真下にある。いや、厳密には、このあたりを歩きまわるうちに、真上を通りすぎてしまったみたいだ。まちがいない。この建物には、もうひとつ下にも地下がある。だけど、階段も、扉も、ほかには何ひとつ見あたらない。すると次の瞬間、突如として明かりが灯り、背後から誰かの声が聞こえた。「おまえが立ってる足の下だ」

「え？」ジュノは慌てて後ろを振りかえった。そこに立っていたのは、地中海民族特有の容姿をした、中年の男だった。黒い顎鬚を短く刈りこみ、グレーのスーツと青いシャツをまとっている。

「地下室の入口の跳ね上げ戸だよ。いまおまえが真上に立ってる」さらに続けて、男は言った。

ジュノは曖昧に微笑みながら、いかにも頭の弱そうな、ぽかんとした表情を浮かべてみせた。「ええっと、なんのことですか？　ぼくはトイレを探してるんですけど。店のひとは、地下にあるって……」

男は不意に腕をあげた。ゆるく握っただけの銃は、ぴったりジュノのほうには向けられていなかったが、銃を持っていることを見せつけるには、それだけで充分だった。「さて、どうする。何ごとも出だしが肝心だぞ。パーティーはまだ始まったばかりだ」男はそう言うと、ジュノが両手をあげるのを待って、ジュノのスニーカーを銃口で指し示した。「足もとの敷き物を持ちあげろ。VIPルームへの行き方を教えてやる。招待客しか入れない特別な場所だ」

キャッシュは階上のテーブル席で、待ちきれずに注文した前菜の到着を、いまかいまかと待ちうけていた。ジュノが小便を出しきるまで待つなんて、とてもじゃないがやってられない。だから、携帯電話がぶるぶると震えだして、すぐに地下へ来てくれとジュノから言われたとき、キャッシュは小声で悪態をついた。しぶしぶ椅子から立ちあがりながらも、じきに運ばれてくるはずの料理をあきらめきれずに、きょろきょろとあたりを見まわしていた。だが、いくら見まわそうが無駄だった。部屋の片隅からそのようすを見守っているヴラドが、とっくに注文を取り消していたからだ。

38

ドナは自分の置かれた苦境を、最大限に活かすことにした。例の大捕り物から除《の》け者にされた直後は、クラスの中心グループから仲間はずれにされた高校生みたいに、くよくよと落ちこんでしまいそうになった。けれども、ドナはそうしなかった。高校生よりももっと幼いころに退行して、娘をアニメ映画に連れていってあげることにした。ハンドバッグのなかには、熊の形をしたグミやらリコリス菓子やら、めったに与えることのない特別なおやつまで忍ばせておいた。おかげで、アンドリューが何度もメールや電話をしてきたとき、ドナの携帯電話はマナーモードになっていた（これもまた、めったにないことである。ドナが仕事関係の電話に出ないことなど、これまでただの一度もなかったのだから）。そんなわけで、映画の上映が終わってロビーに出たあと、着信をチェックしたときには、とんでもない数のメールやメッセージが残されていて、ドナが動物たちの活躍を大画面で眺めているあいだに発生した劇的な事件の詳細が、逐一報告されていた。

そこでドナは、ラリッサにレーシングゲーム（これもめったにないことのひとつ！）をやらせておいて、その間にアンドリューへ電話を入れた。その口ぶりからすると、アンドリューは半ば呆気にとられつつ、半ばほくそ笑んでいるようすだった。合同捜査チームの用意していた作戦は、ことごとく裏目に出る展開となり、ひとりの被疑者を逮捕することも、ひと粒のダイヤモンドを取りもどすことも、ひと包みのヘロインを押収することもできずに終わっていた。それどころか、市街地での銃撃戦だの、ブルックリンの街なかを舞台とした熾烈なカーチェイスだのまで引き起こし、その挙句に残されたのは、大破したパトカー二台と、（オブザーバーとしてのみ参加していたFBIを除く）全員の丸つぶれになった面子《めんつ》だけであったという。

市当局からの大目玉を主に食らったのは、ニューヨーク市警だった。そのニューヨーク市警は、不確かな情報をもたらしたとして、CIAに責任をなすりつけようとしている。そして、FBIはいま、自分たちが指揮をとるべきであったと主張しつつも増員をかけて、周辺の建物をしらみつぶしに捜索する作業に手を貸そうとしているのだという。「もしおれがきみだったら、いますぐここへ駆けつけるね。調べる価値のありそうなものはたいして残っちゃいないが、連中が泣きべそをかくさまを眺めていると、胸がスカッとする。別れた旦那があまりの屈辱に歯軋《はぎし》りする姿まで拝めるかもしれないぞ」

そうとも、アンドリューの言うとおりだ。いまは何を措いても現場に駆けつけて、このピンチから抜けだすための助力を申しでるべきだわ。たとえそれが、単なる時間の無駄であったとしても。とはいえ、いまからベビーシッターを雇うには、あまりに時間が遅すぎる。今夜は母にも頼めない。これが頭の痛いところなのだが、母は今夜も、つい最近親友となったグラディス・ブロディーと一緒にすごしているのだ。なんでも今夜は、ポーカーの手ほどきを受けるのだという。そのとき、思わずため息が漏れた。母の秘密の悪習については、何カ月もまえから気づいていた。けれども、法に触れることさえないのであれば、いまよりいくらかでも勝率があがるのであれば、母のためにも悪い話ではないはずだ。もちろん、自分がグラディスに好感をおぼえていることも、否定はできない。グラディスは一緒にいて楽しいひとだ。母がよく一緒にいるひとたちなんかより、ずっと楽しい。あのひとたちが話すことといったら、あれが滋養にいいだの、これが栄養価が高いだのって、そんな話題ばかりだもの。だからこそ、グラディスに惹かれるのは理解できた。理解するのが難しいのは、自分がグラディスだけではなく、〝ブロディー家〟に惹かれているという事実だった。

そうした感情が混沌と入りまじった状態のまま、ドナは母親に電話をかけた。緊急事態が発生して、いまからブルックリンに行かなきゃならないの。ラリッサを預かってもらってもいい？　もちろんよ、と母は答えた。それなら、みんなでクッキーでも焼いたあと、ポーカーはやめて、ハーツでもするとしましょうか。

39

ふたりに囚われた人質の名は、アミといった。綴りはAmiで、フランス語で〝友〟を意味する。大の親仏家である母親がつけてくれた名前だ。アミは完全に怯えきった状態をひとたび抜けだすと、すっかり落ちつきを取りもどした。ボーイフレンドが置いていったけばけばしい色遣いのアロハシャツを男のほうに渡して、コインランドリーでなくしたことにするから、そのまま着ていっていいとまで言ってやった。すると男は素直に厚意を受けいれて、血糊に染まったシャツを脱ぎ、キッチンの流しでペーパータオルを使いながら、きれいに汚れを洗い流しはじめた。そのようすを見守っていたアミは、この男が意外にもいい身体つきをしていることに気がついた。脂肪がほとんどないほど痩せているのに、筋肉はしっかりと引き締まっている。アミのボーイフレンドは元アスリートで、いまも週末にはアメフトをしに出かけていくけれど、もっと筋肉がごってりついていて、ちょっとぶよぶよしている感じがする。それに、この男のひとのほうが、傷痕もずいぶんたくさんある。けれども、何より意外だったのは、アロハシャツの胸ポケットに入っていた二十五セント硬貨に気づいたとき、それをキッチンの調理台の上に置いたことだ。その行動が、アミにはなんだか不思議に思えた。このひとは、警察から身を隠すために、わたしを銃で脅して監禁している。なのに、小銭すら盗ろうとしないなんて。

ふたりから問われるままに、アミはさまざまな質問に答えていった。ボーイフレンドの仕事はデジタルマーケティング・コンサルタントで、いまは出張で街を離れているの。いいえ、まだ同棲はしてないわ。自分はいま、フリーランスでウェブデザインの仕事をしてるんだけれど、どこかの企業で正社員になろうかと考えてるところよ。できれば、新しく立ちあげられたばかりの会社がいいかもしれない。もしもウェブサイトのデザインを変更する必要があれば——いつもの癖でそれ言いかけて、アミはその寸前で思いとどまった。それとも、ひょっとしたら犯罪者も、ウェブサイトを開設したりするのかしら。闇サイトか何かに、コードネームを使ったり、覆面をつけたりなんかして。あのハッカー集団のアノニマスみたいに。いいえ、たとえそういうひとたちがいたとしても、このふたりは例外ね。だって、デジタルマーケティング・コンサルタントがどういう仕事なのかさえ、まったく理解していないのが丸わかりだったもの。

「要は、ツイッターみたいなものか？」男のほうが訊いてきた。

「それも一部に含まれるわね」アミはそれだけ答える

と、この話題は打ち切ることにした。だって、このひとときたら、いまだにガラケーを使っているんだもの。そのうえ、メールを打つときは、ひとさし指だけを使って、ぎこちなく文字を入力していた。

それに対して、女のひとのほうは、どう捉えればいいのかもよくわからなかった。外国人であることはまちがいない。たぶん、ロシアか東ヨーロッパの出身だろう。だとしても、《ゲーム・オブ・スローンズ》のゲの字すら聞いたこともないというのには、いくらなんでも驚いた。《ゲーム・オブ・スローンズ》というのは、ふたりが窓から飛びこんできたときにアミが観ていた連続ドラマなのだが、しばらくここに居すわらなければならないことが判明すると、そのまま鑑賞を続けるようにと、ふたりが強く勧めてきたのだ。女のほうはアミと並んでソファにすわったまま、ボリュームを落としたドラマを一緒になって鑑賞しはじめた。男のほうは、椅子を玄関まで運んでいって、そこに腰を落ちつけた。足音が聞こえるたびに立ちあがっては、のぞき穴から廊下のようすを窺っている。その場所からはテレビの画面が見えなかったのだろう。しばらくすると、小さく折りたたんだ《タイムズ》のクロスワードパズルをポケットから取りだして、女のほうに、書くものを貸してくれと声をかけた。女はしぶしぶといったようすで、シャープペンシルを手渡した。

「あとでかならず返してちょうだい。わたしのお気にいりなんだから」

「このまえ借りたときも、ちゃんと返したろう？」男はそう答えると、眉間に皺を寄せながら、ヒントの欄を眺めだした。アミと女のほうは、ドラマの鑑賞を再開した。

ところが、しばらくすると、とつぜん女がこんなことを言いだした。「これは子供向けのドラマなの？　騎士だとか、ドラゴンだとかがやたらと出てくるけど」

「いいえ、まさか。つまり、ファンタジー物ではあるけれど、ちゃんと大人向けにつくられたものよ」

女はその返答に困惑しているようすだったけれど、何度か場面が転換したあとで近親相姦のシーンが始まると、納得したようすでこう言ってきた。「たしかに大人向けのファンタジー物みたいね。だけど、これだったらポルノを観たほうが手っ取り早いんじゃない？」

アミはドラマの鑑賞をあきらめて、録画リストを開いた。それをざっと眺めていくうちに、少しまえの回の《プロジェクト・ランウェイ》が目にとまった。これは、ファッションデザイナーをめざす者を集めて競わせるリアリティ番組なのだけれど、女もたいそう気にいったらしく、アミと一緒になって、デザインされた服をあれこれ批評しはじめた。そうこうするうちに、話題はファッション全般にまで移っていって、ふたりのあいだに友情のようなものまで芽生えだした。やがて、ふたりが、コム・デ・ギャルソンの創始者である川久保玲の才能を絶賛しあっていたときのことだ。玄関で見張りについていた男が、とつぜん「しっ！」とふたりを黙らせ、部屋の明かりをぱちんと消した。女もリモコンをつかみとって、テレビの電源を落とすなり、暗がりに沈んだ部屋のなかで、アミの手をぎゅっと握りしめてきた。アミも反射的に、その手を握りかえした。まるで、学生寮でマリファナを吸っていることがバレそうになって、こそこそしている友だち同士か何かのように。けれども、すぐさまアミは気づいた――いや、正しくは、思いだした。このふたりは逃亡中の犯罪者なのだということ。女のほうは、わたしを抑えこんでおくために、手を握っているのだということ。必要とあらば暴力をもってしてでも、わたしを黙らせようとするはずだということを。

そのとき、ノックの音が聞こえた。扉をどんどんと、力任せに叩く音。「ごめんください！」男の胴間声も響いた。「警察です！　どなたかいらっしゃいませんか！」それから、ふたたびノックの音。目が暗がりに慣れてきた。ロシア人とおぼしき女も、銅像のように身じろぎもせずに立つ男のほうも、銃を手にしているのが見えた。しばらくすると、ようやく、隣の部屋をノックする音が聞こえてきた。すぐあとに、何ごとかを小声でやりとりするような声。そして、静寂。男が部屋の明かりをつけた。

「もう大丈夫だ」男は安心させようとするように、アミに微笑みかけてから、銃をジーンズのベルトに差した。そのときふと、アミは気づいた。さきほど相棒から借りたシャープペンシルを、アロハシャツの胸ポケットに差したまま、忘れてしまっているようだ。ちょっとからかってやろうかと、アミは口を開きかけて、やっぱり黙っておこうと思いなおした。するとそのとき、たぶん携帯電話が振動しはじめたのだろう。男が例のガラケーを開いたあと、女にうなずきかけてきた。

女はソファから立ちあがって窓に近づき、外のようすを窺いだした。まずはカーテンの隙間から外をのぞきこみ、そのあと鎧戸も開け放って、あたりをぐるっと見まわした。そのあいだ、アミは飼い猫を抱いて待っていたのだけれど、窓の外をいくら見まわしても、たいして見えるものはないはずだった。この部屋は建物の裏手に面しているからだ。女は続いて、アミの鍵束を取りあげてから、避難梯子を伝って屋上に向かった。男はアミを見張りながらも、ずっと笑みをたたえていた。おれたちはじきにここを出ていくと、とても協力的で助かったと、アミに声もかけてきた。けれども、そう告げる口調は、ドリルで歯を削るまえの歯科医の口調とそっくりおんなじに聞こえた。

女は屋上から戻ってくると、同様に笑みを浮かべつつ、こう告げた。「問題なしよ」ふたりはそれぞれにバックパックを背負った。その瞬間、ほっとするあまり、全身から力が抜けていくのがわかった。人生で最も恐ろしい夜が、夕食会で得意げに披露できる、とっておきのエピソードへと変化していくのを感じた。ところが次の瞬間、男はアミの財布を手に取ると、なかから運転免許証を抜きとって、それを女に手渡した。女は（男のガラケーとは雲泥の差の）ｉＰｈｏｎｅのカメラ機能で、それをパシャッと撮影してから、ようやくアミに返してきた。すると男はさきほどと同じく親しげな声で、穏やかにこう言った。

「これで、きみの名前だの住所だのなんだのが、すべておれたちの知るところとなった。きみがどこへ行こうと、見つけだすには充分な情報だ。きみもおれたちに関して、ちょっとした問題を引き起こせる程度のことは知っている。だがその情報は、それほど多くはない。したがって、おれは強く忠告する。アミ・ヘンドリックス、今夜の出来事は、今後いっさい、誰にも打ちあけないのが身のためだ。もちろん、ボーイフレンドにも。もしきみがこの忠告を無視するようなことがあれば、おれたちなり、おれたちの仲間なりが、かならずやここへ戻ってくる。その場合、今夜のように愉快なひとときをすごすことには、けっしてならないだろう。わかったか？」

アミはこくりとうなずいた。言いようのない恐怖が、ふたたび襲いかかってきた。自分が終始、どれほど危険と隣りあわせの状態にあったのかを、いまさら思い知らされていた。このふたりは、見た目も、話し方も、ごく普通の気さくなひとたちという印象を与える。けれどもそれは、まったくの思いちがいなのだ。ふと視線を落とすと、猫が牙をむきだしにしながら、大きな欠伸《あくび》をしていた。そのあと猫は、自分の背中をすりすりと女の脚にこすりつけはじめた。その光景を目にするなり、何かで読んだ話のことを思いだした。人間というのはたいてい、自分は飼い猫に好かれていると思いこんでいる。その理由は、その猫が自分に身をすり寄せてきたり、ごろごろと喉を鳴らしながら甘えてきたりするからだ。けれども、猫というものは、もし可能であるならば、飼い主を殺そうとすることも、その肉を食らおうとすることもあるのだという。

「よし。それじゃあ、いまから心置きなく、ドラマの続きを見なおしてくれ」

男はそう言って微笑むと、玄関の扉を開いた。

「いろいろとありがとう。いい夜を」女も言って、玄関から出ていった。

「そちらこそ、いい夜を」アミが反射的に応じると同時に、玄関の扉がばたんと閉じた。

40

パッティー・ホワイトが〈オールド・シェナニガンズ・ハウス〉の入口を抜けると、ただひとり支配人だけがそれを目にとめて、恭しくもひそやかに、こちらへうなずきかけてきた。この店のこういうところを、パッティーは特に気にいっていた。たしかにこの店を傘下におさめてはいるが、それはあくまでも物言わぬ《サイレント・》株主《パートナー》としてだから、かしこまった挨拶ぬきに、いつでも出入りできるのはありがたい。ことは対照的に、会員制の社交クラブやダイナーなどでは、つねに王様然のもてなしを受ける。それに対してこの店では、〈従業員専用〉の通用口から勝手に入りこんできた、野球帽にレインコート姿の老人について、誰かが何かを言おうものなら、気にするなと命じられる。この店でなら、建物の傷み具合を調べにきた誰かや、アルコール類の在庫を確認しにきた誰かや、つまらない何かをしにきた取るに足らない誰かになれる。そのおかげで、安全の保証された会合の場所を、つねに確保しておくことができる。パッティーが望まぬ者の目も耳も、けっしてここには届かない。

だからこそ、工事の半ばで放りだされた例の男子トイレに足を踏みいれたとき、パッティーは驚きに目を見張った。一対一での秘密の会合にいつも使っているこの部屋で、今夜はリーアムと会う手筈になっていた。ところが、電灯のスイッチをつけてみると、そこには、銃を手にしたジオ・カプリッシが立っていたのだ。

「なんのつもりだ?」とパッティーは吠えた。とっさにおぼえたのは、戸惑いと恐怖だった。だが、次の瞬間には、ここは自分の店であり、この場を統御するのは自分だという自負心が、それを完全に凌駕《りょうが》した。

「いったいここで何をしてやがるんだ?」パッティーが言いながら前に足を踏みだすと、ジオは銃口をパッティーに向けた。

「動くな」そう告げる声を聞きながら、パッティーはあることに気がついた。ここには、まだ誰かいる。扉の陰に誰かが隠れている。するとそのとき、ジオの腹心の部下であるネロが進みでて、パッティーに背後から近づくなり、手早くボディーチェックを行なって、足首のホルスターからリボルバーを取り去った。

「盗聴器はありません、ボス」ネロは言いながら正面にまわりこむと、自分の銃を同様にパッティーへ向けてきた。

「盗聴器だと? 寝惚けたことを抜かすな。おれの店にずかずか入りこんできて、わけのわからないことを——」

「そこまでだ、パッティー」続く言葉を遮って、ジオは言った。「あと数回しか吸えない空気を、そんな戯言に使うもんじゃない。あんたがおれたちをCIAに売ってたことは、もうとっくにバレてるんだ」

パッティーはがくっと肩を落とした。突如として、本来の自分に引きもどされた気がした。老いさらばえて、敵に寝返り、くたびれきった老いぼれが、いままさに最期の時を迎えようとしている。パッティーはそのとき、安堵にも似た感情をおぼえていた。だが、それでもなお、全身の神経という神経だけは、ぴくぴくと痙攣したり、びくっと引き攣ったりすることで、必死にこう訴えてくる。あきらめるなと。逃げるなり、戦うなり、取引を持ちかけるなり、命乞いをするなりしろと。「まあ待て、ジオ。わしの口利きがあれば、おまえさんをこっちに引きいれることもできるかもしれん。CIAっちゅう後ろ楯には、お守りのような効果がある。そのお守りは、わしらを守ってくれる。おまえさんの敵を破滅させてもくれる。とにかく、まずは銃をおろして、じっくり話でもするとせんか」

ジオはにっこりと微笑んで言った。「もちろんです。話ならいくらでも伺いますよ。ここは話が外へ漏れることのない、あんたのご自慢の秘密の小部屋だ。便所が死に場所となるってのは、あいにくなことですがね。しかし、嘘つきで密告屋のくそ野郎には、それがお似合いってもんです。クソってのは下水に流すもんだ」

その瞬間、生涯を通じて、パッティーを奮い立たせる燃料となりつづけてきた怒りが、ふたたび赤々と燃えあがった。パッティーはこぶしを振りかぶりながら、ジオに詰め寄ろうとした。「ふざけるな！　オカマ野郎のイタ公め！　誰にも知られていないとでも――」

ジオの銃が火を噴いた。一発めが肺を貫通すると、パッティーはその場で動きをとめた。二発めは心臓を貫いた。一瞬遅れて、ネロも引鉄を引きはじめた。野球帽が上に載っただけの、ずたぼろの肉の塊が床に倒れこんだときには、十発以上の弾が撃ちこまれていた。するとそのとき、トイレの手前にある部屋で暗がりに身をひそめていたリーアムが、戸口に姿をあらわした。リーアムはトイレのなかにゆっくり足を踏みいれると、床に転がる伯父の遺体をじっと見おろし、静かな声でこう言った。

「恩に着ます、ジオ。本当なら、おれがやらなきゃいけなかった。けど、いざとなったら覚悟が揺らいじまいそうで……伯父貴には子供のころ、よく膝の上で遊ばせてもらってた。だけど、ひとの撃ち殺し方をおれに教えこんだのも、伯父貴だった」

ジオは左手に銃を持ちかえてから、右手をリーアムに差しだした。「この件は、新たな友好関係のしるしだと思ってくれ」

リーアムは差しだされた手を握りかえした。「そんなふうに言ってもらえると、本当にありがたいです。それに、もちろん光栄だ。兄弟を代表して、感謝します」

「ふたりにも、よろしくと伝えておいてくれ。それから、お悔やみを申しあげるとも」ジオはリーアムにそれだけ言うと、今度はネロに顔を向けた。「おまえもここに残って、後始末を手伝ってやれ。それと、これの始末も頼む」ジオは言って、ネロに銃を手渡した。

「ですが、ボスはいまからどちらへ？　おれは同行しなくてもいいんですかい？」

「今夜はもう一件、ひとと会う約束がある。個人的な用件だ」ジオはそう言い残して、男子トイレを出ていった。

ネロは両手に一挺ずつ銃をさげたまま、遠ざかる後ろ姿をしばらく見つめていた。その間に、リーアムは手前の部屋へいったん戻り、建設現場用の防水シートをずるずると引きずりはじめていた。ネロはひょいと肩をすくめて、銃をポケットに押しこんでから、リーアムに手を貸しに向かった。今夜はやらなきゃならない仕事が、まだまだたんまり残っている。

剝がしとり、レクサスのキーと一緒に大型ゴミ容器《ダンプスター》に放りこむと、バンパーの下に手を突っこんで、隠し場所からカローラのキーを取りだした。エレーナのために助手席のドアを開けてやってから、ヘロインが詰まったバックパックを後部座席におろし、自分も運転席に乗りこんで、車を出した。ジョーが運転席側の窓をおろすと同時に、エレーナは煙草に火をつけた。

沈黙が続くなか、ジョーはブルックリン・クイーンズ・エクスプレスウェイに車を乗りいれ、一路、クイーンズ方面をめざした。しばらくして、先に口を開いたのはジョーのほうだった。「わかってるとは思うが、しばらく街を離れたほうがいい。おれたちにダイヤモンドを奪われたら、ヘザー・カーンはまちがいなく、きみの情報を誰かに漏らそうとするだろう。まだ誰にも漏らしてなけりゃの話だが」

「あの女が生きていればの話でもあるわ」エレーナはそう付け加えると、煙草の吸い差しを窓から投げ捨て

41

ジョーとエレーナは、クイーンズのアストリアに向けて車を走らせていた。

アミのアパートメントを出たふたりは、足音を殺して階段をおりると、細く開けた扉の隙間から、すでに人影の絶えた通りのようすを窺った。建物を出たあとは、ごく普通の足どりに変えて、手をつなぎ、バックパックを背負って夜道をぶらぶらと散歩する観光客のカップルを装った。あたりはしんと静まりかえっていた。ありふれた日常生活が取りもどされていた。交差点を渡って、次の角を曲がると、ジョーがとめておいた場所にトヨタのカローラが見えた。フロントガラスには駐車違反切符が貼られていたが、ジョーはそれを

た。火の粉を散らしながら何度も路面を跳びはねてから、ようやく煙草の火が消えた。「でも、そうね。たしかに、どこか行き先を探したほうがよさそうだわ。この街にいるのも、ロシアにいるのも、賢明ではない。せめて当分のあいだは」

「どこへ向かうつもりだ？」

「まずは、のんびり休暇を楽しみたいわね。カリブ海なんてどうかしら。誰も名前も知らないような、ギリシャの小島もいいかもしれない。でも、どうしてそんなことを訊くの？」ジョーに微笑みかけながら、エレーナは言った。「あなたも一緒に来たいとか？」

「さあ、どうかな。着いたら、絵葉書を送ってくれ」ジョーもにやりとして言うと、前方の道路に視線を戻した。風の音と、タイヤの発する低い持続音だけが、車内に響いていた。ジョーはエレーナの足もとに置かれたバックパックに顎をしゃくって、こう言った。

「そいつを持っていくといい。売ればかなりの金になる。この先、現金が必要になるだろう？」

エレーナはジョーの顔をまじまじと見つめてから、バックパックのジッパーを開けた。ジョーに買ってもらったナイフを使って、ヘロインの包みをぐるぐる巻きにしてあった透明なラップを切り裂き、真空パックにされた一キロぶんのヘロインを取りだすと、それをジョーの鼻先に突きつけるようにして言った。

「これが全部、わたしのものだっていうの？　わたしの望みを叶えるために、これを使えと？　これを全部、わたしにプレゼントしてくれるっていうの？」

「ああ、いけないか？」肩をすくめながら、ジョーは言った。「そいつのほうが、おれなんかよりもずっときみの役に立つ。それだけはまちがいない」

「そう、それなら……」言うが早いか、エレーナは真空パックの袋を切り裂いて、窓の外に腕を突きだし、ばさばさと袋を振りはじめた。袋の中身の白い粉は、みるみるまに風に飛ばされていった。エレーナはからになった袋まで宙に飛ばすと、文句でもなんでも言ってみろとばかりに、挑むような目つきでジョーを振りかえった。ジョーは無言のまま、車を走らせつづけた。

するとほどなく、エレーナは自分から口を開いた。

「わたしはこんなもの、大嫌いなの。これは、母さんの人生を狂わせた。それから、あなたの人生も」

「わかった」ジョーはひとこと、静かに言った。黙りこくったまま車を飛ばすジョーの隣で、エレーナは片っ端から袋を切り裂いては、中身の粉を窓の外へ捨て去っていった。バックパックふたつぶんのヘロインが、数百万ドル相当の小さな砂嵐が、こうしてハイウェイに吹き荒れた。エレーナはすべてのヘロインを処分し終えると、ナイフの刃をきれいに拭いてから、もとの場所にしまった。ジョーはエレーナに顔を向け、にやりと笑いかけながら言った。「リトル・マリアが怒り狂うな」

エレーナは小さく肩をすくめた。「あのひとのことも、好きじゃないもの」

ジョーは声をあげて笑った。「たしかに、おれのクリスマスプレゼント・リストでも、マリアの名前はトップには挙がらない」それから少し間を置いて、ジョーはさらにこう続けた。「海外口座の番号をメールで知らせてくれ。例の石が売れたら、きみの取り分を送金する」

エレーナは片手をさっと振って、その提案を退けた。「いいえ、メールはジュノに送るわ」それから一拍の間を置いて、急に声のトーンを変えてから、こんなことを訊いてきた。「あなた、刑務所に入ったことはある？」

「ああ、もちろん。たいして長居はしなかったが」

「わたしもあるわ。だから、絶対にあそこへは戻らない」エレーナはそう言うと、腰に差した銃をぽんと叩いた。「あそこへ戻るくらいなら、わたしはこっちの道を選ぶ」

ジョーはうなずいて言った。「まさに〝路傍で裁きを受ける〟ってやつだな」

「どういうこと？　意味がよくわからないわ」

「裏社会に伝わる言いまわしで、〝生け捕りにされることだけは絶対にしない〟って意思を伝えるために使われる。判事の前に突きだされるくらいなら、自分たちの法に則って、シャバで裁きを受けるって意味だ」

「そういうことね」エレーナは同意とばかりにうなずいた。「それならわたしも、路傍で裁きを受けるわ。ただし、判事を務めるのは、このわたしよ」

42

ジョーとエレーナを乗せた車は、ジュノが知らせてきた住所に建つ店──〈クラブ・ラヤリ〉という中東系のレストラン──の前を通りすぎたあと、少し先にある消化栓の前で停止した。ふたりはそこで車を降りると、来た道を歩いて戻って、正面から店に入った。

店の支配人は、ふたりを笑顔で迎えいれた。

「こんばんは。ようこそおいでくださいました。わたくしは支配人のモハメドでございます。ご案内は二名さまでよろしいでしょうか？　静かにお食事を楽しんでいただける、中二階のテーブル席などいかがでしょう？」

ジョーは店内の配置やようすをざっと見まわしてか

ら、こう答えた。「いや、まずはバーのほうに寄らせてもらおうか。そのあと、テーブルに案内してもらうかもしれないが」

「わたしも、ベリーダンスを間近で観たいわ。かまわないかしら？」エレーナもジョーに調子を合わせた。

「もちろんでございます」支配人は笑顔で応じると、どうぞなかへと手ぶりで示した。「何かご要望がございましたら、わたくしにお申しつけください」

「ありがとう。そうさせてもらうよ」ジョーはそう応じると、エレーナに手を引かれて、だだっ広い店内を突っ切った。建物の裏手にあたる奥のほうでは、飲めや踊れやのどんちゃん騒ぎが繰りひろげられていたが、ふたりはそこへ加わることなく、さらに奥へとぶらぶら進み、トイレの位置を示す表示に従って階段をくだった。

「ジュノの話だと、電波は地下から発信されてるらしい」トイレにたどりつくと、ジョーはエレーナを振りかえって訊いた。「ここで落ちあおう。いいかい？」

エレーナはこくりとうなずいて、女子トイレのなかに消えていった。ジョーもその間に男子トイレを見てまわったが、特に目を引くものはなかった。女子トイレから出てきたエレーナとふたりで、さらに奥へと通路を進んだ。掃除道具置き場や、いまは使われていないらしい古ぼけた公衆電話ボックスの前を通りすぎたところに、また別の扉が見えた。そっとノブをまわしてみると、鍵はかかっていなかった。ジョーはゆっくりと戸口をすりぬけた。エレーナもすぐあとに続いた。扉の向こうは貯蔵室になっていて、厚紙製の箱や収納棚が所狭しと並んでいるうえに、あまりにも狭すぎて、階段やほかの扉を設置できるほどのスペースもなかった。

「どう思う？」ジョーに問われると、エレーナは黙って肩をすくめた。

「さてさて、どなたのおでましかしら」とつぜん、室内に声が響いた。山積みにされた箱の陰から進みでてきたのは、ヘザーだった。手にした銃は、まっすぐふたりに向けられている。すると、少し離れた物陰からも、巨漢のヴラドが姿をあらわし、同じく銃口を向けてきた。ヘザーはジョーに微笑んで言った。「まったく、驚かせてくれるわね。あんたに再会することになるなんて、思ってもみなかったわ」ヘザーが銃を向けているあいだに、ヴラドはふたりをボディーチェックして、身につけた武器を取り去っていった。「それは何？」と尋ねられると、ヴラドはエレーナから取りあげたナイフを、そのままヘザーに手渡した。

「あら、すてきじゃない」とヘザーは言って、ナイフを自分のポケットにしまった。「それじゃあ、エレーナ、まずは足もとの敷き物をめくってちょうだい。それと、ジョー、あんたにはその下の跳ね上げ戸を開けてもらうわ。ちょうどいまから、お別れパーティーを始めるところなの。そこをおりた先にある、秘密の地下室が会場よ。あんたのお仲間も到着してるわ」

店の奥へと進んでいく白人のカップルを、支配人のモハメドはじっと目で追っていた。すらりと背の高いアメリカ人の男とブロンドのロシア人の女は、バーカウンターには立ち寄りもせず、トイレに通じる階段をおりていった。モハメドは眉をひそめつつ、そのあともしばらく待ってみたが、ふたりは結局、地下から戻ってこなかった。その瞬間に、モハメドは悟った。何かまずいことが起きている。その日の午後に店にやってきて、あれこれ指図してきたやつらが厄介な連中であることは、最初からわかっていた。あきらかに怯えきったオーナーが箝口令を敷くと同時に、必要になりそうな品はあらかじめ外に運びだしておいて、今夜は貯蔵室にいっさい近づくなとも命じてきたからだ。連中の名前も、ここで何をしようとしているのかもわからなかったが、いっさい関わりあいになりたくないということだけはたしかだった。連中が何をしようと、知ったことではなかった。そんななか、ついさっき、あの男女が店にやってきた。男のほうの顔と名前を、モハメドは知っていた。

男の名前はジョーなんとかという。その道の人間からは、保安官や用心棒とも呼ばれている。そう呼ばれるようになった由縁など、モハメドの知ったことではない。知っているのは、噂に聞いた内容だけ。あの男は、エイドリアン・カーンの率いるテロリストの一味を抹殺した。連中のテロ計画をも阻止した。しかもそれは、大量破壊兵器を用いた恐ろしいバイオテロ計画だったという。あの男は大勢の命を救った。ニューヨーク市民の命も、観光客の命も。モハメドと、モハメドの家族と、友人たちの命も。いや、命だけではない。多くの苦悩や悲嘆からも、あの男は我々を救ってくれた。なぜなら、アッラーの名のもとにテロ計画が決行され、多くのアメリカ人が殺されたとき、その復讐の矛先はいったい誰に向けられる？　答えは我々だ。ごく普通の一般市民だ。イスラムの教えを正しく理解している、真のイスラム教徒たちだ。真のイスラム教徒は、平和を重んじる。殺人が戒律に反することを、重い罪であることを知っている。万人が互いに愛しあい、互いに理解しあうことが、アッラーの望みであるとも知っている。何を信仰するかはそれぞれの自由だということも。至高の善とは、思いやりと憐れみによってのみ為しうるのだということも。真のイスラム教徒は暴力を容認しない。我々もまた、暴力の犠牲となってきたからだ。アッラーの名のもとに暴虐の限りを尽くす、無知蒙昧《もうまい》なる狂信者により支配された土地で、恐怖による統治に苦しめられてきた民は、そのほとんどがイスラム教徒なのだ。そうとも、我々真のイスラム教徒の望みは、ニューヨークに暮らすすべての移民が望んでいること、クイーンズに暮らす住民の半数が望んでいることと、なんら変わりはない。平穏に生きて、働いて、家族を守りたい。ただそれだけだ。過去の恐怖に、この街でまでつきまとわれてなるものか。ニューヨークは自由の街だ。停戦が宣言された街だ。

だから、あの男が――ジョーなんとかという男が――ロシア人の女を連れて地下へ向かったまま、戻ってこないことに気づいたとき、モハメドは自分がなすべきことをした。休憩をとると告げて持ち場を離れ、店の外に出て煙草に火をつけると、震える指で通話ボタンを押して、ある人物に電話をかけた。この界隈で誰よりも広い人脈を持つ人物。何十年もまえからこの街に暮らしている、エジプト出身の老人。レストランやナイトクラブを開業しようとする者があれば、営業許可の取得を手伝ったり、食材の仕入れ先やゴミの収集業者を紹介したり、衛生検査が支障なく済むよう根まわしをしたり、この地域で同等に幅を利かせているギリシャ系住民との揉めごとを解決したりと、みなの世話役を務めてくれている人物だった。

モハメドからの電話を受けたとき、その老人は、会員制クラブの階上にある一室で水煙草をくゆらせていた。階下では、店の客たちが紅茶を飲みながら、バックギャモン賭博に興じている。老人はモハメドに、よく知らせてくれたと礼を言った。それから、おまえさんは正しい行ないをしたと告げ、いますぐすべてを忘れるようにと命じた。通話を終えた老人は、ハーレム出身の黒人イスラム教徒にみずから一本の電話を入れた。求める番号を教えてもらうと、今度はその番号に電話をかけて、呼出しに応じた相手にこう告げた。

「メッセージをお伝え願いたい。きわめて緊急の用件だと」するとその相手は、ずいぶんとかしこまったようすで、こう訊いてきた。「あの、どちらさんにおかけになられたか、お訊きしてもよろしいでしょうか？」ずっと以前から知ってはいたが、声に出して言う必要の一度もなかった名前を、老人はその相手に告げた。

「ミスター・ジオ・カプリッシに」

43

ジオの向かった先は、自分のオフィスだった。乗ってきた車は、階下の駐車場の専用スペースにきちんととめた。すでに夜とあって、ほかにとまっているのは、ポールのポルシェだけだった。ジオがときおりネタにしてからかうこともある。ポールご自慢の道楽品だ。

ジオはシートの下に手を伸ばして、隠し場所から銃を取りだすと、それをスラックスの背中側に差した。

犯罪に使用された銃を身につけたまま通りをうろつくまねなど、けっしてするつもりはない。いま取りだした銃も使用歴のない、絶対に足のつく可能性のないものであり、製造番号もやすりで削りとってあった。もしもいま、警官が鉢植えの陰から飛びだしてきて、ジオを捕らえたとしても、罪に問われる可能性があるのは、無許可の銃器を所持していた件くらいのものだろう。その罪にしたって、お抱えの弁護団が仕事を終えた暁には、せいぜい罰金が科せられる程度のことにしかならないはずだ。それどころか、ジオをしょっぴいた警官どもは、後日ジオのもとを訪れて、謝罪する羽目にすらなるかもしれない。

それがジオという人間だった。ジオはそうやって生きてきた。つねに用心深く、思慮深く、ものごとに対処してきた。ジオにちょっかいを出そうとする人間など、ひとりとして存在しなかった。そうとも、ポールがあらわれるまでは。ポールの存在は、ジオを向こう見ずにも、浅はかにもした。だが、そのポールは、ジオが信頼して愛したポールは、ジオを敵に売っていた。それがゆえに、ポールは今夜、死ぬことになる。

エレベーターの到着を待つ代わりに、ジオは通用口の鍵を開けてなかに入り、階段を使ってオフィスに向かった。オフィスの入口には鍵がかかっておらず、室内にはすでに明かりが灯されていた。ポールはジオの専用オフィスにいた。銀行関連の分析報告か何かに目を通すために。それからもちろん、仕事の話が済んだあとで、ジオと〝あること〟をするために。これまでふたりでしてきたことをするために。ふたりだけの秘めごとをするために。ほかには誰も知らないはずのことをするために。世界でただひとり、おれのなかにいるもうひとりの自分をさらけだした相手が、おれを裏切っていた。そう考えるだけで、全身が不調を訴えだした。込みあげる胆汁を飲みくだしながら、ジオは専用オフィスの扉を開けた。にこやかな笑みを浮かべつつ、ポールに「やあ」と声をかけた。

「ああ、ジオ。ずいぶん遅かったですね。おれのほうで、できるだけのことは済ませておきましたけど」

「待たせてすまなかった。最後に会った相手に、いろいろと手間取ってな。だが、できれば今夜は、仕事の話は抜きにしたい。それよりも、もっと別のことをしたいんだが……」

ポールはにやりとして言った。「アレがしたいってことですね？　それなら、もちろんおれもです。ここで待っているあいだじゅう、あなたのことを考えてた。それと……ジャンナのことを」

「いや、そうじゃない。今夜は少し、趣向を変えてみないか。要は、きみがポーラになった姿を見てみたいんだ。あそこにあるドレスをまとったきみの姿が、どれほど美しいかを見てみたい」

「それは……」ポールは戸惑いの表情を浮かべた。そのときはじめて、ポールの青く澄んだ瞳に一抹の影がよぎった。「その、つまり、女装をしたこと自体はもちろんありますけど、あなたとは一度も……あなたにそっちの趣味もあるなんて、考えたこともなかった」

「ちょっと試してみたくなってな」ジオは言いながら、ソファにすわった。「きみが服を脱ぎ捨てて、女性に生まれ変わる姿を見てみたい。きみがどんなに美しいかを、この目でたしかめてみたい」

ポールは満更でもなさそうに、はにかんだ笑みを浮かべた。「わかりました」とひとこと応じると、着ていた服を脱ぎはじめた。ジオはすわったまま腕を伸ばして、脱ぎ終わったシャツを受けとった。ポールが服を脱ぐたびに、一枚ずつそれを受けとっては、丁寧に皺を伸ばしてから折りたたんでいった。すべての服を脱ぎ終えると、ポールはクロゼットに近づいて、そこに並ぶドレスのなかから青いスパンコールのものを選びだした。広げたドレスに足を通してから、そのままするりと引っぱりあげて、ストラップに腕を通した。認めないわけにはいかなかった。ウィッグと化粧を抜きにしてさえ、自分よりも遥かにそのドレスが似合っていることを。遥かに本物の女性らしく見えることを。

ポールはしずしずとジオの前に立った。一度だけだが、くるりとまわることまでしてみせた。

「どう？　わたしのこと好き？」

「ああ……愛してる」思わずそう答えてから、ジオはごほんと咳払いをした。これで、ポールが盗聴器をつけていないことは確認できた。「今夜ここへ来るのが遅くなった理由は、もう話したか？」

「ええ」ポールはそう答えながらソファにすわると、ジオの視線を気にするように、金色のうぶ毛に覆われた脚をそっと組んだ。「誰かに会っていて、何かに手間取ったんでしょう？」

「そうだ。たしかにそう言った。だが、実際には、さほど手間取りはしなかった。おれはすみやかに問題を処理した。パッティー・ホワイトとのあいだに生じた問題を。パッティーのことは知ってるな？」

ポールは首を横に振った。「さあ、覚えがないわ」

「本当か？　てっきり知っているものと思ったんだが。おれたちが会っていたと知ったら、きみが動転するんじゃないかと案じていたんだが」

「わたしが？　どうしてそんなことを？」

「パッティーが死んだからだ。全身に鉛玉を食らって。おれに殺されて、いまごろは袋詰めにされて、ゴミ屑のように捨てられていることだろう」

ポールは食いいるようにジオを見つめていた。ジオが裏稼業に関する話をしてきたことなど、これまで一度たりともなかったのだ。ポールはたしかに、マネーロンダリングに手を貸してきた。けれども、そのために扱うのは、単なる数字だけだった。その金をどこから手に入れたのかも、それを手に入れるために何に手を染めたのかも、いっさい知りはしなかった。知りたくもなかった。なのにいま、ジオはとつぜんに、ひとを殺《あや》めたと告白してきた。

「ジオ……おれは……」

「それなら、パウエルって名前の男はどうだ？　ＣＩＡのエージェントだそうだ。そいつのことは知ってるか？」

「いえ、おれは……」

「知らないってのか？　そいつは妙だな。そいつから送られてきたメールに、おまえはちゃんと返事を出してる。普通に考えれば、おまえはそいつを知ってるってことになる。それからもちろん、パッティーのことも」ジオはいっさいの表情を殺し、抑揚のない淡々とした声で話していた。その間ずっと、ポールの顔をまっすぐに見すえていた。けれどもいまは、つかのま目を逸らさずにはいられなかった。ポールが泣きだしていたからだ。

「ジオ、お願いだから説明させてください。おれは、おれたちのためにやったんです。あなたを傷つけるようなまねなんて、絶対にするわけがない」

「おれたちのためにだと？」

「何もかもパッティー・ホワイトのせいだ。おれはあの男にはめられたんです。あなたの言うとおり、おれはパッティーを知っています。あいつのために働いていたから。数年のあいだ、金を動かす手伝いをしていたから。そのせいで、あいつに弱みを握られてしまった。パウエルが接触してきたときには、もはや逆らいようがなかった。それに、パウエルから取引を持ちかけられて……」

「それで、自分の命の代わりにおれの命を差しだしたのか」

「ちがう！　そんなことするわけがない！」ポールはにわかに怒りを爆発させた。憤然と立ちあがって、こう続けた。「おれは、おれたちふたりを救うための取引をしたんだ。おれがおとなしく協力したら、パッティーのように情報を与えたら、ふたりで姿を消すことを許可すると……」

「証人保護プログラムか」

「そんなもんじゃない。もっとずっと条件がいい。相手はCIAです。新しい身元も、パスポートも、出生証明書すらも用意できる。しかも、偽造ではなく、すべて本物を。そのうえ、海外口座の預金もそのままとっておいていいと……これでもまだわかりませんか？」ポールはなおも泣きじゃくったまま、どさっと床に膝をつくと、ジオのもとへ這い寄って、ひしと膝にすがりついた。「これはおれたちに与えられたチャンスなんです。手を取りあって逃げだすための。自由になるための。ふたりで生きていくための。人目を憚《はばか》ることなく、本当の恋人同士のように、おれたちらしく生きるための。ベイビー……これはおれたちに与えられたチャンスなんだ」ジオの顔をすがるように見あげて、ポールは言った。

ジオは微笑んだ。微笑まずにはいられなかった。目は涙で潤んでいた。ジオはポールの髪を撫でた。いまになって気づかされた事実に、心の底から安堵していた。自分にポールは殺せない。ポールがたとえ何をしようと。おれはポールを愛している。理由はただそれだけだ。ジオはひとつ咳払いをしてから、ようやく口を開いて言った。

「街を出たほうがいい。今夜のうちに発つんだ。そして、二度と戻ってくるな」ジオはそれだけ伝えると、すっくとソファから立ちあがり、机の陰に据えられた戸棚に近づいて、なかからグラスを取りだした。そこになみなみとスコッチをそそいで、一気にそれを飲み干すと、使う必要のなくなった銃を腰から引きぬいて、机の上に置いた。ポールは床から立ちあがり、部屋のなかをぐるぐると歩きまわりだした。

「わかりました。そうしましょう。今夜、一緒に逃げるんだ。パウエルなんぞ知ったことか。あいつにいったい何ができる？　必要な書類は自分たちで手に入ればいい。金ならたんまりあるんだ」

「すまない、ポール。それはできない」

「どういうことです？」ポールはぴたっと足をとめて、ジオを振りかえった。

「おれは一緒に行けない。家族を捨てることはできない。おまえもわかってるはずだ。このままここにいたら、おしまいだってことも。だから、おまえはこの街を出るんだ。金は持っていけ。スイスの口座にある金は、すべておまえのものにしていい。おれからの餞別だ」

「いやだ。そんなこと言わないでください、ジオ」ポールは声をうわずらせた。ジオはつかつかとポールに近づいて、その身体を抱きしめた。ぎゅっと抱きしめたまま唇を重ね、身体を離した。

「街を出るんだ、ポール。いますぐに。そして、二度と戻ってくるな。頼むから、おれの言うとおりにしてくれ。でなけりゃ、本当におまえを殺さなきゃならなくなる」

ポールは何か言おうと、口を開きかけた。だが、ジオの目をのぞきこんだ瞬間、それが本心であることを悟ったのだろう。途端に、全身から力が抜けたように見えた。これ以上の抵抗をあきらめたようだった。身じろぎもせずに見守るジオの前で、黙りこくったままドレスを脱ぎ、もとの外出着を身につけ終えると、出口に向かって歩きだした。扉の手前で立ちどまり、最後にもう一度だけ振りかえって、ジオに微笑みかけたとき、目には涙がきらめいていた。ところが、その直後。ポールの顔が恐怖にゆがんだ。その視線の先を振りかえったとき、ジオの目に飛びこんできたのは、妻のキャロルがバスルームから飛びだしてくる姿だった。キャロルは机に置かれていた銃をつかみとるなり、ポールの心臓を撃ちぬいた。

引鉄を引くのをやめたあとも、ポールが床に倒れこんで、ぴくりともしなくなったあとも、キャロルは激しく身体を震わせていた。このままでは、誤って引鉄を引いてしまうかもしれない。その弾が、キャロルか自分に当たってしまうかもしれない。

「その銃を渡してくれ、キャロル」ジオは優しく諭すように言った。その存在を忘れていたとでもいうように、キャロルは手にした銃を見おろしてから、握りしめていた指の力を抜いた。ジオは安全装置をかけてから、スラックスの腰に銃を差した。

「ごめんなさい……ごめんなさい……」キャロルが消えいりそうな声で繰りかえした。

「謝らなくていい。悪いのはおれだ。おれの責任だ……すべておれの……頼む。説明させてくれ」

キャロルは横に首を振った。「いいえ、その必要はないわ。すべて聞いていたから。全部わかってるから」

「キャロル、この件はおれがなんとかする。全部きれいに片づける。それが済んだら、話をしよう。もしきみがおれの顔を見たくないと言うなら、家を出ていってほしいと言うなら、おれはそれに従う」

キャロルはなおも首を振りながら、ひとさし指でジオの唇をふさいだ。「いいえ。あなたは全然わかってない。すべて聞いたと言ったでしょう？　今夜あなたが殺したって男の話も。CIAのエージェントの話も。お金の話も。だからわたしは、ポールをそのまま出ていかせるわけにいかなかった。これでもまだわからない？　わたしがやらなきゃならなかったのよ。あなたがポールを愛してるとわかったから。あなたには絶対にポールを殺せないから。だから、わたしがやるしかなかった。わたしが家族を守らなくちゃ……」そう言うと、キャロルはジオの唇にそっとキスをした。ソファに近づいて、腰をおろすなり、口から嗚咽が漏れだした。ジオはその姿をじっと見つめた。まるで、はじめてキャロルを目にするかのように。やがて、携帯電話の振動で我に返った。かけてきたのはネロだった。

「どうした？」

「ボス、おれです」

「わかってる。画面に表示されるだろうが。用件はなんだ」

「ジョーに関する緊急の用件とかで、たったいま連絡を受けまして」

ジオは続く話に耳を傾けた。ほどなく通話を終えると、妻がソファですすり泣くなか、血まみれの愛人の死体が床に転がるなか、必死に頭を働かせようとした。自分が途方もなく無力で、弱々しい存在に思えた。さすがの自分にも、今回ばかりは手に余るかもしれない。だからジオは、いま思いつける唯一のことをした。覚悟を決めて、ドナ・ザモーラ特別捜査官に連絡をとった。

44

ヘザーはエレーナから取りあげた真新しいナイフを、かなり気にいったようすだった。

ジョーたちが連れていかれたのは、地下二階にある古ぼけた貯蔵庫。一九〇〇年代初頭に、河岸《かし》から運びこまれる荷のための倉庫としてこの建物が建造されたときから、のちの禁酒法時代に密造酒の隠し場所として用いられていたあいだも、ここにはいっさい手が加えられることがなかったらしい。建物の地盤に深く埋もれた貯蔵庫の壁は、未加工の石とコンクリートで覆われており、天井は低く、空気はじっとりと湿っていて、明かりは、金網を笠にした埃まみれの裸電球がいくつか灯されているだけだった。室内には、未仕上げの厚板を載せた古い作業台が一台据えられていて、近ごろとんとお目にかかることのなくなった折りたたみ式のパイプ椅子も、何脚がそばに置かれている。片隅には、小部屋ほどの大きさのある檻が設置されていて、かつてはそこに高価な酒を保管していたらしい。かなり古びてはいるもののいまだに頑丈で、正面には鉄格子がはめられており、扉には、昔ながらのやけに大きな錠が取りつけられている。そして、いまその檻のなかには、キャッシュとジュノとエレーナの三人が閉じこめられている。フェリックスは銃を手にしたまま、鉄格子にもたれかかっている。アルモンドとヴラドはふたりがかりでジョーを押さえつけていたが、象の脚のように太いヴラドの腕ならば、たった一本でジョーの動きを封じることができたろう。アルモンドのほうは念のため、何やら繊細な作業をしようとたくらむヘザーのために、ジョーをじっとさせておく役目を仰せつかっただけのようだ。

ヘザーとヴラドに引っ立てられたふたりが、この貯蔵庫に姿を見せるやいなや、ジュノとキャッシュは声をかぎりに、謝罪の言葉を並べたてはじめた。けれどもジョーはその間に、ふたりの顔を覆う傷や痣、作業台の上に置かれた携帯電話やｉＰａｄ、ダイヤモンドをおさめたベルベットの小袋、錆の浮いた鍵などに、すばやく視線を走らせていた。

「大丈夫だ。心配ない」ジョーは落ちつきはらった声でふたりに言った。銃をかまえたフェリックスがエレーナに狙いを定めているあいだに、アルモンドは鉄格子の鍵を開けて、エレーナをなかに押しこんだ。エレーナは口を閉ざしたまま、終始、アルモンドを睨《ね》めつけていた。それが済むと、ヘザーの合図を受けたヴラドとアルモンドが、ジョーの腕を両側から押さえつけた。するとその直後には、ヘザーのブーツのつま先がジョーのみぞおちにめりこんでいた。その衝撃でジョーが腰を折ると、ヘザーはくるりと身をひるがえし、勢いをつけて振りまわしたこぶしを顔面に叩きこんだ。ジョーは後ろに飛ばされかけたが、両側のふたりにがっちりと腕を支えられていたおかげで、かろうじてその場に踏みとどまった。

「なんてきれいな赤。今度こそ本物の血でしょうね？」ジョーの唇ににじんだ血を見て、ヘザーが訊いてきた。

「舐めてみればわかる」とジョーは答えた。

両腕を押さえこまれたジョーに向かって、ヘザーはゆっくりと顔を近づけた。両手で頬を包みこみ、目の奥をじっとのぞきこんだかと思うと、次の瞬間には、荒々しく唇を重ねてきた。ヘザーはジョーの唇に歯を立てて、ぎりぎりと噛みつぶしてから、唐突に口を離すと、目を爛々と輝かせながら、ぞっとするような笑みを浮かべた。

「なんて甘い唇なの。ロシア生まれの雌犬《ビッチ》が、どうりであんたを気にいるわけね」

「何をもたもたしてる。さっさと全員殺《や》っちまって、ここからずらかろう。こんなのは時間の無駄だ」檻の前から、フェリックスが口を挟んだ。

「わたしにとっては、これが報酬なの。そこのダイヤモンドは、あんたとあんたのボスとで山分けすればいい。わたしはお金なんか要らない。まえにもそう言ったはずよ、フェリックス。わたしがほしいのは、ただこれだけ。ほんの数分……いいえ、一時間でもなんでもいいから、ここにいるジョーとじっくり仲良くすごしたいだけ」そう言うと、ヘザーはナイフを手に取った。「ねえ、ジョー。あなた、一時間も持つかしらね？　拷問に耐える訓練は受けてきたんでしょう？　口を割るまで、どれくらい持つかしら」

ジョーは唇から血を舐めとった。「口ならいますぐにでも割るさ。何が聞きたいんだ？」

「あなたが命乞いをする声が聞きたい。叶わないと知りながら、殺さないでくれと懇願する声。それから、いっそ殺してくれと懇願する声も」そう言うと、ヘザーはジョーのシャツにナイフを近づけ、ボタンの糸をぷつぷつと断ち切りだした。

「おい、待て。このシャツはさっき手に入れたばかりだってのに」

「あら、ごめんなさい。ちょっと切れ味を試してみたくて。おかげで、ものすごく切れ味がいいってことがわかったわ」ヘザーはレーザーポインターを走らせるかのように、ナイフの切っ先でジョーの素肌をあちこちなぞった。「お次は何を切りとればいいかしら。耳？　睾丸？　両目をえぐりだして、それをエレーナに食べさせるってのもいいわね。それとも瞼を切りとって、目を閉じられないようにしておいてから、フェリックスがどんなふうに女をいたぶるのかを、間近で眺めさせてあげるほうがいいかしら。どう思う、ジョー？　次は何を切ってほしい？」

「できれば髪を切ってほしい。もう何週間も床屋に行きそびれてるんだ」

ヘザーはけたけたと笑いだした。「面白いことを言うわね、ジョー。ほんと、面白い男。そういうところ、嫌いじゃないわ。あら……」ヘザーは不意に片眉をあげると、ジョーのシャツを大きくはだけさせて、胸に刻まれた五芒星の焼き印をむきだしにした。「これがそうなのね。話には聞いてたけど、ほんとにこんなことをするなんてね。あんたを暗黒街の保安官に仕立てあげるために」

「いや、これは生まれつきあった痣だ」

「そうだわ、まずはこれをえぐりとってあげようかしら。ううん、それはだめ。何をすべきかは、もう決まってるもの」ヘザーはジョーの顔にぐっと顔を近づけた。ふたたび唇が触れそうなくらいに近づけてから、ナイフの切っ先をジョーの胸に押しつけた。刃先のめりこんだ箇所に、小さな赤い果実のような、血の雫がふくらんでいった。「まずはあのひとのイニシャルを、あんたの身体に刻みつけてやるの。そうすれば、いまから地獄の苦しみを味わうあいだ、自分が罰を受ける理由を思い知ることができるでしょう?」ヘザーはそう言うと、ナイフの刃でジョーの皮膚を切り裂いて、大きなAの文字を書いた。そこからひとすじの血が流れ落ちかけたちょうどそのとき、ドナが地下室に飛びこんできた。

「動くな！　FBIだ!」とドナは叫んだ。

本当に動きをとめる人間がいるとは思っていなかった。かえって全員が動きだすだろうと予想していた。自分がFBI捜査官としてここに踏みこむことが、果たして許されるのかどうかも定かではなかった。とはいえ、ナイフを手にしている女にだけは、エイドリアン・カーンの未亡人、ヘザー・カーンとおぼしき女にだけは、ジョーを切り刻もうとしている女にだけは、命令に反して動いてもらう必要があった。あまりにもジョーとの距離が近すぎて、このままでは狙い撃ちもできない。だから、ドナは叫んだ。すると女は身体ごと、ぱっとこちらを振りかえった。おかげで、ジョーから一歩か二歩、わずかながらも運命を左右する決定的な距離が開いた。弾道を遮るものがなくなるやいなや、ドナはすかさず引鉄を引いて、ヘザー・カーンを射殺した。これまで訓練を重ねてきたとおりに、心臓を一発で射ぬいた。

そのときにはすでに、全員が動きだしていた。ドナが発砲した瞬間に、ヴラドとアルモンドはジョーの腕を放し、身を隠そうと走りだした。檻のそばに立っていたフェリックスは、応戦しようと銃をかまえた。ドナもすぐさま向きを変えて、フェリックスに狙いをつけようとしたが、身をひるがえしたときにはすでに、フェリックスの銃は床に転がっていた。エレーナが高く跳びあがって鉄格子のてっぺんをつかみ、格子の隙間から両脚を突きだすやいなや、それをフェリックスの首に背後から巻きつけたのだ。いまエレーナは、フェリックスの顎の下で膝を交差させ、太腿のあいだに挟みこんだ首をぎりぎりと締めつけることで、頸動脈を圧迫していた。フェリックスの眼球が半ば飛びだし、腕がばたばたと格子を叩いているようすからすると、このまま絞め殺そうとしていることはあきらかだった。

ドナは続いて、残るふたりに銃を向けようとしたが、タイミングが遅すぎた。野獣のような巨軀からは想像もつかないほどの敏捷な動きで――ヒグマがハイカーを襲ったり、急流で鮭を捕らえたりするときのようなすばやさで――ヴラドが小さな地下室の中央をずんずんと突っ切り、ひと息に距離を詰めたかと思うと、ドナの肩をむんずとつかんで、子供のように軽々と投げ飛ばしたのだ。後ろ向きに飛ばされたドナは、壁に後頭部を強打して、意識を失い倒れこんだ。

一方のジョーもご多分に漏れず、瞬時に動きだしていた。ドナの声を耳にするやいなや、アルモンドの足の甲に踵を叩きつけ、アルモンドがひるんだ隙に、その手を腕から振り払った。ヴラドのほうは腕をつかむ力があまりにも強すぎて、拘束を解くことはできなかったが、ドナが発砲を始めると同時に、ヴラドが身を隠そうと自分から動いてくれたおかげで、床に突っ伏すことができた。銃弾に倒れたヘザーの手から、ナイフが転がり落ちたことに気づくと、ジョーはそれをつかみとるなり、床の上を転がって、ドナが放つ銃弾の弾道から抜けだした。ヘザーが言っていたとおり、ナイフは切れ味がすばらしく、全体のバランスも完璧に整っていた。丁寧に仕上げられた、かなりの名品だ。ジョーはその柄を軽く握りつつ、ひとさし指を峰に添えると、短い弧を描くように腕を振った。ジョーの手から放たれたナイフは、アルモンドの肩甲骨のあいだ、首の付け根から十センチほど下に突き刺さった。アルモンドは途端にがっくりと膝をつき、ごぼごぼと喉を鳴らしながら、顔からぐらりと床に倒れた。

ジョーはナイフを投げたあと、そのまま一気に弾みをつけて、床から立ちあがろうとした。だが、一歩遅かった。ドナの始末を終えたヴラドが、すでにずんずんと迫りながら、腰からグロックを引きぬいている。巨大なてのひらに握られたグロックは、まるで玩具《おもちゃ》のように見えた。ヴラドが狙いを定めようと腕をあげた瞬間に、ジョーは片足で立ちあがりつつ、もう一方の足をまっすぐ前に蹴りだして、ヴラドの銃を弾き飛ばした。だが、ジョーにできたのはそこまでだった。ヴラドは猛然とジョーにつかみかかってきた。熱烈な抱擁でもするように、ジョーの首と身体に腕を巻きつけて、じわじわと、着実に、圧殺しようとした。ヴラドの巨大な両腕は、さながら双子のニシキヘビのように、ジョーの首と胸部にぴったりと絡みついていた。

呼吸すらままならなかった。ヴラドの肩に顔が押しつけられているせいで、視界も完全に奪われていた。大きく盛りあがった上腕二頭筋は、万力のように気管を押しつぶしている。胸郭に巻きつけられているほうの腕は、横隔膜を圧迫している。ヴラドはジョーを抱きしめる腕に、いっそうの力を込めた。熱烈に想いを寄せる相手とチークダンスでもするように、ジョーをひしと抱き寄せたまま、ワルツでも踊るように、軽々と抱えあげた。ジョーの足が床から浮いた。なんとか蹴りを食らわせようとしたが、ヴラドは両脚を大きく開いた体勢でしっかりと足を踏んばっており、石柱のようにびくともしなかった。ジョーにしてもこの状態では、長時間のフライトに飽きた子供が足をぶらぶらさせて、前列のシートを蹴りつけるかのように、弱々しく脚をばたつかせることしかできなかった。腕は二本とも肘を曲げた状態で、自分とヴラドの胸のあいだに挟まれており、びくとも動いてくれそうにない。かろうじて動かせるのは手首だけだったが、それを小さなヒレのようにいくらばたつかせたところで、溺死しかけた男が弱々しく手を振って、助けを求めているようにしか見えない。だが、実際にそうなのだ。ジョーはいままさに、巨漢の腕のなかで溺れて、無意識という名の海に沈み、死という名の水底《みなそこ》に落ちていこうとしていた。

ジョーがそうして死にゆくさまを、仲間たちは檻のなかから見ていることしかできなかった。三人にできることは何もなかった。キャッシュとジュノは床に這いつくばって、フェリックスが落とした銃を拾おうと、鉄格子のあいだから必死に手を伸ばしたが、何をしようと無駄だった。フェリックスの銃は、とうてい届くはずもない場所に転がっている。それでもふたりはやめなかった。とつぜん腕が長くなってくれるかもしれないとばかりに、一心不乱に手を伸ばしつづけた。大男に抱きかかえられたジョーが、いよいよ力尽きようとしていることは、エレーナにもわかっていた。けれども、エレーナはそのときまだ、フェリックスの首を絞めあげている最中だった。脚を放すのが早すぎたら、確実に息の根をとめなかったら、フェリックスが銃を拾ってしまう。作業台の上に、いかにも重たげな、古ぼけた鍵が載っているのが見えた。それから、ダイヤモンドの小袋も。その光景が腹立たしくてならなかった。こんな旧式の錠など、わたしならものの数分で破ることができる。ちゃんとした道具さえあれば、数秒でだって可能だろう。だけど、いまのわたしには何もない。ジョーが息絶えるさまを、手をこまねいて見ているることしかできない。

当の本人であるジョーもまた、自分自身が死にゆくさまを、遠ざかる意識のなかで眺めているような気がしていた。頭のなかのもうひとりの自分は、ぐったりとした自分に向かって、必死に声を張りあげていた。何かしろ。どうにかしろ。自分自身を救うために。ほんの一瞬でも、息を吸いこむために。左手の指を動かすと、エレーナから借りたシャープペンシルが指先に触れた。シャツの胸ポケットに差さったまま、ふたりの身体に押しつぶされている。ジョーはひとさし指と中指を使って、ゆっくりとそれを引きぬいた。うっかり取り落とすことのないように、五本の指すべてを巻きつけて、それをしっかり握りしめた。まずは一ミリ、また一ミリと、少しずつ手首をまわして、どうにかペン先を上に向けると、今度は右手を動かしにかかった。渾身の力を振りしぼって右腕をずりあげると、ヴラドの側頭部に手が届いた。この巨大な肉の塊を痛めつけることなど、右手ひとつではできやしない。だからジョーは、ヴラドの首の肉をがっしりとつかみ、それを梃子《てこ》のように利用して、親指を耳の穴に突っこんだ。ヴラドはさも煩わしげに、ノミを振り落とそうとする雄牛のように、ぶんぶんと左右に首を振った。だが、ジョーはそれに耐えた。いまふたりは、息がかかるほどの至近距離で、顔と顔とを突きあわせていた。ジョーは右手で身体の震えを安定させつつ、左手でシャープペンシルを握りしめると、親指を消しゴムに添えて、ペン先をヴラドの右目にずぶずぶと沈めていった。

ペン先が迫っていることに土壇場で気がついたヴラドは、反射的に首をのけぞらせた。だが、その行動は、わずか一センチほどの貴重な隙間――左手をもっと奥へ突きだすための隙間――を、ジョーに与えることとなった。ジョーが突きだしたペン先は、爪楊枝をブドウに刺すかのように、眼球を覆う外膜を突き破った。そのぞっとするような感覚に耐えながら、ジョーはさらに、眼窩の奥へとペン先を沈めていった。

その瞬間、ヴラドはジョーの身体に巻きつけていた腕をほどいた。ジョーは酸素を求めて息を喘がせながらも、今度はヴラドに振り払われまいと、その巨体にしがみついた。母親にすがりつく赤ん坊ゴリラのように、両脚で腰を挟みこみつつ、太い首に右腕をしっかりと巻きつけた。巨大なこぶしが背中に幾度も叩きつけられた。木槌で殴られているかのような激痛に、たまらずうめき声を漏らしながらも、ジョーは必死に食らいついた。するとほどなく、肘から先が自由に動かせるようになった。ジョーは肘を曲げると同時に渾身の力を込めて、シャープペンシルをさらに奥へと押しこんだ。

ヴラドは絶叫した。耳をつんざく、甲高い悲鳴をあげた。空を飛んで逃げようとでもするように、激しく腕をばたつかせはじめた。ジョーはヴラドから身体を放し、よろめく足で後ずさった。荒れ狂うヴラドの姿を、激しく息を喘がせながら眺めた。釣り針にかかった魚のように――いやむしろ、甲板の上でもがく鮫か、銛《もり》で突かれて暴れまわるカジキのように――ヴラドはどたどたと部屋じゅうを駆けずりまわっては、作業台を引っくりかえし、パイプ椅子を薙ぎ倒した。引きつけでも起こしたみたいに手足をじたばたと動かしながら、巨体を片側にかしげながら、ブレーキのきかなくなった暴走列車のように、延々と室内を駆けまわりつづけた。脳にシャープペンシルを突き立てられてもなお、全身の神経だけは、過剰に反応しつづけているのだろう。

動くことすらままならない身体で、ジョーはどうにか足を引きずりながら、よろよろと檻のほうへ近づいていった。檻のなかでは三人が、鉄格子の向こう側で起きていることを、固唾を呑んで見守っていた。ヴラドの発する咆哮や悲鳴だけが——赤ん坊やイルカのように甲高く、やけに不気味な声だけが——もはや人間のものとは思えない声だけが——室内にこだましていた。ジョーはフェリックスの銃を拾いあげると、それをかまえて引鉄を引いた。ヴラドのもう一方の目を、その一発で撃ちぬいた。ヴラドはどさっと床に倒れた。

ジョーは続いてフェリックスを振りかえり、狙いを定めようとしたが、どうやらその必要はなさそうだった。眼窩から飛びだした眼球は、あちこちの血管が破裂したせいで、白目が真っ赤に染まっている。顔面は真っ青で、紫色の唇のあいだから、舌がだらんと垂れさがっている。フェリックスはすでに絶命していた。エレーナが首に絡ませていた脚をほどくと、フェリックスの身体がどすんと尻から床に落ちた。

「こいつはマジでおったまげたぜ」キャッシュがぼそりとつぶやいた。

「ほんと、マジで半端ないよ」ジュノがそれに同意した。

筋肉の痙攣と全身の痛みに耐えながら、ジョーは錆《さび》の浮いた鍵を拾いあげて、鉄格子の扉を開けた。「おまえたちは、いますぐここを出るんだ」キャッシュとジュノに向かって、ジョーは言った。「携帯電話を忘れるな。またあとで連絡する」

ふたりはその場に立ちつくしたまま、床に転がる死体を見おろしていた。片目にシャープペンシルが突き刺さったまま、仰向けに倒れているヴラド。鉄格子にもたれて、ぐんにゃりとしているフェリックス。「ぐずぐずするな！　早く行け！」声のボリュームをあげて命じながら、ジョーはドナのもとへ走った。

「ああ、そっか。ごめん」ジュノが応じて、キャッシュを振りかえった。「行こう、相棒」

ふたりは自分の持ち物を、床から掻き集めていった。地下室を出ようとしたキャッシュは、不意にジョーを振りかえって、早口にこう言った。「ありがとな、ジョー」ジョーはドナの傍らに膝をつき、上半身を抱き起こして、脈と呼吸を確認した。よかった。意識を失っているだけだ。ふと目をやると、エレーナは自分の銃を回収しているところだった。

「いまならもう、シャープペンシルも取りもどせるぞ。お気にいりなんだろう?」

「あれはあなたにあげるから、わたしとの思い出のよすがにして。わたしには、あなたがくれたナイフがある」エレーナはアルモンドの背中からナイフを抜きとり、アルモンドのシャツで丁寧に汚れをぬぐいとってから、ジョーににっこりと微笑みかけた。「これは本当に、とってもすてきなナイフだもの」

「気にいってもらえてよかった」ジョーがそう応じると、エレーナは階段に向かって歩きだした。

「エレーナ」ジョーが呼びかけると、エレーナは足をとめて、こちらに首をまわした。だが、いったい何を言えばいいのか。ジョーにはかけるべき言葉が見つからなかった。

しばらくすると、エレーナのほうから、別れの言葉を告げてきた。「また会いましょう、ジョー」

「ああ、そうだな」とジョーは答えた。

エレーナは去った。階段を軽やかにのぼっていく姿がついに見えなくなるまで、ジョーはその背中を見つめていた。一瞬、あとを追いたいという衝動に駆られた。だが、もちろん、そうするわけにはいかなかった。ここには、やるべきことがまだまだある。するとそのとき、抱き起こしているジョーの腕のなかで、ドナがかすかなうめき声を漏らしながら、ぼそぼそと何ごとかをつぶやいた。

「やあ、やっとお目覚めかい」顔をのぞきこみながら、ジョーは優しく語りかけた。「そろそろ起床の時刻だぞ」

ドナの瞼が開いた。ジョーの顔をまじまじと見あげて、ドナはほっとしたように微笑んだ。「こんにちは、ジョー」

「やあ、ドナ」とジョーも返しながら、顔にかかる髪を後ろに払いのけてやった。ふたりの唇はいま、吐息ひとつぶんの距離にあった。

するととつぜん、ドナが大声で「そうだわ!」と叫びながら、弾かれたように身体を起こした。意識がはっきりしてきたことで、自分がどこにいるのかを思いだしたらしい。「ああ、もう、なんてこと……」とひとりごちながら、ドナはあたりを見まわした。そのあとすぐさま「なんなの、これ」とつぶやきながら、両手で頭を抱えこんだ。首を激しく振ったせいで、眩暈をおぼえたのだろう。

「落ちつけ。大丈夫だ。もうすべて終わった」と、なだめるようにジョーは言った。

「あなたにとっては、そうかもしれないけど……ああ、もう」もう一度悪態をついてから、ドナは壁に片手をついて、床から立ちあがった。「わたしの銃はいったいどこ?」

「ここだ」ジョーはすかさず答えながら、銃身をつかんで床から銃を拾いあげ、それをドナに手渡した。

「ずいぶんとひどいありさまね」ドナはそうつぶやきながら、室内をぐるっと見まわした。特に、ヴラドとフェリックスの亡骸《なきがら》には、ぐっと目をすがめながら、やれやれと首を振った。「これじゃ、事情聴取もできやしない」

「心配は要らない。ここはおれたちで処理できる」

「ばか言わないで、ジョー。わたしはひとを撃ち殺したのよ。勤務時間外に。これといった理由もなく。少なくとも、ひとに説明できるような明確な理由はない。しかも、あなたを助けてくれと頼んできたのは……ああもう、知るもんですか。それで？　これをわたしたちで、どう処理すればいいの？」

「いや、さっき〝おれたち〟と言ったのは、きみとおれという意味じゃない」ジョーはそう言うと、ドナにぐっと顔を近づけた。「きみはここに駆けつけて、おれの命を救ってくれた。そのことには感謝してる。だが今度は、きみがおれを信じてくれ。ここを出て、アスピリンを服《の》んで、おれからの合図を待つんだ。一時間……いや、そこまでかからないかもしれない」

　ドナはためらった。いくつも訊きたいことがあった。けれども、その答えは知りたくなかった。

「合図が来たと、どうやってわかるの？」

「その時が来ればわかる。さあ、さっさと立って、ここを出るんだ」

　そう告げると同時に、ジョーはドナに背を向けた。


床に散乱しているもののなかから、自分の携帯電話を捜しだして、一本の電話を入れた。ほかに選択肢がないことを悟ると、ドナは階段をあがって、レストランのなかを通りぬけはじめた。店内はいま、大勢の客でごったがえし、喧噪とざわめきに満ちている。おかげで、こちらにちらりと目をやる者すらいなかった。店を出たドナは、とめておいた車に乗りこんだ。

「ジオ、おれだ」回線がつながるやいなや、開口いちばんにジョーは言った。「こっちでちょっとした問題が起きた。それを片づけるのに助けが必要なんだが、力を貸してもらえるか」

「おまえとおれの仲だろ、きょうだい」静かな声でジオは言った。「ちょうどおれも、いまからクルーザーに乗りにいこうと思ってたところでな」

「いい考えだ」声のようすがおかしいのはどうしてなのかと訝りながら、ジョーは続けてこう言った。「それと、二本ばかり電話も入れてもらえないか」

45

それから五分後、メナヘムの家の電話が鳴った。メナヘムはすでに就寝中だったが、ジオからの緊急の用件だとわかると、家の者たちは主《あるじ》を起こしに走った。メナヘムはジオの話に耳を傾けた。そのあとはたっぷり十分もの時間をかけて、一杯の紅茶を淹れてから、シャッツェンバーグ兄弟の長兄であるハイマンに電話をかけて、こう告げた。盗まれたダイヤモンドの在り処に関して、たしかな情報を持つ人物が、とある仲介者を通じて接触をはかってきた。わしが仲立ちをするなら、遺失物拾得者に与えられる十パーセントの謝礼金と引きかえに、そのダイヤモンドを警察に届ける用意があると、相手方は言っている。ハイマンはふたつ返事で、その提案を受けいれた。

それからさらに三十分後、ドナの携帯電話が鳴った。ドナはそのとき、ダイナーで食後のコーヒーを飲んでいた。あんな体験をした直後だというのに、死ぬほどおなかがすいてしまって、チーズバーガーとフライドポテトをぺろりと平らげたところだった。抗いようのない運命に屈した人間というのは、かえって異様な食欲をおぼえるものなのだろうか。画面で発信者を確認すると、かかってきた電話はオフィスの直通回線から転送されていた。

「ザモーラ特別捜査官です。どのようなご用件でしょう」通りすぎていくウェイトレスを眺めながら、ドナはその電話に応じた。返ってきたのは、ブルックリンとウラジオストクが融合したような、独特なユダヤ訛が色濃く残る男の声だった。男はドナにこう言った。ある情報をお伝えしたいが、自分の素性は明かせない。情報というのは、例のダイヤモンド強奪事件に関するものだ。それから男は、とある住所を口にして、そこの地下室を調べてみるようにと、ドナに言った。それはまさしく、ドナがついさっきあとにしてきた〝犯行現場〟だった。

その時が来ればわかるとジョーが言ったのは、こういうことだったのね。ドナはすばやく勘定を済ませて、車に乗りこみ、もと来た道を引きかえした。今回はきちんと、モハメドという名の支配人にバッジを呈示して、地下にあると思われる貯蔵庫への立入りを許可していただけますかと尋ねた。支配人はその問いかけに、もちろんですと即答した。地下にはひとりでおりるから、上で待機してもらえるかと尋ねたときも、もちろんですと即答した。

現場はある程度、さきほどと同じ状態を保っていた。巨体の男の遺体は、いまも床の上に仰向けに倒れている。片方の目には何かを突き刺したような痕が残っているし、もう一方の目にも銃弾が貫通していることを、のちのち鑑識が突きとめるはずだ。麻薬の密輸と複数の殺人の容疑で指名手配をかけられているフェリックス・ハビビの遺体も、鉄格子にもたれかかるような姿勢を保っていて、すぐそばには銃が転がっている。だが、ヘザー・カーンの遺体はどこにも見あたらない。ジョーの姿もない。ドナがここにいたことを示す証拠のすべてが、きれいさっぱり、現場から消え去っている。

そのほかにもいくつか、さきほどとは異なる点があった。大男の遺体のすぐそばに、ヘロインをおさめたビニールの小袋がひとつ、投げ捨てられている点。引っくりかえっていたはずの作業台がもとに戻されていて、その上にぽつんと、ベルベットの小袋が置かれている点。不審に思ったドナが袋の口を開けてみると、なかにはなんと、大量のダイヤモンドがおさめられていた。

局に電話を入れて、その件を報告する際には、顔がにやけずにはいられなかった。

ＣＩＡのマイク・パウエルは、眠れない夜をすごしていた。その原因はいくつかある。ひとつには、マイク自身がじきじきに指揮をとった作戦が――マイクが提供した情報に基づいて組まれた作戦が――惨憺たる結果に終わったこと。それから、ニューヨーク市警がその責任を、こちらに押しつけようとしていること。自分がもたらした情報自体に誤りはなかったという言いぶんも、自分が言ったとおりに取引自体は行なわれたではないかとの訴えも、誰かの怒りを静めることにはつながらなかったらしい。情報漏洩の〝疑い〟があるとの理由から、ＦＢＩを除け者にしようと提案したのもマイクだった。その件もまた、叱責や非難の対象となった。ＦＢＩはいま、ＣＩＡに謝罪を要求するのみならず、ＦＢＩに指揮をとらせなかったから、作戦が失敗に終わったのだとまでのたまっている。もちろん、とんだ戯言だが、それにどう反論することができるだろう。マイクの真の〝疑い〟を――離婚した妻が強盗団のひとりとデキているのではないかとの疑いを――明かすべきタイミングは、まちがいなくいまではない。ＣＩＡのニューヨーク支局長はその晩ずっと笑みを絶やすことなく、屈辱という名のクソを食らわされていたが、それを消化したあとに出てくるものは、想像に難くない。明朝には、マイクのオフィスの机に、出したてのほかほかのクソが山をなしていることだろう。

そのうえいま、マイクの〝資産〟であったはずの密告屋どもが――まるで不良債権のように、たったひと晩で〝負債〟に転落した連中が――いっさい消息をつかめなくなっていた。まずは、パッティー・ホワイトが忽然と姿を消した。電話も通じなくなった。夕食にも戻らなかったと、家族は言っている。行きつけの店の者もみな、姿を見ていないと言っている。巷ではすでに、こんな噂がささやかれている。パッティーのところで、組織の大改造が行なわれるらしい。パッティーに代わって、ティムとショーンとリーアムのマディガン兄弟が、権力の座に就くらしい。CIAの同僚たちは、みなこう言っている。パッティーはとんずらしたんだろう。いまごろは行く当てもなくさまよっていることだろう。おのれの権力を守るために同業者の情報を流していたギャングなんぞ、どこへ行こうが爪弾きだ。いや、ひょっとすると、パッティーは怖じけづいたのかもしれない。裏の顔が周囲にバレそうになって、怖くなったのかもしれない。こんなふうに身を引くことを、まえまえから計画していたのかもしれない。海外口座に巨万の富を蓄えておいて、法の権限も、ミセス・ホワイトの手もおよばない場所へ高飛びすることを、ずっともくろんでいたのかもしれない。

姿を消したのはパッティーだけではなかった。いましがた、もうひとりのタレコミ屋であるナイトクローラー――カプリッシ・ファミリーの情報を流させていた男――に電話をかけなおしてみたところ、すぐさま留守番電話につながってしまった。メールも何通か送ってみたが、いっさい返事が来なかった。ナイトクローラーにしても、パッティーにしても、そのうちひょっこり姿をあらわすという可能性は、もちろんある。だが、マイクには、どうしてもそうなるとは思えなかった。あのふたりはおそらく死んだのだ。オフィスの机に向かって、大きな窓にくっきりと映る自分の像と見つめあっていると、急に、自分がひどく無防備な存在に思えてきた。誰かが窓の向こうから、ひそかに自分を監視しているような、自分に照準を合わせているような気がしてならなかった。マイクは部屋の明かりを消した。そうしながらも、これは心を落ちつかせるためだ、しばし考えごとに集中するためだと、強いて自分に言い聞かせた。ところが、ひとけの絶えた通りや、明かりの消えた高層ビル群を暗がりのなかで眺めていると、孤独感が募るばかりだった。

するとそのとき、電話が鳴った。鳴っているのは、普通の回線につないだオフィス用の電話でも、盗聴の恐れのない回線につないだ電話でもなく、プライベート用の携帯電話だった。ところが、画面を開いてみると、発信者の番号は非通知となっていた。

「もしもし？」

「やあ、マイク。連絡がとれてよかった。今夜はずいぶんとたいへんな目に遭ったそうだな。手駒をいくつか失ったとか。じつは、わたしも同じでな。貴重な手駒を失った」

「あんた、いったい何者だ？」椅子からがばっと立ちあがって、マイクは訊いた。

「きみとは一度も顔を合わせていないが、共通の友人なら数多くいる。それから、共通の敵もちらほら。我々が共に手を組めば、多くを成し遂げることも可能だろう」

「おれは、何者だと訊いたんだが」夜の闇に目をこらしながら、マイクは言った。

「よろしい。では、この名前を教えておこう。わたしの名はザーヒルだ」


今回はFBIが指揮をとり、大挙して現場に乗りこんできた。ニューヨーク市警の重大事件捜査班からは、フスコ刑事の率いるチームが派遣されてきた。その後の捜査であきらかになるとおりに、ヴラドの頭部に撃ちこまれた弾はフェリックスの銃から放たれたものであり、発見された薬莢も、その弾のものだけだった。フェリックスの死因は絞殺で、途轍もなく強い力で首を圧迫されたとの解剖結果が出されたため、ヴラドが手をくだした可能性がかなり高いと判断された。ダイヤモンドや純度百パーセントのヘロインが現場に残されていた点については、両方の事件に関わるグループが仲間割れを起こしたものとの見方がなされた。関係各所から送りこまれてきた捜査員全員が、高らかに勝利を宣言し、事件の捜査には終止符が打たれた。その結果に納得していない人間は、マイク・パウエルのみだった。しかしながら、マイクの情報提供者であったポールが行方をくらまし、ヘロインを持ち逃げした疑いが最も強まってしまったいま、言いたいことがあったとしても、多くを語るわけにはいかなかった。ばらばらに切断されたパッティー・ホワイトの遺体が、数週間後にニュージャージー州の沼地で発見されたときでさえも、口をつぐんでいるよりほかはなかった。

遺失物拾得者への四十万ドルの謝礼金は、期日どおりに支払われた。経費を差し引いた額を六で割ると、ひとりあたりの取り分は六万一千六百六十六ドル六十六セントとなった。経費にあげられたもののなかには、銃や、車や、各種電子機器や、その他もろもろの品々に加えて、五千ドルの現金が含まれていた。この五千ドルは、返送先の記載がない封筒に入れられて、アミ・ヘンドリックスなる人物のもとへと郵送された。エレーナの取り分は、ジュノを通じて海外の匿名口座へ送金された。ジョーは例によって、自分の取り分の半分は祖母に小遣いとして渡し、残りの半分はジオに渡して、金庫に保管してもらった。自分にはいま仕事があるから、余計な金は必要ないのだと、ジョーは言った。大金を手もとに置いていても、誘惑に負ける一因となるだけだと。ならば、どうしてあのヘロインのサンプルを、ずっと手もとに置いていたのか。ジオはそう思いつつも、口に出して尋ねることはしなかった。

46

あの晩、ドナが同僚の捜査官たちと現場の捜査を進めていたころ、ジョーはジオとふたりきりで、ジオの所有するクルーザーに乗っていた。その日はどちらも長い夜をすごしてきたうえに、複数の遺体を船に運びこむという重労働まで加わったため、いまふたりは黙りこくったまま、ジオの操縦で外海へと出ていくクルーザーのエンジン音に耳を傾けていた。これだけ遠くへ来れば大丈夫だろうと判断すると、ジオはクルーザーのエンジンを切った。

「まあ、あれだな……」ジオはようやく口を開くと、ボタンがすべて取れてしまっている、けばけばしい色遣いのアロハシャツを見つめて、こう続けた。「せめて服装くらいは、ナイトクルーズにふさわしく決めてきてくれたわけだ」

ジョーは声をあげて笑った。クルーザーに備えつけられていた救急箱の中身を使って、傷の消毒は済ませてあった。打撲した箇所は確実に痣になるだろうし、全身の痛みも数日は続くだろうが、それを除けば、特に大きな傷は負っていなかった。ヴラドに抱きつかれて、内臓を歯磨き粉のように絞りだされそうになったときに痛めたところを、ドクター・チャンならなんとかしてくれるだろうか。

魚の腸《はらわた》を抜くときに使っている、大ぶりな鋸《のこぎり》歯のナイフを取りだすと、ジオはジョーを引き連れて、クルーザーの後部甲板に向かった。甲板の中央には防水シートが広げられていて、その上には、ポールとヘザーの遺体が横たえられている。ジョーは金属製の鎖を使って、ふたりの遺体をどうにかひとつに縛りあげつつ、コンクリートブロックもふたつばかり、穴に鎖を通しながら、遺体と一緒に括《くく》りつけた。そのコンクリートブロックは、ジオの経営する会社が工事を請け負っている建設現場から、ここへ来る途中で失敬してきたものだった。ジョーはついでに例のカローラを、その現場に残してきた。ジオの部下の誰かしらがのちほどそれを回収し、処分してくれる手筈になっていた。

甲板の端まで遺体を引きずっていき、ふたりがかりで持ちあげて、船べりを半ばまで乗り越えさせた。続いて、ジオが先ほどのナイフを取りだし、ヘザーの喉と腕の動脈を切り裂いた。絶命してからしばらく時間が経過しており、もはや心臓が血液を送りだすことはないが、撒き餌《え》のように少しでも血のにおいをさせておけば、肉食魚をおびき寄せやすくなるし、ひょっとすると、食欲も亢進してくれるかもしれない。ところが、ポールのほうも喉を裂いておこうと、顔を上に向けた途端、一瞬、手が動かなくなった。

「おれがやろう」とジョーが言ってくれたが、ジオは首を横に振ってから、ポールの喉を一文字に掻き切り、腕や脚にも次々とナイフの刃を走らせていった。それからまたもやふたりがかりで、遺体を船べりの向こうへ押しやると、海面に大きな水飛沫《しぶき》があがった。錘《おもり》までつけたふたつの遺体は、真っ暗な水面《みなも》の下へとみるみるまに吸いこまれていった。ジオは最後に、ナイフも海へと投げ捨てた。

いまようやく、ジョーは緊張を解くことができた。すると、疲労感が一気に押し寄せてきた。詰め物入りのフィッシングチェアに、ジョーはどさっとすわりこんだ。ジオは船室に姿を消したあと、すぐに甲板へ戻ってくると、自分も椅子に腰をおろした。ジョーにはミネラルウォーターのラージボトルを渡して、自分はバーボンのボトルを開けた。

「ありがとう」とジョーは言って、ふたりでボトルを打ちあわせてから、それぞれに中身をごくごくと呷った。

「もう少しここで、ゆっくりしていってもかまわないか？」とジオが訊いてきた。「陸《おか》に足をつけたが最後、人生がめまぐるしく動きだしちまうような気がしてな。いまは少しだけ立ちどまって、休みたい気分なんだ」

「もちろん、かまわないさ」とジョーは答えた。「こうして一緒に海に出るのは、ずいぶんと久しぶりだ」

心地よい沈黙のなか、ふたりは穏やかな波に揺られながら、暗い空を眺めていた。世界の果てに漂う粉塵のような、夜明けの最初の光の粒が、しだいに一ヵ所に集まって、じわじわと明るさを増していった。そのころ、クルーザーの周囲の海中では、血のにおいに引き寄せられて、何匹もの鮫がすぐ真下へと迫りつつあった。

謝辞

まずはエージェントのダグ・スチュアートに感謝したい。その揺るぎない信念と見識に支えられなければ、この作品は何ひとつ形をなすことができなかったろう。スターリング・ロード・リタリスティック社のみなさんにも、大いなる感謝を。とりわけ、世界を股にかけたシルヴィア・モルナールの働きぶりには、まさに脱帽のひとことだ。真っ先に〝次回作〟の話を持ちかけてくれた編集者のオットー・ペンズラーにも、その深い洞察と眼識に対して、厚く御礼申しあげる。モーガン・エントレキンのご指導とご支援にも、ミステリアスプレス社とグローヴ・アトランティック社のみなさんにも、とりわけ、いつも細心の注意を払ってぼくの作品に磨きをかけてくれているブレナ・マクダフィーとケイトリン・アストレラに、心からの謝意を表したい。それから、友人たち――特にリヴカ・ガルチエンとウィリアム・フィッチ――にも、ひとかたならぬ友情に感謝したい。いつも原稿に目を通してくれてありがとう。スペイン語に関する助言をしてくれたニヴィア・エルナンデスとアントニオ・チネアにも、大いに助けられた。ただし、作品中に何か誤りがあったとしたら、すべては例のごとく、ぼくの至らなさによるものである。そして、誰よりも長く、ぼくという人間につきあってくれている家族のみんなへ、その愛情と忍耐に対して、最大級の感謝を捧げる。最後に、マティルドへ。きみにはお世話になりっぱなしなわけだが、あの緊急事態にきみがノルウェー製のノートパソコンを貸しだしてくれなかったなら、この小説を期限までに仕上げることはできなかっただろう。

訳者あとがき

〝用心棒のジョー〟が帰ってきた。

前作『用心棒』で未曾有のバイオテロ計画からニューヨークを救ったジョー・ブロディーが、アメリカを資金源にせんともくろむテロ組織の野望を打ち砕くべく、ふたたび立ちあがる。

ジョーらの一連の活躍により、ニューヨークは街もひとも、平穏を取りもどしつつあった。そんなあるとき、裏社会を牛耳る犯罪組織のボスたちのもとに、とある情報が舞いこんでくる。アルカイダ系テロ組織の代理人とおぼしき人物が、純度百パーセントのヘロインを買いとってほしいとの商談を持ちかけてきているというのだ。しかも、そのヘロインは馴染みの麻薬密輸業者から強奪されたものであり、テロ組織の代理人は四百万ドル相当のダイヤモンドでの支払いを要求している。こうした取引が横行するようになれば、テロ組織が莫大な活動資金を得ることになる。新たな難題に頭を抱えた犯罪組織のボスたちは、〝暗黒街の保安官〟であるジョーに協力を求め、任務を与える。取引に乗ると見せかけて、ヘロインを奪え。テロ組織の資金源を断て。

　今回、ジョーがなすべき任務は、大きく分けて三つ。厳重な警備をかいくぐりつつ、街いちばんの宝石商からダイヤモンドを盗みだすこと。それを餌にしてテロリストどもをおびきだし、ヘロインとの取引を成立させること。その後、相手に渡ったダイヤモンドを奪いかえすこと。

　かてて加えて、前作からの遺恨を引きずる因縁の相手（もちろん、あのひと！）までもが、仇討ちに乗りだしてくる。情報の漏洩までもが疑われはじめる。身内にひそむ裏切り者はいったい誰なのか。数々の障害を乗り越えて、任務をまっとうすることはできるのか。

　と、いうのが今作のメインストーリーなのだが、それだけで終わらないのがデイヴィッド・ゴードンという作家である。女装癖をひた隠しにするマフィアのドン、ジオ・カプリッシや、元いかさま師の矍鑠《かくしゃく》たる老婆グラディスに代表される個性豊かな面々も、スマッシュヒットを記録して天狗になった白人ラッパーなどなどの新顔も、ぞんぶんに場を掻きまわしてくれる。それから、正義感の塊と揶揄されるFBI捜査官のドナや、凄腕の金庫破りであるエレーナとの関係に進展があるのかも、気になるところ。もちろん、緊迫の場面で繰りだされる数々のユーモアも健在だ。このシリーズの舞台であり、人種の坩堝でもあるクイーンズさながらの混沌たる物語を、とくとご堪能いただきたい。

　書評家の杉江松恋さんが前作の巻末で解説してくださったとおり、主人公ジョーのモデルは三船敏郎で（おそらく）まちがいなし！　ただし、そこにもうひとり付け加えておきたいのが、黒澤明監督作品を原作とする西部劇《荒野の用心棒》で、若かりしころのクリント・イーストウッドが演じた主人公ジョーだ。こちらのジョーにハマったという方は、あちらのジョーにも魅了されること請けあいなので、ご鑑賞を強くお勧めする。心理描写を極力排除しつつ、ストーリーがばんばん急展開していくところも、主人公が善人とも悪人とも言いきれないところも、突飛なアイデアで問題を解決していくところも、主人公の風貌も、なかなか近いものがあって興味深い。上映時間も一時間三十六分とかなり短いので、〝おうち時間〟のお供に最適ではないだろうか。

ゴードン作品もいよいよ五冊めということで、ここであらためて、過去の作品をご紹介させていただこう。

・二流小説家（二〇一一年／ハヤカワ・ミステリ→ハヤカワ・ミステリ文庫）
・ミステリガール（二〇一三年／ハヤカワ・ミステリ）
・雪山の白い虎（二〇一四年／早川書房）
・用心棒（二〇一八年／ハヤカワ・ミステリ）

長篇デビュー作『二流小説家』や二作めの『ミステリガール』では、メインストーリーとはさほど関係のない蘊蓄《うんちく》やモノローグといった、〝枝葉〟の部分が冗長だとのレビューも散見された。しかしながら、個人的には、それこそがデイヴィッド・ゴードンという作家の魅力ではないかと感じていた。

読書について、文学について、エンタテインメント小説について、B級映画について、趣味嗜好を同じくする友人と夜を徹して語らっているような、そんな心安さこそが唯一無二の魅力なのでは、と。

ところが、この用心棒シリーズでは、そうした枝葉がばっさり削ぎ落とされていたものだから、はじめて原書を読み終えたときには、「こう来たか」と驚かされた。主人公もまた、うだつのあがらない小説家や小説家志望といった文学畑の中年男性から、陸軍特殊部隊出身の飄々たる無頼漢へと、がらっと様相を変えている。なのに、魅力は衰えない。読み終えたときには、〝おなかいっぱい〟に満足させてくれる。その理由は、先に挙げたような、多彩な登場人物や、ふんだんにちりばめられたユーモアや、ジェットコースター・ムービーさながらの息つく暇もないストーリー展開にもあるだろうが、〝用心棒ジョーの背後に作家自身の愛すべき人柄が見え隠れするから〟というのもあるのではないかと思っている。そういった次第で、けっして宣伝するわけではないのだが、映画《荒野の用心棒》とあわせて、用心棒シリーズに先立つ三作のほうもお手に取っていただけると、なおいっそう本書をお楽しみいただけるような気がするのだけれど、いかがだろう。

さて、最後になりましたが、読者のみなさまに、ひとつお詫びをしなければいけません。すでにお気づきの方も少なからずいらっしゃることでしょう。前作『用心棒』の終盤で、ジョーとエレーナとジュノが得た報酬をひとりあたり十五ドルと訳しましたもの、あれ、正しくは一万五千ドルでした。五万ドルから経費の五（千）ドルを差し引いて、ひとりあたり十五（千）ドル。この〝千〟をあらわすgrandが省略されていると気づけなかったこと、胃袋がよじれるほどに猛省しております。この程度の算数なら小学校低学年でも解けそうなものだろうという呆れ声が、思いだすたび、頭のなかでこだまするほどです。記憶力が良すぎるあまり、「あれ？　もっと金額ショボくなかった？」と混乱してしまったかもしれない方々《かたがた》に、この場をお借りして、心よりお詫び申しあげます。

二〇二一年三月

HAYAKAWA POCKET MYSTERY BOOKS No. 1966

青木千鶴《あおきちづる》

白百合女子大学文学部卒
英米文学翻訳家
訳書
『二流小説家』『ミステリガール』『雪山の白い虎』『用心棒』
デイヴィッド・ゴードン
『熊の皮』ジェイムズ・A・マクラフリン
（以上早川書房刊）他多数

この本の型は，縦18.4センチ，横10.6センチのポケット・ブック判です．

〔続《ぞく》・用心棒《ようじんぼう》〕

2021年4月10日印刷　　2021年4月15日発行

著者　デイヴィッド・ゴードン
訳者　青木千鶴
発行者　早川浩
印刷所　星野精版印刷株式会社
表紙印刷　株式会社文化カラー印刷
製本所　株式会社川島製本所

発行所　株式会社　早川書房
東京都千代田区神田多町2－2
電話　03-3252-3111
振替　00160-3-47799
https://www.hayakawa-online.co.jp

（乱丁・落丁本は小社制作部宛お送り下さい
送料小社負担にてお取りかえいたします）

ISBN978-4-15-001966-2 C0297
Printed and bound in Japan

ハヤカワ・ミステリ〈話題作〉

1938 ブルーバード、ブルーバード　アッティカ・ロック　高山真由美訳

〈エドガー賞最優秀長篇賞ほか三冠受賞〉テキサスで起きた二件の殺人に黒人のレンジャーが挑む。現代アメリカの暗部をえぐる傑作

1939 拳銃使いの娘　ジョーダン・ハーパー　鈴木 恵訳

〈エドガー賞最優秀新人賞受賞〉11歳の少女はギャング組織に追われる父親とともに旅に出る。人気TVクリエイターのデビュー小説

1940 種の起源　チョン・ユジョン　カン・バンファ訳

家の中で母の死体を見つけた主人公。昨夜の記憶なし。殺したのは自分なのか。「韓国のスティーヴン・キング」によるベストセラー

1941 私のイサベル　エリーサベト・ノウレベック　奥村章子訳

二人の母と、ひとりの娘。二十年の時を越えて三人が出会うとき、恐るべき真実が明らかになる……スウェーデン発・毒親サスペンス

1942 ディオゲネス変奏曲　陳 浩基　稲村文吾訳

〈著者デビュー10周年作品〉華文ミステリの第一人者・陳浩基による自選短篇集。ミステリからSFまで、様々な味わいの17篇を収録

ハヤカワ・ミステリ〈話題作〉

1943 パリ警視庁迷宮捜査班
ソフィー・エナフ
山本知子・川口明百美訳
停職明けの警視正が率いることになったのは曲者だらけの捜査班!? フランスの『特捜部Q』と名高い人気警察小説シリーズ、開幕!

1944 死者の国
ジャン＝クリストフ・グランジェ
高野優監訳・伊禮規与美訳
パリで起こった連続猟奇殺人事件を追う警視が執念の捜査の末辿り着く衝撃の真相とは。フレンチ・サスペンスの巨匠による傑作長篇

1945 カルカッタの殺人
アビール・ムカジー
田村義進訳
一九一九年の英国領インドで起きた惨殺事件に英国人警部とインド人部長刑事が挑む。英国推理作家協会賞ヒストリカル・ダガー受賞

1946 名探偵の密室
クリス・マクジョージ
不二淑子訳
ホテルの一室に閉じ込められた探偵に課せられたのは、周囲の五人の中から三時間以内に殺人犯を見つけること! 英国発新本格登場

1947 サイコセラピスト
アレックス・マイクリーディーズ
坂本あおい訳
夫を殺したのち沈黙した画家の口を開かせるため、担当のセラピストは策を練るが……。ツイストと驚きの連続に圧倒されるミステリ

ハヤカワ・ミステリ〈話題作〉

1948
雪が白いとき、かつそのときに限り
陸　秋槎
稲村文吾訳
冬の朝の学生寮で、少女が死体で発見された。その五年後、生徒会長は事件の真実を探りはじめる……華文学園本格ミステリの新境地。

1949
熊の皮
ジェイムズ・A・マクラフリン
青木千鶴訳
アパラチア山脈の自然保護地区を管理する職を得たライス・ムーアは密猟犯を追う！　アメリカ探偵作家クラブ賞最優秀新人賞受賞作

1950
流れは、いつか海へと
ウォルター・モズリイ
田村義進訳
元刑事の私立探偵のもとに、過去の事件についての手紙が届いた。彼は真相を追うが――アメリカ探偵作家クラブ賞最優秀長篇賞受賞

1951
ただの眠りを
ローレンス・オズボーン
田口俊樹訳
フィリップ・マーロウ、72歳。私立探偵はとっくに引退して、メキシコで隠居の身。そんなマーロウに久しぶりに仕事の依頼が……。

1952
白い悪魔
ドメニック・スタンズベリー
真崎義博訳
ローマで暮らすアメリカ人女優は、人気政治家と不倫の恋に落ちる。しかしその恋は悲劇を呼び……暗い影に満ちたハメット賞受賞作

ハヤカワ・ミステリ〈話題作〉

1953 探偵コナン・ドイル

ブラッドリー・ハーパー
府川由美恵訳

十九世紀英国。名探偵シャーロック・ホームズの生みの親ドイルがホームズのモデルのベル博士と連続殺人鬼切り裂きジャックを追う

1954 最悪の館

ローリー・レーダー＝デイ
岩瀬徳子訳

〈アンソニー賞受賞〉不眠症のイーデンは星空の景勝地を訪れることに。そしてその夜殺人が……誰一人信じられないフーダニット

1955 果てしなき輝きの果てに

リズ・ムーア
竹内要江訳

薬物蔓延と若い女性の連続殺人事件に揺れる街で、パトロール警官ミカエラは失踪した妹が次の被害者になるのではと捜査に乗り出す

1956 念入りに殺された男

エルザ・マルポ
加藤かおり訳

ゴンクール賞作家を殺してしまった女は、出版業界に潜り込み、作家の死を隠ぺいするため奔走するが……一気読み必至のノワール。

1957 特捜部Q　―アサドの祈り―

ユッシ・エーズラ・オールスン
吉田奈保子訳

難民とおぼしき老女の遺体の写真を見たアサドは慟哭し、自身の凄惨な過去をQの面々に打ち明ける――人気シリーズ激動の第八弾！

ハヤカワ・ミステリ〈話題作〉

1958
死亡通知書 暗黒者
周 浩暉
稲村文吾訳

予告殺人鬼から挑戦を受けた刑事の羅飛は、省都警察に結成された専従班とともに事件を追うが――世界で激賞された華文ミステリ！

1959
ブラック・ハンター
ジャン＝クリストフ・グランジェ
平岡 敦訳

ドイツへと飛んだニエマンス警視は、富豪一族の猟奇殺人事件の捜査にあたる。映画化された『クリムゾン・リバー』待望の続篇登場

1960
パリ警視庁迷宮捜査班 魅惑の南仏殺人ツアー
ソフィー・エナフ
山本知子・山田 文訳

個性的な新メンバーも加わった特別捜査班は、他部局を出し抜いて連続殺人事件の真相に辿りつけるのか？ 大好評シリーズ第二弾！

1961
ミラクル・クリーク
アンジー・キム
服部京子訳

〈エドガー賞最優秀新人賞など三冠受賞〉治療施設で発生した放火事件の裁判に臨む関係者たち。その心中を克明に描く法廷ミステリ

1962
ホテル・ネヴァーシンク
アダム・オファロン・プライス
青木純子訳

〈エドガー賞最優秀ペーパーバック賞受賞作〉山中のホテルを営む一家の秘密とは？ 幾世代にもわたり描かれるゴシック・ミステリ